파 —— 랑

파랑(blue)
보이지 않는 실체

초판 1쇄 발행 2024년 9월 30일

지은이 윤성진
펴낸이 장길수
펴낸곳 지식과감성#
출판등록 제2012-000081호

교정 김나현
디자인 서혜인
편집 서혜인
검수 이주희, 이현
마케팅 김윤길, 정은혜

주소 서울시 금천구 벚꽃로298 대륭포스트타워6차 1212호
전화 070-4651-3730~4
팩스 070-4325-7006
이메일 ksbookup@naver.com
홈페이지 www.knsbookup.com

ISBN 979-11-392-2123-7(03810)
값 14,000원

- 이 책의 판권은 지은이에게 있습니다.
- 이 책 내용의 전부 또는 일부를 재사용하려면 반드시 지은이의 서면 동의를 받아야 합니다.
- 잘못된 책은 구입하신 곳에서 바꾸어 드립니다.

지식과감성#
홈페이지 바로가기

보이지 않는 실체

파 ─── 랑

윤성진 저자

(blue)

목차

파랑　6

작가의 말　306

1

 세상은 나를 가만히 놓아두지 않았다. 아무도 나를 위해 가슴 깊은 말도 해 주지 않았다. 나는 기형아처럼 혼자 빙빙 세상의 끝 가장자리에서 맴돌고 있을 뿐이었다. 그래서 나는 세상을 향해 발악하듯 미친놈처럼 복수를 하고 싶어서 내가 스스로 기준을 만들었다. 그래서 난 누구보다 더 잔인해졌고 누구와도 타협을 모른 채 내 기준으로 모든 걸 결정하고 내 스스로 집행자가 되었다. 내 작은 목소리를 아무도 들어 주진 않았지만 난 이제 모든 걸 털어놓고 영원한 휴식을 취하려 한다. 내가 마지막으로 초라한 내 인생의 끝을 맺음으로써 훌훌 털어 버리고 떠나려고 한다. 조금이라도 내가 불쌍하다면……. 물론 동정은 싫지만 나의 마지막 외침을 들어 줬으면 하는 마음에 보잘것없지만 지금부터 내 얘기를 시작해 보겠다.

2

 내 인생 시작은 너무도 찬란하고 누구보다 더 빛났다. 나의 이름은 '모파랑'이다. 아빠는 이름만 들어도 잘 알 정도인 전도유망했던 종합대학교 교수였다. 한때는 문학을 사랑하였고 글쓰기를 너무나도 좋아했던 그였다. 미치기 전까진 세상에서 둘도 없었던 사랑스럽고 내가 가장 존경했던 사람이었다. 엄마는 중학교 미술 선생으로 그림에 대한 열정이 남달랐던 인물이었다. 집에 있을 때 그녀의 모습은 항상 여유가 있었다. 커피 향이 가득한 화실에서 그림에 몰두했다. 그녀가 가장 좋았던 색이 파란색이었다. 그래서 내가 태어났을 때 너무 기쁜 나머지 자신이 가장 좋아하던 파란색으로 내 이름을 지어 주었다.

그래서 내가 파랑이가 된 것이다. 그리고 3년 후 사랑스러운 여동생이 태어났다. 엄마는 이번에도 색깔로 이름을 지어 주었다. '모보라'.

내게는 너무나 사랑스럽고 오빠를 잘 따르던 동생이었다. 엄마를 닮아서인지 어디 가도 예쁘다는 소리를 듣는 미형의 소녀였다. 그 당시 세상에서 나만큼 행복하고 나만큼 신나는 인생을 사는 사람은 어디에도 없다고 자부했다. 가족들은 캠핑을 즐겼으며 엄마는 그림을 그려야 했으므로 주말에는 항상 가족 나들이가 이어졌다. 자연의 신비로움과 아름다운 곳에서 그녀는 자신의 창작에 최선을 다했다. 그리고 아빠는 항상 가족들을 위해 맛있고 정성이 넘치는 음식을 준비했었고 우리 4명의 가족들은 언제나 여유가 있었다. 그리고 가끔씩 대중매체에 나와서 말씀하시는 아빠의 모든 것이 자랑스러웠다. 부모님들에 대한 자부심이 남달랐던 유년 시절을 생각하면 지금도 자연스럽게 미소를 짓게 된다.

3

그날은 이상하게 흘러갔다. 아빠가 늦은 밤 퇴근을 하셨다. 평상시라면 나에게 웃으며 그날의 일들을 묻곤 했는데 한순간에 가족의 인생이 너무도 굿게 변했다. 아빠는 방 안 구석구석을 뒤지며 무언가를 찾으려 했다.

우리 가족은 별일 아니라며 시선을 피했지만 분명한 건 불길한 예감은 날카로운 칼날처럼 사지로 날아오고 있다는 것이었다.

"아빠, 이 밤중에 어디 가시는데요?"

"별일 아니니 어서 들어가서 쉬어. 급한 볼일이 있어서 그러는데 오래 걸리진 않을 거야."

나의 물음에 아빠는 빨리 이 상황을 벗어나려 했다. 이제껏 이런 날이 결코 없었기 때문에 걱정스러웠지만 금방 제자리로 돌아오리라 확신했다.

아빠의 모든 것이 빠르게 변해 갔다. 그날 이후 얼굴에는 살기로 가득했으며 매사에 불만만이 있었고 잘 마시지도 못하던 술에 항상 취해 있었다.

그리고 엄마와의 불화로 항상 보라와 나는 작은 방에서 부모님들의 눈치를 살피며 그 시간만이 지나가기만 바랐다. 상황이 완전히 바뀌어 버린 인생이 내게 펼쳐지고 있었다. 잔인한 계절이 우리 가족들에게 평상시처럼 다가왔다.

4

아빠는 빠르게 솜에 물이 침투되는 것처럼 도박에 완전히 빠져들었다.

집에만 오면 방 구석구석을 뒤지고 심지어 보라와 내 방까지도 들어와서 책상 서랍을 열고 미친 사람처럼 육두문자를 날리며 자신이 원하는 것이 없음을 확인하고는 어린 우리 남매를 몰아세웠다.

"야, 책상에 있었던 저금통 어디로 치웠어?"

아빠는 날카롭게 나를 노려보았다.

"그게…… 그게…….."

난 아무 대꾸도 못 하고 말끝을 흐렸다.

"보라 너도 몰라? 분명히 어제까지 있었는데 왜 갑자기 없어진 거야."

"엄마가… 엄마가……."

여린 보라는 거짓말을 못 하는 착한 소녀였다.

"빨리 가지고 와. 안 그럼 네 오빠가 혼난다."

보라는 불안하게 나를 바라보았다.

"아빠 왜 그러세요. 보라가 열심히 모았는데 그걸 달라고 하심…."

"내가 아주 요즘 오냐오냐했더니 이것들이…."

아빠는 앞에 있던 효자손을 들고 내게로 다가왔다. 인생을 살면서 아빠의 그런 모습은 정말로 처음이었다. 보라가 미친 듯이 옷장을 열어 자신의 몸보다 더 커 보이는 돼지 저금통을 아빠 앞에 갖다 놓았다.

"아빠, 제발 오빠에게 그러지 마세요."

"너희들이 날 도와준다면 난 절대 그러지 않는다."

아빠는 자신도 조금은 부끄러웠는지 우리들의 시선을 피하며 저금통을 구부정한 자세로 챙기며 뒤도 안 돌아보고 급하게 현관문을 빠져나갔다.

5

"제발 이번 한 번만 믿어 줘. 더는 이러지 않을 거야."

"당신은 절대 그렇게 못 해. 지금 상태가 어떤지는 당신 스스로가 돌이켜 봐."

아빠와 엄마의 싸움은 항상 이런 식이었다. 아빠는 안면이 있는 모든 사람들에게 돈을 빌렸다. 하다하다 심지어는 자신들 제자들에게도 돈을 빌렸다. 물론 자신의 퇴직금 담보 대출을 가장 먼저 도박으로 탕진했다. 그다음은 어머니 담보 대출. 그것도 모두 도박에 날렸다. 대학교에 투서가 들어가고 그는 더 이상 교육자로 남을 수가 없었다. 사표가 수리되고 조금 남았던 돈은 모두 빚을 갚는 데 들어갔다. 술에 취해 깨어나면 여지없이 집 안을 뒤졌고 자신이 원하는 돈이 없으면 기물 파손으로 이어졌다. 14세 중학교 1학년인 나는 사춘기와 더불어 우울증이 시작되었다. 하지만 나보다 더 큰 정신적 충격을 받았던 보라를 위해서라도 난 강인한 오빠가 되어야 했다.

엄마는 어떡해서든 자신의 직장을 지키려 했고 자신이 사랑했던 그림을 그리고 싶어 했다. 그때까지도 엄마는 나와 보라에게는 최고의 어머니였다.

엄마는 창작에 대한 열정이 뜨거운 분이셨다. 토요일 아침 엄마는 마지막 작품 완성을 위해 잠시 외출을 하고 안 계셨고 집에는 세 사람이 서로 눈치만 살피며 보라와 난 그녀가 빨리 돌아와 주기를 바라고만 있었.

어찌된 영문인지 그날 아침 아버진 덮여 있던 수염을 깔끔하게 정돈했고 교수 시절 자연스럽게 입었던 양복을 꺼내 입고 거울에 자신의 모습을 비추며 멋을 부리고 있었다. 그런데 그게 난 더욱더 불안했다. 아버진 모든 답안을 알고 있는 것처럼 엄마의 작품 방으로 들어가 그녀의 필생의 역작들을 준비된 끈을 활용하여 모두 회수하고 문밖으로 나가려 했다.

"아빠, 제발 이러지 마."

난 이것을 막지 못하면 우리 가족은 무조건 끝난다고 생각했다.

"야, 네가 뭘 안다고 그래. 이게 다 우리 가족들 잘살기 위해서 그러는 거야. 어서 비켜."

"아빠, 제발 내가 이렇게 빌 테니 있던 자리에 엄마 그림 갖다 놓아 주세요."

보라도 두 손을 모으며 아빠를 보며 애원했다.

"이것들이 아빠가 하는 일에 대해서 뭘 안다고. 지금 시간 없으니까 빨리 네 방에 들어가 있어."

우리 남매가 할 수 있는 일이 아니었다. 아빠는 막아서고 있던 가냘픈 보라를 밀쳤으며 나에겐 여러 차례 따귀가 날아왔다. 도박에 미친 아빠를 막을 수 있는 건 아무것도 없었다.

6

"고마워, 더 이상 미련 없이 만들어 줘서."

엄마는 어제의 그녀가 아니었다. 아빠는 숙취를 이기지 못하고 냉장고를 열어 물을 게걸스럽게 들이켰다.

"그림이야 또 그리면 되잖아. 그리고 이제 나도 더 이상은 도박에 손도 대지 않을 거야. 그러니 마지막 기회를 한 번 줘."

"미친 자식. 넌 파랑이와 보라에게 폭력을 행사한 순간부터 아빠가 아닌 거야."

"내가 잘못한 건 알겠는데, 살다 보면 다 겪으며 일어날 수 있는 문제야. 다 잘 알고 있으니 이제 그만하자고."

아빠는 어떡해서든 순간을 모면하려 했다.

"미친 인간. 자그마치 5년 동안을 잠 못 자면서 그렸던 그림들이야. 이렇게 쉽게 말하니 내가 더 고맙네. 더 이상 나를 찾지 마. 나도 이제부터 내 인생을 위해서 살아갈 거야. 파랑이와 보라를 내가 케어한다는 생각을 했다면 오산이야. 아빠도 안 돌보는데 엄마인 내가 왜 그렇게 하겠어. 잘난 교수님이 행복하게 해 주라고. 난 몸만 나갈 테니."

엄마는 여행용 가방에 자신의 물건만 담아서 우리 남매에게 더 이상 눈길도 주지 않고 나의 시야에서 사라졌다.

7

아름다운 정원이 있고 내 방이 있던 2층 집, 그런 곳은 이제 어디에도 없었다. 어느 순간 집에는 빨간딱지가 붙었으며 덩어리라고 불리는 사내들이 수시로 우리 집에 들락거렸다. 나와 보라 앞에서 언제나 당당했던 아빠는 없었다. 비굴해진 처지에 나는 손으로 보라의 눈을 가렸다.

보증금 2백만 원에 월 15만 원을 내야 하는 다세대 주택. 가족들만 사용하는 화장실은 없었고 여섯 가구가 함께 사용해야 하는 곳으로 아빠와 우리 남매는 그렇게 이사를 했다. 반지하층 주택이었는데 너무 많은 바퀴벌레가 자연스럽게 밟히는 최악의 환경이었다. 보라는 습관적으로 아빠를 경계하며 피했다. 할 수 없이 그는 방을 썼고 보라와 나는 주방에서 쪽잠을 자며 생활해야 했다. 아빠는 아직도 한 방에 대한 열망을 접지 못하고 있었다. 언젠가는 예전의 모습으로 돌아갈 수 있다는 환상 속에서 살고 있었다. 지금도 정신만 차리면 모든 곳에서 자신을 원한다고 생각했다. 하지만 더 이상 돌아갈 수 없으니 좋은 기억만 생각하고자 하는 건 그 나름의 생존 방식이었다. 난 살기 위해서 신문 배달과 할 수 있는 모든 일을 했다.

"야, 너 이것밖에 없어? 저번 달보다 한참 적어 보이는데."

"요즘은 신문을 많이 보질 않아서 배달하는 부수가 적어서 그래요."

아빠는 월급날이면 무조건 내 몸까지 수색했다. 그리고 맘에 들지 않으면 폭력으로 그대로 나타났다. 난 적은 돈을 몰래 숨기며 끝까지 그것만은 지켰다. 며칠 전부터 보라가 짜장면이 너무 먹고 싶다고 했다. 내가 준 돈으로 벌써 아빠는 술에 취해서 잠이 들었고 몇 번을 눈치를 보다가 보라와 나는 집에서 나왔다. 보라는 몇 달 만에 가장 행복한 표정을 하고 있었다. 짜장면 한 접시가 보라 앞에 놓이자 조금도 망설임 없이 쉬지 않고 젓가락질이 이어졌다. 그녀는 조금도 나를 의식하지 않았다. 내 입에는 침이 고였지만 동생 앞에서 그렇게 하긴 정말 싫어서 고개를 돌리고 다른 생각을 하려 했다. 짜장소스라도 먹을 수 있다면, 하는 간절함이 가슴속에서 들고일어났다.

"오빠는 안 먹어도 돼?"

보라는 이제야 생각났는지 나를 미안하게 바라보았다.

"월급 나오는 날은 무조건 신문사에서 수고했다고 간식이 나오는데 배고파서 몇 개 먹었더니……. 야, 짜장 쳐다보기만 해도 바로 질린다. 내 걱정 말고 너나 많이 먹으셔."

"오빠, 고마워. 잘 먹을게."

너무나 불쌍하고 예쁜 내 동생 보라였다. 동생에게만은 어떠한 슬픔도 주지 않겠다고 내 스스로 다짐을 하고 또 그렇게 입술을 깨물었다.

8

수많은 폭력과 매질이 내 청소년 시절의 전부였다. 아빠는 더 미쳐 가고 있었고 보라는 더욱더 무언가에 쫓기는 듯이 항상 불안감을 안고 살았다.

"엎드려. 그리고 스스로 반성해 봐. 컥….”

아빠라는 인간은 술에 취하면 항상 나에게 화풀이를 했다. 혹여 동생에게 매질이 번지면 안 된다는 생각에 그를 따를 수밖에 없었다. 이유도 없는 매질이 시작되면 난 조금이라도 안 아프게 그 폭력을 받아야 했다. 그러다 보니 어느 순간부터 맞는 요령이 생겼고 그의 매질이 어떻게 날아오는지 눈에 보이기 시작했다.

보라는 항상 '오빠 미안해' 하며 울고 있었지만 내 스스로 동생만은 꼭 지켜 주겠다고 몇 번을 다짐했는지 모른다. 난 나보다 보라가 더욱 안쓰럽고 불쌍하다고 생각했다. 보라는 머리가 굉장히 좋았다. 모든 면에서 그녀는 다른 학생보다 월등하고 우수했지만 자신의 꿈에 대해서 아무것도 펼칠 수 없다는 게 오빠인 내가 보아도 안쓰러워서 나를 서글프게 만들었다. 신문 배달과 아르바이트로는 세 사람이 살 수가 없었다. 나는 결정해야 했다. 동생을 위해서라도 나는 희생해야 했다. 고등학교 1학년이 되었지만 나는 학교에 가질 않았다. 물론 배우겠다는 것이 사치였고 보라만이라도 잘 교육을 받아야 한다는 내 결정이었다.

잠잠한가 싶더니 애비라는 인간이 또다시 동네 노름판을 전전했다. 내가 살았던 빈민가 동네는 혼자 사는 여자들이 많았다. 그녀들에게 인물이 좋고 배운 게 많아 말하는 자체가 기품이 있는 아빠는 매력적인 사내였다. 그는 혼자 사는 여자들에게 접근하여 술을 같이 먹으며 정을 쌓았고 그녀들이 어렵게 번 돈으로 용돈을 받아 노름판을 전전했다. 아빠는 돈을 따는 것이 문제가 아닌 그 승부 속에서 정신이 조여들면서 긴장하고 짜릿해지는 것에 쾌락을 느끼고 있었다. 그리고 소문에 따르면 엄마는 잘 나가는 연하의 사업가 남편을 만나 그의 아기를 낳고 최고로 행복한 시절을 보내고 있다고 들었다. 새 남편의 도움으로 그녀는 자신의 전시회를 성공적으로 마쳤고 지금은 대학 강단에서 학생들을 지도하며 산다고 했다. 아빠도 미쳤지만 엄마도 마찬가지였다. 집을 나간 후 한 번도 나와 보라를 찾아오질 않았다. 보라는 엄마가 보고 싶어 밤을 지새워 울었지만 그녀는 우리를 철저하게 버렸다. 유년기 시절 사랑스럽고 자상했던 엄마는 내가 살아온 짧은 인생의 시간 속엔 없었고 내가 아닌 다른 사람 인생 속에 있었던 것만 같았다. 행복했던 짧은 유년 시절을 빼면 아빠는 내 기억 속에서 식구들을 위해 돈을 가지고 온 적이 한 번도 없었다. 거나하게 술이 달아오르면 그것은 오늘도 호구 소리를 듣고 돈내기에 깨져 처참하게 자존심에 상처를 받고 씩씩거리며 오는 날이었다.

"씨발년. 지 새끼들 호로 자식 만들고 지 년만 살겠다고 나가서 다른 놈 씨 낳고 아주 날고 있다고. 언젠가 천벌을 받을 거야. 크크크."

난 아빠가 내게 폭력으로 분노를 표출할 것을 감지하고 있었다.

"야, 파랑이. 네 엄마 성격을 그대로 받은 게 바로 너야. 그래서 그런지 네 새끼만 보면 그년 얼굴이 생각나서…. 그 점에 대해서 어떤 생각이 드냐?"

난 그의 말에 고개를 숙였다. 그리고 바로 일어나 엎드렸다.

"역시 맞아 본 놈이 안다고…. 새끼 잘못했다고 하면 끝나련만 지 애미 성격을 닮아서 조금도 내색도 하지 않고. 그게 바로 네놈이 싫은 이유야."

퍽 하는 소리와 함께 야구 방망이의 묵직함이 내 허벅지에 그대로 박혔다. 난 조금도 소리를 지르거나 반항하지 않았다. 아니, 어떤 때에는 제발 이렇게 맞다가 죽어서 아무것도 느낄 수 없으면 행복하겠다는 생각을 한 적도 있었다. 폭력이 일상이 되다 보니 내가 더 그 매질에 희열을 느끼고 있다고 생각되었다. 죽도록 맞다 보면 어느 순간 고통이 사라지는 그때를 내가 더 갈구하고 있었다.

9

 그 수많은 어려움 속에서도 시간이라는 놈은 흘러갔다. 난 고3인 19살이 되었고 보라도 중3이 되었다. 이젠 나도 폭력의 영향으로 난폭하게 살게 되었다. 수많은 매질 속에서 난 사람의 급소를 스스로 파악했고 어떻게 해야 고통스럽게 사람을 쓰러뜨릴 수 있는지 깨달았다. 세월은 변했지만 애비라는 작자는 지금도 과거 속에서 조금도 헤어 나오질 못했고 더욱더 미쳐 가고 있었다. 나의 사회에 대한 증오와 불만은 범죄로 나타났다. 아니, 보라를 위해서는 돈이 꼭 필요했다.
 나와 나이가 같은 종기라는 친구를 만났다. 착하고 여린 성격이었지만 오토바이를 누구보다 잘 탔다. 그리고 오토바이를 타고 물건을 잘 훔쳤다. 그것이 나의 사업, 아니, 돈을 버는 방법이었다. 종기가 나를 태우고 표적을 향해 달려가면 난 여자들의 가방을 노리는 일명 날치기를 했다. 우린 환상의 콤비였다.
 혼잡한 곳에 먹이가 많았고 우린 그곳을 이용했다. 내가 낚아 올리면 종기는 꽉 막힌 도로를 곡예 부리듯이 시원스럽게 빠져나오는 방법을 잘 알고 있었다. 종기는 나의 형편을 잘 알고 있어서 사냥한 돈을 더 많이 내게 주었던 친구였다. 종기는 몰던 오토바이가 싫증 나면 그것을 불법으로 팔아서 이익을 챙겼고 새로운 오토바이를 가지고 나를 만났다.
 "오늘은 중앙으로 진출한다."
 "뭐, 뭐라고…."
 나의 제안에 종기가 눈을 크게 떴다.
 "야, 그곳은 상근이 거지들이 관리하는 곳이잖아. 그 새끼들 더럽게 무식하다고 하던데. 재수 없이 걸리면 우리도 편치 못할 거야."

"언제까지 변두리에서 생활할 수 없잖아. 며칠째 돈 구경 못 했어. 결단을 내려야지."

"당연히 난 너를 믿지만 그래도 다시 한번 생각해 보는 게…."

"그렇다면 더더욱 믿어라. 내가 너고, 네가 나니까 일어서도 크게 같이…. 이 바닥에서 화려하게 데뷔하는 거야."

처음에는 걱정했던 종기가 결국 흥분을 조심스럽게 감추며 내 손을 잡고 고개를 끄덕였다.

10

그곳은 어디보다도 화려했고 생동감이 넘쳐흘렀다. 그동안 전혀 볼 수 없었던 화려한 패션으로 무장한 여자들이 값비싼 가방을 들고 다녔다. 가방만 팔아도 하루 일당은 족히 뽑을 수 있을 정도로 다른 세계였다.

표적이 나타났다. 나는 눈빛으로 종기에게 목표물을 가리켰다. 종기가 미소를 지으며 오토바이 기어를 힘껏 변속하자 사방으로 모터 소리가 퍼졌다. 아무도 그 소리를 신경 쓰지 않았다. 나는 먹이를 노리는 야수처럼 자연스럽게 가방을 빼앗아 허공에 흔들면서 그녀를 비웃었다. 여자는 소리를 지르며 주위에 도움을 요청하여 우리를 잡아 보려 했지만 그녀의 짧은 음성은 이미 속도에 파묻혀 메아리처럼 들리지 않았다. 도로가 옆 외진 골목에서 종기와 나는 지갑을 열어 보고 크게 환호했다. 이제까지 구경해 보지 못한 가장 큰 금액이었다.

"어때? 이러면 금방 부자 되겠지."

"아무렴 학교에서도 그러지 않냐? 사람은 큰물에서 놀아야 한다고. 난 무조건 네 말이면 일단 믿어 볼 거야. 고맙다, 파랑아."

나와 종기는 반반씩 돈을 나누고 지갑을 쓰레기봉투 속으로 던졌다.

"파랑아, 오늘 한 건 크게 했는데 좋은 데 가야지."

"나도 노는 건 무조건 종기 네 말만 듣는다."

"오케이."

종기가 시동을 걸려고 오토바이에 올랐다. 내가 그 뒤에 앉으려고 몸을 일으켜 세웠다.

"어이, 쥐새끼들. 동작 그만."

종기와 난 무의식적으로 사내를 노려보았다.

"요즘 왜 이렇게 매상이 줄었나 했더니 쥐새끼들 두 마리였어."

"좆 까고 있네. 우리가 쥐새끼면 네 새끼는 뭔데?"

종기와 나는 겁을 먹고 있었지만 난 겁을 숨기며 당당한 것처럼 행동했다.

"죽고 싶어서 염불을 내뱉고 있네. 야, 기회 한번 주지. 챙긴 돈 정중히 내 앞에 갖다 놓고 잘못을 빌면 오늘은 특별히 용서해 준다. 단 10초 이내에 행동 개시한다. 오케이?"

종기는 그렇게 하자며 나에게 눈빛으로 말하고 있었다.

"야, 우리가 아까운 시간 노동으로 받은 돈을 왜 네게 주어야 되는데."

이젠 나도 악에 받쳐 더 이상 물러날 곳이 없었다.

"얘들아, 안 되겠다. 이해를 못 하신다니까 교육의 중요성을 일깨워 줘야지."

보이던 골목이 막히더니 사방으로 여러 명의 사내들이 우리를 감싸기 시작했다. 종기의 얼굴이 노랗게 변하기 시작했다. 총 7명의 건장한 체구들이 우리에게 조금씩 거리를 좁히며 다가섰다.

"종기야, 정신 차려. 그래야 우리가 살 수 있다."

종기가 멍했던 정신을 가까스로 차리려고 했다.

"내가 한 놈을 뚫으면 종기 넌 오토바이 타고 무조건 뒤도 돌아보지 않고 도망가는 거야."

"그럼 넌?"

종기는 나와 함께하겠다고 말하고 싶었지만 입장이 녹록지 않았다.

"나도 바로 너 따라간다. 내 걱정은 하지 마. 잡히면 나보다 네가 더 힘들어져."

"그래도 같이, 같이 가는 게……. 파랑아."

종기는 겁을 먹고 말끝을 흐렸다.

"무조건 내 말 들어. 두 명보단 한 명이 유리해."

나는 더 이상 돌아보지 않고 빠르게 달려들어 한 놈을 때려 갈겼다. 갑작스러운 반격에 사내들이 주춤하는 사이 종기가 시원스럽게 주위를 벗어나고 있었다. 내가 봐도 종기는 나를 걱정하며 주춤하는 것이 느껴졌다. 하지만 이게 더 홀가분한 것이 되었다. 3명이 단숨에 바닥으로 넘어지며 고통스러워했다. 다음 사내를 향해 반격을 시작하려 할 때 뒤에서 묵직함이 강타했다. 꿈을 꾸는 듯하다가 정신을 잃고 아무것도 기억나지 않았다.

11

정신을 차렸을 땐 어느 외진 공사가 중단된 건설 현장이었다. 왼쪽 등허리에 고통스러운 통증이 몰려오고 있었고 의자에 앉아 있던 나는 다리와 손이 묶여 전혀 힘을 쓸 수가 없었다.

"일어나셨는가. 새끼, 펀치 한번 묵직하던걸. 맞은 우리 애들이 아직도 힘들어하고 있어서 말야."

여러 명의 사내들과 세 명의 진한 화장을 하고 있는 여자들이 나를 보고 비웃고 있었다.

"아까 튄 놈 빨리 이리로 오라고 해. 그래야 네가 살 수 있어."

"죽여. 살고 싶지도 않으니까 빨리 끝내 줘. 대신 내가 여기서 살아 나가면 네 새끼 먼저 죽일 거야."

알 수는 없었지만 정신이 점점 더 맑아지고 이상하리만큼 평온했다.

"강단은 있는 놈이라고 생각했지만 이렇게 곤조가 하이인 줄은 몰랐는걸. 내가 너한테 충고하나 해 줄게. 너 지금 해석을 반대로 하고 있는 거야. 크크큭."

고통스러운 한 방이 내 얼굴을 가격했지만 난 고통도 참고 눈도 돌리지 않았다.

"야, 안 되겠다. 이 새끼 정신 돌아올 만큼만 조져."

그다음은 생각이 나질 않았다. 이제껏 내가 경험하지 못한 무시무시한 강도가 다시 나락 속으로 빠져들게 하였다.

나는 잠에서 깨어났다. 꿈속에서는 어릴 적 아빠와 엄마와 함께 갔던 캠핑장에 있었다. 다시는 느낄 수 없었던 행복한 순간도 잠시……. 나는 고통스러운 현실로 빠르게 돌아왔다. 나는 차가운 시멘트 바닥에 널브러져 있었다. 정신을 어렵게 차리며 주위를 돌아보았다. 여러 병의 소주병이 이미 생명을 다한 후 바닥으로 버려져 있었고 모닥불 주위로는 사내들이 여자를 끼고 쾌락에 빠져서 나를 의식하지 못했다. 이쪽 계통에 들어서면서 난 나를 보호하기 위해서 지프 칼을 양말 속에 숨겨 놓고 다녔다. 숨을 죽여 가며 칼날이 우뚝 선 흉기를 꺼내 내 손을 감고 있는 밧줄을 잘랐다. 이미 그들의 정신은 알코올과 약물에 빼앗겨 나는 없는 사람이었다. 어렵게 일어선 나는 두툼한 각목을 집어 들었다. 한 방에 한 놈씩 쓰러뜨려야 했다. 하나, 둘 숫자를 세어 가며 닥치는 대로 사내들의 얼굴을 가격했다. 물론 여자, 남자 가릴 상황이 아니었다. 내 얼굴에 피가 튀고 사방으로 선혈이 낭자하면서 내가 입고 있던 옷이 붉게 변했다. 하지만 쉽사리 분이 풀리지 않아 쓰러져서 반쯤 정신이 없는 모두에게 분이 풀릴 때까지 내 울분을 쏟아부어 버렸다.

"씨발 새끼들 좆도 아니면서…. 크크크…."

그 당시 정확하게 알 수 없었지만 나는 분명 희열을 느끼고 있었다. 내 승리를 확신한 나는 만족스럽게 화장지로 얼굴에 묻은 피를 닦으며 썩은 인상을 만들어 웃어 버렸다. 그리고 그들에게 빼앗긴 돈을 챙기며 주변에서 벗어났다. 내 손이 닿은 지폐들은 붉게 물들고 있었다.

12

난 사람을 쓰러뜨리는 방법을 알게 되었다. 상대가 나보다 강하고 내가 모자라면 일단 눈치를 살피고 있다가 방심한 틈을 타서 한 방에 조지면 되었다. 조질 때는 룰이 있다. 다시는 일어날 수 없도록 처절하게 응징하는 것이다. 그리고 나보다 별 볼 일 없는 놈인 걸 아는 순간 처음부터 거침없고 빠르게 조지면 되는 것이다. 그게 인생이었다. 스스로 정복해 가는 것, 그러다가 안 되면 스스로 망해 가는 것. 그게 인생이었다. 내 몸 주위로 피 묻은 지폐가 넘쳐 났는데 깨어나 보니 아무것도 보이지 않았다.

애비라는 작자가 그것을 가지고 노름방에 갔다는 것을 쉽게 알 수 있었다. 솔직히 난 그 사람 미래가 어떻게 결말을 맺을지 그게 더 궁금했는지 모른다. 난 이미 내 아빠라는 사람을 넘어섰다. 지금도 성질만 남아서 나를 다그치고 그러다 보면 분에 못 이겨 폭력을 행사한다. 그러면 난 당당히 그의 앞에 머리를 박고 엎드린다. 그렇게 심한 매질이 시작되지만 난 그것을 어느 순간 즐겨 가고 있었다. 때리다 신음 소리를 내질 않으면 "독한 놈."이라고 말을 뱉고는 자신이 먼저 방구석으로 가서 조용히 숨소리조차 내지 않고 찌그러져 있었다. 그리고 그는 생각했을 것이다. 저놈은 언젠가는 나를 잡아먹을 놈이라고…….

조금도 반항을 하지 않고 아무런 대꾸도 하지 않은 채 살기 어린 눈으로 애비라는 작자를 응시한다. 그보다 더 큰 공포는 없을 것이다. 한 번쯤은 더러운 인상을 써 가며 썩은 미소를 날려 준다. 어느 순간에 그게 꿈으로 투영되어 나타난다. 애비라는 작자는 요즘 잠꼬대에 경기를 할 때가 있다. 나를 의식하고 있을 것이다. 그는 생각할 것이다. 빨리 노름판에서 싹쓸이한 후 더러운 시궁창 같은 곳을 뜨고 말 거라고. 하지만 내가 보기엔 그는 정말 하수다. 결코 그런 일은 절대 없을 것이다. 20년 이상을 노름판을 기웃거리고 수많은 돈을 날렸지만 한 번도 돈을 따서 가족들을 위해 쓴 적은 전혀 없었다.

13

내 피로 물든 지폐를 들고 노름판으로 향한 아빠라는 사람. 그날은 그가 태어나서 가장 찬란했고, 환호성을 지르고 싶은 날이었다. 도박 룰은 간단했다. 화투 패 2장을 가지고 싸우는 '섰다'라는 도박이었다. 같은 패가 나오면 땡이고 10 이상은 버린다. 그리고 나머지 끝 한 숫자 가지고 승패를 가진다.

가장 높은 땡은 3광과 8광 무적의 패 3.8광땡, 그다음은 1.8광땡 또는 1.3광땡, 이것만 가지면 무적이다.

5명이 둘러앉았다. 그리고 2장의 패가 나누어졌다. 아빠가 거는 돈을 사람들은 의아하게 바라보았다. 벌건 피가 묻어 있었다. 그는 무조건 패를 보고 포기하지 않고 끝까지 남아서 판에 건 돈을 바탕으로 싸우고 싶었다.

4끗을 가지고 돈을 걸었다. 지면 끝이라고 생각했다. 상대방이 더 많이 걸었다. 그는 나머지 돈을 다 걸었다. 패를 펼쳐 보았다. 그는 4끗, 상대방은 3끗. 졌다고 생각했는데 짜릿하게 이겼다. 시작했던 돈이 5배가 불었다.

그런데 이날은 이것이 행운의 시작인 것 같았다. 소주를 3잔 이상 마셨는데도 정신은 더욱더 맑아짐을 느꼈다. 이렇게 정신이 맑았던 날은 공개채용 교수 임용시험을 보던 날 이후 처음이었다. 아무것도 무서울 것이 없었다.

그가 패를 잡고 승기를 확신한 순간 눈이 날카로운 사내가 다가섰다.

"어이, 교수 양반. 쪼잔하게 조금 챙긴 후 내빼지 말고 크게 한번 놀아 보는 건 어떠신지?"

그는 사내의 눈을 바라본 순간 알 수 없는 자신감이 일어났다.

"그럽시다. 나도 노름판 생활 20년인데 장원하는 날도 있겠지요. 오늘은 무조건 주선자 말에 따라가도록 하지요. 어떻게 시작할까요?"

아빠는 되받고 더 시원스럽게 질러 버렸다.

"교수님 정말 화끈하시네. 그럼 베팅은 교수님이 정하시지요."
"무조건 프리(자유)로. 무제한으로 합시다."
"어이, 얘들아. 특실 룸에 장비 바꾸고 준비해 드려라."
사내의 지시에 조무래기들이 일사천리로 움직이기 시작했다.
특실 룸이라고 해도 5평 정도 되는 방 안에 원형 테이블이 전부였다. 4명의 사내들이 모였고 돈 대신 칩을 사용하는 것만 달랐다. 그리고 공정성을 가리기 위해서 젊은 여자가 화투 패를 두 장씩 전달했다. 그런데 이상하게도 아무도 그를 당해 낼 수 없었다. 처음부터 상대방보다 무조건 한 끗발 차이로 이겼다.
"대단하시네요. 교수님. 오늘은 아주 싹 쓸어 버리십니다."
사내는 그렇게 얘기했지만 아빠를 우습게 생각하고 있었다. 그도 그걸 느꼈다. 하지만 오늘은 절대 이대로 가진 않는다. 이제까지 당한 수모를 한 번에 날려 줄 것이라고 다짐했다. 그리고 저 웃음이 끝날 즈음엔 똥 씹은 표정으로 만들어 주리라. 4명 중에서 2명이 오링을 당했다. 하우스에서 최고의 실력자와 내 애비란 사람만 남게 되었다. 이제까지 잃은 돈을 다 합하고도 남을 큰돈이 그의 앞에 있었다.
"이렇게 시간 끌다간 서로 지치기만 할 거요. 시간도 없는데 3판으로 끝내면 어떻겠소."
애비란 사람이 이제까지 노름판에서 했던 가장 큰 도발이었다. 상대도 놀라는 표정이었지만 자신이 주도하던 판세를 넘겨주기가 절대 싫었다.
"교수님한테 이렇게 맥을 못 쓸지는 정말 몰랐습니다. 이제까지 많이 도와주셨는데 이번에 제가 기부 좀 해 드려야죠. 크크큭."
네 새끼 때문에 마누라도 도망가고 자식들 피 빨아 먹고 살아왔다. 오늘만 이기면 이 지긋지긋한 버러지 같은 인생을 끝내리라 생각했다. 그리고 자식들에게 참회를 빌며 예전에 자랑스러운 아버지로 돌아갈 것이라고 생각했다. 솔직히 이렇게 긴장한 적은 처음이었다. 3판 중 2판을 개새끼한테 밀렸다. 마지막 한 판으로 끝이다.

'처음으로 사람으로 돌아가려 합니다. 제발 마지막 기회를 주십시오.'

이렇게 수천 번을 되뇌었다. 파랑이와 보라가 보고 싶어졌다. 정말로 이번만 잘되면 모든 걸 청산하고 싶었다.

'아들아, 그리고 딸아. 내가 잘못했다. 이 애비가 이젠 용서를 빌러 갈 것이다.'

첫 장이 1광이다. 3광과 8광 중 제발 하나만. 조금씩 그리고 아주 천천히 다음 패를 쪼았다. 달이 떴다. 8광이 무적 패다. 그는 최대만 입가에 흐르는 미소를 죽였다. 더욱더 대담하게 그리고 담담하게 최대한 여유 있게 행동해야 한다.

"마지막이군요. 하우스 짱. 남자답게 난 다 넣어 보겠소. 받기 싫으시면 죽으면 되는데 그건 당신 마음의 결정이고. 하지만 이렇게 끝나면 꼬리를 내렸다고 웃음거리가 되겠지요."

애비는 사내의 눈치를 재빠르게 살폈다. 그의 도발에 하우스 짱은 얼굴이 상기되고 있었다.

"이런 죽지도 빼지도 못하게 하시는군요. 좋습니다. 나도 다 쏟아붓겠습니다."

그는 자신의 연기에 하우스 짱이 걸려들었다고 생각했다.

차아아악-

시원한 칩 소리가 테이블에 퍼졌고 사람들의 시선이 두 사람에게 퍼졌다.

"그런데요. 이건 아니지 않습니까. 내가 월등히 칩도 많고 돈으로 따지면 4천 이상인데 나머지 부족분은 채워 주셔야 공평하지 않겠습니까?"

"역시 셈이 빠르시군요. 나도 공평한 한판을 원합니다. 이겨 놓고도 확실히 못 이겼다는 말은 듣고 싶지 않네요."

오늘은 무조건 내가 이겼다, 라고 확신했다. 넌 오늘 가장 처절한 패배가 될 것이라고 그는 수십 번 확신했다. 물론 광땡을 잡았는데…….

"어떻게 해 드릴까? 말해 보시오. 하우스 짱이 원하는 대로 내 선에서 수용 가능하다면 다 들어드리지요."

"4천을 빼고 하는 것도 우습지요. 그러면 그에 상응하는 것은 무얼까 생각했습니다…. 교수님 따님분이 아주 참하던데 동의하신다면 딸내미 4천으로 평가해 드리지요. 물론 싫다면 4천은 빼고 하겠습니다. 어떻게 하시겠습니까?"

애비란 그는 조금 고민하는 듯이 보이면서 어렵게 결정 내린 것처럼 조심스럽게 입을 열었다.

"좋습니다. 이런 기회도 없을 듯하니 빨리 진행합시다."

아주 각본에 짜인 것처럼 하우스 관계자들은 서류를 그에게 내밀었다. 그는 사인을 휘갈겼다. 빨리 끝내고 싶었다. 이제는 펼쳐서 돈을 챙기는 일만 남았다.

"미안합니다. 살아생전 이런 날도 오는군요. 마지막에 광땡이 오다니 1, 8광땡이요. 내가 이긴 것 같소만."

그는 돈을 모으려고 했고 구경하던 사람들도 환호성을 질렀다. 하지만 하우스 짱은 웃고 있었다.

"전 한 끗입니다. 무조건 교수님한테 지지요. 하지만 한 끗도 한 끗 나름."

"무슨 소리요. 한 끗이라며…… 웃기는?"

그는 아직도 이해가 되지 않았다.

"물론 틀림없는 한 끗입니다. 그런데 광땡 잡는 한 끗이지요. 7, 4 암행어사입니다."

십자리 7돼지와 4새가 눈앞에 나타났다. 그랬다. 광땡은 무적이지만 딱 하나 지는 패가 암행어사 패였다.

"죄송합니다. 이런 최고의 행운을 제가 망쳐 버려서요. 그래도 룰은 룰이니까 죄송하게 되었습니다. 일주일간은 시간 드리겠습니다. 잘 정리하시고 7일 후에 따님분 인수하러 가겠습니다. 그래도 정리할 시간은 제 나름 많이 드린 겁니다."

내 애비는 그 자리에서 정신을 잃었다. 아무것도 눈에 보이질 않았다. 자신이 이제 죽어야만 된다고 생각했다. 처음 실패할 때처럼 눈앞이 깜깜해지고 아무 생각도 나지 않았다. 어떻게 하면 처음 도박을 몰랐던 때로 돌아갈 수 있을까? 하고 생각해 보았다. 아무 방법이 없었다.

14

고수부지는 언제나 사람들이 넘쳐흘렀다. 종기 또한 어디서 났는지 오토바이를 새로 개비했다. 바이크 복장으로 새 단장을 한 종기는 오늘따라 한껏 멋에 신경 쓴 모습이었다.

"어떻게 우리 이번에 한번 제대로 사고 쳐 볼래?"

종기는 간만에 무척 흥분되어 있었다.

"오늘따라 뭔 소리냐?"

나는 무조건 의심부터 하는 성격이었다.

"너 중학교 때 키가 아주 작았던 땅콩이란 놈 알지?"

"땅…… 콩?"

"거 있잖아. 초등학교 때부터 사기란 사기는 다 치고 다녔던 놈."

"알 것도 같은데 그게 왜?"

"그 자식이 전공과목을 살려서 몇 년간을 중고거래 사이트에서 허위 매물 등으로 사람들 등치고 살았어. 그런데 그 자식이 가장 잘하는 건 핸드폰, 컴퓨터 해킹해서 개인정보 빼내 다시 팔아먹는 거야."

종기는 어느 순간 자신의 말에 빠져들어 목청이 커지고 있었다.

"나랑은 꾸준히 연락하고 지냈는데 며칠 전 한 사내한테 의뢰가 들어왔대. 강남에 있는 유명 사우나에 가서 31번 보관함을 열고 핸드폰을 바로 복사해서 가져다 달라는 거였는데 페이가 장난이 아니었다나, 뭐라나?"

"그래서?"

"그래서 뭐긴, 바로 현장에서 핸드폰 정보 복사한 후에 일단 사무실에 가져와서 자신의 컴퓨터에 저장해서 검색을 해 봤는데 글쎄…."

나도 순간 눈에 힘이 들어갔다.

"내일모레 불법 밀수된 다이아몬드 운반 자금이 이동하는데 자그마치 달러로만 3백만이란다. 물론 전부 현찰로. 그 정도 사이즈면 우리가 그동안 취급했던 모든 것을 뛰어넘는 거야."

"종기야, 원한다고 다 가질 수 있는 것이 아니다. 나라고 욕심 없겠냐? 하지만 현실은 너무 달라. 그렇게 호락호락하지 않을 거야."

나는 냉정해지고 싶었다.

"물론 나도 알지. 그런데 차량 이동 지점까지 다 핸드폰에 표시를 해 두었대. 땅콩이는 물건 운반 날이 일주일 후에 있다고 의뢰인에게 완벽하게 위조해서 넘겨주었고."

나도 애써 참으며 밑바닥에서 올라오는 흥분을 감추고 있었다.

"쉽게 말해서 땅콩이가 지정한 외각 교차로에서 신호등을 빨간불로 바꾸어 줄 거야. 그러면 내가 뒷좌석 유리를 쇠 파이프로 깨고 넌 바로 연막탄을 집어넣는 거야. 그러면 숨이 깔딱깔딱해지면서 탈출하기 급급한 틈을 타서 네가 현금 뭉치를 빼앗고, 난 전속력으로 너와 함께 현장을 벗어나면 그걸로 끝. 우린 셋이 1백씩 나누면 우리 부자가 되는 거고. 흔적도 없이 사라진 돈은 찾을 방법이 없는 거고. 어때, 완벽하지."

"자식 그럴싸하네."

이론은 정말로 완벽하고 깨끗했다.

"어때, 파랑아. 무조건 고?"

"어차피 이 바닥에 발을 들인 이상 크게 먹고 은퇴하는 거다. 안 할 이유가 전혀 없지. 그래, 가 보자고."

종기가 손을 뻗어 내게 하이 파이브를 요청해 왔다. 빠르고 강도 있게 나도 그의 손에 내 손바닥을 겹치게 했다. 경쾌한 박수 소리가 이어졌고 우리는 알 수 없는 자신감에 벌써 승리를 누리고 있었다.

15

내 동생 보라는 언제나 긍정적이었고 자신의 처지를 비관하거나 누구를 절대 원망하지도 않았으며 항상 얼굴에는 천사의 미소가 있었다.

그녀는 항상 아버지를 불쌍히 여겼으며 언젠가는 옛날의 가장 멋있었고 존경받았던 아빠의 모습으로 돌아올 거라고 확신했다. 학교를 마치고 돌아온 그녀는 아빠의 눈치를 먼저 살펴보았지만 다른 날보다 더 침통했고 자신의 처지를 비관하고 있었다.

"아빠 식사하세요."

보라가 쟁반을 그의 앞에 놓았다.

"아니다. 생각이 없네. 너나 먹어."

"전 학교에서 먹고 왔어요. 아빠 제발 술만 드시지 말고 밥하고 같이 드세요."

그는 보라를 말없이 계속 응시만 할 뿐 아무런 반응도 하지 않았다.

"보라야. 보라……."

"무슨 하실 말이 있으세요?"

"그게… 그게……."

그는 말끝을 계속 흐렸다.

"아빠, 전요, 무조건 아빠를 믿어요. 언젠가는 우리 세 식구 행복한 날이 꼭 올 거란 것도요. 그러니까 아빠 힘내시고 어서 식사 드세요."

보라가 숟가락을 쥐어 주자 그는 고개를 박고 서럽게 울기 시작했다. 이제까지 살아오면서 흘렸던 눈물 중 가장 큰 설움이 박힌 절망의 눈물이었다.

"아빠, 왜 그래요. 아빠 대체 왜……."

"보라야, 이 아빠가 어쩌면 좋니. 우리 보라한테 미안해서 어쩌면 좋니… 엉엉… 흐흐흑……."

그는 고개를 돌려 머리를 박고 더 큰 소리로 울기 시작했다. 그를 안타깝게 바라보던 보라의 눈에서도 눈물 줄기가 터져 나오고 있었다.

16

게임의 법칙. 항상 이기는 승부를 해야 한다. 진다는 판단이 서는 순간 깨끗하게 물러나든가 다시 반격을 시작하기 위해서 발톱을 무조건 숨겨야 한다. 자신이 이긴다는 확신이 서기 전까지는 욕망을 자제하며 바보처럼 살아가야 한다. 자신이 그를 이기고 싶다면 무조건 믿게 만들어야 한다. 오장육부까지 바칠 수 있는 사람이라고 철저하게 믿게 만들어야 한다. 그래야 언젠가 단 한 번뿐인 기회가 온다. 그 기회를 위해서 살아가는 것이다. 종기와 땅콩을 만났다. 종기가 오토바이를 최상의 조건으로 만들어서인지 엔진 소리가 그날따라 더욱더 경쾌하게 들렸다. 땅콩은 컴퓨터와 알 수 없는 장비를 가지고 테스트에 여념이 없었고 내 손에는 연막탄이 들려 있었다.

"간석삼거리부터 8907 차량이 보이면 따라붙어라. 그리고 오토바이 소리가 들리는 순간 바로 내가 신호등을 잡을 거야. 그다음은 종기가 박살 내고 바로 파랑이가 들어가는 거다."

땅콩이는 작은 체구와는 달리 목소리 톤은 낮고 허스키했지만 전달력만큼은 깊은 무게가 실려 있었다. 나도 여러 번 연막탄에 지프 라이터로 불을 붙이는 시늉을 반복했다. 우린 모든 준비를 마쳤다. 그리고 우린 각자의 자리로 가서 실전을 위해 마지막을 준비하고 있었다.

늦은 밤 1시. 망원경으로 주위를 살피던 내 눈에 고급스럽고 시원하게 뻗은 8907 검은색 차량이 들어왔다. 내가 신호를 주자 종기가 바로 오토바이에 시동을 걸었고 잠시 후 우린 조심스럽게 차량의 후미에서 미행을 시작했다. 조금씩 포인트 지점으로 8907이 가까워졌다. 사거리 옆 건물에서 준비를 하고 있던 땅콩이 바로 신호등을 잡았다. 직진 신호를 받기 위해 대기 중이던 차량 옆으로 나와 종기가 붙었다. 종기는 조금도 망설임 없이 쇠 파이프로 차량 유리를 가격했고 퍽 하는 소리와 함께 유리 파편이 사방으로 튀었다. 난 구멍이 생긴 차량 속으로 신속하게 불을 붙여 연막탄을 두 개나 던졌다. 순식간에 차량 안은 매연으로 가득 찼다. 4명의 건장한 사내들은 고통스럽게 기침 섞인 숨을 몰아쉬며 사력을 다해 차량 밖으로 탈출하고 있었지만 검은색 가방 3개는 몸에 붙어 있었다. 난 가방 두 개를 든 사내를 세차게 내리쳤고 그는 저항도 하지 못한 채 바닥으로 쓰러졌다. 가방을 종기에게 넘기고 바로 다른 사내에게도 똑같은 방법으로 공격을 가해 그들을 잠재워 버렸다.

실력이 어떤지는 모르겠지만 아무리 건장한 사내들이라도 호흡이 곤란해지니 아무런 저항도 못 한 채 순식간에 우리에게 정복당하고 만 것이다. 종기와 나는 가장 빨리 그들의 시선 밖으로 시원스럽게 빠져나왔다. 짧은 몇 초 사이에 우리는 그들의 가장 귀한 것을 강탈했다. 하지만 우리의 흔적들은 어디에서도 찾을 수가 없었다.

17

나, 종기, 땅콩 이렇게 세 사람은 땅콩의 사무실에 모였다. 우린 긴장 속에서 가방을 열었다. 세 사람 모두 입을 다물지 못했다. 사람의 손길을 한 번도 허락하지 않았던 빳빳한 고액 달러 지폐가 가득 담겨 있었다. 우리는 환호성을 지르며 하이 파이브로 서로의 기분을 대신했다.

"일단 한 개씩 나누어 가지되 잠잠해질 때까지 몇 달간은 무조건 쓰지 말고 짱박혀 있어야 된다. 그리고 서로에게 무슨 일이 생기면 제일 먼저 연락을 취해서 잠적할 시간을 만들어 주자고."

나의 말에 두 사람이 모두 동의했다.

"몇 달만 지나 봐라. 세계에서 제일 비싼 오토바이 살 거다. 뒷좌석엔

금발의 백마 태우고 다닐 거야. 크크크."

종기는 상상만 해도 기쁜지 연신 웃음이 줄지 않았다.

"난 최고급 게임방 차려서 하루 종일 게임하고 죽어라 게임하고 미치도록 게임만 할 거다. 난 펑펑 놀면서 게임하는 게 소원이었거든. 파랑아, 넌 뭐 할 거냐?"

땅콩이 궁금한지 나를 바라보았다.

"난 좋은 집으로 이사 갈 거고. 내 동생 보라 원 없이 공부할 수 있도록 밀어줄 거야. 생각만 해도 내 동생이 불쌍하고 안타까워서 말이야. 자질도 너무 아깝기도 하고."

"자식, 너처럼 동생 생각하는 오빠는 조선 팔도 어디에도 없을 거다. 나처럼 동생 없는 사람 어디 서러워서 살겠냐. 그건 그렇고 오늘 사업도 성공했는데 신나게 한번 놀아 보자."

종기가 서로의 의견을 물었다.

"오늘은 둘이 놀아라. 솔직히 요즘 며칠 집에 못 들어가서 동생이랑 꼰대 좀 궁금해서 말이야. 미안하다."

"한번 결심하면 파랑이 고집 못 꺾지. 그래, 잘 들어가고 내일부터 톡으로만 연락하고 푹 찌그러져 있자고. 오케이?"

종기의 말이 무엇을 의미하는지 모두는 잘 알고 있었다.

전자제품 대리점에 들러서 나는 가장 최신형의 노트북을 구입했다. 보라가 그렇게 가지고 싶어 했던 모델이었다. 벌써부터 좋아할 보라의 모습을 생각하니 내 마음이 더욱더 기쁨을 주체하지 못했다. 그리고 꼰대 영양제도 구매했다. 요 며칠 하도 술을 빨아서 얼굴이 검게 보였다. 간에 좋다는 영양제였다. 그래도 내 아빠인데 성질도 났지만 가끔씩 동정도 생겼다. 그와 난 어쩔 수 없는 핏줄이었다.

18

꼰대는 다급하게 의류품 등 필요한 물건을 챙겼다. 지금은 어떠한 말도 들어오질 않았다. 빨리 이곳을 벗어나야 했다.
"아빠, 왜 그러시는데요? 대체 뭐 하는 건데요?"
"보라야, 아빠가 다 설명할 테니 지금은 무조건 내 말만 들어라. 어서."
등산용 배낭 속에 대충 정리를 끝낸 후 꼰대는 보라의 손을 잡고 출입구 문을 열었다. 그러나 꼰대는 그 자리에서 힘없이 주저앉았다.
"내 이럴 줄 알았지. 빚쟁이들은 조금도 예상을 빗나가질 않아."
도박장 짱 사장과 떡대들이 벌써 문 앞을 지키고 있던 것이었다.
"사장님, 제가 눈에 뭔가 씌어 있었습니다. 제발 돈은 며칠 내로 갚을 테니 나 한 번만 살려 주십시오. 예?"
"나는 당신과 계약을 했고 정당한 게임에서 승리 후 쟁취한 겁니다. 전직 교수였다는 분이 기본적인 계약도 모르신다니 어처구니가 없군요. 그래서 특별히 며칠간 시간도 드린 건데…. 너무 실망인데요."
짱 사장은 기분 나쁜 금이빨을 드러내 보였다.
"나도 그건 알지만 아무것도 모르는 어린 소녀입니다. 사장님, 제발 이렇게 애원합니다. 돈은 몇 배라도 갚겠으니 제발 내 딸만은……."
꼰대는 엎드려 허공을 향해 두 손을 모으고 애원했다.
"죄송합니다. 저도 그러고 싶은데 벌써 다른 분에게 넘어갔습니다. 시간 끌면 우리 애들이 화를 내요. 그러니 우리 젠틀하게 웃으면서 계약에 충실하시죠."
"아저씨들 누구세요. 왜 우리 아빠한테 이러시는데요."
꼰대 뒤에서 지켜보던 보라가 큰 소리로 치고 나왔다.

"역시 교수님을 닮아 보기 드문 미인일세. 꼬마 아가씨 조용히 가방 들고 우리랑 같이 가시기만 하면 돼요. 아주 좋은 곳으로 모실 겁니다. 조용하게 가지 않으면 아가씨 아빠가 흠집 납니다. 무슨 말인지 이해되시지요. 크크큭."

"안 돼."

꼰대가 일어나며 문을 잠그려고 시도했지만 떡대들의 완력에 뒤로 넘어지고 말았다.

"이렇게 말로 점잖게 하려고 하면 꼭 반항을 한다니까. 안 되겠다. 얘들아. 어여 공주님 모셔라."

"예."

사내들이 거칠게 밀어 덮쳤다. 어떡해서든 막아 보려는 꼰대는 바닥에 넘어졌고 사내들의 세찬 발길질이 그를 덮쳤다. 사내들의 완력으로 보라는 비명을 지르고 있었지만 힘없이 끌려 나갔다. 꼰대의 눈 속에서 보라가 멀어지고 그는 정신을 잃고 쓰러졌다. 꿈속에서 한때나마 행복했던 시절이 떠올랐다. 손으로 그때를 잡아 보려 했지만 더욱더 그의 손에서 멀어져 갔다.

그리고 새까만 암흑만이 그를 기다리고 있었다. 이젠 정말로 끝장이라고 생각했다. 하다하다 이런 일까지 겪을 줄은 정말 몰랐다고 생각했다. 꼰대는 자신을 인간쓰레기 중 최악질 쓰레기라고 생각했다.

19

내가 집에 도착했을 때는 꼰대의 정신이 반쯤 나가 있었고 방바닥에 수많은 구두 발자국만이 남아 있었다. 그리고 어지럽게 옷가지 등이 바닥에 방치되어 있어서 무슨 일이 일어났다는 것을 쉽게 짐작할 수 있었다.

"정신 좀 차려 봐요. 이게 뭔 일인지 똑똑히 말해 보라고."

나는 양손으로 꼰대의 멱살을 잡고 심하게 흔들어 댔다. 그는 눈을 뜨다가 다시 감고, 또 흔들면 눈을 떴다가 감기를 여러 차례 반복했다.

"미안하다. 이 나쁜, 이놈의 손모가지 때문에 보라가……. 보라가……."

솔직히 언젠가는 이런 날이 올 줄 알고 있었다. 하지만 이렇게까지 안 될 거라고 믿고 싶었는지 모른다. 나도 더 이상은 어떻게 흘러가는지 모를 만큼 내 이성은 모두 날아가고 없었다. 그냥 내 동생 보라만 생각났다. 무조건 다시 집으로 데리고 와야 된다는 생각밖에는 없었다.

풍물시장에 가서 서슬 퍼런 40cm 정도의 정글 칼을 샀다. 족보를 알 수 없는 흉기가 내겐 필요했다. 그리고 지금 난 칼날을 갈고 또 갈았다. 무조건 한 방에 한 놈씩 처단할 것이다. 내 팔뚝에 칼날을 그어 보았다. 선명한 핏방울이 맺혔다. 그런데 조금도 아프지 않았다. 하긴 이미 나도 내 인생을 포기했다. 그러니 더욱더 살기가 눈빛으로 치고 올라왔다. 난 인생에서 처음으로 마약이란 놈을 내 몸에 투여했다. 처음 몇 분간은 별 반응이 없다가 십여 분이 지나자 내 몸속에 그대로 투영되었다. 정신은 하늘을 날았고 내가 세상의 중심이 되었다. 끝도 없는 자신감이 내 정신과 일치가 되어 갔다. 자꾸만 핏빛이 그리워졌다. 빨간색이 고파졌다. 피를 쭉쭉 빨아 먹고 싶어졌다.

나는 가정용 도시가스 배관에 내 애비란 자의 팔뚝을 묶었다. 그리고 정신이 없는 그를 깨웠다.

"꼰대. 좀 일어나 봐요."

태어나서 처음으로 아빠라는 사람을 꼰대라고 불렀다. 내가 칼끝으로 그를 흔들자 그의 눈빛이 나를 향했다. 하지만 그도 예상하고 있었는지 담담하게 나를 맞이했다.

"오늘이 당신의 마지막 날입니다. 그래서 저도 최대한의 예의를 갖추려고 합니다. 당신이 사랑한 술, 마지막으로 먹을 기회를 드리지요."

나는 정중하게 글라스 컵에 소주를 넘치도록 따랐다.

"고맙다, 파랑아. 내가 무슨 변명을 하겠냐마는 이렇게까지 올 줄은 정말로 나도 몰랐다. 너와 보라에게 못난 애비로서 용서만 빌고 싶다."

그는 거침없이 소주잔을 밀어 넣었다.

"아들이 따라 주는 소주가 너무 달고 맛있네. 한 잔만 더 먹을 수 있을까?"

그도 울고 나도 울었다. 난 나머지 전부를 그의 잔에 부었다.

"웃긴 얘기지만 인생 한 방에 나락으로 빠져들더구나. 너희한테만큼은 그렇게 하면 안 되는 거였는데 죽기 전에 그걸 알지 못하다가 지금에서야 알다니 사람은 참 어리석은 존재가 맞는 것 같다."

"조금 순서만 다를 뿐 보라만 평범한 일상으로 데리고 오면 나도 당신을 따라갈 겁니다."

"아니다. 넌 이제부터라도 행복해져야 해. 제발 그런 생각은 하지 말고…."

그도 어쩌지 못하겠는지 말끝을 흐렸고 대신 더 굵은 눈물이 흘렀다.

"더 지체하면 둘 다 힘들어집니다. 안녕히 가십시오."

난 일어나 그의 팔뚝을 거침없이 잘랐다. 그의 손이 몸에서 분리가 되더니 맥없이 툭 떨어졌다. 사방에 피가 퍼져서 붉은 색깔로 채워져 갔다. 마지막 그의 눈빛은 평온했다. 나에게 고맙다고 말하고 있다는 것을 느낄 수 있었다.

20

　보라를 무조건 빨리 찾아야 한다. 시간이 지체될수록 어떤 참변을 당할지 모른다. 내가 보라 대신…. 내가 대신이었어야 한다는 생각만 맴돌 뿐 어떤 해결책도 내겐 없었다. 불법 사설 도박장 맞은편에서 짱 사장을 관찰하며 무작정 기다렸다. 그의 모습이 몇 번 보였지만 항상 덩어리 2명이 그의 뒤를 따르고 있어서 어떻게 할 수가 없었다. 그래도 난 무조건 보라를 찾아야 한다. 더 큰 어려움이 있어도 언제나 해맑게 웃는 내 동생을 위해 꼭 평범한 일상으로 되돌려 놓아야 한다. 늦은 오후 젊은 여자 한 명이 주위를 살피며 도박장을 벗어나고 있었고 약간의 간격을 두고 정 사장이 거들먹거리며 출입구를 나오고 있었다. 분명히 두 사람 사이엔 연관성이 있다고 생각되었다. 물론 이번에는 정 사장 혼자였다. 조심스럽게 맞은편 인도상에서 그들을 미행했다. 삼백 미터쯤 지났을 무렵 모텔촌이 보였고 여자가 J 모텔로 들어갔다. 내 예감은 적중했다. 시간 차이만 있을 뿐 짱 사장도 그녀를 따라 그곳으로 들어가는 것을 확인했다. 그녀도 도박에 빠져서 모든 것을 탕진하고 몸으로 때우고 있다고 쉽게 짐작할 수 있었다. 난 아주 은밀하게 모텔로 진입하여 출입구 앞쪽 주차장 후미진 곳에 몸을 숨겼다. 그리고 내 품속에서 자고 있던 망치를 만져 보았다. 단단한 쇠뭉치의 차가운 느낌이 그대로 몸에 퍼졌다. 다시 망치를 들어 보았다. 햇빛에 비친 망치의 머리 부분이 반사되어 성난 울음을 토해 내고 있었다.
　도시는 어둠이라는 옷을 입기 시작했다. 햇빛은 마지막 발악을 하고 있었지만 도시는 기세 좋은 어둠에 정복되어 갔다. 이번에도 여자가 먼저 조심스럽게 모텔을 빠져나갔다. 난 긴장했다. 조금 있으면 정 사장도 나올 것이다. 한 방에 조져야 한다. 숨을 참으며 기다리는 몇 분이 몇 년처럼 더디게 흘러갔다. 하지만 팽팽한 긴장감이 나의 모든 신체 기관을 깨우고 있었다.

그놈이다. 내 동생 보라에게 상상도 못 할 시련을 안긴 놈. 바로 3미터 앞에 그 새끼가 있다. 망치 자루를 잡아 하늘로 뽑고 아주 조심스럽게 그에게 다가갔다.

"어이, 불법……."

사내는 무의식적으로 고개를 돌렸다. 그 순간 내 망치가 그의 뒤통수에 그대로 박혔다. 육중한 그가 아무런 저항 없이 쓰러졌다. 하지만 어떻게든 위기를 벗어나려고 두 손으로 바닥을 기고 있었다. 내 눈은 살기로 빛났다.

전보다 더 큰 강도로 그를 또다시 내리쳤다. 이제는 어떠한 저항도 없이 모든 게 그대로 멈췄다. 세상 모든 것이 정지된 것처럼 고요했다.

21

칼끝으로 기절했던 사내의 배 살점을 도려내자 정 사장이 눈을 떴다. 아직도 고통이 큰지 아주 힘들게 숨을 몰아쉬고 있었다.

"이봐, 불법 아저씨. 꾀병 부리지 말고 이제부터 진실한 대화 나눠 보는 게 어때."

사내의 몸을 의자에 앉히고 테이프로 그의 몸을 칭칭 감아 놓았다. 사내는 자신의 처지를 확인하자 빠르게 정신을 차리려 했다. 하지만 그의 옆에 한쪽 팔이 잘린 시체를 확인하자 얼굴에는 공포가 그대로 묻어났다.

"여기가 어디…… 야……. 왜… 나를."

"여기를 모른다고. 내 동생 데리고 간 곳이잖아. 네가 교수님이라고 부르던 사람이 옆에서 지금 푹 쉬고 있거든."

"원하는 게 뭐야. 왜 이러는데? 우리 이러지 말고 이성적으로 풀어 보자고."

아무것도 움직일 수 없었던 그는 힘겹게 말을 토해 냈다.

"이성 좋아하는 놈이 십 대 소녀를 팔아넘겨? 내 동생 어디 있어. 내 동생 어디에 있냐고?"

나는 더더욱 흥분되어서 말소리가 끝없이 치고 올라갔다.

"나도 애를 키우는 아빠야. 나도 사람인데 좋지만은 않았다고. 일단 이것부터 풀어 줘. 우리 같이 좋은 방향으로 대화를 해 보는 거야. 그러다 보면 분명히 만족할 만한 결과가 나오는 거라고."

사내는 애원하면서 나에게 구걸하기 시작했다.

"내 동생이 어디 있는지 그게 먼저야. 대가리 굴릴 생각은 조금도 하지 마. 내가 원하는 대답 못 하면 손가락을 하나씩 자를 거야. 담배 하나 피울 시간은 주지."

내가 담배에 불을 붙여 주자 힘들게 연기를 내뿜고 있었고 입술의 상처 때문에 담배 필터 부분이 빨갛게 변했다.

"나도 이 정도면 충분히 시간을 준 거라고. 본론으로 들어가지. 내 동생 지금 어디에 있어?"

"솔직하게 다 말해 주면 나도 살 수 있다는 약속을 해 줘. 그래야 나도 네가 원하는 대답을 다 해줄 수가 있어."

사내는 살고자 하는 욕구를 강하게 나타냈다.

"아직까지 돌아가는 상황을 이해하지 못하고 있군. 네가 가지고 있는 패는 없어. 솔직하게 말하고 나한테 처분을 기다리는 수밖에는."

나는 시퍼런 칼날을 세워 사내의 왼쪽 귀를 순식간에 잘라 버렸다.

"으아악…. 으윽."

피가 얼굴 전체에 퍼졌고 사내는 고통에 신음했다.

"어때, 이제 이해가 가? 어떻게 하나 남은 것도 시원스럽게 잘라 줄까. 그래야 밸런스가 맞을 것 같은데."

"알았어. 제발 더 이상은……. 모든 걸 말할 테니 고정하라고. 고정……. 제발 고정……."

난 사내 머리 위에서 칼을 돌렸다. 사내에게 무언의 위협을 가했다.

"이 세상에는 별의별 놈들이 다 있어. 돈만 있으면 무조건 다 되는 세상이니까. 돈만 있는 졸부들은 좀 더 특별한 걸 원하지. 하루걸러 보약들만 냅다 처먹다 보니까 힘만 있는 거고. 그걸 다른 곳에 쓰기를 원하지. 그 자식들은 소위 말하는 영계들을 원해. 아무런 흠이 없는 상태라면 천정부지로 가격은 높게 책정되는 거고. 그걸 공급하는 작자에게 자네 동생을 넘겼어. 솔직히 미안한 얘기지만 도박장만 운영해서는 조직을 관리하지 못해. 그래서 부업으로 시작한 거고. 요즘은 너나 할 것 없이 미성년자를 찾아내서 데뷔시키려고 혈안이 되어 있어."

나는 분노를 삼키며 몇 번의 침을 소리 없이 넘겼다.

"역시 내 생각이 맞았군. 설명 한번 짜임새 있게 잘하는데. 직업을 잘못 선택한 것 아냐. 아무튼 그럼 다음 질문은 뭔지 알겠지. 지금 내 동생 어디에 있지?"

사내는 나를 보고 결정이 섰는지 크게 숨을 들이마셨다.

"강남 최고급 D 오피스텔에 합숙소가 있다는 것만 알아. 정확한 호수는 몇 번인지 모르고. 거기서 관리, 감독하다가 호출을 받으면 그들이 원하는 장소에 배달했다가 다시 끝나면 찾아온다는 얘기를 들었어."

"표현력이 잘못되었군. 그녀들은 물건이 아니야. 배달한다니 국어를 기초부터 다시 배워야 하겠어."

"미안해. 내가 생각이 짧았네. 정정하지. 그렇게 졸부들이 논다는 거였어. 우리 일상용어가 이렇다 보니…. 이해해 주게. 한 가지 염치없지만 충고 하나 하지. 혼자서는 감히 꿈도 꾸지 않는 것이 좋을 거야. 그쪽 세계에서 알아주는 건달들 여러 명이 24시간 그녀들을 감시해서 아무도 빼낼 수가 없다고 하더군. 이 정도면 내가 알고 있는 정보 모두를 말한 거야. 이 정도 했으면 이제 나를 돌려보내 주게. 나 혼자 비밀로 안고 평생을 살아가지. 미안하지만 나도 지켜야 할 내 가족이 있네. 그러니 이쯤에서 서로 묻기로 하고 고이 돌려보내 주시게."

사내의 간절함을 표정에서 읽을 수 있었다.

"내가 더 미안한데. 너를 살려 보낸다고 내가 저지른 살인이 없어지지 않아. 며칠만 참고 기다려 줘. 나도 바로 당신 뒤를 따라갈 거야. 그땐 정식으로 사과하지. 어르신한테 너무 막 대했다고."

바로 사내의 목을 쳐 버렸다. 얼굴이 공중에 떠서 빙빙 돌더니 바로 바닥으로 떨어졌다. 방 안에는 붉은색 아닌 색깔을 찾는 게 더 어려웠다. 무모하고 한계라 해도 내 동생 보라를 찾을 수만 있다면 어떠한 짓도 나는 할 것이라고 다짐했다.

22

그곳은 다른 세계였다. 국산 차보다 외제 차가 더 많았고 사람들의 표정과 입는 옷부터 다른 동네였다. 분명한 건 출퇴근 시간 그렇게 지옥 구간이 된다는 걸 알면서도 그곳에는 자동차와 사람이 넘쳐흐르는 딴 나라였다.

　대한민국에서 가장 돈 많은 사람들이 모여든다는 이곳. 아니 그들을 동경하거나 그들을 흉내 내며 살고 싶은 사람이 더 많이 모여든다는 이곳. 하지만 상위 1%의 그들은 자신들의 세계에 신세계를 건설하여 견고하게 방어벽을 만들었고 자신들 이외에는 어떠한 사람들의 접근도 철저하게 차단했다. 하지만 불나방들은 하루를 살더라도 그들의 인생을 1초라도 살고 싶어 했다. 자신들의 날개가 타서 없어지더라도 가장 찬란한 그곳에서 살고 싶어 했다. 짱 사장이 말한 문제의 오피스텔이 내 시야에 들어왔다. 첫 번째부터 난관에 봉착했다. 1층 로비부터 경비원들의 삼엄한 경계 및 순찰이 시작되었다. 출입증이 없는 사람들은 하나하나 전부 신원을 확인하여 접근조차 허락하질 않았다. 난 그곳을 어떡해서든 뚫어야 했다. 짱구를 굴려야 한다. 아무런 제재 없이 그곳에 들어가야만 했다. 1층에는 고급 레스토랑이 있었다. 나는 손님처럼 자연스럽게 그곳으로 들어갔다. 메뉴를 주문 후 나는 가장 빠른 속도로 주위를 스캔했다. 남자 화장실로 들어가 변기통 위에 준비했던 면 티셔츠에 휘발유를 뿌려 불을 붙인 후 담을 넘어 빠져나왔다. 그리고 잠시 후 전 층에 화재경보기가 울리기 시작했다. 나는 다른 쪽 화장실에서 건물 전반을 살폈다. 일시에 모든 출입문이 열리면서 사람들이 피난하기 위해 우르르 몰려나왔고 정확히 3분 후 소방차와 구급대가 건물 안쪽으로 들어왔다. 난 준비한 119대원 복장으로 갈아입은 후 자연스럽게 출동한 소방관 무리 속에 숨어들었다. 일시에 건물 내 모든 보안망이 마비되어 어디든 갈 수 있게 되었다. 30층이 넘는 오피스텔에서 몇 호실에 보라가 있는지 무조건 빨리 찾아야 했다. 난 지하 3층까지 있는 주차장에 도달했다. 어린 소녀들을 실어 나르

려면 분명히 승합차가 필요했을 것이고 3대 이상은 있어야 한다고 확신했다. 그리고 보조석 유리에 몇 호 차량이라고 분명히 오피스텔 마크가 붙어 있을 것이다. 119소방대가 철수하기 전까지 찾아내야 했다. 시간이 너무나 빠듯했다. 지하 1층을 전속력으로 확인하고 찾아 나섰다. 하지만 승용차만 있었다. 지하 2층에도 승합 차량은 없었다. 지하 3층 단서를 못 찾으면 어떻게 할지 걱정은 했지만 더 이상 다른 방법은 없었다. 숨이 턱 밑까지 몰아쳐서 숨쉬기조차 힘들었다. 맨 마지막 지점에서 나란히 있던 승합 차량 3대를 발견했다. 그리고 같은 호수 1809호. 그곳에서 겁에 질려 떨고 있을 보라를 생각하니 지금 당장 쳐들어가고 싶었다. 지금은 모든 덩어리들이 평상시와 같은 일상생활을 하고 있어서 승산이 없었다. 새벽에 기습적으로 들어가 일시에 박살 내야 한다. 나는 최고층의 옥상으로 올라갔다. 오늘은 여기에서 하룻밤을 보내야 한다. 나는 가장 편한 운동복으로 갈아입었다. 그리고 다시 한번 정글 칼을 꺼내 엄지손가락을 살짝 그어 보았다. 역시 날카로웠다.

23

하늘은 어두운데 도시는 더욱더 환하게 변하고 있었다. 최고층 옥상에서 바라본 밤거리는 신세계가 따로 없었고 마치 빨려 들어갈 것처럼 나를 유혹했다. 보라만 온전히 구해 내면 난 깨끗하게 이 세상에 안녕을 고할 것이다. 더 이상 미련도 후회도 없다. 하지만 그전에 내 동생에게 욕을 보인 놈들은 다 죽인 후, 그다음 얘기다. 그동안 서러운 인생이었다. 누리고자 했던 기본적인 것들도 난 누리지 못했다. 하지만 어떻게 하겠는가?

이미 아주 멀리 와 버렸는걸. 사람의 심리는 이상했다. 처음엔 복수심에 불타 분노가 끓어오르고 불쌍한 내 동생 보라에 대한 미안한 감정만 나의 모든 것을 지배했는데 지금 옥상에 도시의 차가운 바람이 부니 체온이 곤두박질치면서 따뜻한 커피 한잔 마시면 모든 시름이 없어질 것만 같았다. 사람의 마음은 하루에도 수백 번 바뀐다고 하던데 나도 평범한 사람이었다. 현재 상태에 힘없이 굴복하고 마는 그런 사람이었다. 하지만 이제 결단의 시간이 다가오고 있다. 나는 어떻게 되어도 보라는 꼭 아무 탈 없이 살아가야 하는데 걱정 반, 분노 반 그리고 두려움 반이 내 심장에서 왔다 갔다 맴돌고 있었다.

24

유난히 밝은 새벽을 깨우는 햇빛이 들어왔다. 새벽 5시 30분. 계획했던 시간이 다가온다. 계단을 통해 천천히 생각을 정리하면서 접근해야 한다.
마치 꿈을 꾸는 것처럼 현실이 여러 갈래로 교차되면서 어지럼증을 느꼈다. 어쩌면 다시 내 손에 피를 묻혀야 하는 것이 두려웠는지도 모른다. 하지만 보라의 일상을 제자리로 돌려놓아야 하는 내 인생의 마지막 목표를 향해 전진하고 있었다. 방화문 틈새로 아침 햇살이 여러 갈래로 침투되고 있었다. 1809호 문 앞에 도착했다. 몇 번을 망설이다가 마음을 부여잡고 초인종을 눌렀다. 한 번, 또 한 번. 반응이 없다. 다시 길게 한 번. 드디어 잠이 덜 깬 사내의 무거운 발걸음을 느낄 수 있었다. 그것도 내가 안에 있는 것처럼 생생하게……
"아이, 졸려 죽겠는데 아침부터 누구십니까?"

짜증 섞인 사내의 목소리가 그대로 내 귀를 때렸다.

"주문하신 택배 왔습니다."

택배 기사 유니폼으로 갈아입어서 의심을 살 여지가 없었다.

"야, 아가. 택배면 그냥 문 앞에다 놓고 가면 되지. 뭐가 그렇게 중하다고 아침 댓바람부터 이런 난리여."

"이른 시각 대단히 죄송한데 고가의 제품이라 꼭 수령인 사인이 필요해서요. 잠깐이면 됩니다. 확인만 해 주시면 바로 가겠습니다."

"아이, 형님들이 또 충동구매 하셨구먼. 알았다. 아유, 졸려."

사내는 피곤한지 하품하는 소리가 작게 울려 퍼졌다. 이때가 기회였다. 여기서부터 확실히 조지고 시작해야 한다. 난 오른손으로 등 뒤에 정글 칼을 세웠다. 눈에는 주체할 수 없는 이글거리는 살기가 불타오르기 시작했다.

철컥.

살이 오른 녀석의 손이 보였다. 바로 문이 열리는 순간 오른손 팔뚝을 그대로 내리쳤다. 팔뚝은 이미 두 동강 나서 분리되었고 짧은 순간에 사내는 고통조차 느끼지 못했다. 왼손으로 빠르게 문을 열어젖히고 녀석의 경동맥에 그대로 칼을 쑤셔 넣었다. 100kg에 육박하는 거구가 그대로 땅에 처박혔다. 바로 현관 앞에 진입했다. 내 예상이 그대로 적중했다. 의심스러운 두 개의 방은 자물쇠로 채워져 있어서 그곳에는 덩어리들이 없다고 확신했다.

일단 큰 방에 진입하니 먹다 남은 야식 찌꺼기와 술병들이 나뒹굴고 있었고 아직 상황 파악을 못 한 덩어리들은 꿈속을 헤매고 있었다. 바닥을 살펴보니 어린 소녀들을 위협할 때 쓴 것 같은 야구 배트가 있었다. 자신들이 남을 위협할 때 쓰던 장비로 죽는 것도 괜찮아 보였다. 난 배트를 들고 조금의 자비도 없이 세차게 대가리를 조졌다. 한 방에 한 놈씩 4명의 사내들이 꿈속을 헤매고 있을 때 깨끗하게 인생을 마무리시켜 주었다. 조용히 작은 방 문을 열어 보니 3명의 덩어리들이 자고 있었다. 끝났다고 방심할 때 위기가 온다. 하긴 짧은 시간 너무 많은 사람을 죽였다. 이제는 피와 시체를 보아도 아무런 감정이 느껴지지 않았다. 사람은 상황에 따라 그대로 변한다는 말은 진짜다. 문을 열고 조심스럽게 다가섰다. 한 걸음 두 걸음. 다른 인기척을 느꼈는지 한 사내가 나를 바라보고 있었.

"넌 뭐야……. 너… 누구야."

누워서 몸을 아직 못 추스르고 있던 사내가 나를 바라보았다.

"뭐긴, 씹새야. 저승사자다."

아주 무지막지하게 3명을 동시에 때려눕혔다. 아무런 동정도 주저도 없었다. 그냥 그들은 나쁜 새끼들이었다. 가지고 있던 망치 뒤편을 이용해 문을 열었다. 팡팡하는 소음에 안에 있는 소녀들의 인기척을 느꼈다.

난 정말로 깜짝 놀랐다. 아주 어린 소녀들이 거의 앉아서 노예처럼 생활하고 있었다. 20여 명의 어린 소녀들이 나를 바라보았다. 어린 소녀들은 거의 나체로 내가 보기에도 민망했다. 그야말로 인신매매의 현장이었다. 보라는 없었다. 보라를 무조건 찾아야 하는 신념 때문에 다급하게 다음번 방도 열어젖혔다. 나를 울고 있는 보라가 보였다.

"보라야. 보라야. 어서 나와."

"오…… 빠."

나는 입었던 잠바를 벗어 보라의 몸을 보호했다. 거의 앙상한 뼈대만 있는 보라가 위태로웠다. 보라를 부축하며 눈을 바라보자 애처로워서 눈물이 흘러나왔다.

"보라야. 오빠가 정말로…. 정말로 미안하다. 지켜 주지 못해서."

"아니야, 오빠. 오빠가 꼭 올 줄 알았어. 고마워."

"아무 걱정 말고 모두들 집으로 돌아가세요. 그리고 다시는 이런 곳에 오지 말고요."

소녀들은 서로 일어나 눈치를 보며 옷을 챙겼고 자신들의 갑작스러운 자유에 조금은 생소한 듯 선뜻 나서질 못하고 있었다. 갑작스럽게 빠져나가면 다른 일이 발생할 것 같아 일단 다시 옥상으로 보라를 부축해 올라왔다. 일단 조금은 사태를 지켜보면서 다음 행동을 해야 할 것으로 생각했다. 물론 내 흔적을 지워야 했다. 나는 끝날지 몰라도 보라에게만은 지금 이 순간부터 어떠한 어려움도 있으면 안 된다. 올라오는 동안 보라는 몇 번인가 힘이 없어 조금 걷는 것조차 매우 힘들어했다.

25

햇빛이 번진 옥상은 많이 상쾌해져서 공기가 맛있었다. 내 목적을 달성한 이상 이제 무사히 보라를 일상으로 아무 일 없이 복귀만 시키면 된다. 그렇게 생각하니 안심이 되었다. 놀란 보라의 마음을 이제부터 잘 추슬러야 한다.

"보라야. 어디 아픈 데는 없고? 이제는 정말로 아무 일도 없을 거야."

말은 그렇게 했지만 보라를 등진 채 빌딩 숲을 보고 있었다.

"오빠. 난 괜찮아. 그런데 아빠는."

"널 이렇게까지 만든 자가 그 사람인데. 그런 말이 나오니."

이런 너무 순수한 보라가 바보처럼 느껴졌다.

"보라야, 그냥 욕을 해. 널 도박판에 승부를 위해 베팅한 인간이야. 아직도 아빠란 소리가 나오니."

"오빠…. 아빠는 자신의 선택을 많이 자책하시고 날 끝까지 지켜 주려 했어. 동기는 잘못되었어도 그걸 후회하고 진정으로 용서를 구했었고. 난 아빠 안 미워."

"그런 말은 나중에 하고 일단 며칠간 모든 걸 잊고 푹 쉰 다음 넌 이제부터 정말로 공부만 열심히 해서 꼭 우리나라를 이끄는 사람이 되어야해. 그렇게 할 수 있지?"

"오빤 날 너무 어렸을 때부터 특별한 사람이라고 생각했는데 난 그렇지 않아, 오빠."

보라도 내 눈빛을 피했다.

"여기에서 그런 말 해 보았자 무슨 소용이니. 일단 조용한 것 같으니 빨리 이곳을 벗어나자."

"오빠…. 오…."

보라가 큰 한숨을 쉬었다.

"무슨 할 얘기가 있니?"

"사실대로 말할게. 난 이제 예전의 내가 아니야. 솔직히 오빠도 짐작했을 거야. 여기에서 며칠 사이에 어떤 일을 내가 당했는지."

"그만……. 그만."

난 큰 소리로 보라를 막아 세웠다.

"오빠, 이제부터 내 말 꼭 들어 줘야 해."

보라는 차분해졌고 나는 급했다.

"그래, 일단 한번 들어 보자."

보라의 얼굴을 보니 큰 소리가 쏙 들어갔다.

"이곳에서 나서는 순간 아빠에 대한 원망 지우기. 그리고 아빠한테 진심으로 잘하기. 그리고 오빠도 이제부터 공부하기. 그래서 원하는 대학 꼭 들어가기."

그렇게 할 수 없다고 말하고 싶었으나 보라의 진심을 외면할 수 없었다.

"그래, 그렇게 할 테니 일단 내려가자."

"끝으로 한 마디만 더 할게. 오빠…. 그래도 동생이라고 날 끝까지 지켜주려고 했던 일 너무 고맙고 평생 잊지 않을게. 오빠는 너무 힘들고 고달프게 살아왔지만 난 그렇지 않았어. 오빠와 아빠랑 같이 산 세월이 너무 소중했고 행복했어. 정말로 고마워. 오빠를 다시 만난다면 꼭 이 말은 해주고 싶었어. 오빠, 잘 살아."

말라깽이처럼 날아갈 것 같던 보라가 빠르게 자리에서 일어나 옥상 난간으로 몸을 날렸다. 난 가까스로 그녀의 손을 잡았다.

"보라야. 너 이러면 안 돼. 정말로 이러면…. 빨리 내 손 잡고 어서 올라와."

난 온 힘을 다해 보라를 잡고 있었다.

"오빠. 이 손 놓아 줘. 그래도 오빠가 내 마지막 길을 같이 있어 줘서 두렵지 않아서 너무 좋네."

"보라. 이 녀석아. 너 이러면 정말 안 돼. 너 이러면 나는 어떡하라고."

내 목소리는 더욱더 커져 갔지만 손에 힘은 점점 빠졌다.

"보라야. 제발 부탁이야. 어서 다른 손으로 나를 잡고 올라와. 오빠가 이렇게 애원한다. 제발."

"오빠, 난 지금 무지 행복해. 두렵지도 않고. 그냥 좋은 곳에 간다고 생각해 줘."

보라의 눈에서 눈물이 흐르고 있었지만 표정은 너무 편안했다. 꿈이라고 해 달라고 무조건 속으로 애원했다.

"오빠……. 안녕."

보라가 내 손을 밀어 냈다. 나는 아무런 힘도 써 보지 못하고 멀어져 가는 보라를 바라보았다.

"보…… 라…… 야."

그다음은 아무것도 생각이 나질 않는다. 그 후로 어떻게 시간이 흘러갔는지 아무것도 기억이 나질 않는다. 분명한 것은 내 곁에 남아 있는 사람은 이제 아무도 없다는 것이었다. 부정할 수 없이 받아들여야 하는 슬픈 현실을 어떻게 이겨 낼 수 있을지……. 난 이제부터 어떻게 살아가야 할는지……. 아무것도 이겨 낼 자신이 없었다. 그리고 그동안 참아 왔던 우울증과 무기력증이 폭풍이 되어 밀려왔다.

26

애비란 사람을 내 손으로 죽였고, 사랑하는 내 소중한 동생은 스스로 세월을 등졌다. 그럼 나도 이제 가야 하는 것이다. 한강 고수부지에서 소주를 마시기 시작했다. 꼰대가 살아생전 그렇게 사랑했던 소주, 그놈을 한번 정복해 보고 죽기로 했다. 아무리 마셔도 정신은 도리어 선명해져 갔다. 보라를 따라가고 싶었지만 너무 두려웠다. 내가 과연 그렇게 할 수 있을지가 걱정되었다. 제기랄. 나도 의연하게 혼자서 가야 하는데 말처럼 쉽지 않았다. 13병까지는 소주를 마신 것이 생각이 난다. 그다음은 셀 수 없었다. 이제 정신도 혼미해져 갔다. 드디어 모든 두려움이 사라지고 당당해질 수 있었다. 난 서서히 몸을 이끌었다. 대교 위에서 시원하게 강 쪽으로 몸을 던지는 것이다. 이제 마지막 과업만이 남았다. 정말 빨리 정리하고 나도 보라와 꼰대를 만나야 한다. 그 세계에선 꼰대가 도박을 끊었을까? 그 세계에서도 꼰대를 만나면 서먹서먹할까? 그 세계에서 꼰대를 만나도 나에게 앵벌이 노릇을 시킬까? 빨리 확인하고 싶어졌다. 나는 푸른 강을 바라보았다. 몸은 말을 듣지 않았는데 정신은 갈구하고 있었다. 지나가던 차들이 내가 위태로웠는지 경적을 마구 눌러 대기 시작했다. 마음이 급해졌다. 이러다가 119와 경찰이 오면 또 며칠을 허비해야 한다. 정답은 무조건 한 가지 방법밖에는 없다.

'더럽고 서러운 인생, 잘 살기보단 구질구질하게 살고 간다. 다들 잘 살아라. 씹새들아.'

나도 몸을 날렸다. 쿵 소리를 끝으로 아무것도 남아 있질 않았다. 깊이 깊이 빨려 들어간다고 느끼고 있었다. 몸은 너무 시원해져서 좋았는데 속은 타고 있었다. 속이 부글부글 끓는 것 같았다. 한 가지 소원이 있다면 시원한 사이다 한 병만 마셔 봤으면 하고 생각했다. 그리고 스위치가 꺼지듯 뚝 끊겼다.

27

너무도 편한 세상이었다. 엄마, 아빠, 보라 그리고 나 우리는 가족 운동회에 참가했다. 두 사람이 한 몸이 되어 다리에 끈을 묶고 이어 달리는 경기였다. 난 엄마와, 보라는 아빠와 같은 한 몸이 되었다. 참가한 모든 사람들의 얼굴엔 즐거움으로 가득했다. 그리고 행복했다. 우리 팀의 마지막 주자인 엄마와 나는 보라에게 배턴을 인계받고 전력 질주 했다. 엄마와 나는 기합을 넣어 가며 상대 팀을 따라잡았다. 그리고 거리를 좁히면서 가장 먼저 결승선을 통과했다. 우리 가족은 함성을 지르면서 기뻐했다. 이게 천국이라고 생각했다. 좋은 일만 가득 찬 곳. 이곳이 천국이며 난 다행히도 천사가 되었다고 생각했다. 계속 이런 날만 있었으면 했다.

뚜뚜뚜- 뚱-

눈이 떠졌다. 조금 전까지 행복했던 모든 것이 한순간에 없어졌다. 보이는 것은 작은 방 안 침대 위에 내가 있었고 몸은 조금도 움직일 수 없었다.

전신에 통증이 극심하게 몰려왔다. 속으로 욕지기를 씹었다. 정신을 잃을 때와 똑같이 갈증만 해소된다면 소원이 없었다. 이게 살았는지 어떻게 된 건지 아무것도 모르겠다.

"물……. 물."

크게 말하고 싶은데 그럴 힘이 없었다. 남아 있는 힘을 쥐어짜 내서 소리를 질렀다. 그러자 한 중년 부인이 문을 열고 나타나 나의 몸을 부축하더니 빨대를 물려 줬다. 본능적으로 빨았다. 세상에 이런 기막힌 맛도 없었다. 너무 시원하고 달고 달았다. 인간은 참으로 약한 존재다. 조금 전까지 그렇게 죽기를 갈구했는데 지금은 속이 시원하니 바라는 바가 더 이상 없이 편안했다. 다시 기억이 없다. 필름이 끊기고 난 어둠 속으로 다시 빨려 들어갔다.

"정신이 좀 드니."

나는 그녀를 바라보았다. 십여 년 전 자신만 살겠다고 보라와 나를 버린 엄마라는 사람이었다. 그렇게 보고 싶을 때는 곁에 없더니 이렇게 죽으려고 하니 만나게 되었다. 인생 한마디로 엿같다.

"정말 미안하구나. 이렇게 힘들게 살고 있었는데 몰라서. 어떻게 너에게 용서를 빌어야 할지. 다 내 욕심만 채우다가…… 너희들을…….”

그녀는 고개를 돌리고 흐느끼기 시작했다. 하지만 난 아무런 감정도 없었고 엄마라면 따뜻해야 하는데 그런 느낌도 없었다. 아니 너무나 서먹했다. 무슨 말을 어떻게 시작해야 하는지도 몰랐다.

"내게 무슨 일이 있었… 나요?"

최대한 냉정하자고 생각했다.

"너도 알다시피 강한 정신적 충격으로 귀한 목숨을 스스로…."

무슨 말을 하는지 잘 알았지만 나를 낳아 준 엄마라는 사람인데도 창피했다.

"아니 그런데 왜 내가 여기에 있는 건데요?"

"지금은 네가 휴식이 필요해. 오늘은 묻지 말고 푹 쉬어라."

"쉬고 싶다고 쉬어지겠어요. 말 돌리지 말고 그냥 말하세요."

일어서려는 그녀를 막았다. 내 의지가 강경하다고 느꼈는지 그녀가 다시 의자에 앉았다.

"참 인생 좆같네. 모자 상봉이 이렇게도 되는군. 아주 정리가 하나도 안 되고…… 숨기지 말고 어떻게 된 플레이인지 다 말하세요. 정신 멀쩡하니까."

흐물거리던 정신이 곧게 펴지면서 바로 제자리로 돌아왔다.

"내가 아는 지인이 네 주위에서 항상 지켜보고 있었다. 너를 꼭 만나야 했거든. 솔직히 너에게 도움을 받아야 할 일이 있었다. 그래서……."

"돌리지 말고 직구로 가세요. 무엇 때문인지 그냥 있는 그대로 말하시라고요."

내 언성이 또다시 하늘을 찔렀다.

"그래, 솔직하게 다 말하마. 이제부터 하나의 거짓도 없이…."

잠시 정적이 흘렀다. 그녀도 말하기 전 스스로 감정을 잡으려 했다.

 "누가 뭐라고 해도 네 아빠가 내 혼신의 역작들을 몇 푼 돈을 받고 도박하기 위해 팔아넘긴 것을 도저히 용서할 수 없었다. 그래, 내 그림들이 너희 남매보다 더 소중했다. 그것이 그땐 그랬다. 나도 그 지긋지긋한 굴레에서 무조건 벗어나고 싶었고……."

 "그럼요, 나도 그랬는데. 그건 저도 이해합니다. 그런데 당신은 엄마였어. 아직 부모의 케어가 필요한 우리 남매를 무참히 버리고 혼자 살겠다고 간 거라고."

 너무 힘들어서 목소리가 안 나올 것 같았는데 밀려오는 분노에 쩌렁쩌렁 울렸다. 나도 그게 신기했다.

 "내 교사 퇴직금도 네 아빠가 다 날려서 내 수중에 아무것도 없었다. 다시 학교로 돌아갈 수도 없었고. 그래서 조그마한 화실에 보조교사로 취직했다. 물론 방세 낼 돈도 없어서 화실에서 생활했고…. 그런데 느지막이 미술을 배우고 싶어 하는 한 남자를 만났다. 그래, 그 사람이 지금의 남편이고…. 변명 같지만 생활 형편이 나아지면 너희들을 찾아가려고 했다. 몇 번인가 그 남자의 구애를 뿌리쳤는데 사람 일은 정말로 알 수 없었다. 그렇게 거부해도 사랑이 찾아왔으니…. 폭풍처럼 나를 사랑해 주고 나를 위해 모든 것을 희생해 줬다. 지금 이 남편은……. 정말로 미안해, 엄마가. 나는 행복에 젖어 너희들 생각을 세월 속에 묻고 행복하게 살았다. 그러다가 우리 두 사람 사이에 아기가 생겼고 딸아이가 태어났다. 못난 내게 다시 찾아온 생명은……. 아기를 위해서라도 더욱더 과거를 지우고 싶었는지 모르겠구나. 그런데……."

 엄마는 목이 막히는 듯 입술을 달싹였다. 짧은 정적 후에 그녀가 다시 입을 열었다.

"나는 너도 알다시피 색깔을 좋아했잖니? 그래서 딸아이 이름을 초록이라고 지었어. 세 살까지는 잘 자라 줬는데 어느 순간 몸에 고열이 나고 아무것도 하질 못해서 병원에서 정밀검진을 받았는데 선천적으로 신장이 제 기능을 할 수 없는 병이었다. 하루라도 투석을 받지 않으면 살지 못하는…. 난 작은 생명을 살리고 싶었다. 살리는 방법은 단 하나, 신장 이식 수술밖엔 없었고. 염치없는 건 알지만 초록이 살릴 수 있는 사람은 너밖에 없어. 더 이상은 염치가 없어서 말을……."

무슨 말인지 단번에 이해가 갔다.

"그러니까 어차피 죽을 목숨 마지막으로 좋은 일 한 번만 하고 죽으라는 얘기네요."

"아니야. 네가 왜 죽어. 초록이가 완쾌되면 너랑 같이 우리 네 식구 함께 사는 거야. 남편한테도 다 승낙받았고 네 결심만 있으면 된다."

그녀의 모든 초점은 내 입술로 향했다.

"잘 모르시는 게 있으신데요? 전 애비라는 사람도 죽였고 벌써 내 손으로 여러 명 골로 보냈고 당신만 찾던 보라도 이미 이 세상 사람이 아닙니다. 그런데 내가 살아도 산 거라고 생각하십니까? 인생 희한하네요. 아무런 희망도 미련도 세상에 없어서 죽으려고 했는데 나를 필요로 하는 사람도 있다니…. 크크큭…. 물론 십여 년 만에 나타난 엄마라는 사람이 나 때문에 애원하고 내 처분만 기다린다니 이거 너무 재미있는데……. 생각은 좀 해 볼게요. 그런데 지금은 다 필요 없고 쉬고 싶네요. 무슨 말 하는 줄 잘 알았으니 이젠 잠 좀 자게 나를 좀 내버려둡시다."

"그…… 래. 지금 당장 결정하라는 얘기가 아냐. 천천히 시간을 가지고 생각해 달라는 얘기지. 그리고 네 앞날은 걱정하지 마라. 새로운 사람으로 완벽하게 신분을 바꾸어 줄 테니…. 넌 그냥 편안하게 그동안 힘들었던 거 잊기만 해라. 이 못난 어미가 다 해 줄 거야……. 정말로.”

그녀가 조심스럽게 문을 열고 나갔다. 어떻게 돌아가고 있는지 모든 게 복잡했다.

28

“오빠야, 배 안 고파? 사람은 먹어야 사는데.”

키 작은 어린 소녀가 나를 흔들어 깨웠다.

“나는 초록이야. 엄마가 그림을 좋아해서 가장 예쁜 색깔로 이름을 지어 주셨대….”

엄마가 낳은 아이라는 것을 단번에 알 수 있었다.

“오빠도 어디 아파? 나도 많이 아픈데. 오빠야, 주사 놔 줄까?”

한눈에 보기에도 삐약이는 왜소했고 얼굴에 핏기가 하나도 없었다.

“엄마가 멋있는 오빠라고 하던데 정말 잘생겼네.”

눈을 떠서 정확하게 소녀를 바라본 순간 놀라고 말았다. 초록이는 보라의 어릴 적 모습이 그대로 있었다. 아니 보라가 환생했다고 해도 믿을 정도였다.

“그래, 배고파. 뭐 좀 가져다줄래?”

“조금만 기다려. 요리하시는 이모한테 말할게.”

복잡하고 혼란스러웠지만 그 짧은 시간에 다시 살고 싶어졌다. 내가 그토록 행복하기를 바라는 보라가 다시 살아 돌아왔다. 아니, 초록이를 무조건 살리겠다. 내 육신을 다져서라도 건강하게 만들고 싶었다. 엄마라는 사람이라도 행복하게 살았으면 그걸로 되었다는 생각을 했다. 나와 보라가 불행하다고 해서 우리처럼 다른 사람들도 불행해질 순 없는 거였다.

29

내가 있었던 곳은 모든 의료시설이 갖추어진 곳이었다. 그냥 짐작만 하더라도 이런 저택은 일반 시민으로서는 상상도 할 수 없는 곳이었다. 모든 것이 상위 몇 퍼센트 안의 세상이었다.

"천천히 눈을 감으세요. 조금 있으면 모든 게 편안해질 겁니다."

간호사가 나를 보며 지시했다. 난 그래도 내 옆 침대에 있는 초록이를 바라보았다. 사랑스러웠다.

"오빠도 코 자. 나도 잠이 오네. 오빠 자고 일어나면 숫자 공부시켜 줘."

"그래…. 초록이도 잘…… 자."

근래 들어 가장 달콤하고 편안한 잠이었다. 진짜로 초록이랑 숫자놀이를 하고 싶었다. 다시 내게 온 보라를 이젠 다시 놓치지 않을 것이다.

수술은 대성공이었다. 내 신장은 거의 자신의 장기처럼 초록이에게 아무런 거부반응 없이 그대로 이식되었다. 이젠 정말로 행복해질 수 있을까?

더 이상 바람도 꿈도 없다. 평범한 사람처럼 초록이하고 엄마하고 하루하루 감사하며 살고 싶어졌다. 보라에게 못 해 줬던 모든 것을 해 주고 싶었다. 나는 보라를 끝까지 지켜 주지 못했다. 어쩌면 이것이 내가 보라에게 속죄하는 방법일지도 모른다. 나에게 잘 살라고 말해 준 보라에게 정말 잘 사는 모습을 보여 주는 것…….

하늘에서 다른 인생을 선물해 준 것처럼 마음도 편했다. 무슨 일이든 하고 싶었다. 한 시간 아니 매분 매초 소중했다. 지금 숨을 쉬고 있는 게 모든 것이 꿈이요, 희망이요, 행복이었다. 그동안 비뚤어지게 인생을 산 것이 너무 후회되었다. 내가 행한 모든 악행들을 참회하고 용서를 빌고 다른 사람을 위해서 봉사하는 인생을 살고자 마음먹었다. 그런데……. 그런데……. 나의 그런 바람은 이루어질 수가 없었다. 불행이라는 놈은 결코 자신을 떠나보내게 해 주질 않았다. 아니 무조건 올가미를 채워서 더욱 나를 고난이라는 불구덩이 속에 밀어 넣었다. 그것도 아주 처참하게…….

30

시간이 흘러 몸도 많이 좋아졌고 초록이도 얼굴에 활기를 찾을 수 있었다. 그렇지만 아직도 엄마와의 관계는 서먹했다. 며칠만 지나면 이곳을 떠나야겠다고 마음먹었다. 시간이 오후로 지나가면서 지루함을 벗어나고자 오랜만에 컴퓨터 모니터를 켜고 여러 가지 관심사를 검색하고 있었다. 내 아이디와 비밀번호를 입력하고 메일을 열어 보자 종기의 메일이 10건 이상 온 것을 확인했다. 메일 제목은 '파랑아 아주 급하다. 제발 연락 좀 해 다오. 우리 좆 된 것 같다.'였다. 메일 내용을 확인한바 무언가 다급하게 돌아가고 있다는 것을 바로 알 수 있었다.

땅콩이 한 방에 당함. 온몸이 토막으로 발견되었음. 저번에 우리가 했던 그 건으로 추정. 이 메일을 확인하는 순간 이후부터는 무조건 접속하지 말 것. 보이지 않는 손이 우리 아이디를 추적하고 있음으로 추정. 일단 만나서 대책 강구 요망. 절대로 핸드폰 등으로 연락하지 말 것. 너랑 항상 만나는 곳에서 홀숫날만 기다릴 것임. 저녁 7시 시간 잘 체크할 것.

갑자기 이런 메일에 나는 긴장했고 두려움이 밀려왔다. 사태가 내가 생각한 것보다 너무도 심각하게 흘러가고 있었다. 분명한 사실은 우리를 지금 추적하고 있다는 것이다. 나는 그동안 아무런 활동 자체가 없었으므로 나를 찾지 못하고 있었다. 땅콩이를 그렇게 할 정도면 분명 잔인하고 자비가 없는 놈들일 것이다. 아니 우리가 생각하는 것보다 훨씬 더 큰 절벽 같은 놈들일 것이다. 나는 빠르게 짐들을 챙겨 집을 나왔다. 종기를 무조건 만나야 했다. 종기와 만나는 곳은 재개발 중 건축주 사이에 법적 분쟁으로 공사가 멈춘 후 오래 방치된 공사 현장이었다. 그곳은 사람들의 출입이 전혀 없어서 종기와 내가 항상 만나던 곳이었다. 저녁 7시 전 내가 먼저 와서 종기를 기다렸다. 그런데 시간이 한참을 흘러가고 있는데도 종기는 나타나질 않았다. 불길한 마음이 생겼지만 종기의 말대로 주의사항을 철저하게 지켜야만 했다.

저녁 8시가 넘은 시간. 평상시 같으면 오토바이 엔진 소리를 가장 크게 하고 나타났을 종기였지만 아주 은밀하게 약속 장소에 나타났다.

"파… 랑아. 혹시 여기… 오기 전에 누구 따라붙은 사람 없었어?"

종기는 안정을 찾으려고 했지만 정신은 이미 반쯤 나가 있었다.

"종기야, 정신 차리고. 무슨 일인데?"

나까지 종기의 행동으로 인해 불안해졌다.

"니미… 씨발. 땅콩이가 아주 처참하게 살해당해서 호숫가에 떠올랐다. 그것도 허리가 절단되어서 두 토막으로 말이다."

"뭐, 정말로…?"

내가 종기를 쳐다보자 말없이 고개만 끄덕였다.

"이 새끼들 실체도 없어. 우리 제대로 걸린 것 같다. 땅콩이가 그렇게 죽었는데도 어디 하나 방송에 나온 적도 없어. 지방 신문에 짧게 3줄 기사가 났다. 그리고…… 이 말까지 해야 되나."

"여기까지 왔는데 무슨 말을 숨겨. 또 무슨 일이 벌어졌는데?"

"땅콩이 아버지는 일찍 죽고 어머니도 다른 남자와 눈이 맞아서 일찍 땅콩이와 떨어져 살았는데……. 글쎄 땅콩이 엄마와 의붓아버지까지 죽인 것 같다. 틀림없어. 내 직감은 거의 맞거든."

"왜 그렇다고 장담하는 건데? 무슨 말인지 쉽게 좀 해 봐라. 정신 산만하게 하지 말고."

종기는 담배에 불을 붙여 매우 깊숙이 필터를 빨았다.

"처참하게 죽은 중년의 여자와 남자 사진을 내 핸드폰으로 전송했더라. 땅콩이 부모라고 하면서……. 그리고 조금만 있으면 너도 골로 보내 주겠다고 메시지까지 받았다. 물론 받은 즉시 핸드폰은 폐기했는데 우리가 땅콩이와 벌인 일이야. 그것밖에는 없지 않냐?"

"그렇겠지. 네 말이 맞는 것 같다."

나도 아주 심각해져 갔다.

"나야 평생을 고아로 살아와서 이 한 몸밖에는 없지만 너는…… 일단 넌 무조건 이 바닥 떠라. 그게 최선책일 것 같다."

종기의 대답에 엄마와 초록이가 한순간에 지나갔다. 어떻게 살린 내 동생인데 나는 무조건 지켜야 한다.

"시간 없어. 개죽음 당하기 싫으면 무조건 잠적해야 된다. 우리가 이제까지 상대했던 놈들이랑은 사이즈가 완전히 달라. 우리가 대적할 만한 놈들이 아니라고."

"그럼 너는 어떻게 할 건데?"

종기에게 앞으로 어떻게 할 건지 묻고 싶었다.

"요즘 내 주위로 누군가 감시하는 것 같고 아주 오락가락 미치겠다. 그런데 나야 혼자니까 하루에 한 번씩 오토바이로 계속 돌아다니면서 있던 장소 바꾸고 살아야지. 나 솔직히 말하는데 오토바이 말고는 아무것도 타지 못한다. 다른 것 타는 즉시 폐쇄공포증이 있어서……. 도망가고 싶어도 갈 수가 없어. 너라도 여행이라고 생각하고 어디 짱박혀서 푹 쉬다 와라."

이제 더 이상 나로 인해 다른 사람이 피해를 보면 절대 안 된다. 어렵게 엄마와 초록이를 받아들였다. 보라에게 속죄하고 싶은 만큼 그들에게 행복을 주고 싶다. 이들이 불행해지는 일은 절대로 있으면 안 되었다. 종기와 나는 결론을 내리지 못하고 일단 며칠간만 사태를 지켜보고 생각해 보자고 했다. 물론 철저히 쥐죽은 듯 웅크려 있자고 했다. 내 인생은 아무것도 조용히 흘러가는 것이 없었다. 그들은 목적도 실체도 없는 유령 같은 공포를 내게 주었고 아무런 흔적도 없이 서서히 우리 두 사람의 목을 죄어 왔다.

31

일단 종기랑은 무조건 몸을 피하자고 했다. 피하고 난 후 하루에 한 번씩 잠자는 곳을 다르게 하자고 했다. 꼭 전하고자 한다면 오토바이 택배를 이용하여 지하철 물품 보관함에 편지를 쓰고 나는 짝수 날에, 종기는 홀숫날에 확인하자고 했다. 물론 새벽 시간대에 빨리 엄마와 초록이를 떠나야 한다.

난 솔직히 초록이가 너무 예뻐서 헤어지는 날 마음이 너무 안타까웠다. 다시 만날 날이 너무 긴 것처럼 느껴져서 오래간만에 느껴 본 동생에 대한 사랑은 나의 전부가 되었다.

"오빠는 내가 좋다면서 왜 엄마와 나를 떠나. 그냥 같이 있으면 안 돼?"

초록은 나를 정말 잘 따랐고 좋아했다.

"오빠는 초록이 싫어하나 봐. 난 오빠가 너무 좋은데."

"그래, 파랑아. 엄마와 같이 있자. 새아빠도 네가 너무 듬직하다고 하잖니?"

엄마는 그동안 내게 미안했던 것을 이번 기회에 다 갚고 싶어 했다.

"아녜요. 제가 조금 서먹서먹하고 어려워서 그래요. 엄마 자주 연락할게요. 걱정하지 마시고요."

엄마는 나의 눈치를 조금 살피고 있었다.

"오빠, 그럼 다음번엔 같이 놀이동산에 가는 거야. 나 말 타고 싶어. 오빠랑."

"그럼 공주님, 빨리 올게. 그리고 엄마 아빠 말씀 잘 듣고 밥 많이 먹고. 그래야 달리기 잘할 수 있어."

"그리고 초록이 조금만 아파도 빨리 와야 해."

"알았어요, 공주님, 꼭 그렇게 할게요."

너무 예쁜 초록이를 보고 있자니 절로 웃음이 나왔다.

"그래, 네 생각이 그렇다면 그렇게 하렴. 파랑아. 혹시 오늘 초록이 마지막 검진 받고 밖에서 맛난 것 먹으려고 하는데 오늘까지 안 되겠니?"

"엄마, 떨어져 있으려면 빠를수록 좋아요. 같이 있으면 제가 힘들어져요."

"그래, 그렇게 하마. 대신 아무 걱정 하지 말고 생활해라. 새아빠가 다 알아서 해 줄 거야. 그리고 다시는 과거 얘긴 꺼내지 마라. 넌 이제 자유롭게 생활할 수 있어. 이제부터는 너보다 힘든 사람들 돕고 살아가면 되는 거야. 알겠니?"

나는 말없이 고개를 끄덕였다. 떨어져 있던 시간이 많았어도 엄마는 엄마였다. 모든 걸 포용할 수 있는 그녀의 사랑이었다.

"그럼 오빠, 초록이 밥 잘 먹는 거 한 번만 보고 가. 그리고 여기에 뽀뽀해 줘."

초록은 왼손으로 자신의 볼을 만졌다. 너무 예쁜 새 여동생이었다. 나는 가볍게 초록이를 들어 올려 주었다. 내 품에서 까르르 웃고 있는 초록이를 보자니 모든 근심 걱정이 한 번에 다 날아갔다. 초록은 나를 다시 살게 해 준 모든 것이었다.

32

인생은 고난의 연속이다. 그날 이후 나는 어느 한곳에 있질 않았다. 항상 위기를 모면할 수 있도록 여관, 여인숙, 고시원 등에 들어서면 피할 수 있는 방법을 먼저 강구한 후 하루를 묵었다. 잠을 자다가 악몽 후 갑자기 깨어나면 불길한 생각이 들어 미친 듯이 짐을 챙기곤 했다.

새벽 시간 주위를 살피며 종기와 약속했던 물품 보관함을 열어 보았다. 종기가 쓴 편지가 있었다. 종기의 편지 내용은 이러했다.

파랑아, 어떻게 지내니? 너는 별일 없는 거지. 3일 전 내 애마를 타고
외각으로 빠지던 중 갑자기 나에게 돌진해 오는 오토바이 집단을 발

견하고 직감적으로 나를 노리고 있다는 것을 알게 되었다. 40여 분간 집요한 추격전이 지속되었는데 거의 잡힐 뻔한 순간에 다리 공사 중인 곳으로 방향을 돌렸다. 떨어지면 그대로 즉사하는 공사 지점을 망설이지 않고 날아올랐다. 내 생에 오토바이로 가장 높이 새처럼 날아오르는 날이 되었다. 정말 짜릿했다. 개새끼들, 내가 누군데 그놈들에게 잡히겠나. 그놈들은 내가 날아오른 뒤 오토바이를 세우고 뒤를 돌아보자 눈치만 살피고 한 놈도 나처럼 날지 못하더라.

난 평생 그놈들에게 굴복하지 않을 거다. 혹시 네게도 그런 위험한 순간이 있었는지 걱정이 된다. 절대 방심하지 마라. 그놈들은 틀림없이 네게도 나타날 거야. 항상 조심하고 또 조심해라. 조금만 버티면 실체 없는 그 새끼들 정체 꼭 알게 될 것이다. 그때 우리가 밟아 버리는 거야. 몸조심하고.

멀리서 항상 파랑이를 응원하는 친구 종기가.

언제 끝날지 모르는 이 상황이 막막했다. 어디 갈 곳도 없었고 오라는 곳도 없었다. 그냥 무작정 걷다가 배고프면 먹고 잠이 오면 잘 뿐이다. 대체 그들은 누구인가? 아무런 단서도 아무런 실체도 어떠한 상상도 할 수 없는 지금 현실이 너무 막막했다. 내가 편하게 쉴 수 있는 곳은 세상 어디에도 없다는 사실이 서러웠다. 오늘도 밤을 맞이했다. 무작정 걷다가 확인해 보니 엄마와 초록이 있는 단독주택 앞에 와 있었다. 잠시만이라도 초록이를 보고 싶었지만 그럴 수 없었다. 대문 앞에서 정원만 바라보았다. 혹시 정원에서 놀고 있는 초록이를 잠시만이라도 볼 수 없을까? 하는 희망 사항이었다. 그런데 분명히 집 안에 있을 시간인데 아무런 인기척도 느낄 수 없었고 방 안에 불빛도 모두 꺼져 있었다. 불길한 예감이 밀려왔다. 한참을 기다려 봐도 모든 게 정지되어 있었다. 나의 인내에도 한계가 밀려왔다. 아무런 일이 없을 것이라고 나 혼자 결론을 내고 벗어나려고 하는 순간 중년 여자 두 명이 지나갔고 그들의 대화 내용을 똑똑히 들을 수 있었다.

"이 집 남자가 사업 실패로 신변을 비관해서 자신의 부인과 어린 딸을 죽이고 자신도 자살을 했대요."

"어휴, 나도 그 소리 들었어요. 착하고 예의 바른 사람이었는데 어쩌자고 그랬는지, 나도 정말 너무 놀라서 무섭기까지 하던걸. 돈이 웬수죠. 웬수."

나는 현장에서 쓰러질 뻔했다. 나를 향한 복수라는 것을 단번에 알 수가 있었다. 그 어린 것이…. 이제는 꿈을 펼칠 수 있을 거라 생각했는데 초록이는 이제 이 세상에 없었다. 종기와 자주 왔던 뼈대만 앙상한 공사장에서 밤새도록 울었다. 나 때문에 또 세 사람이 죽었다. 아무것도 모르는 그 착한 사람들이. 조금이라도 아픔을 잊어 보려고 수십 병의 소주를 또 마셨다. 마시다가 울고 울다가 술을 마셨다. 난 복수를 하여야 한다. 내 소중한 전부를 빼앗은 그들에게 복수를 해야 한다. 그런데 나는 아무것도 모른다. 실체조차 아무런 실마리도 없다. 난 지금부터 죽어서도 안 되고 죽을 수도 없다. 하지만 이제 어떻게 해야 하는 건지…….

33

그날은 초록이의 마지막 검진이 있었다. 이젠 일상생활도 자유롭게 할 수 있고 운동도 해도 지장이 없다는 의사의 검진 결과에 가장 행복한 날이었다. 오늘 세 식구가 가장 멋진 파티를 하자고 했다. 엄마가 초록이를 자가용에 태우고 남편에게 향하던 길이었다.

"엄마. 그렇게 좋아?"

"그럼. 이제 초록이가 학교도 마음대로 갈 수 있다고 하는데, 이 엄마는 오늘이 너무 행복해."

"그럼 오늘이 내 생일인 거야."

"호호호, 듣다 보니 그러네. 그래, 내년부터 오늘을 초록이 생일로 하지 뭐. 넌 어때."

"나도 좋아요. 엄마 사랑해. 그리고 감사해."

"이 엄마도 초록이를 하늘만큼 땅만큼 사랑해요. 호호호."

엄마와 초록이가 세상 누구보다도 행복한 날이었다. 그때였다. 뒤에서 운행을 하던 대형 지게차가 초록이를 태운 승용차를 들어 올려 대형 화물차 컨테이너 속으로 아무런 망설임도 없이 구겨 넣었다. 두 모녀는 정신을 잃었다. 화물차는 정해져 있는 노선대로 거침없이 달리다가 어느 강이 보이자 컨테이너를 들어 올려 초록이를 태운 승용차를 물속으로 밀어 넣었다. 초록이는 아무런 저항도 못 하고 차가운 물속에서 자신의 생을 억울하게 마감했다. 그리고 새아빠라는 사람은 며칠 후 자신의 집 주변 야산에서 로프에 목이 감긴 채 발견되었다. 내 주변의 모든 사람들은 불행해져야만 했다. 나랑 조금이라도 교류가 있다면 그 모두가 대상이었다. 이제 내 스스로 그 끈을 풀어야만 한다. 하지만 난 아무런 힘도 능력도 없이 약하고 약할 뿐이었다.

34

수십 병의 소주병을 앞에다 두고 잠이 들었다. 아니 잠을 잘 수가 없었다.

정신은 몽롱한데 기억은 더 생생하게 뇌리에 맴돌아서 그냥 눈만 감고 있는 거였다. 그 순간 의도적으로 나에게 다가서는 발소리를 들을 수 있었다. 3명의 건장한 사내들이었다. 나에게 가까이 다가서던 한 사내가 나를 내려다보았다.

"형님. 이 자식이 완전히 맛이 갔는데요. 어떻게 할까요?"

"어떻게 하긴. 우린 돈 받고 지시받은 일만 해 주면 돼. 고객이 원하는 곳으로 배송만 잘해 주면 되는 거고."

맨 뒤에 서 있던 사내의 음성이었다. 드디어 검은 실체가 나에게도 다가왔다.

"일으켜 세워."

사내의 지시에 부하가 내 뒤에서 나를 부축하며 일으켜 세웠다. 난 눈을 번쩍 뜨고 뒤통수로 사내의 면상을 가격했다. 사내는 맥없이 쓰러졌다. 그리고 앞에 있던 소주병을 잡아 들고 차례로 사내들의 머리에 정확하게 가격했다. 사내들은 갑작스러운 공격에 어떠한 저항도 하지 못했다.

"어떤 새끼야. 어느 놈이 나를 노리는 거야?"

나는 두목으로 보이는 사내를 내려다보았다.

"누군지… 몰라…. 우린 위에서 시키는 일만 하는 거야."

고통에 겨워 어렵게 말을 이었다.

"내 엄마와 핏덩이 같은 내 동생을 죽인 것도 너희들 짓이지?"

사내는 말없이 고통에 힘들어했다. 내 느낌이 정확하다는 확신이 섰다. 그러자 밑바닥부터 분노가 뚫고 올라왔다.

"살인 그거 처음이 힘들지 두 번, 세 번 반복하다 보면 감각도 무뎌지지. 나에게 살려 달라는 말은 하지 마. 난 무조건 너희들을 죽일 거거든."

소주병을 깨서 날카로운 날을 그들의 목 부위 경동맥에 정확히 꽂아 넣었다. 차이만 있을 뿐 그 광경을 지켜보던 다른 사내가 공포에 휩싸여 기어서라도 벗어나려고 온 힘을 쏟고 있었지만 몇 미터 가질 못했다. 나머지 사내들에게도 목 주위에 유리 조각을 꽂았다. 사내들의 입과 콧속에서 뜨거운 피가 쏟아져 나왔다. 내 몸도 피로 붉게 물들어 갔다. 나도 이젠 살인에 무감각해져 가는 걸 느꼈다.

35

종기를 비밀스럽게 만났다. 더 이상 이 바닥에서 내가 있을 곳은 없었다. 복수를 하기 위해선 연구하듯이 전략을 짜야 한다. 그러나 나는 지금 아무런 힘도 정보도 없었다. 준비를 해야 한다. 하지만 이렇게 있다간 바로 지워지고 말 것이다. 밀항을 결심했다. 일단 몸이 자유가 되어야만 그 다음을 생각할 수 있었다. 종기는 신의도 있고 수완도 넓은 친구였다. 그가 중국으로 가는 밀항선을 알선해 주었고 마지막으로 나를 배웅해 주러 가는 길이다. 오토바이에 앉아 종기의 허리춤을 잡았다. 종기는 빛과 같은 속력으로 나와 함께 달리고 있었고 시원한 바람을 몸으로 느끼고 있었지만 너무 서러웠다. 아니 너무 내 인생이 고달팠다. 모든 걸 잃고 도망자 신세가 되었다는 사실에 눈물이 하염없이 흘러나왔다. 그나마 종기가 옆에 있다는 것이 조금은 위안이 되었다. 나와 종기는 모두가 잠들어 있는 새벽 항구에 조심스럽게 도착을 했다.

"종기야, 같이 가자."

솔직히 나의 어려움을 같이 나누어 줬으면 했다.

"난 싫다. 그때도 말했듯이 오토바이 말고는 아무것도 탈 수 없어. 너도 잘 알잖아."

종기가 담배를 꺼내 나도 주고 자신도 피워 물었다. 새벽녘 눈앞에 담배 연기가 퍼졌다.

"그리고 이거."

종기가 자신의 손에 담겨 있던 작은 USB를 내게 건넸다.

"이게 뭐야?"

나는 무의식적으로 USB을 받고 종기를 쳐다보았다.

"아마도 우리를 쫓고 있는 놈들이 원하는 것인지도 몰라. 땅콩이가 죽으면서 우리에게 넘기려고 했었던 것 같아. 그런데 땅콩이가 여기에 비밀번호를 걸어 놓았어. 5번 틀리면 자동 폐기 되도록. 궁금해서 열어 보려고 했는데 2번 틀렸다. 앞으로 3번만 틀리면 아무것도 알 수가 없어. 그러니 나보다 머리 좋은 네가 풀어 봐라."

"어디서 났는데?"

너무 궁금했다.

"사실 땅콩이가 부탁을 했어. 자기가 잘못되면 자기가 쓰던 컴퓨터 하드 다 박살을 내 달라고 해서 땅콩이 사무실에 몰래 갔는데 벌써 놈들이 하드를 수거해 간 것 같더라고. 그래서 할 수 없이 땅콩이가 앉아서 일했던 의자에서 일어나려는 순간 딱딱한 게 느껴져서 방석을 올리자 USB가 있었어. 당하기 직전에 한 것 같아."

종기가 담배꽁초를 손으로 튕기자 힘없이 떨어졌다.

"네가 못 푼 암호를 어떻게 푸냐?"

"USB 옆 작은 쪽지에 이렇게 써 있더라. 암호는 우리 세 사람이고. 영어와 숫자라고."

"그래, 한번 연구해 보지. 아무튼 그동안 고마웠다. 다시 돌아올 때까지 잘 살고 있어."

내 가슴이 무척 뜨거워졌다.

"너나 몸조심해라. 그 새끼들이 뛰어오면 난 날아다닐 거니까 걱정하지 말고. 파랑아. 그동안 친구여서 나 역시 너무 좋았다."

우린 깊게 포옹을 했다. 녀석도 나도 말은 안 했지만 흐느끼고 있었다.

"잘 살다가 나중에 보자고."

난 몸을 돌리고 걸어가면서 손만 흔들었다. 종기도 웃으면서 나를 바라보고 있다는 것을 느꼈다. 그때였다.

쾅- 쾅-!

갑작스러운 폭음이 들리고 정신을 놓았다. 검은 차량이 무서운 속도로 돌진해 종기와 오토바이를 들이받은 후 나한테까지 돌진을 한 것이다. 이미 오토바이는 눈에서 보이지 않고 종기는 수십 미터 날아가 의식이 전혀 없었다. 여러 명의 사내들이 쏟아져 나오면서 우리를 잡으려고 몰려들었다. 나는 필사적으로 비틀거리면서도 몸을 일으켜 세워 주위를 벗어났다. 빨리 잡으라는 큰 소리에 사내들이 내게 다가오고 있다는 걸 느낄 수 있었다. 내가 잡히는 건 시간문제였다. 하지만 난 이대로 끝날 수 없었다. 컨테이너 틈 사이로 몸을 숨기자 플래시 불빛이 사방에서 쏟아졌다. 사고 여파로 온몸엔 고통이 밀려들었다. 사내들이 가까이 다가오자 난 발악을 하듯 컨테이너 문을 당겼고 다행히 잠기지 않은 것을 발견할 수 있었다. 난 그 안으로 들어갔다. 그리고 그대로 정신 줄을 놓았다. 여기저기에서 빨리 잡으라는 굉음이 들렸다. 이것이 끝이라고 생각한 채 나의 의식은 저 깊은 곳으로 추락하고 있었다.

36

눈을 떴을 때 나는 어디론가 가고 있었다. 예상하건대 컨테이너를 가득 실은 배인 것 같았다. 밖에 나가 보려 해도 문이 굳게 잠겨 있어 나갈 수 없었다. 움직이고 있다는 것만 느낄 수 있을 뿐 낮인지, 밤인지도 알 수 없었다. 몸도 너무 고통스러웠지만 허기가 져서 참을 수가 없었다. 어렵게 몸을 일으켜 안에 있는 물건들을 살펴보았다. 다행히 아기들이 먹는 분유와 물이 있었다. 허겁지겁 분유를 입속에 털어 넣었다가 사레가 들려 기침을 하니 사고의 후유증으로 인해 온몸으로 고통이 고스란히 전해졌다. 어디로 가든 난 살아가야 한다. 그리고 내 어린 동생을 죽인 그놈들을 향해 잔인하게 복수를 해야 한다. 그렇기 때문에 살기 위해서 먹어야 했다. 시간이 지날수록 컨테이너의 온도가 상승을 해서 겉옷을 모두 벗고 있어야 했다. 이 배는 더운 나라로 가고 있다는 것을 조금이나마 짐작할 수 있었다. 그리고 안에서의 생활이 익숙해지다 보니 문틈 사이로 빛이 들어오면 낮인지도 알 수 있었고 어두워지면 밤이라는 것도 알 수 있었다. 조금씩 몸이 회복되어 가자 무료함을 달래기 위해서 운동을 했다. 잠자는 시간만 빼면 무조건 몸에 시간을 투자했다. 하루에 몇만 번씩 팔굽혀펴기와 윗몸일으키기를 무한 반복했다. 그렇게 지내니 몸은 가벼워졌고 온몸에 근육이 붙기 시작했다.

그리고 얼굴엔 수염으로 가득 찼고 머리는 장발이 되었다. 그날도 어둠이 와서 잠을 자다가 눈을 떴는데 컨테이너가 움직이기 시작했다. 배가 목적지에 왔다는 걸 짐작했다. 컨테이너가 공중으로 떠서 어디로 옮겨지고 있었다.

이제부터는 정신을 바짝 차려야 한다. 내 선택이 아닌 우연인지 몰라도 난 이곳에 왔고 어떡해서든 살기 위해서 모든 것을 걸어야 했다. 긴장하고 또 긴장했다. 그리고 굳게 잠겨 있던 컨테이너 문이 열렸고 빛이 일시에 들어왔다. 눈이 너무 부셔 눈을 뜨지 못했다. 사람들의 형체만이 어둠을 깨고 희미하게 보이기 시작했다.

37

 육중한 컨테이너 문이 열렸다. 여러 명의 흑인들이 나를 쳐다보고 있었다.
 나도 놀랐지만 그들이 더욱 놀라며 내가 말을 꺼내기 전 먼저 문을 다시 닫았다. 알아들을 수 없는 말이 계속 들리며 다시 열리기까지 기다리는 시간이 너무 초조하게 흘러갔다. 다시 문이 열리자 AK자동소총과 수류탄으로 무장한 군인들이 나에게 총구를 겨누고 있었다. 그들은 눈빛으로 내게 따라오라고 했다. 모여 있던 사람들이 신기하게 나를 바라보고 있었다. 난 두 손을 항복 자세로 들고 4명의 사내 안쪽에서 꼼짝도 못 하고 그들이 시키는 대로 따라갔다. 약 10여 분쯤 따라가자 시골 교실 같은 허름한 1층 건물이 나왔다. 그곳으로 들어서자 간이 백열등 불빛만 보였고 바깥보다 더 더워서 시원한 냉수 한 잔 들이켜고 싶은 마음뿐이었다. 낡고 낡은 의자는 간신히 형태만 보존하고 있어서 당장 부서져도 이상하지 않다고 생각되었다. 책임자로 보이는 흑인이 내 앞으로 와서 자리에 앉았다. 그 사내는 특히 피부색이 검어서 상대적으로 이빨이 너무 하얗게 보였다. 어디에서 왔냐고 물어보는 것 같았다.
 "사우스 코리아, 사우스 코리아."

내가 여러 번 반복해서 대답을 해도 무슨 말인지 그는 알아듣질 못했다. 난 철문으로 굳게 잠긴 작은 평수의 방 안에 다시 갇혔다. 문 앞에는 따분한 표정의 무장한 흑인 1명이 간이책상에 앉아 있었다. 너무 배가 고프고 잠을 자고 싶었지만 모기와 파리는 나를 가만히 두질 않았다. 한국의 모기와는 비교도 안 되게 살 속을 파헤치는 것처럼 괴로웠다. 문이 열리고 식사가 내 앞에 놓였다. 식사라고 할 것도 없이 돌덩이처럼 굳어 버린 내 주먹보다 작은 빵과 물 한 잔이었다. 너무 허기져서 살기 위해 먹었다. 세상에서 이렇게 맛있는 빵은 처음이었다. 곰팡이가 피고 쓰레기통에 버려도 될 만큼 상한 빵이었지만 이제껏 먹어 본 음식 중 최고의 음식이었다. 몇 주 만에 제대로 섭취한 첫 번째 음식물이었다. 조금만 더 먹었으면 했지만 부질없는 생각이었다. 그날은 그렇게 잠이 들었다. 그런데 꿈에서인지 모르겠지만 총소리도 들리는 것 같았고 자동차 시동 소리 등 여러 가지 소리가 섞여 가며 들려서 제대로 된 잠을 잘 수가 없었다.

38

다시 모르는 곳으로 끌려갔다. 너무 낡아서 지금 폐차를 한다고 해도 아무런 이상이 없는 군용 트럭 뒤쪽에 앉았다. 물론 중무장한 흑인들이 나를 경계하고 있었다. 한 시간 이상을 이동해서 간 곳은 산속 밑에 만들어진 군부대 같은 곳이었다. 다시 어두운 간이 감옥에 갇혔다. 시간에 대한 개념이 전혀 없었다. 이렇게 죽어도 아무렇지 않겠다고 생각되었다. 앞으로 어떻게 될지 아무런 계획도 생각나질 않았다.

키이익-

육중한 철문 소리에 보초를 서던 사내의 경례와 같은 소리가 이어지고 나는 작은 책상 앞 의자에 앉았다. 그리고 문이 열리더니 한 사내가 들어와 앉는데 백인이었다. 몸집이 나의 2배만큼이나 거구인 사내였다.
　"사우스 코리아, 대한민국에서 왔다고?"
　사내의 첫말은 내 눈을 번쩍 뜨게 만들었다.
　"한국말을 할 줄 아시나요?"
　"조금. 그런데 이제부터 묻는 말에 정확하게 말해야 네가 살 수 있다."
　반가운 것도 잠시 다시 긴장감이 흘렀다.
　"어떡해서 이곳까지 오게 되었지? 혹시 죄를 짓고 도주 중인 도망자 신세인가?"
　난 사내의 시선을 피하며 잠시 생각에 잠겼다. 그런데 느닷없이 사내의 주먹이 내 얼굴을 가격했다. 그렇게 고통스러운 강도는 살아생전 처음이었다. 마치 망치로 나를 때리는 기분이었다.
　"빨리 말해. 그리고 지금부터 물음에 즉각 대답하지 못하면 또다시 폭력이 가해질 것이다. 오케이?"
　나는 넘어진 몸을 세우며 어렵게 자리에 앉았다.
　"저까지 세 명의 친구들이 함께 가방을 탈취한 적이 있었습니다."
　이제 더 이상 숨길 수도 없었다. 사실대로 말하고 그의 처분을 기다릴 뿐이었다.
　"그런데 그들은 실체도 없이 강한 존재였습니다. 내 친구 두 명이 보복당했고 내 가족들까지 모두 살해당했습니다. 그리고 그때까지 살아 있던 친구 한 명이 안내를 해 줘서 내가 중국으로 밀항하려고 했는데 배를 타기 직전 그들이 거기까지 쫓아왔습니다. 내 친구를 죽이고 나를 잡으려고 하는 사이 무작정 열려 있던 컨테이너에 들어갔고 지금 이곳까지 오게 된 겁니다."

"그럴싸하군."

그는 아직도 의심의 눈초리를 풀지 않았다.

"지금까지 산 것도 기적이라고 생각합니다. 만약에 저를 죽일 생각이라면 지체하지 말고 이 자리에서 죽여 주십시오. 제 마지막 소원이라고 생각하시고."

"배로 이곳까지 오려면 한 달 동안은 이동해야 하는데 어떻게 버텨 낼 수 있었지?"

"컨테이너 안에는 분유와 생수가 있었습니다. 그걸로 허기를 채우며 살 수가 있었습니다."

"이곳이 어딘지 혹시 알고 있는 게 있나?"

아까보다는 말투가 조금씩 부드러워지고 있었다.

"아무것도 모릅니다."

"내일까지 자넬 어떻게 할지 판단해서 알려 주지. 오늘이 너의 마지막 날이 될 수도 있으니 그만 쉬도록."

그는 조금의 여지도 남기지 않았다. 다시금 나만의 적막이 흘러가고 있었다. 그날 밤도 뜬눈으로 지새웠다.

다음 날 다시 백인 사내와 마주 보게 되었다. 내 앞에 있는 사내가 나의 생명권을 쥐고 있다고 생각하니 빨리 어떠한 결정을 내려 줬으면 했다.

"살고 싶나?"

"살고 싶습니다."

이어서 말을 덧붙였다.

"살아남아서 내 가족과 친구들을 죽인 원수를 꼭 찾아서 더 처절하게 복수하고 싶습니다."

"많이 생각했다. 널 죽일지, 살릴지. 너도 예상했겠지만 여기는 하루에도 수십 명씩 죽어 나가도 아무도 슬퍼하거나 애도하지 않는 곳이다. 인간 생명이 그냥 소모품이니까."

나에게 담배를 권했다. 어디서도 본 적 없는 담배 상표였다. 한 모금 빨자 아주 독하다고 생각했고 재채기를 가까스로 참았다.

"사람 죽여 본 적 있나?"

내가 그의 눈을 바라보았다. 그는 나의 모든 것을 다 알고 있는 듯했다.

"죽여 봤습니다. 아주 지독하고 잔인하게 죽였습니다."

"그럼 1단계는 합격한 셈이군."

그도 나를 강렬하게 바라보았다.

"총을 쏴 본 적 있는가?"

"그런 적은 없습니다. 하지만 총을 주면 주저 없이 방아쇠 당길 마음은 있습니다."

"좋다. 이제부터 넌 나와 같이 용병 생활을 하게 될 것이다. 수당은 주급으로 나온다. 주당 500불씩 무조건 현금으로 지급되는데 죽는 순간 다시 우리가 수금하여 새로운 용병에게 월급으로 준다. 그러니 억울하면 무조건 살아야 한다. 물어볼 말은 없는가?"

"한 가지만 질문하겠습니다. 적군을 많이 죽이면 인센티브도 있습니까?"

"이제 시작도 안 했는데 보너스부터 달라? 웃긴 녀석이군. 그렇게만 해 준다면 내 사비를 털어서라도 보상하지."

사내가 웃으면서 일어났다. 곧이어 나에게 군복과 군화가 주어졌다. 모두 낡아서 펑크가 날 정도였다. 한 병사가 나에게 알려 주었다. 내게 주어졌던 군복과 군화는 다 전사한 자들의 것이라고. 좋은 걸 입고 싶으면 적군을 죽이고 그 군복을 입으면 된다고 하였다. 그리고 한 가지 좋은 점도 있었다.

용병들에게 먹는 것은 풍부하게 주어졌다. 언제 죽을지 모르니 먹는 것 하나만큼은 아끼지 않았다. 50여 일 만에 원 없이 먹어 본 날이었다.

39

'보들바암'. 내가 지금 있는 곳. 이곳의 이름이었다. 아프리카 중앙 근처에 있는 '보들바암'의 뜻은 '신이 사는 땅'이라는 뜻이었다. 이곳은 2000년대까지 아무도 침략하거나 세계 어느 나라도 이곳을 점령하지 않았다. 우리나라 충청남도 정도의 크기였다. 그래서 20여 개의 소수 원주민들이 평화롭게 자유를 누리며 살던 곳이었다. 그러던 어느 날 불법 코끼리 상아 밀매업자들이 이곳을 조사하던 중, 금과 다이아몬드가 수백 톤 저장되어 있다는 사실을 발견하게 되었다 그때부터 이곳은 뺏고 뺏기는 피가 마르지 않는 땅이 되었다.

첫 번째로 다국적 용병 기업인 '월드솔저'에서 용병을 앞세워 이곳의 원주민들을 몰아냈다. 그들은 억울하게 내몰려 어느 곳에도 환영받지 못하는 떠돌이 유목민 신세가 되었다. 두 번째로 아프리카 소말리아 등 해적 집단이 연합을 해서 월드솔저와 이 땅을 차지하기 위해 하루에도 수십 번씩 전쟁을 치러 이곳은 이제 죽음의 땅이 되었다. 특히 해적 집단은 10살 정도밖에 안 되는 어린아이들도 전쟁에 참전시켰다. 그들은 왜 이렇게 싸워야 하는지도 모른 채 말보다는 총 쏘는 법을 더 일찍 배워야 했다. 세 번째로 이곳의 원주민이었던 소수 부족민들은 생활 터전을 내몰린 채 떠돌이 생활을 하게 되었는데 노예만큼이나 비참한 생활을 했다. 그런 그들에게 지도자가 나타났다. '탕시'라는 인물이었다. 그는 소수민족의 자긍심을 일깨워 주었다. 흩어져 있던 원주민들을 모으기 시작했다. 그는 우리들의 땅을 다시 찾아야 한다고 했다. 그의 영향으로 원주민들은 어렵게 번 돈을 모으기 시작했고 심지어 매춘 생활을 해야 했던 소수민족의 여인들까지도 성금 모금에 동참했다. 탕시는 대화로 풀 수 없다면 무력으로 되찾아야 한다는 주의였다.

보들바암을 뺏기 위해서 북쪽에는 월드솔저가, 남쪽에는 해적 집단이, 동쪽에는 소수 부족민들이 끊임없이 대립하고 피를 흘려야 했다. 소수 부족민들은 자본이나 무기 측면에서도 매우 열세였다. 그리고 더욱 불리한 사항은 정규 군인 교육을 받은 자가 없었다. 그들이 하루하루 자신들의 터전에서 밀려나고 있을 무렵 구세자가 나타났다. 전쟁의 신이 나타난 것이다. 수많은 전투에서 현격한 공로를 세운 세계 최강 군인이었다. 정신적 측면에서 탕시가 지도자였다면 전쟁의 신이 나타나서 소수 부족민들을 돕기 시작했는데 그가 바로 내가 상대했던 그 백인 사내였다.

40

나를 상대했던 그 사내는 '쇼몽'이라는 이름의 프랑스인이었다. 프랑스 해군 특수부대 '코만도 위베르' 훈련 교관 출신인 그. 세계 최강 특수부대 중에서도 코만도 위베르는 최고의 군인들만 지원할 수 있었고 그중 극소수만이 훈련을 수료할 수 있었다. 그는 나와 같은 19세에 프랑스 해군에 지원하여 기초 군사 훈련소에서 바로 특수부대로 선출되어 6개월 이상의 특수전 교육을 최고 성적으로 수료했다. 그의 수료 점수는 60년 프랑스 특수부대 지원자 중 최고점이었다. 그의 특수전 교육 점수는 아직도 깨지지 않고 특수부대 요원들의 신화적 존재로 남아 있었다. 그는 인간계를 넘어서는 인간이었다. 세계 모든 해군의 기초적인 훈련은 구보이다. 3보 이상은 무조건 구보로 이동한다. 해군 특수전 교육 1주차는 무조건 구보 훈련이다. 인간의 가장 기본적인 달리기. 코만도 위베르 훈련은 처음은 1시간 구보 그리고 2시간, 3시간. 그리고 3주 후면 마지막 1명만을 위해 하루 종일 뛰고 또 뛰는 단순하지만 지옥 같은 훈련이다. 프랑스 특수부대 완전군장은 48kg에 육박한다. 쇼몽은 완전군장을 하고 19시간 30분을 뛰었다. 교관들이 힘들어 제발 스톱을 외쳤지만 그는 달리고 또 달렸다. 육상에서 체력이 완성되면 수중 훈련으로 들어간다. 수중에서 처음은 1분 그리고 3분. 계속 무호흡 수중 잠수를 최대한의 시간으로 이끌어 내려고 훈련병들을 바닷물에 던져 놓는다. 그리고 다시 마지막 한 명이 나올 때까지 시간을 잰다. 쇼몽도 바닷물에 들어갔다. 5분이 지나자 익수 사고가 났다고 잠수병들을 투입했다. 하지만 쇼몽은 편안한 자세로 그들을 노려보았다. 수중 잠수 기록 25분 42초, 세계 최고의 기록이었다.

　코만도 위베르는 세계의 모든 화기를 분해하고 사용할 줄 알아야 했다. 쇼몽은 복잡한 걸 싫어해서 단순하게 생각하는 사람이었지만 몸의 반응 속도는 사람이 아니었다. 훈련 강도가 상상을 초월하여 낙오자가 속출했지만 쇼몽은 최고 훈련 기록을 다 갈아 치웠다. 심지어는 훈련 교관들이 그가 제발 평균 점수 이하가 되도록 하려고 내기까지 걸고 그에게는 더욱더 혹독하게 훈련을 시켰지만 교관들이 먼저 나가떨어졌다. 한여름이라도 바닷물에 빠져서 낙오가 되면 사람은 동사, 쉽게 말해서 얼어 죽는다. 심장이 추위에 못 이겨 마비되어 죽어 간다. 특수훈련병 생존자들을 섭씨 4도의 차가운 바닷물에 밀어 넣고 살려 달라고 애원을 해도 극한의 고통을 느끼도록 훈련을 시킨다. 이 훈련에서도 쇼몽은 10시간 이상을 바닷물에 빠져서 고통에 몸부림을 쳤지만 결코 포기를 하지 않았다. 그런 사람이 쇼몽이었다. 세계 최고의 인간병기, 아니 로봇에 더 가까운 사람이었다.

4년마다 세계군인 올림픽이 열린다. 그 올림픽에서 군인들은 명예를 중시하며 자국의 우수성을 알린다. 각 나라마다 최고의 에이스를 출전시키는 종목이 있다. 그것은 바로 무인도에 각 나라 특수부대 대표 요원을 상륙시키고 마지막 1인이 남을 때까지 서로를 대적하게 하는 것이다. 체력과 전략과 전술이 완벽한 1명의 군인이 최종 살아남는 것인데 쇼몽은 3번씩이나 연속으로 우승을 차지했다. 심지어는 쇼몽을 막기 위해 10여 개국 군인들이 연합해서 그에게 도전장을 내걸었지만 그는 모조리 다 때려눕혔다. 그만큼 그는 위대한 인간이었다. 프랑스 최고의 명예훈장 등 모든 군인으로서 받을 수 있는 훈장을 모조리 수상했다.

쇼몽, 그런 그가 나에게 온 것이다. 나를 단련하기 위해서 그가 내게 손을 내밀었다.

쇼몽도 사람이기에 사랑에 빠졌다. 한눈에 반했고 열정적인 사랑을 했다. 다이너스 김. 한국 여자였다. 프랑스에 유학을 와서 공부에 매진했던 유학생이었다. 세계 방위 산업 박람회가 프랑스 남부에서 개최되었다. 각국의 무기 등 장비들을 소개하는데 그곳에서 프랑스 통역을 맡은 사람이 다이너스 김이었다. 한국 이름 김수빈. 그녀의 마음을 얻기 위해서 쇼몽은 모든 것을 걸었다. 그녀가 원한다면 그가 그렇게 숙명과도 같던 군인의 길까지 포기하려 했다. 그렇지만 그는 사랑을 쟁취했다. 그리고 아름다운 딸까지 낳고 인생에서 가장 찬란한 시간을 보냈다.

41

　PLO(팔레스타인 해방기구)에서 파생된 아주 폭력적이고 극렬했고 테러 및 폭동만이 자신들의 힘이라고 믿었던 조직이 있었다. 알안카(불사조, 영원불멸)의 전사라는 조직이었다. 그들은 무함마드(알라)의 세상이 열리는 길은 서방조직의 분열만이고, 그 세상이 온다고 믿었다. 파하드 지블릴(알라의 사람, 영웅)이라는 자가 알안카의 수장이었다. 그는 MIT 공과대학을 졸업할 정도로 수재였지만 전사들의 세상을 만들기 위해서는 살인 및 테러가 필수 불가결 하다고 주장했다. 그의 말에 매료된 사람들이 모여들었다. 그들은 목표를 세운 후 가장 급진적이고 잔혹한 방법으로 지구촌을 혼란에 빠뜨렸다. 세계 어린이 축제가 프랑스에서 개최되었다. 꿈과 희망 그리고 세계평화라는 명칭으로 개최가 되었는데 전 세계의 어린이들이 프랑스로 모여들었다. 25명씩 탄 어린이용 스쿨버스 30여 대가 줄지어 이동했다. 이 버스가 프랑스 도로를 지날 때마다 시민들의 찬사와 환영을 받았다. 레인보우 브리지(무지개 대교)는 바다를 가로질러 완공된 아름다운 대교였다. 행사본부가 있는 연회장은 이 대교를 건너야 바로 갈 수 있었다. 날씨는 화창했으며 기온도 18도로 활기가 넘쳤다. 2km 넘는 다리 위를 스쿨버스가 통과하고 있었다. 어린이들은 합창도 하고 서로 눈인사도 하는 등 새로운 친구들을 만난다는 생각에 즐거움이 가득했다.

　전 세계 어린이들을 태운 스쿨버스는 이제 막 레인보우 브리지 중간지점에 도착했다. 그때였다. 선두에 선 스쿨버스가 갑자기 멈추자 30여 대의 버스가 급하게 정지하기 시작했다. 선두 버스 내의 백인 운전자가 사이드브레이크를 올리고 자리에서 일어나 허공을 향해 총기를 난사했다.

버스 천장에 여러 개의 구멍이 선명하게 나타났다. 버스 내의 인솔 교사와 어린 학생들은 바닥으로 머리를 굽히고 포복 자세를 취했다. 30여 대의 스쿨버스에 나누어져 타고 있는 아랍계의 어린 학생들이 차례대로 일어나 차량 내 중앙에 위치했다. 그리고 자신들이 입고 있던 점퍼를 벗었다. 아랍계 어린이들의 몸에는 폭탄 장치가 설치되어 있었다. 지블릴은 자신들의 테러를 위하여 어린 학생까지 동원한 것이다. 30여 대의 버스 내 자살폭탄이 한꺼번에 터진다면 레인보우 브리지까지 붕괴 위험에 노출될 것이었다. 전 세계는 경악했으며 지블릴은 자신들의 요구 사항에 대하여 녹화된 메시지를 전 세계에 송출했다. 버스 선두에서 총기를 난사한 백인은 이슬람교에 심취되었고 지블릴의 연설에 감동을 받아 자율적으로 테러에 동참한 사내였다. 송출된 메시지에 지블릴은 왼쪽 손에 기폭 장치를 들고 있어서 자신이 스위치만 누르면 한꺼번에 모든 스쿨버스가 폭발이 된다고 위협했다. 지블릴의 요구 사항은 5,000천만 유로를 지정해 준 계좌로 입금할 것. 프랑스 자국 내 모든 이스라엘인을 영구 추방 할 것. 팔레스타인들이 프랑스에 입국하면 난민 지위를 인정해 생활 터전을 마련해 줄 것. 이번 테러에 가담한 알안카 전사들에게 더 이상 죄를 묻지 않을 것. 이상 네 가지였다. 프랑스는 어떠한 테러와의 협상에 굴하지 않는 국가였지만 750여 명의 어린이들 생명이 달린 문제에는 굴복하지 않을 수가 없었다. 최종적인 이행 시간은 48시간. 이틀 후였다.

42

숨이 턱턱 막히는 섭씨 45도가 육박하는 연병장 앞에 쇼몽과 내가 마주 보고 있었다. 그의 신장은 나보다 머리 하나는 더 있었고 몸은 근육이 터져 나올 것처럼 우람했다.

"난 아무리 적군의 머릿수가 많아도 절대 훈련이 안 된 군인은 전장에 투입시키지 않는다."

쇼몽의 말은 그의 신념을 잘 나타내고 있었다.

"군인이 마지막 생사의 갈림길에서 살아남을 수 있는 힘은 자신의 체력이다. 그만큼 군인이라면 자신의 신체를 지배할 수 있어야 한다. 알겠는가?"

"예, 알겠습니다."

나는 쇼몽의 기에 눌려 가장 큰 소리로 대답했다.

"그러나 오늘은 첫날이니 살살 해 주지. 긴장은 풀어라. 긴장의 연속은 사고로 이어진다."

쇼몽이 앞에 있는 배낭을 눈으로 가리켰다. 나는 지시에 따라 배낭을 메어 보았다. 내 몸이 뒤로 처질 만큼 무거웠다. 하지만 지고 싶지는 않았다.

"처음부터 힘쓰지 말고 천천히 페이스를 올려라. 어느 순간 너와 배낭이 한 몸이 될 때가 있을 것이다. 그렇게 될 때까지 구보를 실시한다. 실시."

살인적인 무더위와 최악의 조건에서 구보를 시작하였다. 5바퀴를 돌자 벌써 모든 신체가 마비되기 시작했고 시원한 물만 생각났다. 끝내 6바퀴도 돌지 못하고 바닥으로 쓰러졌다.

"생각보다 아주 약골이군."

"너무… 힘이… 듭니다."

고통에 겨워 힘들게 내가 말을 꺼냈다.

"대한민국은 국방의 의무가 있어 모든 남자라면 군대를 무조건 다 이

수해야 한다고 하던데 자넨 약골이군. 어린아이같이 징징대는 소리는 유치원 때나 하는 것이다. 빨리 일어나서 당당하게 뛰어라. 아무도 너를 지켜 주거나 대신 살아 주지 않는다. 다시 실시."

무엇에 이끌렸는지 아니면 내 자존심이 허락지 않았는지 나는 새로운 각오로 연병장을 돌고 또 돌았다. 그런 훈련이 매일 반복적으로 실시가 되었다. 단순하지만 모든 신체의 마지막 남은 힘까지 깨우는 훈련이었다. 쇼몽이 주관하는 훈련은 모두 그의 기준점에 부합되어야만 다음 훈련으로 넘어갈 수 있었다. 그가 왜 나를 선택해서 그렇게 강인한 전사로 만들고자 했는지 그때는 알지 못했다.

43

전 세계 사람들의 이목은 프랑스에 집중되었다. 어린 소년, 소녀의 무사 귀환을 전 세계 사람들은 진실로 빌고 빌었다. 프랑스 국가안전보장이사회에서는 아직도 결론에 도달하지 못했다. 지블릴이 정해 놓은 48시간에서 8시간이 무의미하게 흘러갔다. 이제는 어떤 결론이든 도출해 내야 되었다.

"이렇게 무의미하게 시간을 보내지 말고 평화를 택합시다. 가장 중요한 것은 어린이들 생명입니다. 테러범들이 요구하는 대로 해 준다고 해서 어느 누가 우리를 비난하겠습니까?"

프랑스 국방장관은 자신이 처한 현실이 너무 크고 어려워서 머리가 아파 계속 인상을 찡그렸다. 국민이 원하는 만큼 테러범들의 요구 사항을 수용하고 빨리 이 사태가 마무리되기를 희망했다. 현재 프랑스 대통령은 급성 백혈병이 발병하여 병원에 입원 치료 중이었으며 총리도 지명하지 못한 상태로 국방장관이 모든 걸 책임져야 하는 상태였다.

물론 이 모든 사실은 철저히 보안으로 규정되어 국민들은 알지 못했다.

"그래도 쉽게 그들의 말을 들어주면 제2, 제3의 테러가 반복적으로 일어날 것입니다."

국방부 차관이 자신의 의견을 피력했다.

"물론 장관님 말씀대로 우리에겐 다른 해결책이 없습니다. 하지만 고뇌에 찬 결정이라는 뉘앙스를 보여 줘야 합니다. 그 안에 다른 좋은 방법도 나타날 수 있으니까요."

국방부 차관의 말에 회의장 안에 사람들은 고개를 끄덕였다.

"저의 의견을 일단 들으신 후 무기명 투표로 결정하시는 것이 어떤가를 제안드립니다."

해군참모총장이 자리에서 일어났다. 모두가 테러범들이 원하는 대로 해 주는 수밖에는 없다고 생각되었는데 해군참모총장의 발언은 작은 희망 같은 것을 던져 주었다.

"알안카 집단의 인질 테러가 일어난 후 바로 중동에 첩보 요원을 급파했습니다. 지블릴이 편집해서 보내온 영상을 바탕으로 그가 현재 있을 만한 은신처를 알아내고자 했습니다. 총 3군데로 압축되었는데 그중 가장 유력한 곳이 있습니다. 레바논 남부의 작은 소도시에 칩거하고 있다는 첩보가 가장 지금으로선 신빙성이 높습니다. 현재 자살폭탄 테러 기폭장치는 두 사람이 가지고 있습니다. 하나는 원격 조정으로 폭발할 수 있는 기폭장치로 지블릴이 가지고 있고, 두 번째는 스쿨버스 선두에서 어린이들을 조종하고 있는 44세의 크레농이라는 자의 손에 있습니다. 물론 최종 결정은 지블릴이 내릴 것으로 사료됩니다."

국가안전보장 회의에 참석한 사내들이 해군참모총장의 다음번 말을 무척 기다리고 있었다. 그러나 어느 하나 먼저 말을 꺼내지 못했다. 그만큼 부담되고 어려운 결정이었다.

"참모총장님의 의견을 속 시원히 말씀해 주시지요. 백기 투항 할 바에야 어떤 액션이 가능하다면 다들 그렇게 하고 싶어 할 겁니다."

국방장관은 자신의 결정을 조금이나마 도와줄 대상이 나타났다고 생각했다.

"정확히 지블릴이 어디에 있는지는 알 수 없습니다. 레바논에 있다는 것이 가장 신빙성이 높은 정보니까요. 우리 모두는 결정을 내려야 합니다. 만약 병력을 투입했는데 레바논에 지블릴이 없는 경우 우리는 죽어서도 역사 앞에 죄인으로 남을 겁니다. 다른 말은 안 하겠습니다. 레바논에 지블릴이 있다는 전제하에 코만도 위베르 특수부대를 투입하는 겁니다. 우리의 작전대로 지블릴을 생포하게 되면 동시에 슈팅 대기 중인 스나이퍼가 크레농을 저격합니다. 그리고 대기하고 있던 대원들이 기폭장치를 안전하게 제거하면 나머지는 어린이들입니다. 어린 학생들은 누구 하나 과격한 행동은 하지 못할 겁니다. 충분히 빠르게 제거한다면 모든 어린 학생들의 안전을 확보할 수 있다고 생각합니다. 물론 여기 모인 위원님들 모두는 투표를 실시해서 찬성이 많으면 극비리에 투입할 것이고 반대가 나오면 테러범들의 요구대로 하는 수밖에 없습니다. 장관님 결정을 내려 주시지요?"

모든 위원들의 이목이 국방장관에게 모여들었다. 국방장관은 눈을 감고 생각에 잠겼다. 그 짧은 시간에 모든 고뇌가 한꺼번에 밀려왔다.

"투표는 부치질 않겠습니다. 참모총장님을 믿어 보겠습니다. 그리고 잘못되어서 최악의 결과가 나온다면 내가 모든 것을 책임지고 역사 앞에

역적이 되겠습니다. 시간이 없습니다. 참모총장, 지금 당장 시행하시오."
 위원들도 모두 고개를 끄덕였다. 더 이상 지체하거나 미룰 수 없는 문제였다. 지금은 참모총장 말대로 안전하게 제거될 수 있도록 기도를 하는 방법밖에는 없었다.

44

 쇼몽을 위시하여 12명의 최정예 코만도 위베르 특수부대원들이 군용 수송기에 올랐다. 이들의 어깨 위에 절대 위기에 처한 프랑스의 국익이 달려 있었다. 이번 작전은 안전보장이사회 소집인원, 코만도 위베르 특수부대 중요인사 십여 명만이 알고 있을 뿐 모든 것은 최고등급의 보안 작전이었다. 수송기가 어둠을 뚫고 힘차게 날개를 펼쳤다. 쇼몽이 중심에서 일어나 팀원들을 바라보았다.
 "이스라엘까지는 이 수송기로 이동하고 타깃 지점까지는 각자 이동한다. 알안카 놈들도 지금 협상하고 있는 디데이까지는 최대한의 병력을 비밀리에 끌어모아 지블릴을 호위하고 있을 거라고 판단된다. 물론 지금 우리가 향하는 타깃 지점에 지블릴이 없을 수도 있다. 하지만 가장 큰 확신이 선 곳이므로 명령이 있으면 우린 무조건 진격해야만 하는 군인이다. 성공과 실패 중 실패할 공산이 크고 위험도도 매우 높겠지만 이제까지 정보요원들이 비밀리에 수집한 데이터를 바탕으로 결론을 내린 정보다. 우린 지블릴의 은신처라고 확신하고 임무에 임한다. 세계평화를 위해 우리는 목숨을 바쳐야 한다. 그것이 바로 무조건 나라의 명을 따라야 하는 프랑스 코만도 위베르 대원의 삶이다. 내가 지금 대장이지만 여러분의 임무를 나 또한 자세히 알 수가 없다. 그만큼 철저한 보안을 바탕으로 지시가 내려진 최고수위의 작전이다. 지금부터 나누어 주는 임무지를 정확하게 숙지한 후 바로 폐기 처리 한다. 시간은 4시, 타깃 대상에 일시에 공격을 가하는데 지금부터 위험 요소를 최소한으로 줄이기 위해 단독으로 타깃지로 이동한다. 그러면 경우에 따라서 제시간에 도착 못 하는 대원들도 있을 것이다. 누구를 기다린다거나 임무를 조정하기 위해 멈추는 일은 없다. 조금도 지체하지 않는다. 4시 정각에 지체 없이 그대로 목표물에 자신의 맡은바 임무를 한 치의 오차도 없이 시행해라. 지금부터 우리의 임무는 세계 최강 코만도 위베르 대원들의 단독 임무지만 실패하거나 생포가 되면 우린 나라가 없는 용병이다. 절대로 우린 프랑스 군대가 아니다. 물론 생포되거나 임무가 실패하면 우린 무조건 자폭한다. 바로 우리 복장 왼쪽 상의에 있는 캡슐을 씹으면 5초 안에 절명될 것이다. 다시 한번 강조한다. 우리는 이제부터 프랑스 특수부대 코만도 위베르가 아니라 국가도 없고 돈만 받으면 무조건 임무에 참여하는 민간 용병이라고 생각한다. 우린 지금 이 시간부터 나라의 보호를 받지 못하고 스스로 주어진 임무를 위해 우리 삶을 개척하여야 함을 명심할 것. 이상."

코만도 위베르 팀원들이 각자의 임무지를 신중하게 검토하고 있었다. 시간이 흐르고 수송기는 곧 군사 비행장에 서서히 모습을 드러내고 있었다.

코만도 위베르 팀원들이 각자의 화기 및 필요 물품을 챙기고 뿔뿔이 흩어졌다. 앞으로 지블릴이 제시한 시간까지 18시간 남아 있었다. 도착까지 6시간 12시간 내에 실패 아니면 성공만이 남아 있었다.

45

'악으로 깡으로' 오늘도 난 매서운 인간의 한계에 도전하는 시험대에 다시 올랐다. 완전군장을 하고 운동장만 계속 반복해서 돌기를 20일. 어느 순간 몸이 48kg 군장과 한 몸이 되어서 내 신체의 일부분이 되었다. 몸이 내 뜻대로 반응하기 시작했다. 하지만 조금만 뒤처져도 쇼몽이 뒤에서 쇠꼬챙이로 내 신체를 쑤셔 대었다. 동일한 속도를 무조건 유지하여만 했다.

"어려운가?"

"아닙니다."

"포기하고 싶은가?"

"아닙니다."

"죽고 싶은가?"

"아닙니다. 살고 싶습니다."

"어떤 사람이 되고 싶은가?"

"세계 최강의 사나이가 되고 싶습니다."

"포기하려면 지금 포기해라. 포기하는 순간 편안한 휴식과 잠자리를 주고 너의 나라 대한민국으로 보내 주겠다. 빨리 끝내자. 나도 힘들다. 어때, 이제 편안해지고 싶지 않은가?"

"당신을 능가하는 사람이 되어서 내 발밑에 놓도록 할 겁니다. 당신이 포기하십시오. 전 절대 포기하거나 무너지지 않습니다."

"내가 듣고 싶은 말만 하는군. 선두 정지."

나는 가쁜 숨을 몰아쉬며 쇼몽을 바라보았다.

"1단계 훈련 통과. 내일부터 2단계 훈련으로 들어간다. 수고했다. 내가 원하던 지점까지 올라왔다. 역시 갈 곳 없는 하이에나는 살기 위해서 무슨 일이든 한다고 하던데 그 말이 정확하군."

쇼몽은 나를 향해 언제나 굳건한 표정만 지을 뿐 다른 어떤 사소한 말도 남기지 않은 채 빛을 등지고 자신의 숙소로 돌아갔다.

46

작전 시간 1시간 전, 특수부대 조원들 모두 각자의 임무를 전원 숙지하고 자신들의 포지션에서 집결해 있었다. 그러나 아직 쇼몽은 어디에도 나타나지 않았고 무전 또한 연결되지 않았다.

"부대장님, 아직 대장님이 나타나질 않고 있습니다. 혹시 무슨 사고라도…."

제일 선두에 배치된 3호가 낮게 무전을 날렸다.

"그럴 분이 아니시다. 제시간에 나타나실 거야. 시간 되면 바로 투입한다."

"예. 전원 배치 완료되었으면 출석 체크."

3호의 배치 완료 무전을 들은 조원들이 각자의 위치에서 공식 투입만 기다리고 있었다. 3호가 완전히 아랍 상인 복장으로 갈아입고 문제의 저택 앞에서 트럭을 세웠다. 트럭 짐칸에는 목장에서 배달된 우유 통이 보였다. 3층으로 된 단독주택으로 주위에 다른 가정집은 보이지 않았다. 초인종이 울리자 울타리 위에 있는 감시용 카메라가 3호를 비추었지만 얼굴이 가려진 채 눈빛만 보았다.

"신선한 아침 우유 배달 왔습니다. 다 드신 빈 통도 오늘 같이 수거하겠습니다."

별다른 의심 없이 저택의 정문이 열렸다. 마당을 30여 미터 지나쳐야 저택의 현관문이 보였다. 3호는 빠르게 주위를 살폈다.

"동서남북 초소에 3명씩 총 12명 보초병 보임. 아직까지 별다른 움직임 없음. 밤을 지새운지라 피곤한 느낌을 받고 있음."

3호의 눈에 낀 렌즈형 카메라가 저택의 사방을 비추었다. 3호는 저택의 현관 앞에 새 우유 통을 내려놓고 빈 통을 어깨에 짊어졌다.

"현관문 철갑문으로 추정. 유리 또한 방탄유리로 추정. 화력이 우수한 포탄 장착 실시. 퇴장한다. 바로 2팀 출현과 동시에 각 초소 일시 제압 요망."

3호는 퇴장과 동시에 고무로 만들어진 쇠기를 대문 밑에 능숙하게 찔러 넣었다. 실제로 대문이 닫힌 것처럼 보였지만 틈이 벌어져서 밖에서도 열 수 있도록 했다. 그와 동시에 담벼락 밑에 일시적으로 감시카메라가 영상을 차단할 수 있는 프로그램 장치를 붙여 넣었다.

"15초 후 영상 전송 방해 시스템 작동. 바로 투입하여 보초병 제압 실시."

동서남북으로 배치되어 있던 보초병들을 향해 소음기로 화기의 소리를 최대한으로 죽인 대원들이 진입하면서 총구로 불을 뿜었다. 일시에 보초병들이 힘없이 쓰러졌다. 재빠르게 정문으로 모인 대원들이 일사분란하게 문을 열어젖히고 마당으로 들어왔다. 8명의 대원들이 가장 빠른 걸음으로 사방을 사주경계 하면서 마당을 가로질러 가려는 순간 특수대원들이 차례로 쓰러졌다. 3층 옥상에 저격수가 배치되어 있던 거였다. 알안카 테러집단 병사들도 고도의 군사훈련을 받은 흉기들이었다. 8명 중 2명의 머리에 정확히 총알이 관통하여 그 자리에서 절명하였다. 가까스로 낮은 포복으로 몸을 숨기려고 했지만 총탄이 날아오는 것은 시간문제였다.

"전 대원 후퇴. 무조건 후퇴."

특수대원들이 모두 쓰러지는 것은 누가 보아도 예견된 일이었다. 생과 사의 갈림길. 몇 초 사이에 대원들은 최대의 위기에 봉착했다. 어떠한 반격을 할 수 없는 상황에서 기적이 일어났다. 공중에서 자유낙하로 문제의 저택에 착륙하고 있던 쇼몽의 총구에서 불이 뿜어져 나오며 정확히 한 발 한 발에 저격병들이 바로 쓰러졌던 것이다.

"역시 대장님이셨군. 다 방도가 있었어. 옥상 저격병 모두 제압. 신속히 전진한다."

특수부대원들이 저택 현관을 파괴하려고 폭발물을 설치하는 동안 벌써 쇼몽이 옥상을 통하여 실내로 진입하였다. 진입하는 대원들을 사살하기 위해 현관 앞에 대기하고 있던 테러 조직원들은 뒤에서 전진해 오는 쇼몽을 전혀 예상하지 못했다. 일시에 쇼몽에 의해 잔류 테러 조직원들이 쓰러졌다. 쇼몽은 긴장하며 방문을 열어 보았지만 아무도 보이지 않았다. 수색을 좁혀 가며 주방에 섰다.

주방 내에 설치된 요리 기구 진열장 앞에 섰다. 자신의 모습이 그대로 나타나 있는 거울이 보였다. 쇼몽은 가지고 있던 도끼를 꺼내 유리 창문을 부수었다. 창문이 깨지면서 실외로 통하는 통로가 보이고 빠른 속도로 전진하면서 사방을 경계했다. 그리고 잠시 뒤 적외선 망원경에 무선 조정기를 든 사내가 잡혔다. 쇼몽은 지체 없이 사내의 왼쪽 손목을 조준하며 총알을 발사했다. 중년 사내의 손목을 뚫은 총알로 인해 무선 조종기가 바닥으로 떨어졌다. 쇼몽은 안전하게 조종기를 획득하고 사내의 얼굴을 영상을 통해 전송하였다. 사내는 고통스러워하며 자신의 오른손으로 왼손을 감싸고 있었다.

"지블릴 100% 일치."

쇼몽은 검은 천으로 지블릴의 얼굴을 가리고 두 손을 결박한 채 옥상으로 인질을 이동시켰다. 지블릴의 왼쪽 손목에서 피가 끊임없이 터져 나왔다. 쇼몽의 머리 위에 헬리콥터로 연결된 포승줄이 내려왔다. 쇼몽은 능숙하게 포승줄을 채웠다. 그 순간 지블릴이 하늘로 솟아올랐다. 특수부대원들은 문제의 저택에 폭발물을 설치 후 지체 없이 현장을 벗어나고 있었다. 벌건 섬광이 보이면서 문제의 저택은 순식간에 사라지고 없었다. 지블릴 체포 순간 프랑스 최고 저격병의 총구에 불이 퍼졌고 스쿨버스 1호차 백인 남성이 비명도 지르지 못하고 쓰러졌다. 레인보우 브리지 주변에 위치한 군인들이 버스 내로 진입되면서 세계 어린이 축제에 참가 중이던 모든 어린이들을 무사히 구조하였다. 프랑스의 성공적인 어린이 구조 활동은 전 세계에 신문 1면으로 송출되었다.

47

쇼몽과 특수부대원들은 최고 군인이 받을 수 있는 훈장을 수상했다. 그리고 순직한 두 팀원의 무덤 앞에 훈장을 놓고 눈물의 거수경례를 한 후 그들을 떠나보냈다. 쇼몽은 사선에서 임무를 하는 것에 대해 회의가 들었다. 사랑하는 아내와 딸을 위해 살고 싶었다. 그래서 코만도 위베르 훈련 교관으로 자원했다. 시간이 흘러 쇼몽은 하루하루가 행복으로 넘쳐흘렀다. 최고의 군인들을 양성한다는 자부심도 있었지만 가족과 함께하는 시간이 그가 이제까지 살아왔던 그 어느 때보다도 소중했다. 열흘 후 아내와 딸을 데리고 한국에 있는 처가에 처음으로 인사를 간다는 자체만으로도 흥분되고 모든 것이 즐거웠다. 금요일 저녁, 자신의 업무를 마치고 집에 들어가 불을 켜자 테러 진압을 함께했던 특수부대원 전원이 모여 있었다. 쇼몽을 위한 서프라이즈를 계획하고 있던 것이다. 오래간만에 부대원 모두는 새벽녘까지 정신을 잃을 만큼 축배를 들었다. 새벽 4시경 10명의 특수대원 모두는 거실에 한 몸이 되어 쓰러졌다. 사방에는 코골이 소리가 입체 음향처럼 들렸다. 아침 7시 쇼몽은 정신을 차리려고 했지만 아직도 숙취로 인해 머리가 아팠다.

"당신한테 미안해서 어쩌지. 내가 오늘 아미(쇼몽의 딸) 돌봄 교실 데려다주는 날인데…. 이렇게 부하들이 있어서 말이야."

"피……. 언제는 잘해 줬구요. 그래요, 이렇게 손님이 계신데 제가 당연히 아미 데려다주고 올게요. 걱정하지 마시고 더 자요."

"정말로 다음부터는 무조건 내가 다 할 테니까 오늘 하루만 이해해 줘."

아내가 아미를 데리고 마당 앞으로 데리고 나갔다. 그때까지 쇼몽은 그들을 바라보았다. 차 문 앞에서 아내가 쇼몽을 바라보았다. 쇼몽은 하트를 만들어 아내에게 날려 주었다. 아내와 딸이 차 안으로 들어가고 쇼몽이 고개를 돌리자…… 그때였다.

쾅- 퍼어엉! 쾅-!

아내가 자동차 시동을 켜자마자 폭발음과 함께 5m 이상 불기둥이 솟아올랐다. 그 파열음으로 인해 쇼몽의 집 유리창이 전부 깨지면서 파편이 날아와 그의 몸에 박혔다. 쇼몽은 어떡해서든 일어나 마당으로 나가 보려 했지만 자리에서 넘어질 뿐이었다. 특수부대원들도 갑작스러운 사태에 갈피를 잡지 못하고 있었다. 그들이 할 수 있는 건 계속해서 폭발 현장으로 나가려던 쇼몽을 잡고 안정시키는 것뿐이었다. 쇼몽이 절규하면서 끝까지 사고 현장으로 나가려고 했다. 곧이어 2차 폭발이 이어지면서 수많은 파편이 쇼몽의 몸 사이를 뚫고 들어왔다.

48

알안카 테러 집단의 피를 부르는 보복이었다. 그와 동시에 알안카 조직은 세계에서 가장 초호화 여객선인 뉴 마운틴호를 불법 점령하였다. 뉴 마운틴호는 세계여행을 위해 프랑스에서 건조한 지구상에서 가장 비싼 여객선이었다. 현재 뉴 마운틴호에는 세계 각국의 부호 천여 명이 탑승 중에 있었으며 아프리카 바다 근처를 항해하고 있었다. 알안카 조직원 30여 명이 중무장하고 뉴 마운틴호를 불법 점령 후 납치를 했다. 그들의 요구 사항은 간단했다. 지블릴 지도자를 하루빨리 석방시킬 것. 저번 테러 때 받지 못한 5,000만 유로를 바로 입금할 것. 프랑스 자국 내 이스라엘인을 모두 추방할 것. 이상 3가지 요구 사항이 관철되지 않으면 이번에는 34시간 이후부터는 하루에 5명씩 처형한다는 것이었다. 프랑스는 백기 투항을 했다. 모든 요구 사항을 들어주는 수밖에는 아무 방법이 없었다. 이번에는 무조건 살인부터 할 것이 자명했다. 쇼몽이 하루 만에 깨어났다. 온몸에 고통이 느껴졌다. 하지만 그보다도 사랑스러운 아내와 딸을 잃었다는 슬픔에 절망적이고 참담해서 아무런 힘도 나지 않았다. 누가 아내와 딸 곁으로 자신을 보내 줬으면 했다. 그냥 그를 죽여 줬으면 했다. 그런데 지블릴을 석방한다는 뉴스를 접했다. 쇼몽의 눈에는 갑자기 살기가 일었다. 쇼몽은 감시가 삼엄한 병원을 탈출했다. 자신의 부대로 돌아온 그는 병기고에서 수십 종의 화기, 탄약 그리고 폭발물을 탈취했다. 지금 그의 눈에 들어온 것은 복수밖에 없었다. 부인과 자식을 잃은 슬픔은 그다음 문제였다. 온몸이 흉기가 되었고 금방이라도 터질 것 같은 다이너마이트였다. 몇 겹의 경호를 받으며 지블릴이 인계 장소로 가기 위해 군용 차량에 탑승했다. 지금부터 조금만 지체하여도 뉴 마운틴호의 선량한 시민들이 죽어 나가는 것이다. 접선 장소로 가기 위해 지블릴을 태운 차량이 외곽 도로로 방향을 바꾸어 직진 중이었다. 지블릴을 이송하는 군용차량은 3겹으로 촘촘히 경호에 만전을 기하였고 100m 전방 및 후방에는 아무도 접근을 할 수 없도록 했다. 하지만 쇼몽의 복수를 위한 결단은 아무도 말릴 수는 없었다. 고가 위 도로를 지나가는 중에 바주카포의 포탄이 날아와 지블릴을 태운 차량에 정확하게 명중했다. 차량은 차도에서 몇 바퀴 회전하고 미끄러져 멈추었다. 곧이어 차량 주변으로 온몸을 중무장한 쇼몽이 보였다. 군인들은 쇼몽을 저지하려 했지만 그의 경계 태세가 너무 완벽했다. 쇼몽은 거침없이 지블릴이 있는 차량 문을 열고 그에게 다가섰다.

"네가 나한테 했던 모든 것을 몇 배로 돌려주마."

쇼몽은 수십 발의 총알을 지블릴의 얼굴에 조준 사격 했다. 지블릴의 모든 살점은 사방으로 흩어져서 아무것도 남지 않았다. 쇼몽은 다시 부대로 몰래 진입하여 전투용 헬리콥터를 손에 넣었다. 그리고 뉴 마운틴호가 정박해 있는 바다로 출발하였다. 그의 눈에는 지금 처절한 응징밖에는 아무것도 남아 있지 않았다. 평생 군인으로서 국가의 안녕과 번영을 위해 한 몸 바칠 각오로 살아왔지만 가족에 대한 사랑이 애국심보다 더 높았다. 그의 인생을 전부를 다 주어도 바꿀 수 없는 게 가족에 대한 사랑이었다. 쇼몽은 뉴 마운틴호 근처에 헬기를 버리고 탈출했다. 그리고 단신으로 뉴 마운틴호의 갑판으로 진입하여 테러범 30여 명을 일시에 쓸어버렸다. 아무런 자비도 없이 테러범이라면 나이가 어리고 소녀라고 해도 그는 모든 동정심을 버렸다. 쇼몽은 테러범들이 죽어 널브러져 있다 해도 잔혹하게 확인 사살까지 했다. 아주 모조리 싹을 다 잘라 버렸다. 그리고 마지막 테러범의 총탄을 어깨에 맞고 바다로 떨어졌다. 망망대해에서 그는 흔적도 없이 사라졌다. 프랑스는 쇼몽을 찾아 법 심판대에 세우고 싶었지만 그날 이후 그는 어디서도 볼 수 없었다. 모두들 그래서 그가 죽었다고 생각했다.

49

쇼몽이 한국말을 잘하는 까닭이 부인 때문이란 걸 알았을 때 나는 그동안 경계했던 마음이 사라지고 측은함까지 들었다. 그도 나와 같이 가장 소중한 가족을 잃었던 슬픔을 안고 살아가기에 더욱더 믿음이 갔다. 훈련을 실시하면 실시할수록 내 몸에 잘 맞는 옷을 입는 것처럼 편했다.

"오늘은 총기 분해 후 조립을 다시 하는 훈련을 실시하겠다. 언제나 총은 완제품일 수 없다. 적진에 잠입하여 타깃을 처리할 때 삼엄한 경호를 뚫었다고 해서 자신의 분신과도 같은 화기가 온전한 상태로 내게 오기란 법은 절대 없다. 살기 위해선 눈을 감고도 분리된 화기를 다시 원상태로 결합을 해야 된다. 몇 초 사이에 넌 살 수도 죽을 수도 있다."

철컥하는 소리가 나며 쇼몽이 시범을 보였다. 바닥에 복잡하게 펼쳐져 있던 부품들이 순식간에 조립되었고 발사 시험까지 완벽하게 하나의 행동처럼 자연스러웠다. 처음엔 단순한 결합도 어려웠고 너무 힘이 들어가서 부품을 바닥에 떨어뜨리기까지 했다. 잠자리에 들기 전까지 연습에 연습을 하다 보니 손에 붕대까지 채워졌다. 그만큼 고통스러웠다. 하지만 반복된 훈련으로 난 쇼몽과 비슷한 실력까지 올라갈 수 있었다. 때론 너무 힘들어 총기부품을 다 부숴 버리고 싶었지만 쇼몽도 사람인데 도전할 가치가 있다고 생각하고 이를 악물고 훈련을 했다. 쇼몽도 나의 습득

력에 놀라며 훈련 성과에 만족하기 시작했다. 잠을 못 자며 4일간 바다에 떠 있어야 했다. 나를 완전히 극한으로 내몰았다. 5시간 후부터는 온몸에 냉기가 올라와서 포기하고 싶었다. 너무 추웠고 따뜻한 커피 한 잔만 생각났다.

"춥지. 그럼 그렇다고 하고 내 손을 잡아라. 그러면 바로 천국으로 보내 주지."

쇼몽은 나를 보고 비웃으며 손을 내밀었다. 몇 번인가 그 손을 잡고 싶었다. 하지만 난 이곳에서 버려지면 더 이상 다른 곳으로 갈 곳도 없었다. 무엇보다 언젠가는 보이지 않는 실체를 향해 복수해야 하는 목표가 있다고 생각하니 서서히 고통이 사라져 갔다.

"난 그랬다. 고통의 가장 깊은 곳으로 가면 그것을 이겨 내기 위해 가장 행복한 때를 생각했다. 그러면 고통도 모두 날아가 버리지. 블루 너도 한 번 그렇게 해 보든지. 크크큭."

"전 저만의 방식이 있습니다. 훈련은 내가 받는 겁니다. 교관님은 신경 쓰지 마십시오."

나는 악에 받쳐 쇼몽을 노려보고 할 수 있는 반항을 했다.

"자식. 아직까지 힘은 남아 있구만. 좋다. 그렇게 해서라도 이겨 낼 수 있다면 그런 거겠지. 그래, 마지막은 자신의 결정에 생명을 거는 것이다. 살고 싶으면 버티고 버텨라. 블루… 자식. 갈수록 마음에 드는군."

쇼몽의 말대로 가장 행복한 때를 생각했다. 어린 시절 가족들이 나들이 간 때, 그리고 좋았던 때를 생각해 보았다. 내 인생은 그런 아름다움이 별로 없었다. 그것이 더 나를 서럽게 만들었다.

"축하한다. 내가 예상한 시간을 다 채웠다. 올라와도 좋다."

쇼몽이 내게 노를 내밀었다. 온몸이 덜덜거렸다. 어렵게 노를 잡고 올라와 내 분에 못 이겨 쇼몽을 밀었다. 바다에 빠진 쇼몽이 나를 보고 웃었다. 나도 웃었다. 그것만이 내가 할 수 있는 유일한 복수였다.

50

처음으로 쇼몽과 내가 마주 앉아 식사를 하게 되었다. 항상 맛없는 빵 조각만 먹었던 나였는데 그날따라 쇼몽이 조금은 변했다는 생각이 들었다.
"블루 너도 한잔하지."
쇼몽이 손수 내 앞에 있던 잔에 와인을 따라 주었다.
"그날 복수를 마지막으로 나는 총탄이 박힌 채로 어딘지도 모르는 바다에 빠져서 정신을 잃었다. 계속 생과 사를 오가는 꿈을 꾸었지. 눈을 뜨자 작은 천막 속에 내가 있더군. 내 왼쪽 어깨에 박혀 있던 총알은 인두로 지지면서 뽑아서 제거되고 없었다. 죽고자 했는데 죽는 것도 내 맘대로 되질 않았다. 너도 나만큼 사연이 있는 것 같던데 너도 그런 경험이 있었나?"
쇼몽의 눈동자가 조금 흔들리고 있었다.
"저도 마찬가지였습니다. 교관님처럼 다 잃은 적이 있습니다. 절망에 빠져 더 이상 헤어날 수 없을 정도로 처절한 때가……."
나도 그의 마음을 알 수 있었다. 내가 그랬기 때문에.
"눈을 뜨고 조금 있으니까 스프 같은 걸 내게 주더군. 사람은 참 나약한 존재다. 그 스프 냄새를 맡아 보니 정말 먹고 싶다는 생각을 했다. 조금 전까지도 죽고 싶었는데 살기 위해서 허겁지겁 그걸 다시 쑤셔 넣었으니……. 너무 맛있었다."

쇼몽은 냉혈한이라고 생각했는데 인간적인 모습에 나도 놀라고 있었다.

"깨어나고 며칠 후 갑자기 비상을 알리는 피리 소리가 들리더니 나를 작은 토굴에 은신시켰는데 그 좁은 틈으로 그들을 보았다. 개인 화기로 무장한 사내들이 나타나 무차별 난사를 하는데 나를 간호해 주던 여인까지 목숨을 잃었다. 아무런 저항도 못 하고 죽는 모습을 보고는 이들을 위해서 미력하게나마 내가 능력이 된다면 이들을 돕고 싶었고…. 그래서 지금까지 죽지 못하고 살고 있다. 하지만 결정을 내리기까지 난 너무 지쳐 있었다. 내 가족을 지키지 못했다는 자책감 때문에……. 이 부족을 위해 살아 보고는 싶었지만 내 바람일 뿐. 난 그땐 모든 걸 포기하려고 했었다. 내 가족 곁으로 총알 한 발이면 된다고 생각했으니까…… 지금껏 살아오면서 제일 힘든 결정이었다. 그러다 너를 만났다. 처음 보고 나와 같은 계통이라는 걸 한눈에 알아보았지. 너 또한 대단히 불쌍한 놈이라고."

처음이었고 솔직히 놀랐다. 쇼몽의 말끝이 떨리고 있다는 사실에.

"그럼 솔직히 묻고 싶습니다. 나를 왜 이토록 강하게 만들려고 하십니까?"

난 쇼몽의 눈을 똑바로 쳐다보았다.

"진실을 알고 싶은가?"

"네, 무조건 교관님의 생각을 듣고 싶습니다."

"다른 마음은 없다. 네가 내 죽은 부인하고 눈이 너무나 닮았다. 처음 널 보는 순간 네 눈 속에서 내가 가장 그리워했던 그 사람을 보았다. 한국 사람들은 눈이 정말 매력 있어. 우수에 젖어서 무언가를 갈구하지. 그게 그 이유다. 다른 복잡한 것은 없다."

난 그날 이후 쇼몽의 모든 것을 닮기로 했다. 나를 이끌어 줄 살아생전 유일한 선생님이라고 생각했다. 그리고 기회가 된다면 그를 넘어 보고 싶었다.

51

사격 실전훈련이었다. 2,000미터 앞 장애물을 정확하게 명중시켜야 한다. 그것도 한 방에 끝내야 한다.

"저격수에게 두 번이라는 기회는 없다. 한 번의 실수는 자신의 포지션을 적에게 노출시켜 바로 반격을 당하게 되지. 그게 저격수의 운명이다. 한 발에 자신의 생명을 걸어야 한다. 서서히 느껴라. 결코 서두르지 말고. 방아쇠가 너의 신체의 일부분이라고 생각해. 알겠는가?"

"예, 알겠습니다."

"바람이 불어온다. 저격수는 뺨으로 바람을 느끼고 그것을 극복해 내야 한다. 실수하면 실수한 만큼 가혹한 벌칙을 받을 것이다. 모든 시간이 정지되어서 너랑 같은 지점에 놓이게 되면 그때가 바로 슈팅(발사)하는 시점이다. 준비되었으면 방아쇠를 당겨라."

호흡을 가다듬었다. 쇼몽의 말대로 내 몸과 시간이 하나 되는 시점을 찾아 보려 했다. 알 수는 없지만 그런 순간이 왔다고 생각했다. 방아쇠를 당겼다. 탕 소리와 함께 표적에 맞았다고 생각했다. 쇼몽이 자신이 가지고 있던 망원경으로 표적을 확인했다.

"노력은 했지만 결과는 아직 미숙하다. 저격수의 임무 중 가장 중요한 사항은 한 방에 적의 숨통을 끊어 놓는 것이다. 머리 아니면 심장이다. 블루 너는 지금 다리에 맞혔다. 물론 치명상은 아니다. 어떻게 생각하는가?"

나도 망원경으로 표적을 확인하였다. 목표물 다리에 총탄 흔적이 보였다.

"예, 인정합니다. 빗나갔습니다."

"그럼 어떻게 하여야 할까?"

"교관님 처분만 기다리겠습니다."

"지금부터 완전군장 후 앞산 해발 600m 지점을 왕복 40분 내로 주파한다. 시간이 늦으면 늦을수록 가중 처벌 될 것이다."

숨이 막힐 것처럼 힘들었지만 사나이로서 약속한 사항이었다. 물론 뒤처짐이 느껴지면 쇼몽의 자비 없는 쇠꼬챙이가 내 몸에 구석구석 파고들었다. 왕복을 38분으로 아슬아슬하게 끊었다. 도착점에서 나는 느꼈다. 쇼몽도 힘들어하며 숨소리가 거칠어지고 있었다. 난 조금은 이겼다는 생각에 미소가 스스로 흘러나왔다. 그리고 다음 발은 정확하게 적의 머리를 뚫고 지나갔다.

52

보들바암의 정신적 지도자 탕시. 그는 흩어져 있던 소수 부족민을 모았다.

그때까지 그들은 어떠한 저항도 생각하지 못하고 하루하루 살아만 있어도 다행이라고 생각했다. 하지만 탕시는 그들에게 부족의 자긍심을 일깨워 주며 저항을 통해서 자신들의 축복받은 땅을 되찾자고 했다. 하지만 월드솔저 집단과 해적들은 정규적인 군사훈련도 받았고 현대식 무기로 장착을 했지만 소수 부족민들은 참담했다. 총을 처음 본 사람도 있을 정도였다. 지금은 아무리 저항을 외쳐도 아무런 방법이 없었다. 그때 바로 쇼몽이 소수 부족민들 앞에 나타난 것이다. 탕시는 쇼몽을 대하고는 신의 축복이 아직 우리에게 있다고 했다.

"우린 지금까지 신이 주신 우리의 땅을 지키지 못하고 핍박받고 억압된 생활을 해 왔지만 아무런 저항도 못 했습니다. 제발 우리에게 우리를 지킬 수 있는 힘을 주시지요. 이렇게 부탁드립니다."

탕시는 무릎을 꿇고 쇼몽에게 애원을 했다.

"저도 그렇게 해 드리고 싶습니다. 하지만 지금 저는 아무런 의욕도 없고 그냥 이대로 모든 걸 포기하고 싶은 심정입니다. 제가 죄송합니다. 제발 이 사람을 그냥 편안하게 보내 주셨으면 합니다. 저를 구해 주신 은혜는 평생 잊지 않고 살겠습니다."

쇼몽은 조용히 아무도 없는 곳에서 살고 싶어 했다.

"죄송하지만 그대가 벌인 모든 일을 알고 있습니다. 정 우리 부족을 받아들일 수 없다면 당신을 신고하고 현상금으로 나는 우리 부족을 먹여 살려야 합니다. 그래도 되겠습니까?"

"정 그걸 원하신다면 그래도 전 할 말이 없습니다. 언젠가는 저도 제 행동에 대한 법의 처벌을 받아야 된다고 생각했습니다. 그렇게 하신다면 시기만 빨라질 뿐 지도자님 판단이 맞을 겁니다."

쇼몽은 모든 걸 회피하고 싶었다.

"단 3개월만 우리를 이끌어 주십시오. 그동안 모든 우리 청년들이 최선을 다해 그대의 가르침을 받겠습니다. 다시 한번 애원합니다. 제발 제 청을 좀 받아 주시길……."

탕시는 눈물까지 흘리며 자신의 뜻을 관철시키려 했다.

"제가 죄송합니다. 저를 제발 놓아 주시길…."

쇼몽도 끝말을 흐리며 탕시를 피했다.

"알겠습니다. 이렇게까지 하시는데 억지로 잡아 놓겠다는 것 자체가 모순이겠지요."

"감사합니다."

"아직 상처 부위가 다 아물지 않았다고 들었습니다. 지금 바로 움직이는 것은 매우 위험하다고 했습니다. 상처가 다 회복되면 떠나시지요."

"다시 한번 큰 은혜 고맙게 받아들이겠습니다. 그럼 전 잠시 바람 좀 쐬고 오겠습니다."

쇼몽이 지팡이를 보조 삼아 움막을 나왔다. 그리고 깜짝 놀랐다. 소수 부족민들 중 노인과 유아들 상관없이 모두 무릎을 꿇은 채 쇼몽을 바라보았다.

"제발 부탁입니다. 저희에게 자유를 주십시오. 우리를 지킬 수 있게 힘을 주십시오."

수백 명의 그들은 뜨거운 눈물을 쏟아 내고 있었다. 자유에 대한 열망이 쇼몽을 감동시켰다. 그날 이후 쇼몽은 소수민족 행동의 지도자로 그들을 단련시켰다. 자신에게 주어진 최후의 과업이라고 생각했다.

53

소수 부족민들은 진짜로 아무것도 없었다. 그냥 자유에 대한 열망만 있을 뿐 있는 거라곤 AK자동소총 3자루가 전부였다. 물론 실탄도 100여 발밖에 없었다. 쇼몽은 고심에 고심을 거듭했다. 일단 돈이 될 수 있는 모든 것을 모았다. 부족민들은 자발적으로 자신들이 가지고 있는 재물들을 기꺼이 내놨다. 그렇게 접경지역 무기 밀매상에게 당장 쓸 수 있는 무기를 구입했다. 하지만 총기를 사용할 수 있는 사람은 극소수였다. 2주 동안 총기를 사용할 수 있는 방법만 교육시켰다. 맨 처음 총소리에도 놀라서 어쩌지 못했던 사람들도 이제는 총을 사용할 수 있게 되었다. 물론 근거리에서만 사용할 수 있을 뿐 먼 거리에서는 빗나가기 일쑤였다. 이제 결정을 내려야 한다. 전쟁은 신식 무기를 누가 더 많이 가지고 있고 사용할 수 있느냐에 따라 승패가 달려 있다. 쇼몽은 그걸 잘 알고 있는 사람이었다. 감시자들에게 정보가 들어왔다. 월드솔저 집단에서 불법으로 캐낸 다이아몬드와 금을 밀반출한다는 정보였다. 최신의 화기로 구성되어 있는 그들에게 섣불리 달려들었다가는 모두가 주검이 될 뿐이다. 쇼몽은 소수 부족민들 중 가장 빠르고 눈이 좋은 1명을 선발했다. 17세의 '구르'라는 소년이었다. 2주 동안 집중적으로 저격수 교육을 시켰다. 안 되면 될 때까지 시켰다. 그러나 그는 한 번도 살인을 해 본 적 없는 순수한 소년이었다. 그 두려움을 날려 보내야 한다. 쇼몽은 구르에게 부족의 평화는 너의 손에 달렸다고 집중 정신 교육을 시켰다. 어느덧 구르는 전사로서 스스로 일어나고 있었다. 그리고 그날이 왔다. 쇼몽의 수문은 하나, 보석을 밀반출시키는 선두 차량의 기관총으로 무장한 용병을 한 방으로 끝내야 한다는 오더를 내렸다. 그리고 쇼몽은 모든 걸 구르에게 맡겼다. 삼엄한 경비를 한 월드솔저의 차량이 시야에 보였다. 가장 적합한 시기가 올 때까지 숨을 죽인 채 기다렸다. 쇼몽은 포인트 지점에 차량이 오자 거울로 구르에게 저격하라는 신호를 내렸다. 쇼몽은 구르를 수십 미터 떨어진 곳에서 바라보았다. 구르가 혼돈 속에서 흔들리는 것을 느꼈다. 쇼몽은 실패도 그들의 몫이요, 성공도 그들의 몫이라고 생각했다.

탕-

시원스러운 파열음이 들리면서 선두에서 기관총으로 사주경계를 하던 사내가 아무 비명도 못 지르고 쓰러졌다. 쇼몽은 전원 공격 명령을 내렸다. 월드솔저 용병들이 당황했다. 쇼몽은 차량으로 전진하며 운전석에 있던 용병들을 단숨에 해치우고 기관총을 잡았다. 총구를 뒤를 돌려 보이는 모든 것을 관통시켰다. 보석들을 운송하며 경계를 섰던 모든 용병들이 모두 쓰러졌다.

그리고 그들이 밀반출시키려던 차량의 짐칸을 열었다. 현장에 있던 모두가 놀랐다. 수백만 달러의 가치가 있던 보석들로 가득 채워져 있었다. 이 자본을 바탕으로 소수 부족민들은 최첨단 무기로 보유한 평화의 전사로 다시 태어날 수 있었다.

54

월드솔저 집단은 처음에는 방심했다가 한 방 맞았다고 생각했다. 그래서 그들은 소수 부족민들을 잡으려고 혈안이 되어 용병들을 파견했다. 하지만 그들은 몰랐다. 세계 최강 전쟁의 신인 쇼몽이 그들을 지도하고 있다는 것을.

호기롭게 달려들었다가 번번이 깨지자 소수 부족민들을 조사하기 시작했고 쇼몽의 실체를 확인하고 두려워하기 시작했다. 그래서 더 많은 자본을 시장에 풀어 우수한 용병을 마구 모집했다. 그리고 그들의 상대를 수정했다. 일단 해적 집단을 먼저 쓸어버리려고 했다. 그들은 시행착오를 했다. 그 시간 동안 소수 부족민들은 더 강한 전사로 만들어지고 있었다. 쇼몽의 지휘 아래 그들은 다시 태어나고 있었다.

한 발에 한 놈씩. 나는 시간이 흐르자 악조건에서도 화기를 자유자재로 사용할 수 있었고 표적을 한 발이라도 놓치면 내 자존심이 허락지 않았다.

그때부터 쇼몽은 나를 조금씩 인정해 주기 시작했다.

"블루, 넌 나 다음이다. 내가 먼저 가든지 네가 먼저 가든지 남아 있는 사람은 꼭 이 부족민들을 억압과 착취로부터 해방시켜 줘야 한다. 그렇기 때문에 너를 이렇게 혹독하게 단련하는 것이다. 내 말 이해가 가지?"

"알겠습니다. 교관님. 꼭 그렇게 하도록 최선을 다하겠습니다."

"역시 한국 사람들은 총명하고 이해가 빠르지. 그리고 정의를 알고."

나 또한 최고의 스승으로 쇼몽을 존경했다. 하지만 아직도 갈 길은 멀었다. 쇼몽처럼 냉철한 판단을 내리기에는 난 아직도 실전 경험이 전혀 없었다.

새벽녘 깊은 잠에 빠져들고 있었는데 느닷없이 여러 명의 사내가 내 얼굴에 헝겊을 씌우고 어딘지도 모르는 곳으로 나를 끌고 갔다. 솔직히 스스로 판단을 내렸다. 쇼몽이 말한 마지막 관문이라고 생각했나. 난 절대 무너지거나 지지 않을 거라고 다짐했다. 아무것도 안 보이는 상태에서 많은 거리를 이동했다. 차량 엔진 소리만 들리다 보니 사람 심리는 이상하게 흔들리기 시작했다. 앞으로 일어날 일을 생각할수록 스멀스멀 공포감이 피어오르기 시작했다. 차량이 멈춰 서자 사내 2명이 나를 우격다짐으로 질질 끌고 가서 허름한 건물에 밀어 넣었다. 내 몸보다 훨씬 작은 간이 의자에 앉혔다. 의자가 너무 작아서 부속품처럼 허리를 끼워 맞춰야 했다.

"너 지금부터 솔직히 말해라. 순박한 우리를 이간질시켜 서방세계에 팔아넘기려는 첩자지?"

영어로 말하는데 너무 발음이 안 좋았다.

"노우… 노우….”

내가 할 수 있는 대답이라곤 이 말밖엔 없었다. 상판대기를 보고 싶었다. 목소리를 들으니 더럽게 못생긴 사내새끼라고 생각했다. 어둠 속에서 둔탁한 소리가 났다. 망치로 내 머리를 내려친 거였다. 피는 눈을 타고 내려와서 목으로 흘러 들어갔다. 침을 뱉으니 피와 섞여 얼굴을 가리고 있는 헝겊에 묻었다. 기분이 더럽게 나빴다.

"여기에서 이제까지 살아 나간 새끼는 없어. 솔직히 말해. 그러면 고통 없이 한 방에 보내 주지.”

로프로 손목이 묶여 있는 내 새끼손가락을 다시 망치로 내려쳤다.

"으-악…….”

아무 생각이 나질 않았다. 앞으로 고문 강도가 더욱 세질 거라고 생각되니 걱정부터 앞섰다.

"다시 한번 묻지. 너 우리 부족에 잠입해서 다이아몬드와 금 빼돌리려고 연기하는 거잖아. 그렇지.”

"노우… 노우….”

나는 이빨을 빠득빠득 갈면서 가장 큰 목소리로 대답했다. 내 분노가 표출될 수 있는 방법은 그것밖에 없었다.

"이 새끼가 돌았나.”

갑자기 내 얼굴을 덮고 있는 천을 들어 올렸다. 내 예상대로 큰 흉으로 얼굴을 가리고 있는 더럽게 못생긴 새끼였다. 갑자기 내 입을 벌리고는 내 혓바닥을 꺼내 송곳으로 그곳을 찔렀다. 태어나서 가장 고통스러운 고문이었다.

"으-악……!”

"어때, 정신이 바짝 들지. 기대하라고. 이건 시작에 불과하니까.”

음흉한 혀를 내밀며 나를 조롱했다. 그 새끼 입속에 폭탄을 넣어 주고 싶었다.

"뭘 줄까? 이제 어떤 걸로 정신을 들게 해 주지?"

"You fucked up! 이 새끼. 내가 꼭 너 죽이고 만다."

나는 흑인을 노려보며 매서운 눈빛을 보냈다. 내 밑바닥에서 분노가 용솟음쳤다.

"미안한데. 그럴 기회는 없을 거야. 어린놈의 새끼 잡아. 이번에 눈깔을 뽑아 준다."

완력이 센 두 명의 사내가 내 옆에서 한 놈은 나를 붙잡아 안아 못 움직이게 했고 다른 자식은 내 왼쪽 눈을 벌렸다.

"미안해. 그래도 원망은 하지 마라. 두 눈 뽑은 다음에 바로 지옥으로 보내 줄 테니까. 크크큭."

서러웠다. 이런 개자식들에게 내가 여기까지 와서 수모를 당한다고 생각하니 그동안 그렇게 살려고 했던 것이 너무 억울했다. 점점 날이 퍼런 송곳이 내 눈앞에 선명하게 보였다. 눈을 감고 싶어도 강한 완력으로 내 눈을 벌리고 있었다. 끝났다고 생각하고 오른쪽 눈이라도 힘차게 감았다.

탕-! 퍽-

갑자기 총소리가 들리더니 내 얼굴에 피가 튀었다. 그리고 눈을 떠 보니 음흉한 사내의 얼굴 앞면이 날아가 없어졌고 나를 막고 있던 자식들도 연이은 총탄에 쓰러져서 인생을 졸업하고 있었다.

"블루, 괜찮아? 이런 일이 있다는 걸 예상했어야 하는데."

쇼몽이었다. 나에게 손을 내밀어 줄 유일한 사람, 훈련 교관.

"교관님 짓입니까?"

"그런 비슷한 시나리오는 있었는데, 이 자식들은 오리지널 해적들이다."

나는 책상에 있는 망치를 들어 얼굴이 날아간 사내의 뒤통수를 수도 없이 가격했다. 얼마나 많이 가격했는지 사람 뼈가 옷감처럼 너덜너덜 으스러졌다. 내가 나타나기 전까지 구르는 쇼몽의 사랑을 받았고 차기 소수 부족민의 지도자라는 말까지 나왔다. 그래서 모든 훈련에 최선을 다해서 임했는데 구르는 예의가 없었다. 지는 걸 싫어하는 것까지는 좋았는데 자신을 앞서는 사람이 나오면 어떤 방법을 동원해서라도 그들을 제거했다. 해적들과 교전이 있었는데 전사했던 부족민들 중에 뒤에서 저격당한 사람이 있었다.

쇼몽은 한 번에 시신을 유심히 살펴보았다. 사인이 적들에 의해 전사한 것이 아니고 아군의 총탄에 의해 사살된 것이라는 것을 발견했다. 쇼몽은 한 번의 기회를 주었는데 녀석은 더욱더 증상이 심해졌다. 그리고 내가 나타난 것이다. 자신이 누려야 했던 모든 것을 나에게 빼앗겼다고 생각했다. 그래서 해적들에게 나를 팔아넘기고 적의 기습에 사살된 것처럼 꾸미려 했다. 쇼몽은 더 이상 그를 용서할 수 없었다. 구르는 모든 부족민들 앞에 포승줄에 묶여 무릎을 꿇고 앉았다. 아직 어린 소년이었기에 탕시와 원로들이 한 번만 용서해 달라고 쇼몽에게 애원했지만 그는 단호했다. 죽음 앞에서 떨고 있는 구르를 보자 나도 쇼몽에게 용서해 달라고 간청했다. 그는 아직도 어린 청소년이었다.

"군율은 생명을 지배한다. 처음부터 혹독한 시련이 없이는 승리도 없다. 그 대신 고통은 최대한 짧게 해 주는 것이다."

쇼몽의 배려였다. 그는 칼등으로 급소를 내려쳐서 한 번에 구르를 절명시켰다. 물론 시신은 깨끗한 채로 손상이 없었다. 나도 말없이 쇼몽을 따랐다. 쇼몽도 밑바탕은 순수한 사람이었다. 숙소에 들어서자마자 독한 양주를 들이부었다.

"나도 이제 많이 늙은 것 같다. 이렇게 피를 묻힌 날에는 이거 없이는 잠을 잘 수가 없으니."

쇼몽이 내려놓은 양주병을 나도 들어 한 번에 들이부었다. 목이 따끔거리고 아팠지만 알코올 기운이 퍼지자 나도 정신이 진정되어 갔다.

55

쇼몽은 훈련장이 아닌 그의 방으로 나를 불렀다. 그는 어느 때보다 인간적이고 따뜻하게 나를 맞이해 주었다.

"어때, 블루. 몸은 괜찮고?"

"예, 많이 좋아졌습니다. 치료해 주신 덕분에 회복도 빠르고요."

쇼몽이 웃으며 고개를 끄덕였다.

"나 솔직히 많이 놀랐다. 수많은 훈련병을 조련해 보았지만 동양에서 온 작은 청년이 세계 최정예 특수훈련을 이렇게 소화할 줄은 전혀 예상하지 못했다. 며칠 만에 바로 탈락할 줄만 알았지."

"제가 어느 정도입니까? 전 경험이 없어서 아무것도 모르겠습니다. 사실대로 말씀해 주십시오."

쇼몽은 잠시 생각을 정리하는 것 같았다.

"내가 이제까지 조련한 병사들 중 최고 베스트다. 나를 능가하는 수준이야. 경험만 받쳐 준다면 넌 전 세계에서 가장 뛰어난 군인이라고 해도 될 수준이다."

"앞으로 저는 실전에 언제 투입됩니까?"

"실전…. 실전이라고? 웃음만 나오는군."

쇼몽은 어이없다는 표정을 지었다.

"너는 그냥 머리가 빈 한 마리의 맹수에 불과하다. 이 빈껍데기 속에 이제 소프트웨어를 채워 놓아야지. 전쟁은 수많은 전략이 오가는 일종의 목숨을 건 게임이다. 수천 가지 상황을 주어진 현재 상태에 대비하여 승리로 이끄는 것. 한 번의 판단으로 아군을 다 살릴 수도 전쟁 속에 한꺼번에 다 잃을 수도 있는 것이 지휘관이지. 너 혹시 제갈량이라고 들어 보았나?"

"예, 책은 읽지는 않았고 그냥 옛날에 뛰어난 사람이라고만."

"삼국지라는 동양고전에 나오는 전투에서 승리를 쟁취하는 최고의 전략가이지. 아직도 유럽 등 많은 나라에서 그의 전략을 연구하고 있다. 그의 승리를 쟁취하는 기본적인 전술은 나의 평생 롤모델이었고."

"뭐가 그렇게 대단합니까?"

"나는 이제까지 수많은 전투 속에서 위기를 맞을 때마다 제갈량이라면 어떻게 판단했을지를 생각하고 그가 내 마음속에서 살아 있다고 생각하며 결론을 내렸다."

"그럼 이제부터 전 어떻게 하여야 합니까?"

아무리 들어도 내겐 이해가 되지 않았다.

"난 너를 지휘관으로 만들 것이다. 그런데 동양에서 온 꼬마 말을 듣겠나? 물론 듣지 않겠지. 일단 부족민들의 마음부터 얻어라. 그래야 네가 그들을 지휘할 수 있어."

"어떤 식으로 얻어야 합니까?"

"그건 네가 스스로 판단해서 얻어라. 그걸 넘지 않고서는 난 널 기용할 수가 없다. 2주간 시간을 주지. 그때까지 그 숙제를 풀지 않으면 너는 그냥 용병 맨 마지막 막내에 불과해. 알아들었으면 이만 나가서 일 봐라."

56

방법이 없었다. 어떻게 2주 동안 부족민들의 마음을 얻을 수가 있는가? 언어도 잘 통하지 않아서 내 마음도 표현 못 하고 있는데 어떻게 그들의 신임을 얻을 수 있단 말인가? 계속 생각해도 뭐 하나 뾰족한 수가 전혀 없었다. 부족민들이 모여 있어서 내가 다가가 억지웃음을 지으면 그들은 웃다가도 곧 무표정하게 주위를 벗어났다. 저녁을 먹고 나서 부족민들이 거주하고 있는 마을을 돌아보는데 함성 소리가 들렸다. 자연스럽게 그곳으로 가 보니 그곳에서는 남자들이 힘겨루기가 한창이었다. 룰은 간단했다. 땅바닥에 금을 그어 놓고 마주 선 사내들이 먼저 넘어가면 이기는 것이고, 상대편을 넘어지게 해도 이기는 방식이었다. 마을의 모든 사람들이 나와서 부족에서 가장 인기가 있는 이 게임을 즐기고 있었다. 그들의 게임을 나도 보고 있었는데 한 사내가 나에게 다가와 한번 해 보겠냐고 의사를 물었다. 그들과 친해져야 했기에 나는 바로 일어나 상의를 탈의했다. 그들과 다른 피부색에 부족민들은 신기하게 쳐다보았고 웃는 사람들도 있었다. 나도 이 사람들과 같은 일원이 되어야 했다. 게임이 시작되었는데 상대가 나보다 머리 하나는 더 있는 사내였다. 시작하라는 신호가 떨어졌다. 사내는 자신만만하게 내가 막고 있는 선을 넘으려 했다. 나도 힘으로 버티어 보았지만 사내의 괴력은 나를 넘고 있었다. 하지만 그대로 끝낼 내가 아니었다. 상대편의 힘을 역이용해 사내를 보기 좋게 업어 치기 하자 사내가 바닥으로 넘어지고 내가 승리를 했다. 부족민들이 환호성이 터지고 내게도 당연하게 승리자에게 주어지는 일종의 술을 주었다. 한 모금 마시자 너무 도수가 높아 인상을 찡그렸고 부족민들이 더 유쾌하게 웃었다. 그것을 계기로 해서 나에 대한 반감을 조금이나마 만

회했다. 알고 봤더니 나랑 대적한 사내는 부족민들이 즐겼던 이 게임을 가장 잘하던 사람이었다. 그날 이후 부족민들과 자연스럽게 얼굴을 마주 보며 인사 정도는 가능했지만 아직도 그들의 신임은 얻지 못하고 있었다. 쇼몽과 약속한 시간도 점점 다가오고 있었다. 이젠 무언가를 찾지 않으면 안 되었다. 부족민 중 건장한 사내들은 자신들의 땅을 찾기 위해서 전장에 나가 싸워야 했으며 여인들은 가족들의 식생활을 위해 농사와 음식을 마련해야 했다. 그러니 어린아이들은 집 주변으로 방치되어 보호받지 못해 부상당하는 일이 빈번했다. 난 어린아이들을 모았다. 그날 이후 최선을 다해 아이들의 친구가 되어 주었다. 순순한 아이들이 깔깔거리며 웃는 모습에 나도 동화되어 행복한 시간을 보냈다. 그렇게 며칠이 흐르자 부족민들도 자연스럽게 나를 맞이했다. 그들의 인사법은 가볍게 안아 주는 것이었는데 내가 하지 않아도 그들이 먼저 다가와 나를 안아 주었다. 난 드디어 그들의 한 일원으로서 부족민이 된 것이다. 이제 나도 이 부족을 위해 그들과 힘을 모아야 했다.

57

마을을 바라보고 넘어져 있는 나무를 의자 삼아 쇼몽과 나란히 앉았다. 석양이 지는 마을은 한 폭의 그림 같다는 생각이 들었다.

"수고했다, 블루. 내가 주었던 미션을 이번에도 잘 마무리했다. 이젠 진짜로 전투에 참여하게 될 것이다. 어떤 생각이 드나?"

"아직 잘 모르겠습니다. 어떻게 싸워야 하는지도 잘 모르겠고요."

"블루 넌 일기를 왜 쓴다고 생각하나?"

"그냥 자신의 일을 반성하고…… 그런 것……."

쇼몽의 갑작스러운 질문에 말끝을 흐렸다.

"누군가 그러더군. 자신의 일기는 언젠가 다른 사람에게 보여 주기 위해서 쓴다고. 내가 하고 싶은 말이다."

쇼몽은 자신이 가지고 있던 수첩을 나에게 건넸다.

"이게 많은 도움이 될 거다. 이제까지 내가 참가했던 모든 전투의 시작부터 끝나고 나서의 심경이 나름 이 일기에 쓰여 있다. 그리고 작전을 시작하기 전 준비 단계, 중간평가 단계. 작전을 마치고 나서의 최종평가 단계 등, 내가 작성할 수 있는 모든 것을 담으려고 했다. 물론 최단기간 이 내용을 네 것으로 만들어야 한다."

"교관님 이렇게 귀한 걸 왜 저에게……? 저를 믿으십니까?"

"넌 사람을 믿을 수 있다고 생각하나?"

쇼몽의 역질문에 대답을 할 수 없었다.

"사람은 믿는 게 아냐. 그렇다고 결정이 서면 내 생각대로 밀고 나가는 것이다. 지금 내 마음이 너에 대한 그런 것이다. 블루. 넌 어쩔 수 없이 아프리카에 오게 되었지만 그건 우연이 아니라 네 인생이다. 네 인생 속에서 나를 만난 거고 난 너를 훌륭한 군인으로 만들어야 하는 내 운명에 충실한 거고."

"저 또한 교관님을 만난 것을 필연이라고 생각하겠습니다. 그리고 세계 최강의 사내가 되어 보겠습니다. 저를 끝까지 이끌어 주십시오."

"이끌어 주는 건 전투에 나가기 바로 전까지다. 그다음부터는 스스로 모든 걸 결정하고 이끌어야 하며 마지막을 마무리해야 한다."

"명심하겠습니다."

"일주일 동안 시간을 주지. 그때까지 모든 걸 마스터해라."

나도 그때 느낄 수 있었다. 쇼몽을 만난 것이 내 인생에서 가장 큰 필연이라는 것을. 쇼몽을 만나게 된 건 태어나면서부터 그렇게 정해져 있었고, 그것이 지금이라고 생각했다.

58

일주일. 태어나서 혼신의 힘을 다해 공부했던 적은 처음이었다. 쇼몽의 전투 방식과 그의 결정, 그의 마음을 그대로 배우고자 했다. 아니 쇼몽이란 사람이 되자고 했다.

"너에게 지금부터 임무를 부여하겠다. 처음이지만 목숨을 잃을 수도 있으니 항상 긴장하고 결정은 신중하고 바르게 내려야 한다."

"알겠습니다. 그런데 임무는······."

"지금 즉시 군장을 챙겨 은밀하게 움직여라. 바로 해적 놈들 근거지와 월드솔저 자식들 기지로 가서 현재 상황, 취약점, 그리고 제압 방법 등을 소상히 알아 오도록 해."

"저 혼자 갑니까?"

살짝 두려움이 내 목소리에 흘러나왔다. 그런 모습을 보였다는 자체가 내가 더 작게 보였다.

"물론 단독 임무다. 이번 미션을 완벽하게 수행하고 나야 네가 이 부대를 이끌 수 있도록 기회를 줄 것이다. 알겠나?"

"예, 알겠습니다."

"진정한 군인은 임무를 두려워하는 것이 아니라 자신의 능력을 두려워해야 한다는 것을 꼭 명심하길 바라며 무사 귀환을 기원하마."

열흘 치 식량과 필요한 화기, 위장 장비, 칼, 각종 의약품, 실탄, 야영 장비, 식수 등 꼼꼼하게 모든 장비를 챙겼다. 모든 준비를 마치고 군장을 메어 보자 처음이라 그런지 무게가 부담감이 되어 나를 짓눌렀다. 하지만 난 내 임무를 충실하고 완벽하게 수행하고 성공할 것이다.

떠나기 전 쇼몽 앞에서 거수경례를 했다. 쇼몽도 진심을 담아 경례를 하며 나와 눈이 한곳에 머물렀다. 가슴속에서 끓어오르는 말로는 표현하지 못하는 감정이 밀고 올라왔다. 거대한 수풀 속 세상은 이제 막 새벽에서 아침으로 기지개를 켜고 있었다.

59

혼자라서 더욱더 사주경계에 만전을 기하여야 한다. 혼자 결정하고 혼자 결론을 내야 하므로 더욱더 신중해야 한다는 쇼몽의 말이 나를 지배했다.

지금의 나는 한국에서의 분노만 가득했던 미완성된 젊은 청년이 아니라 무장되고 고도로 훈련된 군인이다. 보들바암 동쪽에 자리 잡은 해적의 근거지로 진입하는 중이었다. 지금부터는 화기를 사용하면 안 된다. 무조건 적을 만났을 때 나의 노출을 숨기기 위해서 칼로 적을 단번에 제압하여야 한다. 시퍼런 정글 칼로 수풀을 베고 전진해 나갔다. 조심스럽게 천천히 나아가자 갑자기 인기척이 느껴졌다. 걸음 소리로 확인한바 2명이었다. 나는 재빠르게 수풀 밑에 몸을 숨길 웅덩이를 만들었다. 내가 숨을 곳을 만드는 시간은 3분이면 충분했다. 쇼몽에게 반복적으로 교육받은 결과였다. 해적 2명은 어깨에 AK소총을 메고 나무를 향해 오줌을

싸고 있었고 입에서는 담배 연기가 퍼져 나왔다.

"어떻게 생각해?"

낡은 티셔츠에 땀으로 얼룩이 생긴 옷을 입고 있는 사내가 입을 열었다.

"뭘 말인데."

"아니, 해적이면 어떡해서든 약탈을 하고 뭐라도 뺏어야 생활이 되는 거 아닌가? 우리 지금 며칠째 고기 한번 못 먹고 있다고."

"그야 별수 없지. 바다는 이제 경비가 삼엄해 해 먹을 수도 없고 지금 월드솔저 새끼들이 광산을 점령하고 있으니……. 두목도 판단을 내리기가 어려울 거야. 우리가 이해해야지."

"그거야 그렇지만 가족들이 힘들어 죽겠다고 다들 불평하고 있어. 죽든 살든 결단을 내리자고 난리들이야."

낡은 티셔츠 사내가 한숨을 쉬었다.

"조금만 기다려 보자고. 두목이 대책을 강구한다고 하니 그때까지 힘들어도 참아 보자. 곧 좋은 방법을 주실 거야."

해적들은 볼일을 본 후 나의 시야에서 멀어졌다. 해적들은 지금 먹을 것도 없을 만큼 물자 부족 사태에 직면해서 두목에 대한 불만이 팽배해져 있었다. 100여 미터 떨어진 곳에서 망원경으로 해적 근거지를 관찰하였다.

해적들 근거지는 사방이 훤하게 보이는 평지에 구축되어 있었다. 여러 개의 천막이 바로 그들이 사는 생활 공간이었고 높게 구축된 망루는 4군데로 동서남북을 바라보며 설치되어 있었다. 적들을 대비해 만든 담벼락도 나무 등으로 어설프게 만들어져 있었다. 병력은 대략 500명 정도로 보였다. 가장 가운데 큰 천막으로 설치된 것으로 보아 두목이 기거하는 곳이라고 판단이 되었다. 여자와 아이들이 없는 것을 보면 가족들은 다른 곳에서 생활하는 게 분명했다. 어둠이 오기까지 기다렸다. 그리고 해적들의 야간 근무 동태를 파악했다. 야간에도 보초를 서고는 있었지만 다들 졸고 있었고 경비가 매우 허술했다. 취약 시간에 일시 기습을 한다면 충분히 승산이 있다는 판단이 섰다. 해적들 식사 시간을 관찰했다. 배급으로 먹는 거라곤 딱딱한 빵 한 조각과 물뿐이었다. 지금 해적들 사기는 아주 밑바닥이었다.

해적 근거지 동태를 마치고 이번에는 월드솔저 근거지로 몸을 이동했다.

60

정글 가장 깊은 곳에서 식사를 준비하였다. 낮에도 햇빛이 들어오는 것을 막아 어두웠다. 풀벌레 소리가 쉬지 않고 들려왔다. 스프를 한 입 먹었는데 갑자기 옛날 생각이 났다. 진짜로 이 세상엔 나밖에 없다고 생각하니 조금 서러웠다. 아버지라고 불렸던 사람, 엄마, 초록, 보라 모두를 잃었다. 그리고 친구인 땅콩, 종기까지 나와 관련된 모든 사람들은 죽었다. 나도 언젠가는 죽겠지만 남들은 당연히 누리는 평범한 일상생활을 내가 할 수는 있는 걸까? 아니면 아프리카에서 죽는 것일까? 어떤 생각을 해 봐도 어둡고 우울했다. 너무 무거웠다. 그런 것들을 잊기 위해서라도 내가 지금 하는 일에 미쳐야 한다. 그래야 조금이나마 어둠 속에서 벗어날 수 있었다. 지체 없이 월드솔저 근거지로 이동했다. 낮에는 최대한의 속도로 움직였고 잠자는 시간을 최소로 줄였다. 빨리 임무를 마무리하고 싶었다.

월드솔저 집단이 무단으로 점령하고 있는 보들바암 서쪽 지구로 진입을 했다. 지금부터는 더욱더 조심성 있고 신중하게 행동해야 한다. 월드솔저가 점령하고 있는 그곳은 천연 요새였다. 금맥이 있는 광산을 중심으로 부대가 머물고 있었는데 돌산이 후미를 막아 주고 있어서 앞쪽만 방어하면 되었다. 돌산 후미 쪽은 가파르고 위험해 진입하기가 매우 어려웠다. 무조건 앞쪽으로 기습을 해야 하는데 월드솔저는 여유가 있었다. 그 이유는 화기가 모두 최신식으로 우리와는 상대가 되질 않았다. 사용하는 장비들도 최첨단 장비로 신식이었다. 병력은 400명쯤으로 보였다. 전문 군사훈련을 받은 자들로서 행동 하나하나가 절도가 있고 각자 자신들의 임무도 완벽하게 숙지된 상태였다. 부대 이동도 팀별로 시스템이 잘 나누어져 있어 기습도 힘들다는 판단이 섰다. 식사도 전문 요리사가 최상의 식단으로 음식을 제공하고 있어서 용병들은 경계와 자신의 임무만 소화해 내면 되었다.

내 짧은 식견으로는 허점을 도저히 찾을 수 없었다. 도저히 부족민의 생활 터전을 되찾을 수 없다는 결론을 냈다. 나 또한 참담했다. 쇼몽은 어떻게 받아들일지……. 아니 쇼몽도 포기할지 모른다는 생각을 했다. 아무리 최고의 군인이라고 해도 그 또한 사람이기 때문이다.

임무를 마치고 돌아오는 길에 힘이 빠졌다. 월드솔저와 전쟁을 한다는 것은 곧 모두의 죽음이 될 수도 있다고 생각하니 무모하다는 생각까지 들었다.

나도 약한 인간이다. 그러므로 왜 부족민들을 위해 싸워야만 하고 내가 남을 위해 죽어야 하냐며 반문이 들었다. 솔직히 이대로 탈출해서 안전한 곳으로 갈까? 하는 생각까지 들기 시작했다. 결론은 이미 나와 있고 그것을 뒤집기에는 부족민들은 너무 약했다. 전쟁은 쇼몽 혼자 하는 것이 아니다. 하지만 행동으로 옮기질 못했다. 나를 바라보는 쇼몽의 믿음을 결코 지워 버릴 수 없었다. 지금 결론을 알았다. 이것도 쇼몽이 나에게 던진 일종의 숙제라는 것을……. 그는 내가 월드솔저를 관찰한 후 그들과 전쟁을 하면 모두 죽을 수 있다고 판단을 내릴 것이라는 것도 예상했을 것이다. 그가 나에게 마지막 선택을 주었던 것이다. 자유롭게 다른 곳으로 가든지 아니면 자신을 믿고 따라 오든지. 이 두 가지 선택을 나는 이제 결정지어야 한다. 수십 번을 고뇌하고 수십 번의 선택이 왔다 갔다 했다. 그리고 결정을 내렸다.

이제껏 나를 믿어 주고 나를 사람대접해 준 사람은 나와는 전혀 관련이 없었던 쇼몽이었다. 그는 나를 남자로 대해 주었던 유일한 사람이었다.

남자는 자신을 인정해 주는 사람에게 가는 것이다. 그게 바로 의리고 믿음이다. 내 인생을 완전하게 쇼몽에게 주기로 했다. 불행한 결과가 나오더라도 절대 그를 원망하지 않고 무조건 그의 편에 서기로 다짐을 했다.

61

쇼몽이 나를 등지고 석양이 지는 대지를 응시하고 있었고 나는 자리에 앉아 커피를 마시고 있었다.

"어때. 난감하지?"

쇼몽이 다 알고 있는 것처럼 담담하게 말을 이었다.

"괜찮아. 그래, 어떻게 생각하나?"

"솔직히 우리가 이길 수는 없을 것 같습니다. 너무 수준 차이가 큽니다."

탁자에 커피 잔을 내려놓자 옅은 한숨이 나왔다.

"블루. 그럼 너는 솔저와 해적 중 어디부터 공격해야 한다고 생각하나?"

"전 우리 부족이 사기 진작 차원에서도 해적부터 잡고 그다음 승리의 정신력을 바탕으로 힘을 합쳐 솔저 집단을 몰아내야 된다고 생각합니다."

"우리가 해적을 몰아낸다고 한들 솔저 집단을 잡을 수 있다고 생각하나?"

말문이 막혔다. 그렇다. 정식 특수 군사훈련을 받은 자들을 이길 수는 없었다.

"그럼 우리가 이길 방법은 없다는 말씀이십니까?"

쇼몽이라면 다를 수도 있다고, 아니 내 생각과 다른 무엇이 있었으면 했다. 하지만 아직까진 절망적이었다.

"부대가 화력에서 약하고 군사력이 현저하게 떨어진다면 어떤 대응이 필요할까?"

쇼몽이 내 맞은편 의자에 앉았다.

"게릴라 전술이 필요하다고 생각합니다."

"그렇지. 치고 빠지는 전술. 그럼 어떻게 빠지고 칠까?"

"아직 거기까진 생각 안 해 보았습니다."

"그들에게 혼란을 줘야 해. 아주 혼이 쏙 빠지게."

"그럼 이길 수 있는 방법이 있다는 겁니까?"

내 눈이 알 수 없는 기대로 흔들렸다. 그렇다. 쇼몽은 인간을 넘어섰다.

"정리부터 해 보지. 우리는 결코 솔저를 이길 수 없지만 만약에 잡을 수 있다면 해적들은 알아서 우리 밑에 머리를 조아릴 테지. 나도 너와 같은 미션을 가지고 양쪽을 다 관찰한 적이 있었다. 물론 결론은 너와 같았고. 전쟁이 길어지면 곳곳에서 불만이 터져 나오고 스스로 자멸되는 것이다. 그것을 막기 위해서라도 빨리 종지부를 찍어야 해. 블루, 돌아올 때 어떤 생각이 들었지?"

내 마음을 모두 알고 있다고 생각하니 얼굴이 붉게 올라왔다.

"창피할 필요 없다. 나도 돌아오기가 싫었으니까. 그래서 너에게 똑같은 제안을 해 본 거고. 네가 돌아오지 않는다면 나도 시간만 때우다가 꼬리를 내리려고 했고 만약 돌아온다면 내 전략을 한번 해 보기로 했다. 너와 함께."

다음 대답이 너무 궁금해져서 지금 시간이 지루하게 생각되었다.

"솔저들은 천연 요새에 진지를 구축했다. 부대 뒤로 돌산을 끼고 있어서 그들을 보호해 줘 정면 쪽만 잘 방어하면 아무 문제가 없지. 그것이 바로 그들을 제거할 수 있는 유일한 방법이다."

"교관님, 죄송한데 전 아무런 해답을 찾을 수가 없습니다."

쇼몽의 생각은 전혀 예상치 못하게 저 멀리 가 있었다.

"지금 솔저들의 삼엄한 경비로 인하여 그 부대는 허가받은 몇 명만 출입할 수 있다. 보석과 금을 캐는 작업자들도 말이다. 그곳을 우리 둘이 박살을 내는 거지. 위험하지만 네가 도와준다면 충분히 승산이 있는 세임이다."

"어디를 박살을 낸다는 겁니까?"

"너와 내가 새벽에 몰래 돌산으로 침투해서 광산 입구를 폭발물로 박살을 내는 거다. 그러면 어떻게 되겠는가?"

"다시 복구하겠지요."

"블루, 아직도 내 의중을 모르고 있군."

"예, 아직 갈피를…."

"솔저들이 그곳을 점령한 이유는 무수히 많이 매장된 금과 보석들 때문이지. 그곳으로 들어가는 유일한 길목을 폭발시킨다면 그들은 하루빨리 출입구를 원상 복구 하려 할 것이다. 그러면 한두 명으로 되질 않아. 많은 인력이 투입되어야 한다. 그들은 싼 인력을 쓰기 위해 사람들을 모집할 것이다. 그 노동자들을 우리 부족민들로 채우고 그곳에 쉽게 침투하는 거야. 그리고 공사로 인해서 많은 사람들이 출입하게 되면 보안의 허점이 노출되는 거지. 솔저들은 보안도 강화하고 공사를 빨리 끝내기 위해서라도 인부들은 부대 안에서 생활하도록 결정을 할 것이다."

"그렇다고 한들 우리 편에겐 무기가 없습니다."

"블루. 바로 그거야. 새로 출입구를 만들려고 돌을 제거한 후 돌을 그냥 방치할 수 없을 것이다. 수십 톤의 돌을 부대 밖으로 버려야 하겠지. 그럼 생각해 봐. 많은 돌을 치우게 하기 위해선 대형트럭이 필요할 것이고 한두 번 검열은 하겠지만 매번 세심하게 살피지는 못할 거야. 경비가 허술할 때 무기를 차량에 몰래 싣고 우리 부족민에게 전달하는 거고. 그리고 제일 취약한 때 우리 모두가 일시에 공격을 가한다. 외부에서 그리고 내부에서……."

나의 의심이 확신으로 변했다. 쇼몽의 계략은 정말 무섭도록 치밀하고 대단했다. 이제 나와 쇼몽이 첫 번째 단추를 잘 끼우면 되는 것이다.

62

돌산으로 가는 길까지 경비가 너무 삼엄했다. 쇼몽과 나는 낮에는 거의 움직이지 않고 있다가 어두워지면 기어가듯이 하며 돌산 진입로 쪽으로 향했다. 매복은 자신과의 싸움이라는 걸 알 수 있었다. 사람이 누워 있으면 당연히 졸음이 밀려온다. 하지만 잘 순 없다. 정신 줄을 놓는 순간 코를 골게 되면 자신의 위치가 노출되고 바로 꿈나라에서 하늘나라로 갈 수도 있기 때문이다. 쇼몽과 나는 솔저들이 무슨 생각을 하는지, 오늘은 무슨 요리가 나오는지도 다 듣고 있었다. 그만큼 신중에 신중을 더했다. 쇼몽과 나는 돌산에 진입하여 중간지점에 로프로 결박하고 가장 허술한 새벽 4시에 레펠로 조심스럽게 내려왔다. 쇼몽이 옆에 있어서인지 안심이 되었다. 우리 두 사람은 광산 입구 갱도 위에 몸을 숨겼다. 2분에 한 번씩 서치라이트가 계속해서 입구를 비추었다. 갱도 입구에는 2명의 경비병이 자리를 잡고 있었다. 우린 그들을 단숨에 제거한 후 빠르게 폭발물을 설치하여야 하는데 라이트가 반복해서 오는 시간이 너무 빨랐다. 쇼몽이 나에게 플랜 2를 손가락으로 지어 보였다. 그것은 나 혼자 들어가서 폭발물을 설치하라는 거였다. 그동안 쇼몽이 시간을 길게 끈다는 것이다. 우린 손가락을 펴서 3번째 시작점에 동시에 내려와 두 명의 경비병을 단숨에 절명시켰다. 나는 뒤도 돌아보지 않고 무거운 가방을 메고 갱도 안으로 들어갔다. 조금도 지체하면 안 되고 잠깐의 여유도 없었다. 나는 50미터 지점까지 들어가서 폭발물을 설치했다. 그사이 쇼봉은 경비병의 옷으로 갈아입고 솔저처럼 보초를 서는 연기를 하고 있다. 2분 후 라이트가 다시 비추자 혼자뿐인 쇼몽을 집중 조명한다. 쇼몽이 배를 부여잡고 아픈 연기를 하자 그들도 1명이 잠깐 자리를 비운 것으로 파악하고 이번은 그냥 넘어간다. 하지만 2분 후에는 무조건 확인하려 할 것이다. 나머지 1분 20초 안에 폭발물을 설치 완료하고 쇼몽과 나는 40초 안에 폭발물 피해가 없는 지점으로 도주를 해야 한다. 쇼몽의 재촉하는 소리가 그대로 느껴졌다. 나도 속으로 다급해졌다. 모든 설치를 끝내고 쇼몽 앞에서 급한 숨을 내몰아 쉬었다. 쇼몽이 숨겨 놨던 로프를 꺼내자 우린 상승을 시도했다. 하지만 쇼몽은 쉽게 앞장서 갔지만 난 힘이 빠져서 자꾸 그와의 거리가 멀어졌다. 안 되면 쇼몽만 피하고 나는 그대로 무선 버튼을 누르자고 생각했다. 잠시 후 사이렌 소리가 사방으로 퍼졌다. 쇼몽이 힘내라는 제스처를 보냈지만 난 정말로 힘을 낼 수 없었다. 앞으로 20미터는 더 상승해야 폭발 범위 안전지대였다. 그리고 바로 라이트가 나를 비추었고 너무 눈이 부셔 뜰 수 없을 정도로 밝았다. 나에게 저격용 표적이 다가오고 있음을 알았다. 난 쇼몽에게 먼저 가라는 신호를 보냈지만 갑자기 쇼몽이 자신의 화기로 여러 발을 발사하자 라이트가 이번에는 그를 향했다. 나의 탈출 시간을 벌어 주려고 일부러 쇼몽이 표적이 된 것이다. 나도 그사이 기력을 조금 회복하고 힘을 다해 올라갔다. 내가 쇼몽을 앞서게 되었다. 난 간신히 안전지대로 올라왔고 쇼몽을 보았지만 아직도 그는 표적 안이었다. 총탄이 여러 발 그에게 날아들었다. 살짝 빗나가고 있었지만 이 상태라면 쇼몽이 위험했다. 쇼몽이 버튼을 누르라는 신호를 보내고 자신의 팔 힘으로 내 근처로 접근을 시도했다. 바로 전 쇼몽이 있던 자리에 총탄이 박혔다. 나는 팔을 뻗어 쇼몽을 잡고 무선 버튼을 눌렀다.

쾅, 쾅, 쾅-!

섬광 같은 불꽃이 대지 전체를 깨웠다. 모든 것이 깨져 버릴 것 같은 굉음이 나의 귀를 따갑게 했다. 쇼몽과 나는 숨을 고르며 웃기 시작했다. 작전은 성공이었다. 하지만 추격조가 우리를 곧 따라올 것이다. 쇼몽은 나에게 정신 차리라는 신호를 보내고 그의 지시에 따라 개인 화기와 총탄을 숨기며 나머지 모든 짐을 버렸다. 이제는 달리기 잘하는 놈이 살아남는 것이다. 내 몸과 쇼몽의 몸은 가벼웠다. 왜 쇼몽이 그동안 그렇게 혹독하게 구보를 시켰는지 이해가 되었다. 추격조는 끝내 우리를 잡지 못했다. 아니 우리 근처에 다가오지도 못했다. 그만큼 우리는 최정예 병사들이었다. 추격조가 다가오면 우리는 더 빨리 그 주위를 벗어났고 그들이 한참 앞서간 우리 뒤에서 휴식을 취하고 있을 때도 우린 달렸다. 이번에는 이변이 일어났다. 쇼몽이 나보다 뒤쳐져서 힘들어했다. 내가 생각해도 기적이었다. 내가 쇼몽을 앞서는 때가 왔다는 것이 미치도록 나를 흥분시켰다. 이제부터 우리 부족의 용맹스러운 보복이 바로 시작될 것이다.

63

 결전을 앞둔 부족민들은 축제를 즐겼다. 오늘만큼은 모두가 하나가 되어 그들만의 아름다운 밤을 즐겼다. 모두에게 특식이 주어졌고 즐겁게 술도 마셨다. 분위기가 올라오자 부족민의 전통 악기 연주가 울려 퍼졌고 모두가 모닥불 앞에 나와서 흥에 몸을 맡겼다. 그들의 전통 춤은 번영과 풍년을 기원하는 춤이었다. 한 소녀가 나의 손을 잡고 그들 춤사위 속으로 끌어당겼다. 나도 익숙하지 않은 몸이지만 그들을 따라 몸을 움직였다. 여기저기서 웃음소리가 흘러나왔다. 나는 박수를 치며 그들 뒤로 물러났고 내 옆에는 쇼몽이 있었다.
 "이렇게 순박하고 하나같이 천사 같은 사람들이었다. 아무런 욕심도 없고 부족하면 부족한 대로 감사할 줄 아는."
 "저도 그걸 느꼈습니다. 꼭 이들의 보금자리를 찾아 주고 싶습니다."
 "그래, 블루. 우리 함께 최선을 다하자. 너와 나는 분명 보람된 일을 하고 있는 것이다. 너도 그렇게 생각하지?"
 나는 말없이 고개를 끄덕였다.
 "그런데 교관님, 이들의 터전을 찾아 준 다음에는 어떻게 하실 겁니까?"
 내 갑작스러운 질문에 쇼몽이 잠시 멈칫했다.
 "솔직히 처음으로 내 마음을 말하는 사람은 네가 처음인데……."

내 시선이 쇼몽의 입가에 멈췄다.

"돌아가야지. 내 조국으로 돌아가서 내 죄를 심판받아야지. 그게 마땅한 도리이고……."

나는 어떤 말도 할 수가 없었다.

"그리고 기회가 된다면 지금까지 나 때문에 유명을 달리한 모든 사람들의 명복을 빌고 싶다."

"저는 어떻게 하면 좋겠습니까?"

나는 내 미래를 스스로 생각한 적이 없었다. 지금은 현재에 충실하고 그다음 때가 되면 어떻게든 될 거라고만 생각했다. 난 쇼몽에게 내 앞날의 조언을 듣고자 했다.

"넌 아직 할 일이 많고 생에서 가장 아름다운 시간을 지금 살고 있다. 모든 사람들을 위해 복되고 보람 있는 일을 했으면 좋겠다. 너는 나같이 살지 않았으면 한다. 언제나 손에 피를 묻히는 일은 두려움과 후회만 남게 되기 때문이다."

"고맙습니다. 나의 인생에 같이 살아 주셔서요."

"자식. 많이 여유로워졌군. 잘하고 있다. 그것도 아주 훌륭하게."

쇼몽의 말에 그동안 원망했고 분노에 치밀어 올랐던 모든 것이 단번에 녹아내렸다. 난 결코 다시 시작할 수 없을 줄 알았다. 나를 다시 한번 살려 준 사람이 바로 쇼몽이었다. 그와 같이 지금 숨 쉬고 있다는 자체가 행복했다. 사나이들의 우정이 이렇게 위대하다는 것을 쇼몽은 내게 알려 주었다. 한 소녀가 나와서 「뜨거운 대지의 영광」이라는 그들의 전통 노래를 불렀다. 모두 숙연해졌으며 모두의 눈빛이 이글거리며 타올랐다. 그날 밤 나는 진정한 코만도 위베르 대원이 되었다. 쇼몽은 나의 왼팔 어깨에 코만도 위베르 훈련 과정을 수료하면 새겨 주는 문신을 그려 주었다.

아주 엄숙하게 행해졌다. 그리고 그 표식으로 자신이 받았던 훈장을 나에게 건네주었다. 눈물이 핑 돌았다. 이렇게 몸과 마음을 다해서 이룬 것은 내 일생에 처음이었고 앞으로도 이런 날은 다시는 오지 않을 것이라는 걸 잘 알고 있었다.

64

쇼몽의 계획대로 브로커를 통하여 솔저 근거지 내 우리 부족민 70명이 단순 노동자를 가장해서 배치되었다. 그리고 덤프트럭 운전자를 통해서 현재의 상태 등을 보고받기 시작했다. 아직까지는 아무런 문제도 의심받을 일도 없었다. 쇼몽은 결코 서두르거나 조바심을 내지 않았다. 그만큼 냉철하고 단호했다. 쇼몽의 예상대로 공사를 시작하고 10일쯤 후부터는 많은 트럭이 반복해서 움직이다 보니 감시 등도 매우 허술해졌고 전부 형식적으로 이루어졌다.

쇼몽은 2단계 지시를 내렸다. 덤프트럭 밑에 개인 화기 및 수류탄 등 무기들을 숨기고 현장에 있는 우리 부족민에게 전달되었다. 해답이 왔다. 모든 것은 다 준비되어 있고 디데이 날짜만 정해 주면 동시에 거사를 치른다는 내용이었다. 쇼몽을 위시해서 몇 명의 소대장들이 마지막 거사를 위한 회의가 시작되었다. 이번 한 번으로 무조건 솔저 집단을 내몰고 원래 주인이었던 고유의 영토를 회복해야 한다. 회의에 참석한 모든 사람들이 긴장하고 있었다.

"공사도 15일 후면 마무리가 된다고 합니다. 언제쯤 총공세를 시작해야 할까요?"

부족민 중 가장 고령자로 보이는 사내가 의견을 내놓았다.

"3일 후 일요일이 어떨까 싶습니다. 그때는 공사를 하지 않을 테니 일요일 새벽에 기습 공격을 가하는 겁니다."

맨 구석에 앉아 있던 사내가 그의 뜻을 비쳤다. 다른 소대장들도 동조의 뜻으로 고개를 끄덕였다. 나도 모두 자고 있는 새벽 시간 공격을 하는 게 타당하다고 보았다. 쇼몽은 아무 말 없이 의견만 조용히 청취했다.

"다른 의견이 없으시면 이 날짜로 거사 일을 잡도록 하겠습니다."

"내 생각은 조금 다릅니다."

조용히 경청하던 쇼몽이 손을 들었다.

"저와 블루가 새벽에 기습하여 갱도를 폭발하는 데 성공했습니다. 그리고 마지막 결전을 준비하고 있습니다. 물론 좋은 의견입니다. 경비가 허술한 틈을 타서 새벽에 기습하자는 말은……. 하지만."

쇼몽의 다음 대답이 벌써부터 궁금해지고 있었다.

"솔저 집단은 새벽 시간 나와 블루에게 기습을 당했습니다. 그것도 가장 중요하게 생각하는 갱도를 말입니다. 그럼 입장을 바꿔 생각해 보겠습니다. 내가 솔저 우두머리라면 새벽에 당한 경험 때문에 취약 시간대 감시를 더욱더 철저히 하도록 지시를 내렸을 것으로 사료됩니다."

쇼몽의 의견은 정확했다. 내가 적군의 수장이라도 그렇게 했을 것이다.

"그럼 언제가 좋을지……."

의견을 냈던 자가 쇼몽의 말을 기다리고 있었다. 나도 최대한 자제하면서 침을 삼켰다. 긴장에서 오는 일종의 습관 같은 거였다.

"가장 안심하는 시간. 본능에 충실하고 안전하다고 느끼는 시간은 바로 점심 식사 시간입니다."

다른 사람들도 이유를 듣고 싶어 했다.

"작전의 성공은 벼락같은 기습에 달려 있습니다. 사람들은 다 그렇게 생각합니다. 설마 낮에 공격을 하겠냐고요. 그걸 이용하는 겁니다. 그리고 점심 식사를 한 후 40분 정도 휴식 시간이 주어지는데 이때는 오후 과업을 위해 단잠에 빠지는 시간입니다. 이때 우리가 공격을 하는 것입니다. 짧지만 아주 강력하고 단호하게 상대를 단번에 박살 내는 겁니다."

사람들의 환호성이 들려왔다. 들으면 들을수록 정말로 신빙성 있는 말이었다.

"그럼 외곽에서 남은 병력이 솔저 근거지로 어떻게 진입을 합니까?"

나도 쇼몽 말에 동조는 했지만 공사장 안에 있는 병력만으로는 솔저 집단을 굴복시킬 수 없다는 판단에 의견을 표출했다. 쇼몽이 살짝 미소를 지어 보였다.

"우린 당당히 정문으로 진입합니다. 대형 덤프트럭 4대 짐칸에 100명의 아군이 몸을 숨기고 있다가 통과 즉시 맹공을 펴 나가는 겁니다."

다시 들어도 기가 막힌 전술이었다. 역시 쇼몽은 뼛속까지 군인이었다.

"그럼 언제 기습을 합니까?"

내 옆에 있던 사내가 질문을 던졌다.

"내일 바로 기습을 할 겁니다. 어이, 준비해."

쇼몽의 지시에 문밖에서 대기하고 있던 3명의 사내들이 들어와 출입구를 막았다. 모두 무장을 하고 있었다.

"난 여러분을 믿습니다. 하지만 만에 하나 총공세 기밀이 새어 나간다면 우리는 전멸하게 됩니다. 오늘부터 내일 출발하는 시간까지 여기에 모인 사람들은 같이 있을 겁니다. 불편하더라도 감수해 주셔야겠습니다."

무장한 사내들이 나가면서 철컥하는 소리가 났다. 출입문을 봉쇄하고 있었다. 쇼몽은 이 전투를 끝으로 더 이상 피비린내 나는 전장에서 살고 싶지 않다는 걸 나는 느낄 수 있었다.

65

 10명의 소대장들에겐 화장실을 갈 때도 무장한 사내들이 붙었다. 내일까지는 단독행동은 절대 하지 못했다. 그만큼 상황이 긴박했다. 매트리스 바닥에서 졸고 있던 나를 쇼몽이 불러냈다. 쇼몽과 내 뒤에도 무장한 사내가 거리를 두고 감시를 시작했다.
 "내일 네가 선봉에 서라. 너의 지시에 따라 모든 병력들이 움직일 거야."
 "그럼 교관님은 어디에?"
 "난 우리가 같이 올라갔던 바위산에 있을 거다. 내가 내일 스나이퍼(저격수)가 된다. 내일 나는 망루 초소에 있는 솔저들을 한 방에 보낼 거고. 넌 맨 앞에서 부대를 지휘한다. 알았나?"
 "알겠습니다. 그런데 차량이 진입하는 것은 저에게 맡겨 주시면 감사하겠습니다."
 "은폐하고 있다가 기습 공격 하는 게……. 내 판단으론 그건데. 다른 무언가를 생각하고 있나?"
 "절대 교관님의 명성에 누가 가지 않게 하겠습니다. 한번 믿어 보시지요."
 "알겠다. 내일 무조건 끝을 보자고."
 "부족민들과 교관님을 위해서도 내일 무조건 끝을 보고 말 겁니다."
 "그리고 중요한 사항을 잊었다. 내부의 적을 조심해라. 체계가 아직 불분명하고 혼란기에는 서로의 이익에만 눈이 멀어 배반자가 나오게 마련이다. 앞으로 블루 네가 살아가면서 느끼겠지만 보안이 생명이다. 어려운 시기일수록 명령은 짧고 강렬하고 빠르게 내리고 처리는 신속하고 속전속결로 한 방에 몰아서 하는 거다."

"많이 배우고 있습니다. 교관님이 가르쳐 주신 방식 꼭 잊지 않겠습니다."

이제 마지막 반격까지 10시간도 남아 있지 않았다. 처음 전투다운 전투라고 생각하니 두려움도 있었지만 기대감도 있었다. 난 군인으로서 처음이지만 가장 중요한 전투의 지휘 선봉장이 된 것이다.

66

정확히 12시 20분에 모든 공격을 일시에 퍼붓기로 했다. 쇼몽은 벌써 혼자 단독행동으로 출발하였고 내가 100명 아군들의 공격 준비를 점검했다. 얼굴에 모두 위장을 하고 모인 우리 편 특공대는 이글이글 승리의 의지가 불타올랐다. 대형트럭 4대가 준비되었고 내가 맨 앞에 있는 선두 대열에서 모두를 지휘했다. 내가 트럭에 오른 후 아군을 내려다보았다. 무슨 말이라도 해야 했다. 그래야 아군들의 사기가 올라갈 것이다. 난 고심을 하며 내 생각을 천천히 풀었다.

"전 나이도 어리고 경험도 미천합니다. 그리고 여러분 앞에 설 자격도 갖추지 못했습니다. 하지만 전 우리의 영원한 자유와 번영을 누구보다 원하는 사람입니다. 제가 먼저 앞장서서 적의 머리에 비수를 박아 버리겠습니다. 지금 여기에 계신 투사분들은 앞으로 우리의 자유의 땅을 후손들에게 돌려주어야 할 의무가 있습니다. 지금이 바로 우리의 절호의 기회입니다. 우리를 차가운 땅바닥으로 내쫓은 저 솔저 집단을 향해 처절한 복수를 하는 것입니다. 여러분 저와 같이하시겠습니까?"

"와와-! 와아아."

허공으로 총탄이 날았고 환호성이 대지에 울려 퍼졌다. 우리 모두의 눈빛에서 환희에 찬 희망이 퍼져 나갔다.

긴장감은 우리 모두에게 있었고 두려움도 크게 작용했지만 애써 서로가 이겨 내려 노력했다. 12시 정각이었다. 10분 후면 솔저 근거지 200m 지점까지 도착할 것이다. 내가 모두에게 총기 점검을 하라 지시를 내렸고 이상이 없음을 확인한 후 모두의 화기에 실탄을 장전하였다. 우리는 그 흔한 방탄복도 없고 전투복도 없었다. 가장 편한 복장에 파란 띠만 어깨에 둘렀다. 그게 바로 우리 부족 대항군이라는 증표였다. 난 운전석 옆에 앉아 아래에 있는 총기를 점검했다.

"어떻게 할까요. 일단 차량을 세운 다음에 경비가 허술하면 들어가는 것이 어떻겠습니까?"

운전수가 나의 의향을 물었다.

"아닙니다. 속도를 줄이지 마세요. 정문에 들어서면 그냥 뚫고 가는 겁니다. 경비병은 내가 처리합니다."

속도를 높였다. 뒤에 따라오던 트럭들도 속도를 죽이지 않았다. 50미터 지점, 놀라서 차량 정지를 외치던 경비병 2명을 정조준하여 그대로 격발했다. 2발의 총탄은 정확히 경비병들의 이마를 뚫고 지나갔다.

"그대로 직진."

나의 단호한 명령에 트럭은 그대로 정문을 박았다. 펑 소리와 함께 철문이 반으로 쪼개졌다. 그리고 정문을 통과한 4대의 차량에서 부족민 특공대가 일시에 나와 공격을 가했다. 바위산에 있던 쇼몽의 탄알에 망루 초소에 있던 경비병들도 넘어지며 바로 세상과 작별을 고했다. 갑작스러운 공격에 솔저들은 무장을 하지 못하고 힘없이 바닥으로 넘어졌다. 적진으로 침투했던 해방군들도 각 천막에 있던 솔저들을 일시에 공격했다. 안과 밖에서 가하는 체계적인 공격에 솔저들은 우왕좌왕하여 이렇다 할 반격을 하지 못했다. 기선을 제압한 특공대의 총구가 정확히 솔저들로 향하자 항복을 하는 자들로 넘쳐 났다. 이제 지휘관을 위시한 대가리들만 잡으면 우리의 승리였다. 솔저들의 우두머리와 참모들 5명의 행방이 묘연했다. 그러나 난 알 수 있었다. 갱도로 들어가 피신한 것을. 그들이 살아 나가면 분명 우리에게 다시 반격해 올 것으로 확신했기 때문에 그들을 맹렬히 추격했다.

적외선 탐지 등이 갱도를 가리켰지만 그들은 보이지 않았다. 하지만 멈추지 않았다. 5보 전진을 했다. 어둠 속에서 철컥하는 소리가 느껴졌다. 내 뒤에 숨어 있던 솔저 대가리가 총구로 나를 겨냥하고 있었다.

하지만 그들은 살아 나가야 했기 때문에 나를 인질로 해서 탈출을 감행할 것이라는 판단이 섰다.

"스톱, 스톱."

나에게 경고를 암시하는 강한 어조의 말소리가 들려왔다. 나는 품었던 총을 바닥으로 내려놓았다. 항복 표시를 하고 뒤를 돌자마자 허리춤에 숨겨져 있던 단도를 집어 던졌다. 내게 가장 가까이 서 있던 솔저의 이마를 관통했다. 그와 동시에 권총을 꺼내 몸을 피하며 3발의 총탄을 발사했다.

깨끗하게 사내들의 목과 이마를 뚫었고 4명의 사내들은 그대로 쓰러졌다. 내가 바로 세계 최강의 코만도 위베르 최고의 실력자 블루다. 나는 갱도를 나가자마자 총을 들어 우리의 승리를 알렸다. 최고의 함성이 들리면서 승리를 자축하는 총탄이 허공을 또 갈랐다. 이번에는 남아 있는 총탄을 멈추지 않고 모두 쏟아부었다. 그만큼 가장 큰 감격의 순간이었다. 소수 부족민들이 드디어 희망의 땅 보들바암의 가장 축복받은 영토를 수

복하는 날이었다. 전투에 참가한 보들바암의 소수 정예 용사들은 기쁨의 눈물을 흘렸고 쇼몽이 내려와 주먹을 불끈 쥐자 더 큰 함성이 울려 퍼졌다. 그리고 항복한 솔저들은 일말의 여지가 없이 쇼몽의 지시에 따라 즉결 심판으로 모두 처형되었다. 쇼몽은 전투에 관해서는 적에겐 일말의 희망도 남기지 않는 가장 완벽한 클리너였다.

67

부족민들의 간절한 희망과 무력 투쟁으로 솔저 집단을 보들바암에서 완전히 몰아냈다. 부족민들은 자신의 땅으로 돌아오기 시작했고 입성할 때는 기쁨의 눈물을 흘렸다. 하지만 내겐 너무 큰 시련이 다가왔다. 쇼몽은 작전을 끝내고부터 알 수 없는 큰 고열에 시달리더니 급기야 혼수상태에 빠져들었다. 아무런 반응도 하지 못하고 아픈 숨소리만 거칠게 내뱉을 뿐이었다. 나이 많은 부족민 한 명이 민간요법이라며 약초를 달여 먹여 보았지만 조금의 차도도 없었다. 쇼몽은 지금 내 앞에 있지만 굳건하고 당당했던 그의 모습은 어디에도 없었다. 하루가 다르게 숨소리가 더욱 약해지고 있었으며 우람했던 근육들도 힘이 빠져 너무 야윈 일반인처럼 변해 갔다.

신을 알지 못하지만 하늘에 기도를 드렸다. 제발 평상시의 그의 모습으로 돌아와 달라고……. 쇼몽의 거친 손을 잡으니 더욱 눈물이 고이기 시작했다. 솔저 집단 소탕 작전 때 내 옆에서 운전을 하던 사내가 급하게 들어왔다.

"블루, 큰일 났습니다."

"무슨 문제라도….."

나는 직감적으로 무언가 터졌다는 생각을 했다.

"이곳으로 오시던 탕시 지도자님이 해적들에게 납치되었다고 합니다."

"아니, 어떡하다가……"

"5명의 경호원들이 있었는데 해적들이 이곳으로 오는 길목을 막고 있었다고 합니다. 나머지는 다 죽고 한 명만 살아남아서 이 소식을 전하고 탈진해 쓰러졌습니다. 탕시는 지금 해적들 소굴로 끌려가고 있다고 합니다. 이를 어쩌면 좋죠?"

쇼몽도 지금 혼수상태에 있고 탕시마저 납치되어 갔다고 한다. 이제 어떡하든 결정을 내려야 하는 사람은 바로 나였다. 물론 해적 소굴로 정찰을 간 경험이 있어서 가는 방향은 잘 알고 있지만 어떻게 해결해야 할지 아무런 갈피도 잡지 못하고 있었다. 난 내일까지만 시간을 달라고 했다. 그 사이 해적들의 요구 사항은 전달될 것이다. 잠을 잘 수가 없어서 새벽녘 쇼몽의 병실에서 나와 하늘을 바라보았다. 무지막지하게 많은 별들은 너무 평화롭게 자신의 자리를 지키고 있는데 왜 인간은 서로의 자리에서 꼭 누군가를 도려내야 하는지, 사람의 짧은 삶 속에서 항상 경쟁과 전쟁이 있어야 하는지 생각이 복잡했다. 모든 게 뒤죽박죽 머리를 가득 채우고 있었다. 해적들의 요구 사항은 간단했다. 금맥 광산에서 나오는 보석과 금을 3번만 채굴할 수 있는 권리를 달라는 거였다. 물론 채굴할 인원도 자신들이 파견하고 채굴이 끝나면 탕시를 안전하게 인도한다는 거였다. 내일 12시까지는 답변을 주어야 했다. 쇼몽이었으면 어떻게 했을까? 몇 번을 그와 닮으려 노력해 보았지만 결코 결단을 내리지 못했다. 고민을 거듭하다가 해적들의 요구 사항을 그대로 수용하기로 했다. 대신 탕시의 안전을 확인한 후 이행하겠다고 했다. 해적들은 단호했다. 안전하게 있으니 걱정하지 말라는 것과 꼭 확인해야겠으면 자신들의 근거지로 오라는 거였다. 물론 최소한의 인원만 허락한다는 거였다. 해적들은 언제나 자신들의 뜻을 관철시키기 위해서 시시각각 말이 바뀌는 족속이다.

내가 가지 않으면 그들은 나를 겁쟁이라고 할 것이고 만약에 가게 되면 내 목숨도 장담할 수가 없다. 하지만 나는 지금 쇼몽을 대신해서 우리 부족을 다스려야 한다. 우리 부족민에게 강한 인상을 주지 않으면 안 된다. 어렵게 다시 찾은 땅을 내 결정으로 함부로 할 수도 없기에 나는 또 갈등에 휩싸였다. 해적들에게 아직도 내가 이 부족에 있기 때문에 함부로 할 수 없음을 보여 주어야 했다. 나는 운전수 그리고 우리 부족에서 가장 용기가 있는 '함보'라는 사내, 나 이렇게 3명이 해적의 근거지로 간다고 통보했다.

물론 운전수는 해적들의 근거지 밖에서 대기하라고 했으므로 함보와 나는 목숨을 건 도박을 다시 해야 했다. 지금 가장 중요한 건 탕시의 안전 그리고 절대적 지도자인 쇼몽의 건강한 모습이다. 이렇게까지 노력했으면 인생의 변곡점에서 하늘이 나와 부족을 보호해 줄 거라는 어떠한 믿음 같은 것이 작용했다. 그런데 그날은 아침부터 세차게 비가 내렸다. 이곳 부족민은 새벽부터 오는 비는 흉조라고 했다. 준비가 안 된 상태에서 비가 내리는 건 하늘이 잘못을 지적하고 있다는 거였다. 그런 말을 듣자 나 또한 조금 동요했지만 어떠한 내색도 할 수 없었다. 난 이 부족을 대표하는 사람이니까…….

68

트럭으로 해적들에게 가는데 온통 진흙투성이로 바퀴가 무겁게 움직였다. 함보도 부상에서 회복된 지 얼마 안 되어 결정하는 데 고민을 했으나 그는 선택받은 땅의 용사라면 당연히 부족을 위해 살아가야 한다고 했다. 나의 청에 흔쾌히 수락을 해 준 것에 감사를 느꼈다. 우리는 가는 도중 어떠한 말도 하지 않았다. 그만큼 긴장이 밀려왔다. 트럭은 해적들의 감시가 적고 많이 떨어진 곳에서 대기하라고 했다. 하지만 이상한 낌새를 감지하면 바로 달려오라고 했다. 나는 몰라도 꼭 함보는 1순위로 안전한 곳으로 피신해 주라고 거듭 당부를 했다. 나와 함보가 해적의 근거지 정문 앞에 섰다. 화기로 무장한 해적들이 우리에게 총구를 겨누었다. 자칫 수상한 행동만 해도 바로 우리의 심장이 관통될 것이다. 말없이 고개만 끄덕였다. 해적들은 우리의 몸을 수색했다. 무기 반입을 원천 봉쇄하겠다는 생각이었다. 나는 그나마 워커를 신고 있었는데 함보는 슬리퍼를 신어서 온통 발에 진흙이 묻으니 미안했다. 가운데 위치한 해적의 우두머리 막사로 갔다. 벌써 책상 앞에 앉아서 우리를 노려보고 있었다. 참으로 인상이 날카로웠다.

"어서 오시오. 자리에 일단 앉으시고."

내가 끄덕였다. 함보와 나는 3미터 떨어진 책상 앞에 앉았다. 우두머리 옆에서 4명의 사내가 조금의 틈도 없이 우리에게 총부리를 겨누고 있었다. 부족민들과 오래 함께하면서 나는 자연스럽게 그들의 언어를 습득했다. 옆에 함보도 있었기에 그들의 언어로 협상하는 게 어렵지는 않았다.

"나는 탕시 형제의 안전만 확인되면 바로 당신들 요구 사항을 들어주겠소."

난 빨리 끝내고 이곳을 벗어나고 싶었다.

"성질이 급하시군. 일단 술이라도 한잔합시다. 아프리카인들은 귀한 손님이 오면 술부터 한잔합니다."

"당신은 그렇게 생각할지 몰라도 우린 아니오."

함보가 내가 하고 싶은 말을 해 줬다.

"사람들이 단순하군. 우린 이제부터 같이 가야 합니다. 우리가 1등급 광산 기술자들을 많이 데리고 있지요. 우리에게 앞으로 많은 도움을 받아야 할 거라고 사료되오만."

"다른 말은 차후에 정하기로 하고 탕시 형제 모습을 빨리 확인시켜 주시오."

내가 단호하게 말을 잘랐다.

"알겠소. 그렇게 원하시니 할 수 없군. 준비시켜."

우두머리 말에 경호원 중 하나가 신호를 보내자 얼굴이 가려진 채 끌려온 탕시의 모습이 보였다. 우두머리는 단숨에 자신의 술잔을 비웠다.

"얼굴을 보여 주시오."

함보 또한 나보다 더 강인한 인상을 주려 했다. 얼굴을 가린 천이 벗겨지자 얼굴에 구타당한 흔적이 있는 탕시가 보였다.

"괜찮습니까? 형제님."

"나는 정말로 괜찮습니다. 걱정하지 않으셔도⋯."

탕시는 도리어 우리에게 안심을 주려 했다.

"3번의 채굴권을 준다고 한 말 그대로 하겠소. 하지만 7일씩 3번만 작업할 수 있음을 명심하시오. 그리고 마지막 채굴된 금의 양과 탕시 형제를 교환하는 것이오. 그래야 서로 믿을 수 있지."

"동양에서 온 용맹한 호랑이가 있다고 했는데 머리 또한 비상하군. 하지만 7일은 너무 짧아. 한 번의 채굴은 10일씩 해야 하오."

"그럼 양보해서 8일로 하지요. 더 이상은 우리 부족민들이 승낙할 수 없다고 하더군요."

"좋소. 8일씩 3번. 마지막 채굴량하고 탕시와 교환하는 것으로."

"그 대신 마지막은 최소한의 인원만 대동하고 탕시 형제를 바꾸는 것으로 해야 합니다."

함보가 세밀한 사항까지 체크했다.

"이거 말이 잘 통하는군. 그렇게 하기로 하고 절대 채굴한 양에 대해서는 더 이상 간섭은 안 하는 조건이요."

우리도 호락호락하지 않았지만 해적 우두머리 또한 냉철했다.

"알겠소."

나의 마지막 말에 협상은 순조롭게 끝났다.

"마지막 조건이 있는데 여기 있는 동안 탕시 형제에게 최대한의 예우를 해 줘야 합니다. 우리 부족민을 대표하는 인물이요."

나도 내 주장을 마지막까지 이어 가려 했다.

"알겠소. 그렇게 하리다."

우두머리 또한 세부 사항까지 인정했다.

"서로의 입장에서 타협점을 찾은 날인데 아직도 내 술잔을 거절하겠소?"

"자꾸 빼는 것도 능사는 아니지요."

협상이 끝났는데 더 이상 적대감을 가지는 것도 서로에게 부담이라고 생각했다. 우두머리는 큰 유리잔에 위스키를 넘치도록 따랐다. 여기에서 한꺼번에 다 마시지 않으면 밀리게 된다.

"나도 그렇게 꽉 막힌 인물은 아닙니다."

내가 자신 있게 술잔을 쳐다보았다. 내 앞에 잔이 놓였고 난 허공으로 우두머리와 건배하는 장면을 연출했다. 내 목덜미를 타고 넘어간 알코올은 내 가슴 속을 뜨겁게 달아오르게 했다.

"시원스럽게 잘 넘기시는군. 역시 어린 나이에 부족을 대표할 만하군. 피부색도 다른 동양인이……."

"나도 한 잔 받았으니 내 잔 한 잔 받을 수 있겠소?"

난 우두머리의 배포를 시험해 보고 싶었다.

"이리 오시오. 시원스럽게 한 잔 따라 보시게."

역시 우두머리는 다른 강단을 내게 보여 주었다. 나는 서서히 다가섰다. 내가 다가설수록 경호원들의 총구는 매섭게 나를 노려봤다. 우두머리가 내가 따른 술잔을 들어 올리려고 했을 때였다. 내 혀 밑에 숨겨 놓은 면도칼을 빼들고 그의 목을 일자로 갈랐다. 우두머리는 으악 비명 소리와 함께 쥐고 있던 술잔을 바닥에 떨어뜨렸다. 나는 재빨리 그의 뒤에 서서 앞에 차고 있던 권총을 빼 들고 우두머리 얼굴에 총구를 겨누었다.

"모두 정지. 조금만 이상한 낌새를 느끼면 바로 발사해 버린다."

갑작스러운 나의 행동에 경호원들은 어쩌지 못하고 있었고 함보가 그들의 총을 빼앗아 내 곁으로 다가섰다.

"트럭 있는 곳까지 너희들 두목을 데리고 탈출한다."

"이러지 마. 이렇게 하면 서로가 더 피를 볼 뿐이라고. 어서 나를 풀어 주시게. 그러면 좀 전에 했던 행동은 내가 웃으면서 용서해 주지."

우두머리는 손으로 목을 막고 있었지만 고통 속에서도 냉정함을 잃지 않았다.

"내가 죽으면 너도 같이 가는 거야. 탕시 형제, 내 뒤에 붙어 서세요. 이제부터 나를 따르면 됩니다. 어서."

나와 함보가 우두머리를 겨냥하면서 전진해 나갔다. 8명의 사내들이 내 앞에서 총구를 겨누며 뒤로 물러서고 있었다. 앞으로 전진해 갈수록 긴장 속에서 손이 떨려 왔지만 작은 내색도 할 수 없었다. 우리를 태운 트럭이 보이기 시작했다. 앞으로 100미터만 더 가면 탕시를 데리고 탈출할 수 있었다.

"젊은이가 배포 한번 좋구만. 약속하지. 지금 여기서 나를 풀어 주면 탕시와 너희들 다 무사히 보내 주고 협상도 없던 것으로 해 주지. 어때 해 볼 만한 카드 아닌가?"

여전히 우두머리는 자신이 처한 상황에 굴하지 않았다.

"네가 아니더라도 우린 무조건 탈출한다. 그건 내가 알아서 할 테니 너는 네 목숨이나 잘 보전하도록 하라고."

나도 내 목소리를 더욱더 확고하게 표현했다. 그리고 트럭 앞에 무사히 다가설 수 있었다. 대기하던 운전수는 갑작스러운 상황에 당황했지만 우리를 보자 재빠르게 차 문을 열어 놓았다.

"고마워. 잘 가. 저승에서는 해적질 그만하고."

탕-!

나는 정확하게 우두머리 옆얼굴에 총탄 한 방을 발사했다. 우두머리는 머리에서 피를 뿜으며 힘없이 넘어졌다. 그리고 바로 뒤 매복하고 있던 쇼몽과 우리 부족민들이 경호원들을 향해 정확하게 총탄을 박아 넣었다. 외마디 비명도 지르지 못하고 여러 명의 사내들이 일시에 쓰러졌다. 남은 해적들은 조금이라도 더 살기 위하여 도망쳐 보았지만 얼마 가지 못해 다 제거되었다. 그렇게 부족민들의 총공세가 시작되었다. 보스를 잃은 해적들은 아무런 힘도 쓸 수 없었다. 그날 무력으로 부족민들이 완전 통일을 이루었다. 부족민들이 쫓겨났던 그 굴곡진 세월을 이제 다 보상받을 수 있었다.

69

그날 쇼몽이 나를 조용하고 은밀하게 불렀다. 깊은 한숨을 몰아쉬며 나에게 천천히 자신의 생각을 건넸다.

"블루, 우리가 솔저 집단을 제거한 후 넌 무조건 내가 쓰러져서 혼수상태에 있다고 해야 한다."

"그게 무슨 말입니까?"

"내가 아무런 힘도 쓸 수 없다고 해야 우리가 바로 해적까지 제거할 수 있는 기회가 온다고."

"다시 한번 천천히 설명 부탁드립니다."

"우리 부족민 중 변절자가 있다. 나도 그렇게까지 하긴 싫지만 어쩔 수 없는 사실이다."

쇼몽은 인상을 구기며 나를 바라보았다.

"그게 누굽니까?"

"아직은 나도 모르고 추측만 하고 있다……. 내가 쓰러졌다고 하면 분명 해적들은 기회다 싶어 어떤 공작을 펼칠 거야. 물론 내가 네 뒤에서 서브할 거고. 그다음은 당연히 변절자를 색출해 낼 거다. 하지만 나는 괜찮은데 넌 목숨을 걸어야 한다. 그래 줄 수 있겠나?"

쇼몽은 조심스럽게 내게 제안했다.

"물론입니다. 지금까지 살아온 것도 내 의지가 아니었습니다. 교관님이 저를 연장시켜 준 겁니다. 그리고 사내로서 목숨을 걸어 볼 만한 가치 있는 일이면 무조건 따릅니다. 꼭 제가 성공시키겠습니다."

그렇게 나는 나조차도 속이면서 쇼몽의 혼수상태를 널리 알렸다. 그와 동시에 탕시의 납치가 바로 이어진 거였다. 한 방에 몰아세울 수 있는 거룩한 작전이 시작되었다.

70

 쇼몽이 타격을 가한 후 내게로 다가왔다. 그리고 나와 함보를 진심으로 끌어안아 주었다. 운전수도 감격스럽게 쇼몽을 바라보았다. 탕시는 겸연쩍은 자세로 우리를 바라보았다.
 "수고했다. 블루 그리고 함보."
 "고생하셨습니다."
 나랑 함보가 같이 쇼몽을 맞이하였다. 하지만 이상하게 쇼몽의 목소리가 평상시와 다르게 힘겹게 들렸다.
 "교관님, 어디 불편하신 곳이……."
 "아니… 다. 조금 몸이 무거운 것밖에는."
 얼굴색도 창백하면서 분명히 쇼몽은 제 컨디션이 아니었다.
 "그건 그렇고. 우리 부족의 변절자를 찾았다."
 "그게 누굽니까?"
 "바로 이 새끼였어."
 쇼몽이 갑자기 총을 꺼내 탕시의 머리에 총을 겨누고 그대로 발사했다. 탕시는 어떠한 반응 없이 그대로 땅에 처박혔다.
 "아니 이게……."
 난 놀랐다. 탕시가 우리 부족의 변절자였다는 사실에. 게다가 바로 처형한다는 것도 혼란스러웠다. 모든 것이 뒤죽박죽 흔들렸다.
 "지금부터 내 말 잘 들어야 한다. 내가 우리 부족민들을 군인으로 만들기 위해 지휘한 후 처음에는 탕시의 지도력이 인정받았으나 서서히 부족민들은 불만을 토로했어. 왜냐면 그들은 환상으로만 민족주의를 내세운 그에게 점점 의구심이 들었지. 아무런 반격도 못 하고 말로만 평화를 찾았으니……. 그리고 내가 나타났다. 내 지도력에 부족민들이 우리 땅을 정말로 찾을 수 있다는 확신을 가질수록 탕시는 점점 찬밥 신세가 되었다. 그리고 블루 네가 나타나서 더욱더 믿음이 확신으로 바뀌어 갔고. 탕시는 그때부터 점점 멀어져 가는 권력에 불안해졌다. 솔저 집단을 완전히 몰아낸 후 부족민들은 나를 1인자로 내세우길 고대했지. 그리고 젊은 네가 있으니 더 이상 앞으로 걱정할 것은 없다고 생각했다. 그때부터 탕시가 너와 나를 제거할 방법을 모색한 거다. 그의 입장에서 보면 피부색이 다른 우리들에게 밀려나는 것은 죽기보다 싫었겠지……. 으윽….”

갑자기 쇼몽이 넘어지며 입에서 피를 토했다. 그리고 중심을 잡지 못하고 뒤로 넘어졌다.

“교관님……. 교관님…….”

나와 함보가 놀라 넘어진 그를 일으켜 세워 보려고 했다.

“으윽…. 그날 새벽 솔저놈들을 제거하기 전 탕시가 내게 차 한잔하자고 건하더군. 그걸 마시는 게 실수였어. 거기엔 서서히 몸을 마비시키는 독약이 들어 있었다. 그날 이후 난 죽어 가고 있음을 알았다. 그리고 탕시는 해적놈들과 결탁을 해서 나와 너를 제거하려 한 거고……. 으윽…….”

그때 쇼몽의 입에서 검은 피가 솟구쳤다.

“고…… 맙다. 내 마지막 순간에 같이 있어 줘서……. 부탁이 있다. 블루….”

“말씀하십시오.”

나는 눈물을 훔치며 그를 쳐다보았다.

“프랑스 외곽 공동묘지에 가면 아내와 내 딸이 잠들어 있다. 그 속에 내 몸을 같이 묻어 주었으면 한다. 이게 너에게 내리는 마지막 명령… 이다. 그동안 만나서 행복했다. 부디… 모든 것을 용서하고… 행복해졌으면… 한…….”

쇼몽은 더 이상 말을 못 하고 그 자리에서 최후를 맞이했다. 후에 안 일이지만 쇼몽의 장기는 모두 녹아내렸다. 하지만 극한의 고통 앞에서도 그는 태연하게 자신의 인생을 스스로 결정지었다. 그 후 우리 부족은 힘을 다해서 마지막 한 놈까지 해적들을 모두 소탕했다. 두목을 잃은 그들은 모든 것을 버린 채 살기만 급급해서 이렇다 할 저항 없이 우리에게 굴복당했다. 정말로 진정한 광복을 이룬 것이다.

71

쇼몽이 나에게 남겼던 자신의 방에 있는 금고를 열었다. 그는 나에게 새 인생을 선사하기 위해 남아프리카 공화국 국민 여권을 만들어 놓았다. 실제 이름도 블루. 쇼몽은 나에게 새로운 신분증과 많은 양의 현금까지 선사하였다. 쇼몽의 배려에 눈물이 났다. 그리고 쇼몽은 부족들의 장례 의식에 따라 나무로 만든 침대에 평화롭게 누워 있다. 부족민들은 진정으로 슬퍼하고 그를 찬양했다. 난 이제 프랑스로 가야 했다. 하지만 이들에게 아직도 전파하지 못한 군사훈련을 시켜야 했다. 난 내가 배웠던 모든 것을 함보 및 여러 젊은이에게 쇼몽의 유지에 따라 전수해 주었다. 그렇게 6개월의 시간이 흘렀다. 난 내 모든 것을 정리하고 부족민들에게 마지막 인사를 건넨 후 남아프리카로 이동했다. 2년 동안 살았던 보들바암에서의 모든 생활을 정리했다. 신들의 땅인 이곳에서 난 새롭게 태어난 것이다. 영원히 잊을 수 없는 나의 영원한 스승…. 캡틴인 쇼몽을 영원히 기억하며…….

72

　나의 스승 쇼몽의 부인과 딸은 프랑스 북쪽 르아브르 도시 외곽에 영원히 잠들어 있었다. 쇼몽의 부인 모습은 청아하고 단아했다. 그리고 딸의 모습은 너무 귀엽고 쇼몽의 흔들림 없던 눈을 많이 닮았다. 쇼몽의 유해를 묘지 옆에 묻어 주었다. 그리고 세 사람이 하늘나라에서 행복하라고 진심으로 기도했다. 너무 멀리 왔다. 쇼몽은 그들을 떠난 후 3년 6개월 만에 한 가족으로 모일 수 있었다. 이젠 정말로 다시는 헤어지지 않을 것이다. 알 수 없는 눈물이 계속 흘렀다. 쇼몽의 부인이 한국 사람이었던지라 더 슬펐다. 내가 이러는데 쇼몽은 그동안 얼마나 괴롭고 힘들었을까? 그렇게 생각하니 세상에서 가장 용감하고 강인했지만 정신적으로는 가장 힘든 삶을 산 사람 같았다. 기약은 없지만 다시 찾아오겠다고 하고 쇼몽이 좋아했던 위스키 한 잔을 두고 담배 한 대에 불을 붙여 주었다. 그리고 부인에게는 꽃다발과 함께 아기들이 가장 좋아한다는 비스킷을 놓아두었다.
　왜 이렇게 안타까울까? 이젠 정말로 마음속에 그를 묻어야 했다. 한국식으로 큰절 두 번을 하고 그곳을 빠져나왔다. 그리고 다시 한번 다짐했다. 쇼몽의 말대로 약자를 지키고 정의를 위하고, 사랑을 나누어 주면서 새로운 내 삶을 살아가겠다고…….
　그 후 3년 동안은 세계 구석구석을 여행했다. 유럽을 전부 구경했으며 특히 남극에서 6개월 동안 살았다. 나에게 아직 남아 있던 울분을 토하며 분노를 희석시키고 싶었으며 이제 아무 아픔 없이 평범한 사람으로 살고 싶었다. 그러나 세상이 나를 그냥 놔줄 수 있을지……. 내가 원하는 대로 살 수 있을지. 난 내 스스로도 확신할 수가 없었다. 하지만 약속은 했다. 최대한 나를 숨기고 나를 낮추며 살기로. 이제부터 다시 살고 싶었다.

시간이 지나면서 나도 현실에 순응하게 되었고 어느 정도 피비린내를 조금씩 지우고 있었다. 현실에 감사하는 삶이 얼마나 소중한지 조금은 느끼고 있었다. 하지만 아직도 갈 길은 멀었다. 어느 순간 보이지 않았던 분노가 생겨 내 스스로를 주체하지 못할 때가 있다. 그만큼 평범함으로 가는 길이 제일 힘들었다. 나 자신과의 지루한 싸움이었다.

73

일본을 통해 배를 타고 부산으로 입항했다. 출입국 직원이 내 여권에 찍힌 나라별 소인을 보고 놀랐다. 난 3년 동안 세계 구석구석을 다녔다.

6년 만에 내 나라 대한민국으로 입국했다. 내 나이 이제 26살. 이곳이 내가 태어난 나라이지만 나를 아는 사람과 내 핏줄은 어디에도 없었다.

외롭다. 어떻게 살아가야 할지 모르겠다. 그동안 일반 사람들처럼 여행을 즐기며 평범한 사람들 속에서 살고자 했다. 하지만 문득문득 내 과거가 떠올라서 악몽을 꾸기도 한다. 난 이제……. 아무튼 살아 보자. 어떻게든 되겠지.

시골에서 살고 싶었다. 내 살기를 없애야 했다. 이제 정말로 평범하게 살아갈 것이다. 내 다짐이었다. 충북 옥천에서 작은 농가 주택을 구입했다. 너무 좋았다. 맑고 깨끗한 금강이 흐르는 지역이었다.

낚시하다가 질리면 막걸리 한잔 마시고 잠을 잤으며 신선한 채소를 먹고 싶을 때 이웃 농가 어르신 일을 도와주면 마음대로 먹을 수 있었다.

이웃들도 매우 잘해 주셔서 젊은 총각으로 통했다. 정말로 나를 친아들처럼 대해 주셨다. 물론 그분들이 힘으로 안 되는 것은 젊은 내가 해 드렸기 때문에 서로 너무 필요한 존재가 되었다. 마을 행사에도 꼭 나를 불러 주셨다. 항상 나를 반겨 주셨고 나 또한 순수한 사람 냄새가 좋았다. 내가 낚시로 물고기를 잡아다 드리면 손자가 창모인 창모 할매는 매운탕을 아주 기가 막히게 끓여 주셨다. 매운탕에 소주 한잔 마실 때가 세상에서 가장 행복한 시간이었다. 그렇게 가을이 가던 어느 날 동네 입구 금강이 보이는 나대지에 공사가 시작되었다. 마당 부지가 아주 큰 곳이었는데 대전에서 크게 사업을 하는 사장님이 샀다는 소문이 돌기 시작했다. 공사는 빠르게 진행되었다. 봄이 되고 한두 사람 출입을 했는데 한마디로 검은 양복을 입은 덩어리들이었다. 그리고 봄에 건물이 완공되자 시골에 음흉한 소문이 돌기 시작했다. 거기는 바로 대전을 기반으로 성장한 무슨 건달 조직의 두목이 별장으로 쓰기 위해서 지은 공간이라는 것이었다. 주말이 되면 수십 명의 건달들이 몰려와서 새벽녘까지 술판이 벌어졌고 고성방가 하는 등 아주 조용하던 동네가 무법천지로 변해 가고 있었다. 경찰에 신고를 해도 순찰차만 와서 그냥 조용히 할 거라고만 하고 단속도 하지 못했다. 조용하던 동네에 악성 종자들이 와서 한마디로 개판이 되었다. 그리고 어르신들이 경찰에 신고를 하면 젊은 떡대들이 그 집 앞에서 밤새도록 위협을 가했다.

  평화롭던 시골 마을이 주말이면 시장처럼 각종 소음과 공해로 어지러워졌다. 그들의 위협으로 겁을 먹은 주민들이 하나둘 동네를 등지며 다른 곳으로 이사를 갔다. 문제는 그해 여름이었다. 그날 한 50여 명의 건달들이 몰려와 초저녁부터 술판을 벌였다. 그들은 신입 건달 신고식을 진행했다. 담력을 기른다고 돼지 3마리를 마당에 풀고 살아 있는 돼지를 잡았다. 조직원들의 지시에 눈이 돌아간 신입들이 회칼 등으로 돼지를 잡았는데 돼지 멱따는 소리가 사방으로 퍼졌다. 피비린내가 온 동네를 감쌌다. 창모 할매가 그들에게 고래고래 소리를 지르면서 따져 묻자 그들은 보복으로 돌맹이를 이용하여 할머니 집 창문이라는 창문은 모조리 박살을 냈다. 자신들에게 반기를 들면 이렇게 한다는 경고성 행동이었다. 할머니는 그들의 위협에 쓰러져 요양원으로 이송되었다. 난 결단을 내려야 했다. 이들을 막을 것인가, 아니면 내가 떠날 것인가? 하지만 대한민국은 법치국가다. 법이 우위에 있는 나라다.

나는 경찰에게 강력하게 항의를 했지만 경찰이 내게 역으로 경고를 내렸다.

"어이, 젊은이. 조용히 있는 게 좋아. 우리도 최대한 자제하라고 할 테니까 얼굴 붉히지 말라고. 그래 보았자 자네만 힘들고 다쳐."

"그게 무슨 소리입니까? 그렇게 동네 주민들에게 위협을 가하는데 이럴 거면 대체 경찰이 뭐 하러 있는 겁니까?"

"젊은 사람이 참 막혔군. 좋은 게 좋은 거야. 그리고 그들은 주말만 와서 그러는데 너그럽게 이해해 줘. 그게 이웃사촌인 거야."

나는 머리까지 치밀어 오르는 분노를 애써 참을 수밖에 없었다. 더 이상은 사적으로 힘을 쓰지 않을 거라고 다짐을 했기 때문이었다. 그러나 언제까지 참을지는 나도 모르겠다. 주말이면 동네 사람들이 다른 곳으로 피신을 가고 동네는 온통 검은 덩어리들로 가득 메워졌다. 토요일 오전에 동네는 모든 것이 비워져서 조용했다. 오후가 되자 떡대들이 모여들기 시작하더니 앰프를 설치하곤 술에 절어 노래자랑을 했다. 동네가 운동회를 하는 것처럼 떠나갈 듯했다. 그리고 최고급 검은 세단이 오후쯤 들어왔는데 조직의 대가리라는 걸 알 수 있었다.

난 참아야 했다. 그렇게 오늘 하루도 무사히 가기를 희망했는데 내 결단이 깨지는 일이 발생했다. 그날도 돼지를 풀어놓고 사냥을 했는데 이번에는 총까지 동원되었다. 탕, 탕, 탕. 총소리에 돼지의 괴성이 들렸다. 총을 발사한 사람은 두목으로 추정되었다. 조직원들은 환호성으로 조직 보스의 이름을 크게 부르며 마치 종교 집단처럼 행동했다. 난 더 이상 참을 수가 없었다. 내가 다시 시골에 와서 한 번도 사용하지 않았던 정글 칼을 빼 들었다. 날 이렇게 만든 것은 바로 저 새끼들이다. 내가 하기로 한 이상 조금의 동정도 없다는 것을 바로 보여 줄 것이다. 저녁 해가 완전히 지고 나는 그들이 미쳐 있는 마당으로 들어갔다. 한 50여 명으로 보였다. 내가 시퍼런 칼날을 들고 들어서자 그들이 재미있게 나를 바라보았다. 난 아무런 대꾸도 없이 문 앞에서 나를 향해 으르렁거리고 있는 도사견의 목을 내려쳤다. 도사견의 목이 하늘을 날았고 피가 사방으로 튀자 그들의 눈이 돌면서 나를 노려보았다.

"어린 자식이 예의가 없군. 너 지금 뭐 하자는 거냐……?"

덩치가 가장 큰 사내가 비웃으며 나를 바라보았다.

"이렇게 된 이상 나도 너희들을 완전히 박살 낼 거야. 내 인내심에 한계가 왔거든."

내 눈이 이성을 잃기 시작했다.

"아니 웃기는 자식이군. 내 명견을 그대로 쳐 버려서 죽였으면 사죄를 하고 용서를 빌어야지, 되레 화를 내신다?"

가운데 상석에 앉아 있던 두목이었다.

"어떻게 해 줄까? 다 박살을 내 줄까, 아니면 덩어리들 두목만 죽여 줄까?"

"참 나. 겁대가리 상실하셨네. 너 살기 싫지?"

행동 대장으로 보이는 사내였다.

"살고 싶었으면 여기까지 오겠어. 나를 원망하지 마라."

"얘들아. 뭐 하냐? 어서 정신병자 치료나 해 줘라. 회장님 앞에서 형님 계속 창피하게 할래?"

6명의 사내들이 나에게 다가왔다. 난 이성을 잃을 것 같아서 정글 칼을 던져 버렸다. 그랬더니 사내들이 더욱더 기세가 당당해져 나에게 다가왔다. 다른 것 없다. 한 방에 한 놈씩 보내 버리면 되는 것이다. 다가오던 사내들은 내 주먹에 아무런 저항도 못 하고 거품을 물고 쓰러져 갔다. 쇼몽에게 배웠던 특공 무술이다. 급소에 정확히 꽂아 버렸다. 남아 있던 건달들의 눈이 심하게 요동치기 시작했다. 한번 일어난 이상 자비란 없다. 처절한 응징뿐. 10여 분 만에 40명을 그대로 박아 버렸다. 두목과 간부들로 보이는 건달들이 입을 다물지 못했다.

"움직이지 마. 대갈통을 날려 주마."

두목인 사내가 나를 향해 엽총을 겨누었다.

"내려놔. 부하들 앞에서 험한 꼴 보기 싫으면."

분명히 두목이라는 작자는 겁을 먹고 있었다. 한 사내로부터 덩치가 한참 큰 자신의 부하 40명이 짧은 시간 쓰러졌으니 분명히 이런 경험은 처음이었을 것이다. 나는 허리춤에 찔러 두었던 정글에서 쓰던 작은 단도를 날려 버렸다. 내가 던진 단도는 정확하게 보스의 손목에 박혔고 엽총을 떨어뜨렸다. 가장 큰 덩어리가 나에게 다가왔다. 나에게 먼저 선방을 날렸다.

난 어느 정도인지 강도를 알고 싶었다. 씩 웃었다. 내가 반격을 시작하자 바로 두 대 만에 정신을 잃고 쓰러졌다. 모든 조직원들이 내게 나가떨어졌다. 난 보스의 눈에 칼을 찌르는 시늉을 했다.

"어떻게 해 줄까. 눈알을 뽑아 줄까?"

"살…… 려 주십시오."

두목은 완전히 이성을 잃고 내게 애원했다.

"살면서 이런 경험 없었지. 나대지 마라. 세상에는 알 수 없는 실력자도 당연히 존재하니까. 너희들이 자초한 일, 날 원망하지 마라."

"잘못했습니다. 제발…… 한 번만."

"정글에서는 말이야, 인질이 잡히면 살가죽을 다 발라 버리지. 그러면 어떻게 되는 줄 알아? 너무 고통스러워 죽고 싶어도 자신이 스스로 죽을 힘도 없어서 제발 좀 죽여 달라고 애원을 하지."

"다시는 이런 일 절대 없도록 하겠습니다. 대신 약속합니다. 한 번 아량을 베푸시면 영원히 입 다물고 살겠습니다."

"난 누구를 키우지 않아. 그냥 그때를 살아갈 뿐이야. 그리고 세상을 우습게 보지 마라. 항상 너를 노리는 놈은 어디든 있다."

"제발 한 번만 기회를……."

"기회라. 난 그렇게 하기가 싫어. 네가 죽어야 내가 완전히 자유를 얻을 수 있어. 가라. 대가리라면 구차하게 구걸은 하지 말아야지."

난 누구를 기다려 주지 않는 것을 철칙으로 생활해 왔다. 화근을 남기면 언제나 나에게 몇 곱절 위기로 다가온다. 쇼몽이 나에게 지도 편달 해 주었던 가르침이었다. 버리기로 했으면 다시는 못 일어나게, 철저하게 재기 불능으로 만들어야 한다는 것을.

"미안해. 그 대신 고통 없이 한 방에 보내 주지."

"이렇게 애원합니다. 제발…… 제발."

"싫어……. 네 삶은 여기까지야."

난 한 방에 그를 절명시켰다. 난 절대 누구에게 부탁받지 않는다. 약속도 하지 않는다. 이것도 쇼몽의 가르침이었다. 처음부터 어긋나면 언젠가는 다시 깨어지는 것이 사람의 삶이라고 했다. 그의 말이 맞았다. 지금까지는.

 난 눈을 뜨고 있는 덩어리들 앞에서 두목이라는 사내의 살가죽을 벗겨 버렸다. 그들은 다시는 일어서지 못한다. 오늘 같은 날은 그들에게 절대로 없었을 테니.

 "잘 보아라. 이제껏 너희들이 우상으로 섬겼던 두목이란 놈은 이 세상에서 영원히 사라졌다. 그리고 내 얼굴을 똑똑히 봐 둬라. 경찰이 와서 물어보면 내가 했다고 말해. 그럼 오늘 이후 난 너희들을 찾아가 이놈처럼 똑같이 죽여 줄 것이다. 말할 자신 있는 놈은 정말로 내가 환영하마."

 그들이 이제껏 사람들에게 군림해 왔을지 몰라도 오늘은 완전히 토끼 같은 처지가 되었다. 강자에게 완전히 지배당하는 날이었다. 편안한 여기에서의 삶도 오늘로 마지막이었다. 나의 평온한 삶은 왜 이렇게 힘든지……. 난 왜 이렇게 휘말려야 하는지……. 나란 놈의 인생은…….

 사람이 사람을 죽여서는 절대 안 된다. 그것은 지구가 끝나는 날까지 무조건 지켜져야 한다. 하지만 난 살인마가 되어 있다. 절대적으로 지켜야 할 그것을 지키지 않았기 때문에 난 언젠가 파멸의 길로 들어설 것이다. 모순 같지만 나도 내가 두렵다. 언제쯤 이 기나긴 살인을 멈추게 될지 모르겠다. 스스로도 내 인생이 무서워서 다른 사람으로 평범하게 살았으면 좋겠다는 생각을 하곤 한다. 솔직히 말하자면 죽기 직전 사람의 눈은 자신이 지옥으로 갈지 천국으로 갈지 말해 주는 것 같다. 아니다. 죽기 직전 사람의 눈은 너무나 맑고 투명하다. 모두가 순수한 눈을 가지고 있다. 그래서 그들의 눈을 보면 살인을 할 수가 없다. 제 손으로 타인의 생명을 결정짓는 것을 즐기는 사람은 결코 없을 것이다. 사람을 죽이고 나면 손목에 전류를 느낀다. 내가 강한 것처럼 보이지만 손에서는 전류가 흘러서 마치 내 것이 아닌 것처럼 따로 놀고 있다. 하지만 이젠 멈출 수도 없다. 내가 이 세상에 나오면서 가지고 태어난 업보를 바꿀 수도 없다. 사람을 죽이고 난 후 머릿속에는 악귀들이 돌고 돌아서 너도 언제가 그들과 같이 될 것이라고 내게 경고한다. 나는 그들보다 더 무서운 형벌이 내려질 거라는 걸 잘 알고 있다.

내가 지옥 불에 떨어지면 내가 죽인 모든 사람의 혼령들이 내 뼈마디와 살점 하나까지도 씹어서 절단 낼 것이다. 무섭고, 두렵고, 후회가 밀려온다. 처음 살인을 멈췄더라면 지금 내 인생은 편안해졌을까? 하지만 분노가 응어리져서 응어리진 피 뭉치가 터져 내 스스로 눈을 감았을 것이다. 또 앞으로 얼마나 많은 사람들을 죽여야 할까? 그들이 정말 죽어 마땅한 죄를 짓긴 했을까? 정답은 어디에도 없다. 모든 것은 내가 짊어지고 갈 내 책임이라는 것일 뿐…….

새벽의 도시는 평온하고 고요하다. 순수함 그 자체다. 모든 사람들의 인생은 역사에 작은 점 하나로 스치고 지나가는 것뿐인데 왜 그토록 다른 사람을 밟아야 더 높이 설 수 있다고 믿는 것일까? 지나고 나면 아무것도 아닌 것을……. 하지만 나도 알지 못했고 모두가 알지 못한다. 현재는…….

누군가 그랬다고 했다. 인생은 연극이라고…….

내가 지금 하는 모든 것이 연극이었으면 좋겠다. 모든 것이 그렇게 하려고 다 맞추어져서 연극이 끝나고 커튼이 쳐지면 바로 평범한 일상으로 되돌아왔으면 좋겠다. 너무 멀리 왔다. 너무 돌아서 왔다. 맨 처음 칼을 집었을 때 난 너무나 익숙해져 있는 나를 발견했다. 내 신체의 일부처럼 느껴졌다.

하지만 지금은 칼과 총이 무섭다. 그것을 만지게 되면 조금씩 흥분으로 밀려와서 멈추지 못하게 된다.

만약 내 삶이 연극이라면 이 연극의 관객에게 말하고 싶다.

지극히 평범한 일상이, 그냥 웃을 수 있는 일상이, 직장에서 퇴근해서 좋은 사람들과 보내는 즐거운 일상이 얼마나 소중한지를 느껴야 한다. 가장 잘 사는 방법은 평범하고, 평온하게 사는 것이라는 것을……

하지만 난 너무 비껴서 한참을 돌아왔다. 같은 시간 다른 세계에 살고 있다. 다시 한번 기도를 드린다. 내가 지옥에서 죄를 씻은 후 다음 생이 주어진다면 지극히 평범한 사람으로 살 수 있기를 기도한다. 너무 기대가 큰 바람이다. 그렇게 할 수 없음을 알고도 그렇게 되기를 기도드린다. 이 세상 평범하게 사는 모든 사람들에게 박수를 보낸다. 가장 평범한 것이 가장 강하고 정복될 수 없다는 것을……

74

내가 남긴 모든 흔적을 지우기 시작했다. 작은 먼지 하나라도 남기지 않아야 한다. 또다시 어디로 흘러가야 하는지 답이 없었다. 난 또 사람을 죽였기에 이곳에서 벗어나야만 한다. 이제 곧 나의 몽타주를 바탕으로 날 검거하려 할 것이다. 지금부터 내가 아닌 다른 누군가로 새롭게 시작해야 한다. 서울로 올라왔다. 사람이 많다는 것은 그만큼 수사에 허점도 많이 있다는 거니까. 젊은이의 거리로 나왔다. 이곳은 항상 밝고 푸른 젊음이 있다. 난 PC방에 들러 사건 사고를 검색했다. 충남 옥천 조직폭력배 간 다툼으로 보이는 살인사건 발생. 경찰 추적 중이라는 기사가 눈에 들어왔다. 신원 미상의 남성으로 추정. 그것으로 보아 이웃으로 살았던 할아범과 할매들이 나를 함구하고 있는 것으로 추정되었다. 하지만 대한민국은 갈 곳이 없다. 그만큼 작은 나라이고. 지금 여러 방면에서 나를 검거하기 위하여 경찰들이 혈안이 되어 있을 것이다. 갈 곳이 없다.

난 검은 모자를 눌러쓰고 오후 8시가 되어서야 거리를 나섰다. 많은 인파 속에서 나만 처절하게 외로워 보였다. 다른 사람처럼 거리를 배회하고 있을 무렵 한 장애인의 뒷모습을 보았다.

수동 휠체어를 타고 껌을 팔고 있는 사내였다. 딱 보기에도 양쪽 다리가 없음을 알 수 있었다. 그런데 술에 취해 보이는 젊은 사내 4명이 장애인을 가운데다 놓고 껌을 빼앗아 서로 전달해 가며 그를 조롱하고 있었다. 난 솔직히 그냥 지나치려 했다. 하지만 난 놀라고 말았다. 바로 종기였다. 죽은 줄로만 알았던 나의 가장 친한 친구 종기가 살아 있었다.

나는 바로 걸음을 멈추고 사내 2명을 기절시켰다. 순식간에 벌어진 상황에 서 있는 사내 2명은 입에 거품을 물고 있었다.

"빨리 무릎을 조아리고 정중하게 잘못했다고 용서를 빌고 서로 대가리 헤딩해라. 그러지 않으면 너희들 바로 죽여 버릴 거다."

"죄송합니다. 저희가 그만 술 먹어서."

녀석들은 완전히 겁을 먹어서 허둥대고 있었다.

"잘못했습니다. 정말로 죄송합니다. 한 번만 용서를…."

한 녀석이 잘못을 빌자 다른 한 명도 무조건 반사적으로 따라 했다.

"아닙니다. 저도 이렇게 살면 안 되는데…."

종기의 말을 듣고 있자니 내 가슴이 더 무거웠다. 녀석들은 누워 있는 친구들을 일으켜 세우며 아주 빠르게 주위를 벗어나고 있었다.

"고맙습니다. 제가 아주 많은 신세를…."

"종기야, 나다……. 파랑이…."

"뭐…? 정말 내 친구 파랑이가…….”

내가 모자를 벗어 버리자 종기는 이미 눈물을 흘리고 있었다. 난 다리를 굽히고 앉아 힘껏 종기를 껴안았다. 나의 얼굴에도 이미 눈물이 차올랐다.

"너에겐 무엇을 주어도 신세를 다 갚지 못할 거다. 그런데 어쩌다가……."

"이미 지난 일이고 돌이킬 수도 없는 일…. 후회도 원망도 없다."

"이 자식이…. 그래도 죽은 줄 알았는데… 살아 있어서 너무 고맙다."

종기를 보자 다시 살겠다는 의지가 너무 힘차게 올랐다. 아름다운 밤이었다.

75

종기가 사는 곳은 도시 빈민가 판자촌이었다. 동네는 벌써 여러 집이 비어 있었고 이곳도 재개발로 몇 달 지나면 모두 이사를 가야 했다. 우리는 도시가 보이는 약수터 아래 운동기구가 설치된 곳에 자리를 잡았다.

두 다리가 없는 종기가 매일 이곳으로 올라와야 한다는 생각에 가슴이 아팠다. 내가 종이컵에 소주를 따라 주자 종기는 거침없이 마셨다.

"좋다. 파랑아. 나이는 젊은데 다리가 없는 관계로 소주를 먹지 않으면 통증이 살아난다. 그래서 이 녀석이 내 가장 좋은 벗이 되었고."

"그동안 어떻게 된 거냐?"

나도 종기를 바라보면서 소주를 마셨다.

"너랑 같이 있다가 배를 기다리던 중 갑작스러운 차량 돌진에 정신을 잃었고 깨어나 보니 어느 창고 같은 지하실이었다. 그런데 그렇게 분위기가 다른 곳은 처음이었어. 새끼들이 완전히 살기로 도배를 했더군."

"그놈들은 누구냐?"

"나도 모르지. 하지만 확실한 건 평범한 집단이 아니었어. 그런 거 있잖아, 어렴풋이 기억만 나는……."

종기의 눈이 심하게 흔들리고 있었다.

"묻지도 따지지도 않고 내게 땅콩이가 준 USB를 달라고 하더군. 아참, 너, 그래……. 내가 준 그거 지금 가지고 있냐?"

"아니……. 어디 있는지 전혀 생각이 나지 않아."

이제껏 잊고 살았고 내 기억에 전혀 없었다.

"아무튼 그게 열쇠다. 내가 진짜로 없는 것을 확인하더니 바로 어떤 자식이 지시를 내리자 동력 절단기가 심하게 돌고 있더구만. 내 다리에서 돌아가는 순간 정신을 잃었고……. 그게 마지막이다. 완전히 죽는 줄 알았는데 이 새끼들이 실수를 한 거야. 내가 죽은 줄 알고 나를 버렸는데 그게 어느 119 구급대 사무실 앞이었어. 난 바로 119 구급대원이 발견하고 응급 처치를 받은 후 병원에 옮겨져서 수술을 받았고 구사일생으로 살아난 거지."

종기가 자신의 손으로 소주를 가득 채운 후 한 번에 다시 비웠다.

"처음에는 이렇게 사느니 죽는 게 낫다고 생각했는데 그래도 사니까 살아지더라. 물론 네가 나랑 없었으니 재수가 좋으면 탈출했겠다고 생각했고 재수가 더 좋으면 다시 만날 수 있다고 생각했다. 그랬더니 꿈이 현실이 되었다. 그건 그렇고 너는 어떻게 된 거냐?"

"나……. 나."

나는 망설였다. 어떻게 설명해야 할지 갈피를 못 잡고 있었다. 하지만 종기에게만큼은 거짓말하기 싫었다.

"어찌어찌해서 용병으로 살았는데 그동안 사람 목만 따고 살았다. 아주 그냥 살인을 밥 먹듯이 하면서……."

종기도 그다음부터는 묻지 않았다.

"그동안 그놈들이 어떤 놈들일까 하고 내가 짱구를 돌렸는데 땅콩이가 준 그게 실타래를 푸는 열쇠란 거지. 그런데 네가 가지고 있지 않으니 이젠 어쩔 수 없이 그냥 조용히 숨어 살면 되는 거고."

"그게 그렇게 중요한 열쇠라면 꼭 찾아야지. 내 동생과 엄마 그리고 땅콩이와 너를 이렇게 만든 놈들이다. 조바심 갖지 않고 찾으면 꼭 어딘가에 있을 거야. 찾아서 본때를 보여 줘야지. 힘으로 안 되면 작은 스크래치라도 나게 할 거야. 내 인생의 목표를 지금 잡았다. 개후레자식들."

나의 눈빛이 어떤 기대감인지 몰라도 힘 있게 타오르는 것을 느꼈다.

"그렇게 된다면 좋겠지만, 파랑아, 그동안 그렇게 힘들게 살았으면 이젠 좀 편해지면 안 되겠냐? 그냥 우리 평범하게 살자."

"이미 평범하게 사는 건 물 건너갔다. 너를 만난 것도 다시 손에 피를 묻혀서이고. 아무튼 난 그런 인생을 살기에는 너무 멀리 왔다. 종기야, 나를 믿고 같이 가 보자."

"알았다. 파랑아, 네가 가자면 어디든지 간다. 너랑 처음 만났을 때부터 난 너의 형제다. 하지만 내 몰골로 어떻게 너를 도와주겠냐?"

"미친 새끼, 같이 있는 것만으로도 넌 나에게 힘이 된다. 알겠냐? 네 중요성과 존재를……."

나와 종기는 오래간만에 하늘이 떠나갈 듯이 웃었다. 종기가 살아 있는 것만으로도 감사한 날이었다.

76

  생각이 조금 났다. 목숨처럼 소중하게 여겼던 것이었는데 어느 순간 기억이 없다.
  종기가 주웠던 USB는 어디로 간 것일까? 그게 있어야 한다. 난 그것을 무조건 찾아내야 한다. 쇼몽을 만났던 때까진 내가 아주 소중하게 보관하고 있었고 언젠가 그것을 꼭 열어 봐야 한다고 생각했다. 종기는 이미 깊은 잠에 빠져들었다. 하지만 나는 기억의 퍼즐을 계속 맞추어 보다가 하얗게 밤을 지새웠다. 분명한 건 어딘가에 있다는 것이다. 그런데 생각이 나질 않는다. 미치겠다. 다시 해가 떴다. 종기는 숙취가 있는지 정신을 차리려 몇 번이고 고개를 흔들었다. 종기는 주방 위에 숨겨 둔 컵라면을 꺼내 놓았다. 종기와 마주한 아침 식사는 어느 식사보다 꿀맛이었다. 종기 자식이 삐죽삐죽 나를 보고 웃는다. 나 또한 행복한 시간이다. 한국에서 나 혼자만 있는 줄 알았는데 종기를 만난 것이다. 나의 유년 시절 최고의 파트너인 그를…….
  "아침 먹고 어디 좀 같이 가자."
  나의 물음에 종기가 궁금해했다.
  "어디 가는데. 나 어제 무리해서 좀 더 쉬고 싶은데."
  "너 다리 사러 가자."
  "다리? 그게 뭔데."
  "전동 휠체어라는 게 있다고 하더만. 그거 사러 가자."
  "파랑아, 돈이 어디 있다고."
  "미친놈. 그거 살 형편은 된다. 그리고 집도 옮겨야지."

"뭐? 집까지? 야, 그러지 말자. 이곳도 내겐 천국이다."

"그동안 용병으로 살면서 돈 많이 모아 두었다. 쓸데가 없었거든."

난 종기 앞에 신용카드를 던져 주었다.

"내 명의로는 계약할 수 없으니 무조건 네 이름으로 다 처리하고. 오피스텔로 옮기자. 지금부터 우리의 과업을 수행하려면 철저하게 보안을 생명으로 해야 돼. 그것부터 시작한다."

"파랑아. 정말로… 크으흑."

종기가 머리를 묻고 살짝 눈물을 비추었다.

"종기야, 넌 내 목숨 이상이다. 너도 그렇게 생각하고 있고. 우리 앞으로 구질구질하게 살지 않을 거니까. 이 형만 믿어라. 그리고 옷도 좀 멋있게 입고."

"병신이 무슨 멋을 부리냐."

"이 새끼 자꾸 네 스스로 다운시킬래. 형 화낸다."

"알았다. 미안해서 그러지."

"또 욕먹을 소릴 하고 있다."

"알았다. 그만하자. 난 이제부터 파랑이 네가 시키는 대로 한다."

"그래. 그래야 종기지."

종기와 나는 같이 있는 것만으로도 너무나 든든한 존재였다.

77

15층 오피스텔. 시내가 내려다보이는 곳에 우리는 새로운 짐을 꾸렸다. 하루아침에 사는 곳이 변했다. 그리고 종기의 새로운 다리인 전동 휠체어를 구매했다. 종기는 연신 내게 고맙다고 했지만 종기가 나에게 베풀어 준 것에 비하면 아직도 멀었다고 생각했다. 또다시 여름이 시작되었다.

 아침부터 뜨거운 열기가 도시를 데우고 있었다. 나 또한 더위를 조금이라도 떨쳐 버리기 위해 팔뚝이 보이는 짧은 민소매 티를 입었다. 종기가 커피를 주기 위해 나에게 다가왔다.

 "파랑아. 네 팔뚝에 새긴 게 뭐냐?"

 "아, 이거. 나에게 모든 것을 전수해 주셨던 교관님이 새겨 주셨던 거야. 코만도 위베르. 세계 최강의 특수부대 훈련을 수료해서 새겨 주신 거고. 한번 봐 봐, 멋있지?"

 종기가 신기한 듯 문신을 관찰하기 시작했다.

 "그런데 파랑아. 여기 살집이 왜 이렇게 많이 튀어나와 있냐?"

 내가 무의식적으로 왼쪽 팔뚝을 만져 보았다.

 "맞아. 종기야, 네가 준 USB 찾았다. 바로 그거야."

 내 환호성에 종기가 놀라고 있었다.

 "그게… 어디 있는데."

 "바로 이 속에. 바로 여기에 있었어."

 그랬다. 쇼몽이 나에게 코만도 위베르 문신을 새겨 주던 날. 나는 언젠가는 이 속에 있는 내용을 확인해야 한다고 소중하게 봉인을 한 후에 내 팔뚝 속에 USB를 묻었다. 나는 예리한 칼날로 조심스럽게 팔뚝을 열었고 그 속에 있는 USB를 다시 꺼냈다. 무슨 내용이 있길래 땅콩이 그토록 우리에게 넘겨주려 했었는지 너무 궁금했다. 바로 컴퓨터에 넣고 종기와 난 그 내용을 확인하려 했지만 비밀번호가 있었다. 5회의 비밀번호가 틀리는 순간 그 내용물은 모두 사라져 버린다. 몇 년 전 종기가 그 내용을 보기 위해 컴퓨터 접속 후 생각나는 대로 비밀번호를 넣었다가 이미 2번을 실패한 후였다. 3번 안에 종기와 난 비밀번호를 알아내야 했다. 무엇일까? 땅콩은 비밀번호가 우리들에게 공통된 거라고 했다. 영어와 숫자로 조합된 비밀번호를 찾아내야 한다.

78

 3번째 실패. 3번째는 종기의 영어명. 여드름 및 종기로 통하는 것 BOIL과 처음 우리가 만났던 나이 19를 넣었다. 보기 좋게 틀림으로써 기회가 1번 사라졌다. 이제 남아 있는 기회는 2번. 더 이상 틀려선 안 된다. 긴장감이 밀려오며 종기와 나는 나쁜 머리를 원망하면서 해답을 찾기 위해 연구하기 시작했다. 하지만 아무리 짱구를 돌려 봐도 해답을 찾을 수는 없었다. 이렇게까지 되니 꼭 USB를 보고 말리라는 무슨 오기 같은 것까지 생겼다. 종기가 안주와 술을 준비했다. 종기는 머리를 쓰는 일은 꼭 내가 하고 자신은 맛있는 것을 준비한다고 강조했다. 자식이 벌써부터 어려운 일은 회피하는 걸로 보아선 평생 나에게 기댈 것만 같았다.
 어린 시절 종기는 자신이 나보다 머리가 더 비상하다고 강조했는데 지금은 그냥 꼰대들처럼 현실에서 살살 넘어가기만 바라고 있었다. 종기는 술을 더 마시자고 했지만 머리를 너무 써서인지 피곤해서 먼저 자리에 누웠다. 그렇게 깊은 꿈속으로 빨려 들어갔다. 시간이 조금 흐른 뒤 난 눈빛이 환해지며 자리를 박차고 일어났다. 바로 그거였다. 땅콩, 종기 그리고 내가 처음 만나 의기투합을 한 후 어색함이 있었지만 땅콩은 그런 분위기를 잘 풀려고 노력한 친구였다.
 우리가 처음 만나서 이름을 까고 아지트였던 공사 현장에서 쓴 소주를 마시면서 땅콩이가 말했다.

"이렇게 젊으니 우리는 무엇이든 할 수 있다. 오늘처럼 인생에서 가장 푸르던 날에 우리는 하나가 되었다. 19살 우리는 성인이고 거칠 것이 없다. 건배."

종이컵을 부딪치며 우리는 하나가 되었다. 땅콩이가 했던 말을 요약하기 시작했다. 가장 푸르던 날은 바로 내 이름 영어 블루(blue)+데이(day) 그리고 나이 19살. 나는 기쁜 마음에 USB를 컴퓨터에 꽂고 정리를 했던 암호를 넣었다. 그러나 결과는 참담했다. 틀린 암호였다. 이제 남은 횟수는 1번. 이번에 실패하면 이 USB에 담긴 내용은 영원히 볼 수 없다. 조바심이 뚫고 일어섰지만 어쩔 수 없는 현실이었다. 종기가 남겨 놓은 소주를 단숨에 들이켰다. 발바닥에서 머리까지 짧은 시간 술기운이 올라왔다. 나는 비틀거리면서 소파에 몸을 기대고 다시 끝없는 꿈속으로 빨려 들어갔다. 그리고 다시 해가 떴지만 난 일어나지 못했다. 종기는 소파에 있던 나를 의아하게 바라보았다.

"파랑아, 어제 방에서 자더니 언제 여기로 온 거냐?"

정신을 가다듬으려 했지만 빙빙 맴돌 뿐이었다.

"갑자기 땅콩이가 말했던 말이 생각나서 미친 듯이 암호를 넣었더니 실패했다. 이제 기회는 한 번밖에 없어. 대체 무얼까?"

"뭐라고 넣었는데?"

"땅콩이가 했던 말. 가장 푸르른 날 블루데이. 그리고 우리가 처음 만났던 날 우리 나이 19를 넣었는데 안 되더라. 대체 뭘까?"

"아니, 그러니까 영어 철자를 어떻게 넣었는데?"

"종기야, 답답하다. 그거 아냐. 블루데이 그리고 19라고."

"야, 단어 한 개가 빠졌잖아."

"뭐라고? 그대로 넣은 건데, 다른 또 무엇이 있냐?"
"야, 파랑이 똑똑한 줄 알았는데 이제 보니 단순한데."
"뭐? 돌리지 말고 말해 보라니까."
이제는 내가 더 애가 타고 있었다.
"야, 가장 푸르른 날, 그리고 19라면 가장이 뭐냐. 바로 베스트(best) 아냐. 그게 빠진 거지."
"그렇지. 바로 그거야. 종기야, 너 천재다."
USB를 다시 꽂고 종기가 말해 줬던 베스트를 추가해 넣었다. 드디어 암호가 해제되면서 땅콩이가 말하려던 USB정보가 열리기 시작했다. 실로 아주 무섭고 섬뜩한 정보가 펼쳐지고 있었다.

79

대한민국의 지배자는 누구인가? 그게 바로 땅콩이가 우리에게 알려 주려던 정보이며 우리에게 고통을 안겨 준 자들이었다. 그들은 완벽하게 모습을 숨기고 속였다. 우리 모두를 지배하고 있는 대한민국의 실질적인 주인이라며 자신들의 세계를 더욱더 견고하게 하고 있는 그들. 그들의 실체를 알아 가면서 느낀 건 대한민국에서 말도 안 되는 일이 벌어지고 있다는 것이었다. 하지만 살펴보면 볼수록 그들은 분명히 대한민국에 살아가고 있는 시민이며 우리와 같은 동시대를 살고 있는 자들이었다.

그들은 결코 자신들의 세계에 레벨이 낮은 사람들은 조금도 틈바구니에 낄 수 없도록 수많은 피라미드 같은 그물을 펼쳐 놓았기에 접근조차 허용되지 않았다. 아니 그냥 모르고 살아가는 것이 일상인 시대였다.

그들은 짧은 기간에 만들어진 것도 아니었고 수백 년 역사의 바탕으로 형성된 괴물들이었다. 이제 그들의 형성 과정과 그들의 실체를 추적한 땅콩이의 이야기를 들어 보기로 했다.

1777년 정조 2년에 조선에 천주교가 전파되었다. 사대부인 이덕조, 정약전, 정약용 등에 의하여 조선에 천주교가 포교되면서 점차 널리 퍼지기 시작했다. 오직 유일신인 하나님만 섬기게 했고 조상의 제사 또한 치르지 못하게 하였다. 처음엔 거부감이 있었지만 사람은 모두가 평등하고 모두가 하나님의 존귀한 자식이라는 천주교의 기본 원리가 사람들의 마음속에 전파되면서 널리 퍼지게 되었다. 하지만 더욱 번성할 수 있었던 계기는 정조대왕 때문이었다. 정조는 애민 정신이 있는 국왕이었다. 유일신인 하나님만 있는 종교를 인정할 수 없었지만 정조는 백성을 자신의 목숨처럼 아끼고 사랑했다. 그리고 자연스럽게 시간이 지나면 천주교는 쇠퇴한다고 믿었지만 그렇지 않았다. 양반, 천민, 그리고 중인 등 모두가 평등하고 사람들은 처음부터 존귀하다는 교리를 양반들은 인정하지 않았지만 일반 백성들 사이에서 급속도로 유행처럼 번졌다. 그러나 24대 임금인 헌종 때부터 천주교의 박해가 시작되었다. 그때 나타난 인물이 '김오교'라는 사내였다. 일반 중인 태생인 김오교는 집안이 너무 가난해서 학문을 배울 기회가 없었다. 하지만 그의 머리는 시대를 앞서는, 쉽게 말해 앞을 내다볼 수 있는 사내였다. 그때 당시 천주교는 헐벗고 굶주린 백성들에게 의식주를 해결해 주고자 했다. 그래서 못사는 백성들이 더욱더 천주교에 깊이 빠져들었다. 하지만 헌종이 즉위한 그다음 해부터 천주교인들을 잡아들였다.

하나님을 부정한다면 살 순 있었지만 끝까지 하나님은 살아 계신다고 하면 참수되었다. 김오교의 부모들도 천주교에 깊이 빠졌다가 동생과 누이 그리고 부모 모두 4명이 관아에 결박된 채 끌려 나갔다.

30여 명의 천주교인들은 끝까지 하나님의 존재에 대해서 그들과 함께한다고 믿었고 끝까지 하나님의 존재를 굳건한 믿음으로 이겨 내려 했다.

하지만 김오교는 살기 위해 하나님의 존재를 부정했고 심지어 자신에게 칼을 준다면 그들을 즉결심판을 하겠다고 자처했다. 김오교의 부모와 여동생은 김오교의 서슬 퍼런 만행에 목을 매고 자결을 택했다. 김오교는 그때 판단을 했다. 앞으로 더 많은 천주교인 박해가 있을 것이고 지금부터 나도 누구 위에서 군림하면서 살겠다고 다짐을 했다. 그때 조선의 기근과 이상기온이 심해서 손에 피를 묻히는 자는 급사를 한다는 소문이 파다했다.

실제로 많은 백성들이 죽어 나갔다. 많은 재물을 주고 벼슬까지 준다고 해도 쉽게 망나니(죽어야 하는 자를 관아의 책임자 앞에서 처형하는 사람)가 되는 것을 하지 않으려 했다.

그때 조선에서는 누구를 살인하는 자는 죽어서도 몸이 갈기갈기 찢겨서 천년만년 동안 불구덩이 속에서 영원히 나올 수도 죽을 수도 없다는 사이비 종교까지 들고 일어나서 유행처럼 조선팔도에 퍼졌다. 하지만 김오교는 자신의 손에 칼을 쥐었다. 하루에도 처형해야 할 조선 백성이 줄을 섰다. 하지만 김오교는 자신의 불행이 곧 천주교인 때문이라고 변심을 했고 매일 즐거워하며 살인을 즐겼다. 망나니도 감투면 감투였다. 죽음을 앞에 둔 사람들은 자신의 아버지, 어머니의 시신 훼손은 절대로 안 된다는 시대였다. 깨끗하게 성한 몸으로 죽여 주는 대가로 김오교한테 뇌물을 주었다.

김오교는 뇌물을 주지 않으면 더욱더 처참하게 시신을 훼손했다. 오교에게는 많은 재물이 들어왔다. 이미 이렇게 된 이상 악질적이고 조선 최고의 돈을 가진 자가 되고자 했다. 그래서 많은 뇌물을 바탕으로 다시 수의 물품 장사를 시작했다. 자신이 죽인 자들의 유가족을 상대로 수의 장사를 통해 막대한 이득을 취했다. 오교는 재물은 수없이 벌었으나 조선에서는 그저 동물보다 더 천대받는 망나니에 지나지 않는다는 것을 잘 알았다. 그래서 신분을 바꾸어야 한다고 결심했다.

자신의 후손들은 손가락질받지 않고 조선 최고의 권력을 잡는 사람이 되어야 된다고 생각했다. 그의 나이 서른 살이었다. 오교는 고을 수령에게 막대한 뇌물을 주고 자신의 망나니라는 굴레를 벗어던질 수 있었다. 오교는 온전히 뇌물을 준 것이 아니었다. 수령의 비밀 금고를 알아내기 위한 일종의 계략이었다. 수령은 이제까지 받은 뇌물을 모두 금으로 바꾸어서 자신의 애첩이 있는 묘향의 집 안방 대들보 밑, 참나무 궤짝 속에 모아 두고 있다는 사실을 알아내었다. 그동안 오교는 수많은 사람을 참수할 때 한 방에 절명시키는 방법을 누구보다 잘 알았고 무술 또한 출중했다. 오교는 새벽에 급습하여 수령과 애첩 그리고 종놈들까지 7명을 살해했다. 그리고 금괴를 찾아서 자신의 정체를 알 수 없는 경상도 안동으로 떠났다. 그곳에서 명문 집안이었지만 몰락한 안동 권씨의 성을 샀다.

안동 김씨가 막 조정의 실세로 등극할 때였으므로 정통 안동 김씨 성은 사지 못했지만 한 뿌리인 안동 권씨 성을 샀다. 막대한 거금을 들여서 말이다. 오교는 미래를 볼 줄 알았다. 막 타오르는 불꽃은 언젠가는 너무 쉽게 작은 상처에도 꺼질 수 있다는 것을. 자신의 뜻을 이을 아들이 필요했다.

이조판서를 지낸 '윤진서'의 딸 '자행'이라는 여인은 규수였는데 남편이 급사하는 바람에 과부로 살고 있었다. 윤진서는 문과에서 장원을 할 만큼 뛰어난 조선의 신숙주 이후 최고의 천재 소리를 듣던 양반이었다. 오교는 외딴집에서 하인과 더불어 살고 있던 진서의 딸 자행을 범했다. 그리고 한밤중에 보쌈으로 납치를 해 왔다. 자신의 집에서 철저한 감시를 통해서 강제로 임신을 시키고 아들을 낳기를 천지신명께 빌었다. 자행은 이 짐승 같은 사내에게 벗어나려 했지만 하루 종일 그녀에게는 감시가 붙어 있어 죽지도 못했다. 강제로 범해진 몸에서 새 생명이 태어났다. 오교는 운이 좋은 사내였다. 정말로 용모가 수려하고 머리가 좋은 사내아이가 자신의 아들이 되었다. 25대 철종이 즉위하고 안동 김씨의 세력은 조선의 모든 권력이 되었다. 오교는 자신의 아들 이름을 '권민'이라고 짓고 한양에서 안동 김씨들 자제들만 갈 수 있는 최고의 서당에 자신의 아들도 함께 동문수학하게 만들었다. 하지만 오교는 절대 안동 김씨의 최고의 높은 집안 아들인 '김익동'에게 한 번도 이기지 못하게 했다. 그의 말에 절대적으로 충성할 뿐 자신 아들 권민은 항상 2인자가 되도록 철저하게 교육을 시켰다. 오교의 계략은 정확했다. 자연스럽게 자신의 아들인 권민은 중앙 정치에 어렵지 않게 승선을 시켰다. 권민은 항상 김익동에게 가장 충성스럽고 자신을 위해서 목숨까지 바칠 수 있는 친구로 남았다. 다른 사람들은 아무것도 알지 못했다. 모든 권력은 안동김씨 그것도 적장자인 김익동에게 쏠려 있는 듯이 보였지만 그를 조종하는 것은 권민이었다.

해박하고 시대를 볼 수 있는 통찰력으로 김익동이 혼란스러워할 때마다 권민은 항상 최고의 선택을 제시하였다. 표면적으로는 김익동이 최고 권세인 줄 백성들은 알았지만 그 뒤에는 권민이 있었다. 오교는 냉철한 인간이기도 했다. 자행은 항상 자신의 불행한 씨앗을 오교의 탓으로 돌리고 절대 그를 서방으로 인정하지 않았다. 오교는 그것을 알기 때문에 자신의 아들에게 해가 될 것을 우려하여 자행이 즐기는 찻잔 속에 극약을 넣어 죽여 버리기까지 했다. 자신의 욕망을 위해서라면 무엇이든 할 수 있는 사람이 바로 오교였다. 오교는 자신의 아들 권민을 절대로 권력가 집안 규수와 맺어지게 하질 않았다. 무신의 집안 규수와 혼인시켰다. 바로 왕의 곁에서 항시 비호하는 호위무사 집안과 사돈 관계를 맺었다. 왕의 말을 그대로 전달받을 수 있기 때문이었다. 조정이 어떻게 흘러가고 있는지를, 지금으로 말하면 정보의 수집을 하여서 항상 자신의 아들에게 주의할 점과 꼭 행해야 하는 점을 알려 주었고 위기에 대한 해답을 주었다. 26대 고종이 즉위하고 안동 김씨가 몰락하리라는 것 또한 가장 먼저 알 수 있었다. 그렇게 모든 것을 자신의 아들에게 전수한 오교는 66세에 일기로 죽음을 맞이하였다. 하지만 더 강력한 권민이라는 괴물을 탄생시키고 자신은 역사의 점으로 남고 사라졌다.

 권민은 더욱더 냉철한 정치가로 변모를 했는데 절대로 정치 일선에 리더가 되는 일은 없었다. 철저하게 2인자였다. 안동 김씨가 몰락한 후 김익동은 죄인으로 몰리고 권민이 마련해 준 거처에 몸을 숨기고 있었다. 하지만 권민은 가장 빠르게 흥선대원군에게 붙었다. 안동 김씨의 잔존 세력을 색출하는 데 일등 공신으로 대원군 옆에서 그를 도왔다. 그리고 35년 지기 김익동을 밀고하였고 그는 형장의 칼날에 사라졌는데 죽기 전까지도 권민이 자신을 배신했는지 모르고 죽었다. 그것은 철저하게 위장하고 김익동이 죽는 순간까지 그의 손을 잡으며 처자식은 자신이 돌보겠다는 믿음을 심어 주었기 때문이다. 김익동은 마지막까지도 권민의 손을 잡고 고맙다는 눈물을 흘렸다.

 그리고 김익동이 죽자 그의 자식들은 노비로, 부인은 기생으로 팔아 넘겼다. 특히 김익동의 아들은 10대였는데 고환을 잘라 버려 더 이상 어떠한 후손도 남기지 않도록 모조리 모든 것을 짓밟아 버렸다. 권민은 이제

대원군의 사람이 되어서 그의 귀와 눈이 되었다. 대원군 집권 초기 시절 권민은 '이하응'에게 경복궁을 재건할 것을 건의하였다. 임진왜란 때 불타서 복원이 안 된 경복궁을 재건함으로써 왕실의 건재함과 위상을 보여주자고 했다. 대원군은 많은 재원을 어떻게 마련하느냐에 고심이 있었으나 권민은 그 방법 또한 잘 알고 있었다. 고종 2년 1865년 경복궁 재건이 시작되었고 당백전이라는 조선 화폐의 100배의 가치가 있는 돈을 마구 찍어 내어 통화를 팽창시켰다. 하지만 경복궁은 정비되었고 대원군은 자신의 최고의 업적인 경복궁 재건에 너무 감격했다. 죽기 전까지도 경복궁 재건 사업을 회상할 때마다 눈물을 흘렸다고 한다. 권민의 아들은 '권혁'이라는 인물이었다. 이때까지 권민은 무조건 자신의 자리는 아들 한 명만 계승할 수 있다고 해서 더 이상 자식을 생산하지 않았다. 그리고 자신의 아버지처럼 아들 권혁에게 정치에서 살아남는 법을 더 혹독하고 체계적으로 가르쳤다. 권혁 또한 아버지를 닮아서 술수에 능하고 정치에 감각적으로 매우 뛰어났다. 다 아버지인 권민의 조기교육 덕분이었다.

　흥선대원군은 집권 초기의 강력한 카리스마가 서서히 무너지고 며느리인 민비에게 벼랑 끝으로 몰리고 있었다. 그래서 공공연히 자신의 집권을 이어 나가기 위해 일본의 힘을 빌려 그녀를 제거하려고 했다. 민비 또한 러시아와 청나라의 힘을 빌려 대원군에게 맞섰고 대원군을 드디어 몰아냈다. 이때 권민은 민비의 편에 서서 대원군을 몰아내는 데 앞장섰다.

　대원군 호위무사를 통해서 그의 향후 방향을 모조리 민비에게 알려 주었고 그녀의 편에 잠시 섰다. 그러나 1894년 청일전쟁에서 자신이 믿었던 청나라가 완패하자 앞으로 동북아시아의 리더는 일본이 되리라는 것을 알았다. 1895년 을미사변 때에는 자신의 사돈에게 도움을 받아 궁중 호위무사를 모조리 물리게 해서 민비 제거에 앞장섰고 이때부터 일본의 개가 되었다. 하지만 권민은 1910년 알 수 없는 병에 시달리다가 그해 가을 죽음을 맞이하였다. 권민은 자신의 아들 권혁에게 마지막 당부의 말을 전했다.

앞으로는 권력보다 돈이 더 중요한 세상이 올 거라고 말했다. 무조건 재물을 모으라는 말을 남겼다. 그때부터 권혁의 시대가 열렸다. 권혁은 아버지의 유지를 받들어 어떤 권력도 탐하지 않았다. 자신의 꿈을 실현시켜 줄 사람을 찾았다. 그가 바로 '조중흥'이었다.

그는 뼛속까지 일본인이기를 희망했던 자이다. 황국의 국민이 된 것은 바로 조선을 복되게 하는 지름길이요, 지금도 가슴속 깊은 곳에서 1910년 완전히 조선이 일본의 땅으로 하나가 된 날을 잊을 수 없다고 회고하고 있는 매국노 중에서도 최악질의 매국노였다. 물론 일본으로부터 1등 작위를 하사받았고 조선총독부 중추원 고문을 맡은 자로 쓰레기 중에 쓰레기였다.

권혁은 조중흥의 또 다른 개가 되어서 그의 모든 것을 관리해 주고 뒤로는 조중흥의 권력을 바탕으로 한양 내 서민의 땅은 모조리 사들였다.

그리고 정확하게 매매문서를 남겨 두어 한 치도 다른 사람이 반론을 제기하지 못하도록 했다. 욕을 얻어먹는 사람은 조중흥이었지만 권혁이 땅을 착취하거나 권력으로 자신의 이익을 차지할 때는 다른 사람을 내세웠으며 철저하게 자신은 숨겼다. 2차 세계 대전이 벌어지고 일본이 진주만을 기습 공격 했을 때에 바로 미국의 반격 소식을 접한 후 일본도 이젠 얼마 가지 못한다는 걸 알았다. 그래서 그의 아들에게 영어 공부를 시켰다. 미국이란 나라를 위해 필요한 사람이 되라고 항시 훈육으로 남겼다. 그리고 그다음부터는 그의 후손이 어떻게 되었는지 땅콩은 몰랐다. 하지만 그들의 후손들이 이제까지 대한민국의 곳곳에 숨어서 이 나라를 조종하고 있다는 것은 분명하다고 했다. 19살 때 우리 셋이 털었던 그 사건이 그들의 지하 세계에 대한 명백한 첫 번째 도전이라고 판단했다고 했다. 그래서 우리와 연관된 가족들이 그런 핍박을 받았던 거라고 했다. 물론 일리가 있는 말이었지만 누구인지 모르는데 어떻게 복수를 하며 어떻게 찾아내야 하는지 모든 게 막막했다. 하지만 받은 만큼 돌려줘야 한다. 땅콩이를 잃었으며 엄마를 잃었고 예쁜 초록이를 잃었다. 나에게는 보라도 없다. 과거를 생각하니 피가 거꾸로 솟구쳤다. 그들의 손에 종기가 불구가 되었다. 이제부터 조금씩 알아 가는 거였다.

80

종기와 나는 한동안 말을 하지 않았다. 그런 집단은 존재만으로도 아주 무섭고 거대했다. 어쩔 수 없는 현실이다.

"파랑아, 우리 그만두자. 우리가 상대하기엔 아주 벅차고 불가능에 가깝다고 생각해."

"나 또한 네 말이 맞다고 생각한다. 하지만 너와 내 가족들을 파탄 낸 놈들이다. 그런데도 평생 모르고 살아가자고? 종기야, 나를 믿고 한번 가자. 넌 기술적으로만 내게 도움을 줘라. 전면엔 내가 무조건 나선다."

"파랑아, 내 몰골로 어떻게 네게 도움을 주겠냐? 괜히 너만 더 힘들게 만들까 봐서······."

"난 네가 무조건 필요하다. 그리고 넌 누구보다 완벽한 내 파트너야. 그런 말 다시는 하지 말라니까."

"그래, 알았다. 그런데 어떻게 접근하지?"

종기는 살짝 인상을 찡그렸다.

"그런 덩어리들이면 그들의 실체를 알고 있는 사람은 분명히 존재한다. 차츰차츰 조심스럽게 접근하는 거야. 종기야, 네가 이제부터 그런 정보를 한번 수집해 봐. 너라면 잘해 낼 거야."

"알았어. 해 보기는 하겠는데 너도 이제부터 몸조심에 신중해야 한다. 너까지 잃으면 나도 살 의미가 없어진다."

"걱정하지 마셔. 점쟁이가 90살까지는 장수할 거라고 했다."

"븅신, 이런 데도 장난이 나오냐. 아무튼 넌 나랑은 종자가 다르다."

종기와 나는 서로 웃으며 고개를 위아래로 흔들었다. 그것은 둘 다 결심이 섰다는 의미였다.

81

'윤설'. 34세. 대한민국의 화류계의 리더이자 젊은 사업가. 절세미인.

종기의 말에 따르면 이 윤설이라는 인물을 통한다면 쉽게 그들의 정보를 알아낼 수 있다고 했다. 하지만 아무나 만나 주는 인물이 아니었다.

웬만한 사내들은 그녀의 상대가 되질 않는다고 했다. 그럴 테지. 기업형 룸살롱을 경영한다는 것은 지하 조직과도 깊은 연관이 있을 것이다. 그리고 젊은 나이에 사장 소리를 듣고 있다는 것은 만나는 사람들 또한 사이즈가 다를 것이다.

하지만 뚫어야 한다. 대한민국 최고로 땅값이 비싸다는 곳에 건물 한 채가 전부 위락 시설이었다. 최고급 일식, 한식, 경양식 식당이 있었으며 사우나 시설도 있었고 골프 연습장까지 구비되어 있었다. 그리고 지하층에는 룸이 60개가 넘는 소위 잘나가는 남자들만 출입할 수 있다는 룸살롱이 있었다. 그곳을 경영하는 사장이 바로 윤설이었다. 오래간만에 멋을 부리고 22시경 지하 룸살롱으로 들어섰다. 그곳은 분위기가 완전히 달랐다.

영화배우 같은 8등신 미녀들이 여유롭게 손님을 맞이하고 있었고 출입하는 사내들 또한 최고급 정장과 세련된 말투로 내가 지금껏 살던 세상과는 달라도 너무 달랐다. 솔직히 이런 곳은 나도 처음이니 조금은 긴장이 되었다. 하지만 주사위는 던져졌고 난 윤설이라는 사장을 만나야 한다.

룸에 들어서자 정중하게 웨이터가 혼자 왔냐고 물어보았다. 난 그냥 고개만 끄덕였다. 내가 들어선 방은 최고급 인테리어로 꾸며졌으며 어느 하나 고급지지 않은 것이 없었다.

난 중앙 상석에 앉아서 머릿속에서 벌어질 일에 대하여 대비하고 있었다. 그렇지만 나에겐 어려운 미션이었다.

"어머, 젊은 오빠가 왔네요. 오늘 재수가 있으려나, 호호호."

늘씬하고 어디 하나 흠잡을 데가 없는 미녀가 문을 열고 들어왔다. 자연스럽게 고급 양주가 놓였고 그녀는 내 옆으로 와서 앉았다.

"오라버니, 반가워요. 제시카라고 해요. 오늘 잘 즐길 수 있도록 최선을 다하겠습니다."

그녀는 내 잔에 위스키를 조심스럽게 따라 주었고 난 한 번에 잔을 비웠다.

"나도 반가워. 그런데 말야. 사장님 좀 만나고 싶은데."

빼지 않고 정통으로 가기로 했다. 머리를 굴려 봤자 복잡만 할 뿐이다.

"사장님을요? 오빠, 죄송한데 우리 사장님 거물이에요. 저도 잘 볼 수가 없는데……. 호호호."

"그러니까 한 번만 만나게 해 달라는 거지. 오늘은 힘들겠지."

"오빠, 그런 말 하시지 마시고. 그냥 저랑 오늘 신나게 보내요. 그러다 재수가 좋으면 만날 수 있을지도……."

"그래, 말은 고마운데 시간이 없어서. 내일 이 시간에 다시 오마. 오늘 즐거웠다."

난 지갑에서 100만 원 권 수표 다섯 장을 꺼내 자리에 놓고 일어났다.

내 옆에 있던 미녀가 의아하게 나를 바라보았지만 난 미련 없이 그곳을 나왔다. 그다음 날도 그녀를 만났다. 내 대답은 한결같았다. 사장을 만나고 싶다고 전했다. 하지만 만날 수 없었다. 바로 자리에서 털고 일어났다.

그날도 100만 원 권 수표 다섯 장을 꺼내 놓고 빠져나왔다. 그녀는 안절부절못하며 갈등을 하는 듯이 보였다. 그렇게 15일이 지났다. 그리고 지금 내 앞에 윤설이 앉아 있다. 정말로 자연 미인이었다. 몹시 아름다웠고 이쪽 계통과는 안 맞는 사람처럼 보였다. 하지만 얼굴 전체에서 강단 있는 성격이 느껴졌다.

"젊은 오빠. 오빠가 15일 동안 7천5백만을 쓰고 양주 한 잔만 먹고 가셨다고 하던데요. 왜 저를 그토록 만나기를 원하셨나요? 오늘 한번 속 시원히 말씀해 보셔. 미안한데 담배 한 대만 피울게요."

윤설은 자연스럽게 담배를 물었다. 난 미소만 지을 뿐 그녀를 계속 응시했다.

"어머, 벙어리셨나. 왜 이리 말씀이 없으실까요? 저를 그렇게 보고 싶으셨다면 용건이 있다는 건데. 우리 선수들끼리 가리지 말고 말해 보죠."

드디어 나도 결심이 섰다.

"꼭 만나고 싶었고 물어보고 싶은 게 있었습니다."

"그러니까요. 그게 대체 뭔데요?"

"우리나라를 실질적으로 움직이는 지하 조직 우두머리를 알고 싶습니다. 모두가 알고 있는 사람이 아닌, 뒤에서 모든 걸 지시 내리는."

"어머, 그런 사람이 있었어요? 나는 금시초문인데."

"물론 쉽지 않을 거라는 건 잘 알고 있습니다. 하지만 사장님은 정확히 알고 있다고 생각합니다."

"제가 정확히 알고 있다고는 누가 알려 줬나요? 그리고 그런 사람을 알아야 하는 이유가 궁금한데요."

그녀는 나를 진지하게 노려보았다.

"그 사람을 꼭 알아야 합니다. 그 사람들이 제 가족들을 죽였지요. 그래서 전 복수를 시작하려 합니다."

"용기 있는 분이시네. 그런데 무슨 배짱으로 그런 생각을 하시는 줄은 모르겠지만 그냥 단념하세요. 당신 같은 사람의 상대가 아니에요. 복수는 힘이 있어야 하는데 혼자서 어쩌시려고. 그리고 받은 돈은 돌려드리지요. 여기 와서 돈에 상응한 서비스를 받지 않는 분 돈을 먹으면 배탈이 날 것 같아서요."

"제가 왜 힘이 없다고 생각하십니까?"

"저는 강한 남자를 좋아하지만 당신이 지금 하는 행동은 10대들이 하는 행동 같아서요. 믿음이 전혀 가지 않고 무모해요."

"무모한지 아닌지는 내가 판단합니다."

나도 그녀를 세차게 몰아붙여 보았다.

"내가 꼭 이기고 싶은 상대가 있는데 당신이 잠재워 주실 수 있겠어요? 그러면 나도 생각해 볼게요."

"그게 나를 믿게 하는 첫걸음이라면 무조건 따라야겠지요."

"정말로 용기인지 객기인지 분간이 안 가네. 그럼 한번 내가 제출한 숙제 해 보시고 다시 생각해 봅시다. 어때요?"

"피할 수 없으면 해야죠. 당신이 칼자루를 쥔 이상…."

그녀가 핸드폰을 꺼내서 어딘가 전화를 걸었다.

"정 실장, 손님 정중하게 퇴장시키고 애들 6명만 준비시켜, 지금 바로. 여기 있는 손님이 상대하고 싶으시대. 물론 이에 대해 피해를 입으면 여기 계신 손님이 다 책임지실 거니까 걱정하지 말고."

그녀가 전화를 끊고 나를 바라보았다.

"동의하시지요. 어떤 일이 벌어져도 다 감수하실 거라고."

"사장님이 정한 룰이 그렇다면 무조건 다 받아들이겠습니다."

"알겠어요. 5분 후 여기 룸에서 나와 들어왔던 출입문 앞에 멀쩡히 서 계신다면 내가 다시 생각해 보지요."

"좋습니다. 살아 보도록 최선을 다하겠습니다."

82

싸늘했다. 살기가 넘쳐흘렀다. 오래간만에 느껴 보는 긴장감이었다. 60미터 룸살롱 복도 10미터마다 사내 한 명씩 모두 6명이 나를 가소롭다는 듯 바라보고 있었다. 딱 보기에도 그냥 무술인들이 아니었다. 치명적인 실력을 갖춘 사내들이라는 것을 단번에 느낄 수 있었다. 하지만 내가 누군가. 세계 최강 코만도 위베르를 최고 점수로 등극한 나였다. 무서울 것도 그리고 두려울 것도 내겐 없었다. 첫 번째 사내의 공중회전 발차기가 날아왔다. 허리를 숙이고 바로 내가 반격을 가했다. 사내는 유리문으로 진열된 룸 안으로 넘어지며 쓰러져 갔다. 쇼몽이 내게 지도하면서

했던 말이 생각이 났다. 한 번의 공격으로 상대를 넘어뜨리려고 할 때는 더 이상 반격을 하지 못하도록 철저하게 치명상을 가하라는 거였다. 3번째 사내 또한 한 방으로 무너지니 나머지 3명의 사내들이 일시에 공격을 가했다. 한 사내의 공격에 내 흉부도 충격을 입었다. 하지만 고통을 감추고 사내들을 노려보자 그들은 겁에 질려 있었다. 그 틈을 놓치지 않고 마지막 사내까지 땅바닥을 기게 만들었다. 난 숨을 가쁘게 몰아쉬었다. 버거운 상대들이었다. 윤설의 눈동자가 흔들리면서 내 모습을 놓치지 않고 바라보고 있었다.

난 다시 윤설과 맞은편 자리에 앉아 그녀의 행동을 주시했다.

"이런 일이. 최고의 대우를 해 주고 모셔 왔던 경호원들이었는데 이렇게 허무하게 쓰러지기도 하네요."

"대단한 자들이었습니다. 내가 조금 운이 좋았다고 말하고 싶습니다."

"하지만 한 가지 더 검증을 거쳐야만 내가 도울 수가 있어요."

"알고 있습니다. 한 가지 넘어섰다고 바로 도와주지 않을 거라는 걸 예상하고 있었습니다."

그녀가 내게 위스키를 한 잔 따라 주었다. 몸에서 통증을 느껴서인지 난 단숨에 들이켰다.

"그런데 솔직히 대단하네요. 어디에서 그런 기술을 배우셨는지 젊은 나이에 어쩜……."

"사장님. 다음에는 무엇을 넘어야 하는지 본론으로 들어가시죠."

"당신이라면 믿음이 가니 바로 말씀드리지요. 이름이 뭔가요?"

"파랑입니다. 영어로 블루."

"푸르다. 이름하고 잘 어울리네요. 전 다른 사람보다 승부욕이 강한 편이에요. 그래서 누구에게 지는 걸 끔찍이 싫어하지요."

"그러니 이런 사업체를 운영하시겠지요."

"아는 사람만 아는 지하 세계 격투장이 있어요. 자신이 키운 선수들을 출전시켜서 돈을 걸고 이기면 다 가져가는 방식이지요. 처음 제가 출전시킨 선수들이 제법 승률이 좋았는데 어느 날 '정 회장'이란 사람이 용병을 섭외해서 출전시켰어요. '해머'라고 하는데 흑인이고 키가 190센티가 넘는…."

윤설은 말끝을 흐리고 자신도 위스키를 비웠다.

"생각만 해도 대단한 싸움꾼이라고 느껴집니다."

"그날 이후 내가 출전시킨 선수들이 철저하게 해머에게 쓰러졌어요. 이제는 돈도 필요 없고 무조건 해머를 이기고 싶어요. 파랑 씨라면 가능하겠다는 생각이 듭니다. 물론 어려운 결정을 해 주셔야 하겠지만 해머를 이겨 주시면 제가 무조건 당신 편에서 도울 겁니다. 어때요. 한번 그렇게 해 주실 수 있나요?"

결정을 내려야겠지만 쉽지 않을 거라는 걸 바로 느낄 수 있었다.

"물론 싫고 좋고는 파랑 씨 결정입니다. 강요는 없고요."

"하겠습니다. 대전 날짜가 잡히면 연락 주시죠. 그래야만 사장님이 나를 도와주신다면 2번째 숙제도 마무리 짓겠습니다."

"파랑 씨가 이기든 지든 대전 후엔 무조건 돕도록 하겠어요. 전 약속을 누구보다 중요하게 생각하는 사람이에요."

"믿음이 가니 저도 최선을 다해 당신을 위해 나서겠습니다."

"대전 후 현금 3억 원을 드릴 거예요. 아니 더 원하신다면 다 들어드릴 거구요."

"내 약속만 잘 이행해 주시면 그걸로 만족합니다. 그럼 그때 뵙겠습니다."

빨리 주변을 벗어나서 휴식을 취하고 싶었다. 지금 필요한 것은 잠이었다.

83

종기가 나의 결정에 무조건 반대를 표명했다. 나의 의견에 그렇게 강하게 싫다고 표현했던 건 처음 있는 일이었다.

"파랑아, 너에게 좋은 감투를 씌워서 자신의 이익을 채우려고 하는 거야. 그걸 왜 모르냐?"

"여기까지 왔는데 방법은 없다. 그녀가 해 달라는 대로 가는 수밖에는."

"야, 그러다가 너 죽을 수도 있어. 그리고 불법 격투장이면 목숨을 잃을 때까지 할 거야. 넌 수많은 미친놈들 앞에서 광대가 되는 심심풀이에 지나지 않아. 이제 더 이상 가지 말고 멈추자."

"내가 왜 이렇게까지 하는데…. 우리가 당한 만큼 보여 주자는 거야. 대한민국을 자신들의 장난감처럼 조종하는 자들에게 엄중한 심판을 내려 주는 거야. 그 첫 단추가 이거라면 해야지."

"제발 그만두자. 우리가 안들 절대 우린 그들을 넘어서지 못해."

"그럼 죽을 때까지 농락당하고 아무런 저항도 하지 못하고 한평생 살자고? 종기야, 이건 아니다. 그동안 억울하게 죽은 주변 사람들을 생각해 봐라."

나 또한 두려움을 느끼고 있었지만 너무 깊이 들어와 있었다.

"파랑아, 천천히 다시 생각해 보자. 아직 시간은 있어. 왜 자꾸 불 속으로 들어가려고 하는데."

종기의 눈가에 눈물이 맺혔다.

"물론 나도 편하게 그냥 살고 싶다. 그렇지만 지금껏 우리 잃은 게 너무 많아. 조금이라도 보상받아야지. 그래야만 천국에 있는 가족들과 땅콩이에게 신세 졌던 거 갚을 수가 있다."

시간은 빠르게 흘러가고 있었다. 종기도 더 이상은 어쩌지 못하고 말 없이 자신의 방으로 들어갔다. 그리고 내일이 그 해머라는 놈을 만나는 날이다.

84

내가 들어간 곳은 서울 외곽에 위치한 곳이었다. 영화 세트장처럼 꾸며 놓고 지하에 옥타곤이 설치되어 있었다. 저녁 9시가 되자 도박에 미친 사람들이 떼로 몰려들었고 여자들도 상당히 많이 보였다. 도박에 미친 사람들이 한 손에는 자신들이 선택한 싸움꾼의 표를 들고 열렬히 응원하고 있었다. 그리고 자신들이 응원하는 사람이 이기면 함성을 질렀지만 패하게 되면 땅이 꺼져라 탄식 소리도 들렸다. 내가 싸워야 할 해머와의 경기는 메인 이벤트로 밤 11시에 잡혀 있었다. 대기실에서 종기가 더욱 긴장하며 나를 보며 안타까워했다.

"종기야, 아무렇지 않아. 빨리 끝내고 집에 가는 거야. 걱정하지 말고."
"조금만 힘들어도 바로 백기 투항 한다. 네 안전이 가장 중요해."
"자식, 나 좋은 줄은 알고 있네. 웃어라. 그리고 꼭 이길 거다."

경기 진행 요원이 우리한테로 와서 입장 소식을 알렸다. 종기의 전동 휠체어가 앞을 나섰고 내가 그 뒤를 따랐다. 함성 소리가 귀를 세차게 때렸다.

내가 먼저 옥타곤에 올라섰고 그 뒤로 해머라는 흑인이 입장했다. 소문보다 놀라웠다. 나보다 머리 한 개는 더 있어 보였고 내가 너무 왜소해 보였다. 노름판에 모인 사람들은 월등하게 해머의 낙승을 예상했다. 윤설은 내게 거액을 걸었다고 했다. 지금 어디선가 나를 지켜보고 있을 것이다. 해머는 아주 우습게 나를 바라보았다. 경기는 한 라운드 5분씩 한 사람이 쓰러질 때까지 계속되었다. 무지막지한 해머에게 목숨까지 잃은 사람도 있다고 들었다. 하지만 난 누구보다 강하고 빠르다. 1 라운드 시작. 해머는 나를 향해 먼저 쳐 보라고 가드를 내렸다. 내가 공중에 떠서 얼굴을 가격했지만 해머는 웃었다. 이럴 수가 없었다. 내 파워가 이렇게 보잘 것없음에 내가 놀랐다. 하지만 나도 그 녀석의 펀치를 맞아 보고 싶었다. 퍽 소리와 함께 내 얼굴에 해머의 펀치가 정확하게 날아 들어왔다. 살이 터질 것 같았고 얼굴뼈가 고통에 일그러졌다. 허점이 없다. 이제까지 싸워 왔던 누구보다도 더 강하고 무서운 존재였다. 일방적인 펀치에 간신히 1 라운드를 마쳤다. 내가 정확하게 꽂았던 공격에 녀석은 아무런 고통도 못 느끼고 있었다. 내 생각이 맞을 것이다. 녀석은 지금 꿈꾸듯이 나와 대적한다. 맞으면서도 웃는다면 자식은 지금 약물에 취해 있는 것이다.

"파랑아, 그만두자. 네 몰골이 말이 아니다."

내 얼굴 전체는 부어올라서 눈을 뜨기도 어려웠다.

"아직 괜찮아. 꼭 저 새끼 이겨 버리고 말 거다. 넌 지금 의무실에 가서 진통제 있는 대로 달라고 해. 2 라운드 끝나면 나도 고통을 없애야 해. 알았지?"

종기가 빠르게 내 시야에서 사라져 의무실로 향했다. 2 라운드 시작. 여전히 밀리고 있었지만 나의 반격에 조금씩 해머도 고통을 알아 갔다. 그 녀석도 느끼고 있었다. 지금까지 자신과 싸움에서 가장 오래 버티고 독종이라는 것을. 내 반격에 사람들도 연호하고 큰 응원 소리가 들렸다. 간신히 내 자리로 들어왔다.

"파랑아, 진짜 저 새끼 이길 수가 없어. 저건 사람 새끼가 아냐. 그냥 기권하자."

"여기까지 왔는데 무슨 소리. 내가 가지고 오라고 한 건?"

종기의 손안에 수십 알의 진통제가 있었다. 난 손으로 받아 입속에 털어 넣고 신경질적으로 씹었다. 아주 쓴 맛이 온몸에 퍼졌다. 그리고 더 빨리 약기운이 올라왔다. 나에게 퍼졌던 고통도 서서히 멈추고 있었다. 3라운드 시작. 이제 끝을 봐야 한다고 생각했다. 더 이상은 내 목숨이 위험했다.

시작하자마자 녀석의 가슴을 공략했다. 퍽 소리와 함께 녀석이 몇 발자국 물러났다. 녀석의 표정도 처음과는 달랐다. 나는 해머 녀석의 왼손을 잡았다. 녀석도 기꺼이 물러나지 않았다. 녀석의 펀치가 안면을 가격했다.

나도 맞을수록 기분이 좋았다. 바로 내 펀치도 녀석의 얼굴에 꽂혔다. 한 번씩 교대로 공격을 시작했다. 퍽. 퍽. 퍽. 고스란히 두 사람의 몸으로 그것을 막아섰다. 13번째 펀치에 녀석의 표정이 이제 고통으로 바뀌고 있다. 15번째 펀치를 날렸다. 녀석이 정신을 잃고 쓰러져서 더 이상 일어나지 못했다. 내가 이긴 것을 확인하고 나도 쓰러졌다. 그리고 그다음부터는 아무 기억이 나질 않았다.

85

내가 정신을 차린 건 이틀이 지난 오후였다. 눈을 떠 보니 병원이었다. 종기가 나를 보자마자 서럽게 울기 시작했다. 병실에는 윤설이 보낸 화환이 있었고 깨어나면 자신의 룸살롱으로 꼭 와 달라는 메모가 보였다.

"파랑아, 너 죽는 줄 알았다. 이틀 동안 괴성에 가까운 고통 소리가 이 병실을 떠나갈 듯했다. 정말 괜찮은 거지."

"이젠 응…. 괜찮다. 정말로. 나 안 죽어. 점쟁이가 그러더라. 90살까진 틀림없이 산다고. 나 보니 반갑냐?"

"미친놈 아직도 장난하고 있어. 내가 생각해도 세상에서 제일 또라이는 너다. 알았냐? 이 미친 파랑아."

내가 어렵게 일어나 종기를 안아 주었다. 그리고 거울을 보자 내가 아니었다.

"개씨발놈. 아주 미남 얼굴을 다 망쳐 놓았어. 다음번에 만나면 아주 멱을 따 줄 거다."

"그런 소리 하지 마라. 그 깜둥이 녀석 평생 누워 있어야 된다고 하더라."

"할 수 없어. 인생이 그런 거다. 정당한 실력으로 내가 이겼으니 동정도 없다."

"맞아. 네가 잘못되면 내가 그 새끼 총으로 쏴 죽이려고 했다."

"네가 더 미친놈이다. 이 완전 미친 종기 녀석아."

우리는 주위가 떠나갈 듯이 웃었다. 내가 온전히 돌아오자 종기는 아무런 걱정이 없다고 했다. 내 목숨보다 더 소중한 종기였다. 내가 평생 지켜 줄 거라고 마음 깊은 곳에서 당연스럽게 울리고 있었다.

86

윤설이 만나자고 한 곳은 뜻밖에 자신의 가게가 아닌 최고급 한정식 식당이었다. 그녀는 만나자는 곳에 먼저 와 있었다. 고급진 음식이 앞에 놓였다. 이런 곳에서 만나니 솔직히 난 불편했다. 그녀 또한 그것을 눈치를 챘는지 편하게 나를 대하여 주려 했다.

"제가 좋아하는 음식으로 먼저 주문했어요. 혹시 먹고 싶은 음식이 있으신지요?"

"아닙니다. 너무 과분합니다."

"아참, 몸은 좀 어떠세요. 그것부터 물어보는 것이 첫 번째인데 죄송해요."

"괜찮습니다. 얼굴에 부기도 많이 사그라졌습니다."

"너무 감사드려요. 그동안 솔직히 많이 억울하고 단단히 약이 올라 있었는데 한 번에 해결해 주셔서요."

그녀의 눈빛은 너무 밝게 빛나고 있었고 수수하게 차려입은 옷 때문인지 미모가 한껏 더 충만했다.

"본론으로 들어가지요. 제가 감히 파랑 씨의 힘을 빌리고 싶어졌어요. 몇 번을 고민 끝에 제가 선수를 치네요. 제 사업체 좀 맡아서 관리하실 의향이 있는지…. 이런 자리에서 물어보네요. 저 좀 도와주세요."

난 갑작스러운 그녀의 제안에 놀랐다.

"그날 열의에 찬 눈빛을 보고 저 남자 꼭 내 곁에 두고 싶다고 느꼈습니다. 진심으로 청합니다. 어떻게 생각하시는지요…."

난 결코 그런 생각을 한 적이 없었기에 어떻게 말할까 고민이 되었다.

"죄송합니다. 제가 바랐던 대답이 아니군요. 일단 제가 부탁한 사항을 좀 알려 주시면 감사하겠습니다."

"할 수 없군요. 일단 파랑 씨가 알고자 했던 이야기를 먼저 들려 드리지요."

내 귀가 바로 서고 정신을 집중했다.

"'타이거파'라는 신흥 조직이 10여 년 전에 생겨났어요. 갑자기 생겨난 조직으로 배경이 없으니 모두들 이 바닥에서 쉽게 사라질 거라고 예상했구요. 그런데 누가 밀어주는 것도 아닌데 조금의 피도 흘리지 않고 거대한 조직으로 성장을 했어요. 그리고 서울의 가장 노른자 땅인 강남을 점유하기 시작했고 지금도 대한민국 최고의 막강한 지하 조직으로 이름을 날리고 있어요."

나는 다음 말을 빨리 듣고 싶었다.

"원래 지하 조직에서 크려고 하면 금융사채업 아님 여자 장사 또는 최악으로 마약을 취급해야 하는데 타이거파는 그런 불법 사업과는 거리가 멀었어요."

"그럼 무슨 사업을 했습니까?"

내가 급하게 조바심 가지고 그녀보다 먼저 말을 꺼냈다.

"큰 대형 건물이 들어서면 무조건 예술 조형물이 빈 공간에 들어서야 된다고 해요. 그런 사업을 타이거파가 했어요. 그것도 철제 조형물을 취급했는데 사업체는 특이하게 외국에 있었구요. 구리 또는 금속 조형물을 만들어서 외국에서 선박을 통해 국내로 들어왔는데 특이한 점이 있었어요."

나는 단숨에 물컵을 비웠다.

"국내로 조형 예술품이 들어온 건 확실한데 한 번도 전시된 적이 없었다고 하네요."

"그…… 럼?"

"사람들의 말을 빌리면 구리로 만든 조형물이라고 들어오면 큰 컨테이너에 담겨서 오는데 이상하리만큼 배송할 때는 몇 겹의 경호원들이 그것을 철저하게 경호하면서 운반을 했어요. 지금부터는 확실친 않아요. 정통한 소식통이 이럴 것이다, 라면서 알려 준 거구요."

"그러면 그게 아니다, 라는 건데… 그럼 대체 뭡니까?"

"맞아요. 겉면만 동으로 칠해졌고 내용물은 금이라고 하네요. 지금 같은 이 시기에는 금이 최고지요. 외국에서 싼값에 불법으로 들여와서 가장 비싼 가격에 판다면 너무 매력적인 사업이지요."

"그렇군요."

"그런데 더 특이한 점은 세관을 통과할 때 브레이크가 한 번도 없었어요. 그건 분명 누군가 거대한 힘이 되어 도와줬을 거라고."

윤설의 말이 다 맞을 거라는 생각을 했다.

"타이거파의 보스는 '임현식'이라는 중년의 사내예요. 저도 몇 번 본 적이 있는데 그런 걸 할 위인이 절대 아니라고 생각해요. 그냥 마음씨 좋은 아저씨라고 생각하시면 돼요. 보스 기질이 전혀 없는 흔하게 말하는 바지 사장이라는 느낌을 받았구요. 그 조직 어딘가에 아니면 전혀 다른 제3자가 움직이고 있을 거예요. 그는 절대 자신을 드러내지 않고 지시만 내린다고 하던데. 지금까지 모든 정보망을 돌려 보아도 그 실체를 본 사람이 한 명도 없었구요."

"생각이 납니다. 제가 10대 시절 아무것도 모르고 그들의 보석과 돈을 탈취한 적이 있었는데 제 기억이 맞다면 그들을 제가 건드렸던 것 같군요."

"그래서 어떻게 되셨나요."

"솔직히 말하겠습니다. 제 어머니와 사랑스러운 동생 그리고 제 친구를 잃었습니다. 간신히 산 친구는 두 다리가 절단된 채 평생 불구로 살아가고 있고요. 저만 죽음의 문턱에서 재수 좋게 살았습니다."

"그 미지의 힘을 찾으려고 한다면 그들이 선박이 들어오는 날에 그 컨테이너를 빼앗으면 분명히 잠자고 있는 실력자가 움직일 겁니다. 하지만 제가 그 방법을 권하고 싶지는 않군요. 수많은 경호원들을 상대해야 하고 많은 사람의 협력이 필요하기도 할 거고. 물건을 접수 후 그것을 어디로 옮기는 것도 대단히 신중해야 하고……."

윤설은 말을 했지만 자신의 말에 조금 후회를 하고 있는 것처럼 느껴졌다.

"아무튼 너무 고맙습니다. 드디어 몰랐던 수수께끼가 풀리고 있습니다."

"그러지 마시고 제가 처음에 제시한 사항을 좀 더 깊게 생각하시고 답을 주셨으면 해요. 지금껏 이런 부탁을 한 것도 처음입니다. 그만큼 파랑 씨와 가까워졌으면 해요. 제가 이렇게 먼저 다가갑니다. 물론 제가 나이는 많아도 저를 편하게 대해 주시면 감사하겠구요."

갑작스러운 그녀의 고백에 내가 조금 흔들렸지만 곧 평정심을 찾았고 더욱더 냉정해지기로 했다.

"기회가 된다면 꼭 그렇게 해 드리고 싶고 그렇게 할 수 있다면 저 또한 좋겠지만 내게 들려주신 그 보이지 않는 실체를 찾는 것이 우선입니다. 그때까지 나의 대답을 미루겠습니다. 그렇게 해 주시기를…."

"알겠습니다. 하지만 내 제안은 계속 유효해요."

그렇게 그녀와 짧은 만남이 끝났다. 그러나 내 머리가 쉬지 않고 계속 복잡하게 돌아가고 있었다. 그리고 윤설에게 부탁을 했다. 만약 타이거파의 조형물 수입 정보가 있다면 무조건 제일 먼저 알려 달라고 했다. 윤설은 굳게 고개를 끄덕이며 무언의 약속을 하였다.

87

 종기와 나는 무거운 회의를 했다. 이제부터 목숨을 걸어야 했기 때문에 종기도 자신의 능력을 보태야 했다. 내게 가장 큰 협력자였다. 종기는 지금 땅콩보다도 더 훌륭하게 컴퓨터를 자유자재로 자신의 것으로 만들 수 있는 능력이 있었다. 다리가 절단되고 고통을 참기 위해 하루에 20시간 이상 컴퓨터에 매달렸다. 땅콩이가 만들어 준 지침에 따라서 연마하고 또 연마한 결과였다. 지금 종기는 대한민국에서 제일가는 프로 해커 정도의 실력자가 되어 있었다. 무조건 종기가 있어야만 완성할 수 있는 미션이었다. 종기는 머리로 나는 행동으로 보여 줘야 하는……. 보이지 않는 그들의 실체를 우린 발가벗겨 박살을 낼 것이다.
 "종기야, 이제부터 우리는 형상이 없는 유령으로 살아가야 한다. 어떠한 흔적도 남겨서는 절대 안 된다."
 "자식아, 너랑 같이 있는 순간부터 그렇게 시작했다. 그래, 무조건 파랑이 네 말에 내 인생을 걸었다. 우리 이미 시작했으니 꼭 성공하는 거야."
 "물론 어렵겠지만 사나이 한 목숨 걸어야 한다면 그게 지금이다."
 "너란 놈 눈빛만 보아도 무슨 말 할지 짐작이 간다. 너 먼저 물러서지 마라. 난 항상 준비가 되어 있다."
 종기도 이미 결선 앞에 선 선수였다. 종기와 나는 잔에 소주를 가득 부어서 건배를 했다. 출발선에 선 우리들의 의식 같은 거였다. 며칠 후 윤설의 전화가 왔다. 돌아오는 8월 23일 16시 인천 세관을 통해 타이거파가 주문한 철제 조형물이 들어온다는 소식이었다. 한여름 40도를 육박할 정도로 푹푹 찌는 무더위에 대한민국 전체가 힘들어하고 있었다. 비라도 내렸으면 했는데 여름 가뭄은 절정으로 치닫고 있었다.

"대형 컨테이너가 세관을 통과하면 그 차량을 두고 앞과 뒤에 방탄 호위차로 무장한 전문가 8명씩 배치가 되어 약속된 장소로 후송 임무를 맡을 거야."

내가 생각해도 이미 난 감정을 다스리지 못하고 있었다. 하지만 냉정해야 성공할 수 있다. 결전의 시간이 임박할수록 더욱더 냉혈한이 되라던 쇼몽 교관의 가르침이 뇌리를 스쳤다. 내가 흥분하면 종기까지 휩쓸리게 된다. 내 결정에 내 핏줄만큼 소중한 종기의 목숨도 포함되어 있다고 생각하니 마음을 단단히 고쳐 잡을 수 있었다.

"○○동 사거리에서 선두 호위 차량과 컨테이너가 통과하면 넌 신호등을 적색 신호로 바뀌게 만들고 후미 경비 차량을 무조건 제일 길게 잡아 놓으면 돼."

"그럼 파랑이 넌 어떻게 할 건데?"

종기는 나의 작전에 매우 조심스럽게 접근했다.

"어떻게 하긴. 컨테이너를 빼앗아야지."

"그래, 그건 알겠는데 어떻게 빼앗을 거냐고?"

"궁금하지. 내 생각은 이렇다. 뒤에 차량이 신호가 잡힐 동안 선두 차량과 컨테이너는 전진하는 거야. 그러면 내가 53층 TY빌딩 옥상에 있다가 낙하산을 통해서 컨테이너 위에 착지를 하고 바로 문을 열어 운전자와 그 일행을 몰아내는 거야. 그리고 외곽에서는 속도를 높여 앞에 선두 호위 차량을 밀어 버리는 거지. 그런 다음 우리가 계획했던 장소로 컨테이너를 몰고 오는 거야. 그럼 감쪽같은 우리의 계략이 성공하는 거고."

"야, 정말 기발하긴 한데 건물 위에서 낙하하면 위험하지 않냐?"

종기는 벌써부터 나를 걱정하고 있었다.

"걱정하지 마라. 비행기를 탈 수 없어서 산 낭떠러지에서 죽을 만큼 연습했다. 나의 영원한 스승에게 특별 전수 받은 실력이다."

"이런 영악한 놈,"

"종기야, 너처럼 잔머리는 잘 돌아가지 않는다."

"그건 그렇고, 파랑아, 우리 무조건 성공하자. 나도 내 다리를 그렇게 만든 놈들에게 내가 살아 있다는 걸 보여 주고 싶어서 미치겠다. 이젠 내가 그 자식들을 안 봐줄 거다."

"종기야, 네가 가면 난 무조건 간다."

종기와 내 의지가 벌써부터 하늘을 찌를 듯이 팽창했다.

88

결전의 날이 다가왔다. 난 아침 일찍 TY빌딩 옥상에 몰래 들어왔다. 그리고 주변을 면밀하게 관찰했다. 종기는 무전기를 갖추고 장애인용으로 개조된 승용차를 타고 ○○사거리 신호등 앞에서 대기하고 있었다. 나는 망원경을 가지고 컨테이너 차량의 움직임을 감시하였다. 17시 10분이 되자 앞뒤로 경호를 받는 문제의 컨테이너 차량이 보이기 시작했다.

"종기야, 준비해라. 선수 입장 5분 전이다."

"오케이. 바로 준비할 테니 파랑아, 몸조심하고."

무전기를 통하여 종기의 말이 그대로 전달되었다. 난 긴장의 끈을 놓지 않고 컨테이너 차량을 더 세밀하게 관찰하였다. 그리고 드디어 ○○사거리에 차량 3대가 도착했다. 종기는 정확하게 앞선 이송 차량과 컨테이너만 통과시키고 신호등을 적색 신호로 바꾸고 마지막 차량을 묶어 놓았다. 이젠 내 차례다. 솔직히 수없이 점핑을 연습했지만 움직이는 차량

위에 착지한다는 것은 결코 쉬운 일이 아니었다. 지상을 바라보자 나를 잡아당기는 것처럼 느껴졌다. 컨테이너가 내가 있는 TY빌딩에 접근하고 있었다. 난 몸을 던지자마자 낙하산을 펼쳤다. 바람의 반동으로 내 몸이 위로 솟구쳐 올랐다.

이제부터 나는 컨테이너 위에 무조건 착지해야 한다. 쇼몽이 그때 내게 이랬다. 바람과 한 몸이 되라고. 나는 심호흡을 하며 바람을 맞았다. 내 일부분인 것처럼 바람의 느낌이 좋았다. 내 몸이 조금씩 내려가면서 난 정확하게 컨테이너 위에 착지했다. 운전하고 있는 사내도 내가 차 위에 착지한 것을 느끼지 못했다. 난 낙하산을 벗어 버리고 조심스럽게 조수석 쪽으로 다가갔다. 아무것도 알지 못하는 그들은 대화에 빠져 나를 확인할 수 없었다. 난 재빠르게 차량 조수석 문을 열었다. 그리고 사내의 얼굴 급소를 공격하자 바로 정신을 잃었다. 운전자는 아무 말도 못 하고 겁에 질려 나를 바라보았다.

"조용히 가라. 아니면 이 꼴 난다."

난 사내를 향해 사시미 칼을 들어 올렸다.

"누… 누구십니까?"

"그건 알 것 없고 고이 집에 가고 싶으면 시키는 대로 해라."

"예…. 예, 알겠습니다."

아무 일도 없던 것처럼 조심스럽게 이송 차량 뒤를 따랐다. 20분 후 차량은 외곽으로 완전히 벗어났다. 난 신호등에 정차하고 있을 때 운전수를 또 기절시켰다. 그리고 내가 운전을 했다. 앞에 선 이송 차량은 아무것도 알지 못했다. 외곽 터널 진입 전 난 가속 페달을 밟아 이송 차량을 빠르게 구석으로 밀어 버렸다. 쿵 하는 소리와 함께 사내들은 충격으로 인하여 모두 기절한 상태였다. 난 차량 내 있던 2명의 사내들도 인도로 옮기고 종기와 나만이 아는 아지트로 트럭을 이동했다. 드디어 정체 모를 실체를 밝혀내는 첫 번째 단추를 끼우게 된 것이다. 조금만 기다려라. 모조리 갈겨 버릴 것이다.

89

    이날을 위해 종기와 내가 임대한 대형 창고 시설 내부로 컨테이너 차량을 입고했다. 종기는 이미 도착해 나를 기다리고 있었다. 우린 기쁨의 하이 파이브를 나누고 컨테이너를 열었다. 대형 선풍기 정도의 크기로 만든 철제 장식물이 20개가 있었다. 조심스럽게 비닐을 뜯고 재질을 확인하기 위해 토치램프로 표면을 녹였다. 표면이 벗겨지면서 잠자고 있던 순금이 그대로 나타났다. 종기와 난 환호성을 질렀다. 금액으로 따지면 수백억의 가치가 있는 순금이었다.

    "파랑아, 좋긴 좋은데 이걸 어떻게 처리할 거냐?"

    "어떡하긴. 우리가 다 먹어야지."

    "정말 대단하다. 넌 정말로 나랑은 사이즈가 다른 놈이다."

    종기가 놀라며 고개를 절레절레 흔들었다. 난 빌린 트럭에 금을 다시 실었다. 하나하나의 무게가 60킬로 정도로 다 옮긴 후 지쳐서 쓰러질 정도였다.

    "빨리 뜨자. 위치 추적기가 있어서 조금 있으면 벌떼처럼 달려올 거다."

    종기가 보여 준 핸드폰 화면을 보자 수십 대의 검은 차량이 이곳으로 오고 있었다.

    "20분 후면 여기에 도착하니까 우리들 흔적을 지우고 네 말대로 유령처럼 사라지는 거야."

"종기야, 그래도 손님인데 선물은 줘야 하겠지."

"무슨 말이냐?"

"핸드폰으로 보고 있다가 도착하는 순간 폭탄을 선물해야지."

"그… 럼 사람들은 어떻게 되는데?"

"걱정하지 마라. 수십 명을 죽일 만큼 그렇게 잔인한 놈 아니다. 봐 봐, 저기에 소리만 요란한 폭탄을 설치했어. 하지만 너도 알면 웃다 지친다."

"그게 뭐냐니까?"

"통이 퍽 하고 터지는 순간 돼지 오줌하고 똥이 사방으로 터지는 거야. 자식들 똥오줌 범벅이 되어서 샤워를 하는 거야. 평생 잊지 못할 선물일걸."

"이런 미친 새끼…. 크크큭…."

종기가 어린아이처럼 아주 웃다가 쓰러질 지경이었다. 나는 종기를 태우고 현장을 벗어났다. 차에서도 종기는 계속 입을 다물지 못했다.

"역사적인 순간은 종기야, 네가 눌러라."

난 무선 조종기를 종기에게 건넸다.

"알았다. 그거는 내가 선수지. 기회를 줘서 고맙다. 크크큭."

핸드폰을 통해서 수십 명의 사내들이 컨테이너 옆으로 다가섰다. 종기는 미소를 지으며 핸드폰을 주시했다.

"선수들 입장. 원, 투, 쓰리. 발사."

종기가 낄낄거리며 무선 조종기의 버튼을 눌렀다. 펑 하는 소리에 사내들이 모두 바닥으로 엎드렸고 실내에는 똥과 오줌으로 범벅이 되었다. 사내들은 똥을 뒤집어쓰며 나 살려라 하고 현장을 벗어나고 있었다.

90

　이제는 지하 조직 타이거의 실질적인 보스를 알아내야 했다. 보이지 않는 실체. 그자를 찾아내어 제거해야 했다. 나와 종기는 어디에도 작은 단서조차 남기지 않았다. 타이거들은 지금 비상에 걸렸을 것이다. 시가 총액 백억 이상의 순금을 빼앗겼으니 불을 켜고 우리를 찾고 있을 것이다. 하지만 우린 모든 계약을 제3자 명의로 해서 아무것도 남기질 않았다. 타이거파 내부에서도 지금 서로가 믿지 못하고 분위기가 살벌할 것이다. 그리고 그 중심에 바지 보스 임현식은 쌍심지를 켜고 금을 찾아내려 할 것이다. 당연히 임현식 뒤를 밟으면 실질적인 보스를 밝혀낼 수 있을 것이다. 타이거 조직의 거점 빌딩 앞에서 임현식을 기다렸다. 아직까지는 아무런 움직임이 없었다. 하지만 지금 사라진 금에 대하여 눈에 불을 켜고 찾으려 할 것이고 확대 간부 회의를 통해서 죽일 놈 살릴 놈 하며 자신의 잘못을 떠넘기려 하고 있을 것이다. 하지만 첫째 날은 아무런 동향이 없었다. 생각한 것보다 견고하고 신중을 기하는 조직이었다. 임현식의 승용차를 따라가 보았으나 자신의 집으로 퇴근을 하고 있었다. 김이 샜다. 백억이 훨씬 넘는 금을 강탈당하고도 이렇게 평온한 것을 보면서 쉽게 접근해야 할 조직이 절대 아니라는 생각을 했다. 이튿날. 밤을 새워서 그런지 입안이 깔깔했다. 출근 후 사무실로 들어간 임현식은 아직도 아무런 움직임이 없었다. 그리고 점심까지 안에서 해결한 듯 아무런 움직임이 없었다.
　오늘도 개털이라고 그냥 넘기려고 생각하고 있을 때 침통한 표정의 임현식이 나타났다. 1층에 비치된 승용차를 타기 전까지도 자신의 핸드폰으로 심각하게 통화를 하는 듯이 보였다. 이거다. 직감적으로 이것이라고 확신이 섰다. 난 생수 배달 기사로 위장을 했다. 임현식을 태운 차량은 도시 외곽 상가에 멈춰 섰다. 5층짜리 건물이었는데 1층은 핸드폰 상점이었다. 2층은 참치 횟집, 3층은 인력 사무소, 4층은 바둑을 두는 기원, 5층은 고시원이었다. 이 안에 보이지 않은 실체가 있다고 확신을 했다. 나는 접근하지 않고 건물 전체를 살폈다. 임현식이 건물로 들어간 후 1시간이 흘러서 그가 나왔다. 역시 처음보다 달랐다. 인상을 쓰고 부자연스럽게 다리를 떨었다. 미행했을 때의 처음 모습이 아니었다. 그는 분명히 누구에게 정신과 신체를 핍박을 받았다고 생각했다. 난 오늘 그놈을 잡을 것이다. 일반 옷으로 갈아입고 2층 참치 횟집에 들어갔다. 참치를 시켰다. 그리고 주방장과 홀 직원을 살폈다. 일상적인 모습이었다. 처음에는 주방장이 보이지 않는 실체라고 생각했었는데 정말로 열심히 사는 일반 식당 사장의 모습이었다. 3층 인력 사무소. 안으로 들어가 막노동을 하고 싶다고 했는데 사무실에 있던 사내는 일이 생기면 연락을 준다고 하며 연락처를 적으라고 했다. 그냥 하루하루 먹고사는 노동에 절어 피곤해하는 인력 사무소였다. 4층 바둑 기원. 손님이 한 명도 없었다. 그냥 평범한 기원인데 분위기가 사뭇 달랐다. 하지만 고시원도 확인해야 했으므로 화장실을 간다고 둘러대었다.

5층 고시원 사무실에는 접수를 받는 총무라는 사람도 없었다. 여긴 아니다. 내가 판단한 그곳은 기원이었다. 다시 들어가서 가운데 자리에 앉았다. 50대 초반으로 보이는 사내가 내게 야쿠르트를 가져다주었다.

"반갑습니다. 처음 오시는 분 같습니다. 지금은 손님이 없어서 제가 대국을 해 드려야 하는데 몇 급을 두시는지요?"

말이 절제되어 있고 자신의 의도를 조심스럽게 숨기고 있음을 느낄 수 있었다.

"사장님은 구력이 어떻게 되시는가요?"

"전 무조건 다 상대해 드립니다. 그런데 조금 죄송한데 저랑 하시면 제가 생각이 많아서 시간이 많이 걸립니다. 조금 지루할 수가 있어서요."

"일단 앉으시죠. 그다음 문제는 대화로 풀어 보시죠."

내가 사내의 눈치를 살피며 자리를 권했다.

"알겠습니다."

기원 사장은 내 앞에 앉았다. 나와 그의 기 싸움이 시작되었다.

"사장님, 제가 며칠 전에 출처가 분명하지 않은 순금을 무더기로 얻었습니다. 그럴 때 어떻게 해야 할까요?"

난 느꼈다. 기원 사장의 몸이 조금 떨리고 있었다.

"그…… 건 주인에게 돌려주셔야……."

"그런데 그게 범죄에 연루되어 있다면 어떻게 해야 됩니까?"

"그래도 잃어버린 사람이 우선 아닐까요?"

기원 사장은 억지로 여유를 가지려고 노력했다.

"전 바둑은 둘지 모르고 오목을 두면 어떻겠습니까? 제가 지면 가지고 있는 금덩이 모두 드리겠습니다. 만약 제가 이기면 무엇을 주실 겁니까?"

"젊은 사람이 투기를 좋아하시네. 전 아무것도 드릴 것이 없으니 그냥 쉬었다 가세요. 전 바둑만 둡니다."

"아닌데…. 분명히 사장님은 알고 있는데…. 내 눈이 정확한데……."

내가 혼잣말하자 자리를 일어나서 카운터로 돌아가던 사내가 이빨을 악물어서인지 머리근육이 흔들렸다.

"소득이 없군. 집으로 가야 하나. 오목 좀 두고 싶은데……."

난 기원 사장의 동태를 살피며 출입문을 빠져나가려고 했다.

"젊은이, 다음에 오면 나도 오목 꼭 배워서 같이 대국해 줄 테니까 오늘은 돌아가세요. 저도 지금 막 선약이 있어서요."

"그렇게 하겠습니다. 안녕히 계세요."

난 기원을 빠져나오자마자 재빠르게 5층 고시원으로 숨어들었다. 기원 사장은 내가 아직 건물에 있을 거라곤 생각하지 못하는 것 같았다. 그곳에서 기다리니 잠시 후 검은 차량이 멈춰 섰고 4명의 사내가 차에서 급하게 튀어나왔다.

딱 보아도 다부진 체격에 일반인은 아니었다. 결코 우습게 보면 안 되는 상대들이었다. 기원 사장은 사내들에게 지시를 시작했고 사내들도 심각하게 사장의 말을 받아들이고 있었다. 난 출입문을 걸어 잠그며 사내들에게 다시 나타났다.

"사장님, 제 말이 맞네요. 사장님이 실질적인 조직 실체라는 게……."

"고맙네. 지금 내 새끼들이 잡으러 가려고 했는데 수고 덜어 주어서. 그 정도 배포가 있으니 내 물건도 잠시 먹었던 거겠지. 젊은 사람, 충고 하나 할까?"

"말씀해 보세요. 전 제게 필요한 말이라면 꼭 지키는 습관이 있어서요."

"이 자슥아, 빨리 사죄하고 사장님한테 물건 넘기고 사라져. 그러면 너만은 특별 대우로 죽이지는 않겠다고 약속하지."

호위 사내들 중 가장 연장자로 보이는 사내가 사장의 말을 막고 나를 쏘아보았다.

"그러지 마. 너희들 오늘 모두 죽을 거야. 진실된 말을 안 해 주니 내가 힘들어도 나머지 놈들도 다 찾아내서 박살을 낼 거고. 날 원망하지 마라. 너희들이 처음부터 잘못 산 인생 바로잡는 것뿐이라고."

사내들이 내게 빠르게 다가섰다. 내가 정신을 차릴 수 없도록 기습적으로 4명이 동시에 달려들었다. 하지만 내 상대는 아닌 듯했다. 다가서는 사내들은 바닥으로 고통을 느끼며 쓰러져 갔다. 떡대들 중 최고 연장자는 자신 눈앞의 광경을 믿지 못했다.

이번엔 내가 다가서자 핸드 너클을 착용하고 내게 달려들었다. 주먹을 휘두르면서 내 어깨를 스쳤는데 고통이 상당했다. 정당하지 못한 싸움에 분노가 차올랐다. 난 사내를 그대로 넘어뜨린 후 창문으로 사내를 던져버렸다. 차량에 그대로 떨어지면서 차량 유리가 사방으로 튀었다.

"어이, 사장. 이리로 와. 너도 똑같이 해야 다른 사람들도 억울함이 없는 거야."

"이러지 말고 말로 하자고. 원하는 게 뭔가."

"바로 너."

기원 사장은 카운터에 숨겨 놓았던 흉기를 내게 휘둘렀다. 내 왼쪽 얼굴에 살짝 스치고 지나갔고 피가 흘렀다.

"나 얼굴에 상당히 신경 쓰는 사람인데 이렇게 나오면 더더욱 용서할 수가 없어."

기원 사장의 칼을 빼앗은 후 내 오른쪽 무릎이 사내의 얼굴에 그대로 박혔다. 사장은 더 이상 버티질 못하고 아무 미동도 없었다. 이제 한 놈을 제거했다. 그러나 아직도 대한민국을 자신들의 입맛에 맞게 좌지우지하는 자들이 있다. 그들을 모조리 밝혀내어 철퇴를 가할 것이다. 오늘도 하루가 이렇게 흘러가고 있었다.

91

이상한 일이 벌어졌다. 난 내 이야기가 세상에 나올 줄 알았다. 그러나 어디에도 기원에서 있었던 사건은 나오지 않았다. 모든 걸 그들이 통제하고 있는 듯이 보였다. 내가 생각한 실체보다 더 이들은 더 강하고 모든 것이 베일에 가려져 있었다. 윤설이 나를 찾았다. 꼭 전할 말이 있다고 했다.

그녀의 사업장으로 찾아갔다. 그녀는 내게 비싼 도시락을 대접했다. 식사가 거의 끝날 무렵 그녀는 나를 바라보았다.

"파랑 씨, 죄송한데 저를 위해서 한 번만 더 게임에 나서 줄 수는 없는지요."

"꼭 그럴 만한 이유가 있나요?"

"이 바닥 생리가 그래요. 한 번 이기면 꼭 한 번은 도전을 받아 줘야 해서요."

"그럼 내가 나서지 않으면 어떻게 되나요?"

"내가 취했던 승리 수당을 고스란히 저들에게 돌려줘야죠."

"그렇군요. 하지만 지금 제가 하는 일이 너무 밀려 있어서요. 일이 마무리가 된 후에 처리해 드리면 안 되나요?"

"파랑 씨가 그렇게 결정하셨다면 할 수 없구요. 부담 갖진 마세요. 제가 더 미안해지네요."

"아닙니다. 추진해 주세요. 마지막으로 깨끗하게 마무리 지어 드리겠습니다. 그게 이 바닥 룰이라면 따라야지요. 어렵게 쟁취한 돈을 왜 다시 토해 냅니까? 윤설 씨가 목숨 걸고 따신 돈인데요."

"정말로 감사합니다. 사실 기대하지 않았었는데 아무튼 제 결정에 따라 주셔서 너무 감사드립니다. 시합은 일주일 후에 그곳에서 있을 예정입니다. 선수가 파악되는 대로 그의 스타일 등을 동영상으로 보내 드리겠어요."

"알겠습니다. 그런데 이번이 꼭 마지막인 걸로 알고 있겠습니다."

"예, 저를 믿어 주셔서 감사해요. 꼭 승리해 주시고 더 이상은 부담 드리지 않겠습니다."

그렇게 약속을 하고 오피스텔로 돌아와 종기에게 부탁한 일을 확인했다. 종기는 연신 컴퓨터를 검색하고 있었다.

"어때, 할 수 있겠냐?"

"그게 우리가 가진 금을 그대로 처분한다는 것은 무척 어렵다고 본다."

"어째서?"

"그 녀석들이 지금 쌍심지를 켜고 우릴 찾고 있는데 원형 그대로 금을 처분하면 발각될 가능성이 커서 말이야."

종기는 일어날 수 있는 위험을 예견했다.

"나는 절단해서 팔면 괜찮을 것 같은데."

"그것보다 주물 공장을 계약해서 골드바 형식으로 가공해서 파는 것이 괜찮다고 보는데."

"그래. 괜찮은 생각이다. 종기 네가 그렇다면 그런 거야. 자식 나날이 많이 발전해 가는데."

종기의 말에 더 이상 반대 의견을 내지 않았다.

"그건 그렇고 종기 너 다리부터 만들자. 요즘은 인공지능이니 뭐니 해서 로봇 다리로 만들 수 있다고 하더라."

"아냐. 지금도 편한데 뭘 더 해. 더 이상 네게 부담 주기 싫다."

"종기야, 내가 너에게 미안해서 그래. 따져 보면 나 때문에 네가 이렇게 된 건데…."

"파랑아, 절대 이건 네가 잘못해서가 아냐. 내 인생이 그렇게 정해져 있으니까 그런 거지. 네가 그렇게 말하면 내가 너무 부담이 된다."

"알았어, 인마. 더 이상 그런 얘기 안 할게. 뭐 하냐? 한잔하자."

"오케이. 너 오면 주려고 수육 해 놨다고."

"역시. 오늘 나 고기 당기는 걸 어떻게 알았냐?"

"파랑아, 넌 내 손안에 있다."

"그래, 난 영원히 종기 네 손안에서 놀 거다. 평생 너 힘들게 하면서 살 거야."

"항상 말하지만 파랑아, 네가 있어서 너무 인생이 즐겁다."

"나도 그래. 출출하다. 어서 가지고 와."

종기가 전동 휠체어를 끌고 주방으로 이동을 했다. 종기와 난 아주 편한 자세로 수육과 함께 소주를 비웠다. 어느 순간 생각이 나지 않을 정도로 들이켰다. 아무튼 집에서 먹는 술만큼은 너무 편안했다. 종기와 난 자연스럽게 옛날 기억을 떠올리며 추억에 젖었다.

92

새벽녘. 갈증을 느꼈다. 시원한 물이 생각났다. 하지만 꿈인지 현실인지 분간이 가질 않았다. 쿵쿵쿵. 여러 사내들의 구둣발 소리가 났다. 예전 쇼몽이 했던 말이 있었다. 잠은 자고 있어도 귀는 열어 두라고 했던 말.

그 소리는 분명 나를 노리고 있는 소리였다. 난 눈을 떴다. 아무것도 모르는 종기를 깨웠다. 종기는 힘겹게 눈을 떴다.

"우리를 치러 온 것 같다. 종기야."

"뭐… 뭐야."

"걱정하지 마. 넌 숨어 있으면 되니까."

난 종기를 들어 안방 간이 옷장 속 이불 속에 넣어서 철저히 숨겼다. 종기는 양다리가 없는 관계로 몸도 가벼웠지만 사이즈도 맞았다.

"종기야, 무슨 일이 있어도 넌 나오면 안 된다. 알았지? 그런데 그렇게 철저히 숨겼는데 어디 짐작 가는 일 있냐?"

"미안하다, 파랑아. 대량 순금 처분 검색어를 보고 IP를 추적한 것 같아. 내가 이런 기본을 잊고 있었네. 계속 바꿔서 위장을 했어야 하는데…. 정말로 이런 어처구니없는 실수를…….."

"지금 그걸 따질 때가 아냐. 내가 살게 되면 대동역에서 홀숫날 밤 21시에 만나자. 전자기기를 쓰면 무조건 너도 잡히게 된다. 알았지?"

내 인상이 굳는 걸 보고 종기가 고개를 끄덕였다. 종기를 넣고 거실에 나오자 이미 사내들은 내 앞에 있었다. 그들은 권총으로 무장하고 있었고 난 항복의 표시로 손을 들었다.

"다른 한 놈 어디 있어?"

나를 노려보던 사내가 인상을 쓰며 내게 물었다.

"놀러 나갔수. 지금은 나 혼자고."

내가 주위를 회피하며 탁자 위 가위를 던지려고 하자 내 등 뒤에 있던 사내의 야구 방망이가 나를 가격했다. 난 그대로 엎어졌다. 그다음부터는 차량 엔진 소리만 났고 꿈과 현실이 계속 교차되었다. 눈을 떴을 때는 내 앞에 불빛이 나를 환하게 비추고 있어 눈이 너무 부셨다. 다행히 종기가 없는 것으로 보아 발각되지 않은 것 같아서 그나마 안도를 했다. 몸은 두꺼운 로프로 묶여 있어 내가 할 수 있는 거라곤 아무것도 없었다.

"생각보다 젊은 놈이군."

묵직한 음성으로 보아 이 무리를 이끄는 대가리라고 생각했다.

"긴말하지 않으마. 금 어디 있냐?"

"무슨 금이요. 그리고 저 아세요? 무작정 데리고 와서는 뭘 달라고요?"

"이 자식 웃기는 놈이네. 아주 여유까지 부리고 있어."

"다시 한번 묻지. 금 어디 있냐?"

"저한테 금 선물한다고요? 처음 보는 분이 그걸 준다고 하면 부담되는데."

"이 새끼가 지금 장난하나."

사내의 주먹이 내 눈을 강타했다. 충격도 있었지만 아무것도 볼 수 없었다.

"그만 개기고 금 넘겨줘라. 그러면 양손하고 한 쪽 다리만 자를 거야. 그래도 발 한 쪽은 남으니 인생을 계속 살 수는 있잖아. 어때. 구미 당기지?"

"죽이세요. 살고 싶지도 않은데 죽여 주신다면 고맙게 받아들이지요."

"야, 맛보기만 보여 줘라. 자식이 입만 살았네."

그의 지시에 따라 다른 사내가 송곳으로 내 머리를 찍었다. 묵직한 고통이 등 뒤까지 퍼졌다. 사내가 송곳을 뽑자 핏줄기가 공중으로 터졌다. 하지만 난 아무런 말도 하지 않았다.

"이 새끼 독종이네. 다른 사람 같으면 살려 달라고 애원할 텐데. 이번엔 대답해. 그러지 않으면 눈깔을 뽑을 거야."

양쪽에 서 있던 사내들이 거칠게 내 눈을 열었다. 사내의 송곳이 내 눈앞까지 왔다. 두려웠다.

"알…… 겠습니다. 말하지요."

바로 눈앞에서 송곳이 멈췄다.

"너 허위 보고 하면 진짜로 끝낼 거야. 이제부터 진실을 말해 봐."

난 금을 숨겼던 곳의 위치를 알려 주었다.

"빨리 가서 확인하고 연락 줘라. 너 어르신들 헛걸음시키면 이젠 정말 골로 가는 거다."

2명의 사내들이 밖으로 나가고 대략 30분간의 시간이 주어졌다. 그사이 어떡해서든 살아 나가야 했다. 하지만 온몸이 묶여 있었으므로 아무것도 할 수 없었다. 무의미하게 30분이 흘러갔다. 이젠 죽는 일만 남았다고 생각했다.

"자식, 진실된 놈이네. 아무쪼록 원래 주인한테 온 거니까 네가 잘못한 거야. 그러니 억울하거나 노여워 말고 저승으로 이제 넌 가면 되는 거야. 크크큭."

 녀석이 담배를 피웠는지 썩은 냄새가 났다.

"아니, 왜? 팔다리를 자른다며?"

"야. 피 튀면 옷 버린다. 그냥 조용히 보내 줄 때 가라."

 사내가 쌀자루를 열었다. 그 속엔 독사 3마리가 나를 노려보고 있었다.

"그래도 편하게 죽는 거니까 저승 가서도 날 원망 말고. 아참, 저승에서는 꼭 금 지켜서 먹어라. 크크큭."

 사내가 내 얼굴에 쌀자루를 덮었다. 바로 내 앞에 독사들이 보였다. 내 몸이 여러 번 부자연스럽게 움직였다.

"미동도 없는 걸 보니까 골로 간 것 같은데."

 사내가 내 얼굴에 덮여 있는 쌀자루를 열었다. 난 독사 3마리를 입으로 절단시켰고 사내의 얼굴에 독사 머리를 뱉었다. 입속에 있던 독이 사내에게 전이되자 고통스러워하며 두 손으로 자신의 얼굴을 감싸 쥐었다.

"이런 미친 새끼. 얘들아, 이 새끼 그냥 죽여 버려."

 모든 것이 끝이라고 생각했다. 그때였다. 허공을 향해 오토바이 한 대가 날며 사내들을 바퀴로 치자 그 충격으로 사내들이 튕겨 나갔다. 오토바이 헬멧을 벗자 주인공은 종기였다. 과거 시절 가장 화려했던 종기가 있었다. 온몸을 가죽 재킷으로 두르고 오토바이와 함께 허공을 가르던 내 친구 종기였다.

"넌 내가 살려 준다. 내 허락 없이는 파랑아, 넌 죽을 수 없다. 하하하."

종기가 준비한 칼로 나를 감쌌던 로프를 자르고 내가 오토바이 뒤에 앉았다.

"파랑아 우리 한번 날아 볼까?"

"좋지. 어디든 가 보자."

시원스러운 오토바이 시동 소리가 천지를 깨웠다. 우리 어린 시절에 나를 태우고 어디든 달렸던 종기였다. 우리는 가장 빠른 속도로 주위를 벗어났다. 둔탁한 총기 소리가 여러 발 들렸지만 우리는 그들의 굴레에서 안전하게 벗어났다. 시원한 새벽 공기를 온몸으로 마셨다.

93

인적이 없는 공터로 종기가 나를 태우고 탈출에 성공했다. 오토바이는 안전을 확인하고 멈춰 섰고 나는 기쁘게 종기를 바라보았다.

"새끼 살아 있네. 이번에도 종기 네가 날 살렸다. 어서 내려."

종기는 미동도 없이 내게 등 뒤만 보여 주었다.

"왜 그래, 종기야. 너 설마……."

종기가 헬멧을 벗어 던지자 입속에서 검붉은 피를 토해 냈다.

"파랑…아…. 나 여기까지인 것 같다…. 니미럴…. 한 발 제대로 맞았다……."

"종기야. 정신 차려! 빨리 병원에 가면 살 수 있어."

"아냐. 너도 알잖아. 나 꾀병 부리는 놈 아니라는 것을….'

"종기야……."

내 눈에서 눈물이 흘렀다.

"파… 랑아. 잘 살고 꼭 장수해라. 그리고 너무 혼자 다 하려고 하지 말고 그냥 행복하게 살았으면……."

종기는 더 이상 말을 할 수가 없었다. 내 손을 잡으며 종기가 마지막 숨을 몰아쉬며 눈을 감았다. 이번 인생에서 가장 처절하고 슬픈 울음이 차올랐다. 종기를 계속 깨웠지만 아무런 미동도 없었다. 이젠 정말로 이 세상에 나만 남았다. 종기마저 없으면 난 아무것도 할 수가 없는데…….

종기가 가장 좋아했던 오토바이와 함께 땅속에 친구를 묻었다. 내 생명보다 더 소중했고 나를 이끌었던 종기를 가슴속에 묻었다. 앞으로 어떻게 살아가야 할지 아무것도 생각이 나질 않았다. 하지만 종기를 이렇게 만든 놈들은 내가 다 쓸어버릴 거라고 다짐을 하였다. 이제 꿈속에서밖에 만날 수 없는 내 친구 종기를 위하여 마지막 건배를 들었다.

"종기야. 네가 있어서 이 모진 세월 살 수가 있었다. 부디 천국에 가서 사랑하는 오토바이 힘차게 타고 나를 이끌어 줬으면 한다."

나는 안 울려고 해도 눈물이 멈추질 않았다. 아직도 내 곁에 종기가 없다는 걸 믿지 못했다. 아니, 다시 웃는 얼굴로 나를 다시 맞아 줄 것만 같았다.

내 인생은 왜 이리 이별의 연속이란 말인가? 나는 정말로 잘못 태어난 종자인가? 너무나도 참담했다.

94

한순간에 위기가 몰려왔다. 현재 어디에도 나의 안전은 확보되어 있지 않았다. 어디로 가야 할까? 나는 할 수 없이 고시촌에 숨어들었다. 이곳은 다른 사람의 생활을 전혀 신경 쓰지 않는 곳이다. 자신의 목표를 향해서 하루에 18시간 이상 공부만 하는 사람들이 모인 곳으로 고시생들은 전혀 나에게 말을 걸거나 내가 어떤 사람인지 알고 싶어 하지도 않았다. 나는 갈등에 휩싸였다. 윤설이 부탁한 시합에 출전해야 하는가? 아니면 출전을 포기할 것인가? 시합에 참가하게 되면 난 표적에 노출될 것이다. 지금은 아무것도 정해진 바가 없었다. 공중전화로 윤설에게 전화를 걸었다. 그쪽 계통 분위기가 어떤지 알고자 했다.

"어머, 파랑 씨…. 거기 어디예요? 몸은 어떠신가요?"

"벌써 소문이 도나 보네요."

"예, 지금 타이거 조직에서 기어오르던 싹을 잘랐다는 소문이 돌고 있어서 당연히 파랑 씨가 연루되어 있다고 생각했어요. 혹시 거긴 어디신가요?"

"죄송합니다. 설이 씨를 믿지만 만에 하나 잘못될 수 있어서 내가 있는 곳을 말해 줄 수가 없군요."

"이해합니다. 그리고 제게 전화한 사유는 출전을 못 하는 걸로 이해하겠습니다."

"아닙니다. 출전은 무조건 할 겁니다. 그런데 부탁이 좀 있어서요."

"말씀해 주세요. 파랑 씨의 부탁이라면 무조건 들어줄 테니…."

난 몇 번을 고심하다가 그녀에게 부탁 사항을 말해 주었다. 하지만 부탁은 이번으로 끝을 내야 했다. 그녀가 계속 나와 엮이게 된다면 윤설의 안전 또한 보장받을 수 없기 때문이었다. 고시촌 2평 남짓한 내 방에 들어와서 천장을 쳐다보았다. 지금 현재 아무것도 할 수 없는 내 인생이 서글프다는 생각을 했다. 종기는 그곳으로 잘 도착했는지 거기서 그렇게 보고 싶다던 엄마를 잘 만났는지 이상하게 불쌍한 종기의 모습이 뇌리에 박혀서 떠나질 않았다. 오늘도 종기를 위해 소주를 준비해야 할 것이다.

95

결전의 날이었다. 윤설이 말한 그날이었다. 시합 시작 오후 10시 전까지 난 나타나지 않았다. 주위에서 출입하는 사람들을 관찰했다. 별다른 특이점이 없는 것으로 일단 주선된 시합에 참여하자는 결론을 내렸다. 윤설에게는 무조건 출전할 테니 제시간에 내가 없어도 무조건 강행하도록 했다.
도전자가 호명되고 내 이름이 이어서 울려 퍼졌다. 하지만 바로 나갈 수는 없었다. 지금 막 도착한 나였기에 일단 숨을 고르고 빠르게 옷을 갈아입었다. 옥타곤 내 아나운서의 호명이 3회가 되어서야 내가 나타났다. 머리에는 후드를 써서 얼굴을 완전히 가렸다. 링에 올라서서 곁눈질로 관객들을 살펴보니 별다른 위험 사항이 감지되지 않았다. 빨리 끝내고 이곳을 떠야 한다고 생각했다. 나의 상대는 얼굴이 검게 그을린 동남아의 한 사내였다. 윤설의 말에 따르면 그는 특수부대 출신의 파이터라고 했다. 딱 보기에도 매서운 눈이며 나보다 키는 작았지만 다부진 체격을 갖춘 사내였다. 종이 울리고 그와 내가 옥타곤 중앙에서 만났다. 그가 나를 보며 미소를 띠고 있다.
사내의 묵직한 발차기가 이어졌다. 난 간신히 피했다. 특수부대 출신의 파이터라 그런지 사람의 급소만 노렸다. 그리고 나와 싸움 패턴도 비슷했다. 사내의 안면 공격에 내 얼굴이 돌아갔다. 신경이 솟구치는 고통을 느꼈다.

하지만 이걸로 쓰러질 내가 아니었다. 다시 정신을 가다듬고 사내의 허점을 노렸다. 빨리 끝내야 했기 때문에 승부수를 걸었다. 내가 안면을 내밀자 사내의 주먹이 날아왔다. 난 왼손으로 그의 주먹을 막고 날아올라 무릎으로 정확하게 사내의 가슴을 찍었다. 사내는 정신을 잃고 쓰러졌다.

내 승리였다. 바로 자리를 뜨려고 했지만 사내가 정신을 잃었기 때문에 조금 걱정이 되었다. 다행히 잠시 후 사내가 일어나서 정신을 차렸다. 난 다가가 악수를 청했다. 사내가 자연스럽게 악수하며 손을 끌어당겨 내게 바짝 다가섰다.

"빨리 도망가. 여기 있으면 당신 죽어."

왜 사내가 그 사실을 나에게 알려 주었는지는 아직도 모른다. 하지만 사내는 빨리, 빨리를 연신 외쳤다. 난 심판의 지시도 무시한 채 대기실로 빠르게 들어갔다. 내가 지나가자 관중들이 알 수 없는 표정을 짓고 있었다.

난 옷을 급하게 입었다. 바로 이곳을 벗어나려 했다. 준비를 마치고 대기실을 떠나려는 순간 8명의 사내가 나를 밀치고 들어왔다.

"이렇게 떠나면 섭섭하지. 안 그래?"

"들켰네. 조용히 사라지려고 했는데…."

"우리가 왜 여기 왔는지는 잘 알 거고. 사장님이 기다리고 계셔. 빨리 가자고. 물론 이동 도중 협조 안 하면 바로 제거할 거야."

녀석들은 칼과 야구 배트로 무장한 상태였다.

"너희들 흠집 날까 봐 먼저 가려고 했는데 이렇다면 할 수 없지."

난 간이 사물함 안에 있는 리볼버 38구경 두 자루를 양손으로 잡았다.

"이게 뭔지 알아? 알지? 바로 총이라는 건데, 너희들 머리를 빵꾸 내 버릴 수 있다고. 그렇게 되고 싶은 자식은 앞장서 보든가."

사내들은 갑작스러운 사태에 한발 물러섰다. 하지만 리더가 눈치를 주자 마지못해 내게 덤벼들려고 했다. 난 허공으로 총을 한 발 발사했다.

탕 하는 소리가 울려 퍼지자 사내들이 머리를 잡고 땅에 엎드렸다. 난 한 놈 한 놈 총기 손잡이로 뒤통수를 가격했다. 사내들은 어떠한 반격도 못 하고 그대로 잠들어 버렸다. 시합장 정문을 나가려던 순간 윤설이 나를 기다리고 있었다.

"파랑 씨, 빨리 도망가시고 이거 받아요."

윤설이 내민 것은 지하철 물품 보관함 열쇠였다.

"잠잠해지면 꼭 열어 보세요. 그동안 정말로 신나고 감사했어요. 꼭 하시고자 하는 일 이루시기를 기원할게요."

"저랑 같이 가자는 소리는 못 하겠군요. 저도 그동안 너무 감사했습니다. 기회가 되면 꼭 다시 만나요. 우리."

"예. 그리고 저 부탁이 있는데 들어주실래요?"

"뭘 들어줘야……."

윤설이 내 얼굴을 붙잡고 키스했다. 그녀의 입에서는 사과 향이 났다. 당장이라도 먹고 싶은 잘 익은 사과가 그려졌다. 그리고 그녀가 내 얼굴을 놓았다.

"파랑 씨, 정말 정말로 행복해져야 해요. 전 지금을 평생 잊지 않고 살아갈게요."

내 뒤로 나를 끝까지 바라보는 윤설의 눈망울이 보였다.

96

고시촌 내 방에서 24시간 이상을 잠잔 것 같았다. 일어나서도 통증이 밀려와 욱신거렸다. 너무 허기가 졌다. 이틀 동안 아무것도 먹지 못했다.

난 고시촌 밑에 있는 식당에 내려갔다. 저녁 식사 시간대로 고시생들이 줄을 서서 자신의 차례를 기다리고 있었다. 나도 먹을 만큼 음식을 담아 내 자리에서 먹고 있었다. 틀어 놓은 TV를 자연스럽게 바라보았다.

난 더 이상 그곳에 계속 있을 수가 없었다. 뉴스 내용이 충격적이었다. 서울 모처에서 기업형 음식점을 경영하고 있는 30대 여성 윤 모 씨. 신변 비관으로 자신의 승용차에서 연탄을 피워 놓고 음독자살한 것으로 추정된다는 뉴스가 나왔다.

분명 윤설이었다. 차량까지 동영상으로 나오자 더욱더 확신하게 되었다. 나를 도우려다 이젠 윤설까지 희생된 것이다. 어떤 놈들인지 이젠 더 이상 거칠 것은 없다. 이제부터 자비란 없다. 먼저 심판하고 절단 낼 것이다. 너무 억울하고 윤설이 불쌍했다. 벌써 내가 좋아했던 사람들이 일주일 새 2명이나 안타까운 죽음을 맞이했다. 무조건 한놈 한놈 보이는 즉시 죽여 버릴 것이다. 그날도 고시촌 옥상에서 윤설을 생각하며 술을 마셨다.

너무나도 사랑스러운 여인이었다. 그리고 아름다웠고……. 왜, 왜, 왜 나란 놈 때문에……. 너무 많은 사람이 안타깝게 희생되었고 난 어디에도 갈 수가 없다. 이제 놈들에게 남은 사람은 나 혼자다. 하지만 호락호락 당하지 않을 것이다. 너희들의 방식이 이거라면 똑같이 내가 만들어 버리면 그만이다. 너희들은 사람을 잘못 본 거다. 이제부터 똑똑히 확인시켜 줄 것이다.

97

더욱더 낮게 웅크린다. 몸을 드러내면 안 된다. 철저하게 비밀스럽게 접근해야 한다. 지하철 첫차가 운행하는 시간에 윤설이 준 지하철 물품 보관소를 열었다. 주위를 여러 번 체크한 후 움직였다. 큰 가방과 내게 주려던 정보가 있는 USB가 있었다. 가방 안에는 5만 원 권 지폐가 가득했다. 윤설은 내게 수십억 원의 돈을 주었다. 내게 지금 가장 필요한 것을 주고 그녀는 떠났다. 다시 한번 윤설에게 감사했다. 그리고 문제의 USB를 확인하였다. 거기에는 그동안 알고 싶었던 모든 것이 들어 있었다. 그것은 땅콩이가 우리에게 준 정보의 다음 내용이었다. 권혁은 아무런 가치가 없었던 강남땅이 대한민국의 중심부가 된다는 것을 잘 알고 있었다. 그때부터 강남의 땅을 무조건 매입했다. 그리고 20년도 안 되어서 강남이 곧 대한민국이 되었다. 권혁은 자신처럼 후계자가 1명이라면 더 이상은 그들의 왕국을 지킬 수 없다는 사실을 잘 알고 있었다. 사회가 복잡해져 갈수록 여러 분야에 자신의 후계자를 배치해야 한다고 확신했다.

 그래서 정치, 경제, 사회, 종교 그리고 지하 조직에 자신의 아들들을 심어 놓았다. 그들은 실질적인 리더였지만 철저히 그들의 존재를 숨기기 위해 전반에 내세우진 않았다. 그들은 성씨도 다르게 했다. 똑같은 성씨이면 연관성으로 의심될 수 있는 사항까지도 철저히 배제시켰다. 그렇게 견고한 왕국이 내가 나타나면서 조금씩 무너졌던 것이다. 첫 번째로 내가 지하 경제의 실체였던 기원의 사장을 제거했으니 말이다. 그들은 놀랐다. 이제껏 한 번도 도전을 받지 않았던 자신들의 견고한 성에 구멍이 났으니 어떤 방법을 써서라도 나를 제거해야 했다. 하지만 난 아직도 살아 있다. 이제부터 난 반격을 시작할 것이다. 권혁은 큰아들을 정치판에 심었다. 그의 이름은 '최기덕'이었다. 최기덕은 전국구 정치가가 아니었다. 지역구도 없는 비례대표 국회의원이었다. 비례대표로 4선을 한 여당의 정치인이었다. 여당 대표가 연설을 하면 묵묵히 옆을 지켜 주곤 했다.

하지만 그가 어떤 법을 발의를 하면 아무런 태클 없이 국회를 통과했다. 그가 발의한 법을 보면 대한민국 청소년 및 젊은 세대에게 비전을 줄 수 있는 법안이었다. 너무 조용하고 온화한 성격에 동료들과도 소통이 좋았으며 여당 행사에 항상 참석을 했지만 결코 자신이 나서서 무엇을 이루려고 하진 않았다. 그리고 그의 사생활을 절대로 아는 사람이 없었다. 무엇이 취미이고 무엇을 좋아하는지도 알지 못했다.

그는 친구도 없이 항상 혼자였다.

권혁의 둘째 아들은 '유승종'이었다. 권혁은 많은 자본을 가지고 굴지에 '천하'라는 대기업을 만들었다. 건설, 패션, 관광, 미디어, 주류, 식품 등 대한민국의 경제를 이끄는 대기업을 만들었다. 하지만 그 기업의 중심은 회장도 아니고 사장도 아니었다. 천하그룹 본사 9층에 있는 미디어 정보 수집팀. 천하그룹 내에도 이런 곳이 있는지조차 모르는 직원이 있었다. 그만큼 철저하게 그들의 실체를 숨겼다. 미디어 정보 수집팀은 대한민국의 모든 정보를 수집한다. 30여 명이 사무실에서 대한민국에 있는 작은 정보까지도 모조리 수집하고 향후 방향을 논의한다.

이곳이 바로 권혁의 둘째 아들인 유승종이 팀장으로 근무하고 있는 곳이었다. 자신들에게 유리한 정보는 가감 없이 수집하고 자신들에게 해가 되는 정보는 뿌리까지 뽑아 버렸다. 그렇게 해서 사회를 자신들이 원하는 방향으로 만들어 가는 것이다.

권혁의 셋째 아들은 '김춘주'였다. '정의일보'라는 신문사를 이끌고 있지만 결코 그는 사장이 아니었다. 김춘주는 풍자만화나 논평, 사설을 쓰는 신문사 임원진만 맡고 있었다. 물론 최고위 임원이 아닌 임원진으로만 활약하고 있다. 이 신문사는 보수색이 짙은 신문으로 여당의 정치적 행보가 합의되면 사회적 분위기가 형성되도록 모든 기사를 유리하게 포커스를 맞추고 기사를 발표했다. 사람들은 자연스럽게 사회적 형성 방향으로 흘러가고 있다는 것만 알았지 몇몇의 사람들이 그것을 독점, 지배하고 있다는 사실은 절대 몰랐다. 그렇게 사회는 권혁의 아들이 지배하고 있었다.

권혁의 네 번째 아들은 '강민수'였다. 말 그대로 참 마음씨 좋은 착한 목사님이었다. 이 교회의 목표는 건강한 청년을 만드는 일이었다. 매년 여름성경학교가 시작되면 전국 수만 명의 청소년 및 청년들이 교회에 몰려들었다.

그곳에서 강민수는 옳고 바른 젊은이들의 삶에 대해서 교육했고 열광하게 했다. 하지만 그것은 천년 아니 만년을 이어 가 자신들의 왕국을 위해 싸울 수 있는 전사들을 만들려는 술수였다. 교육이 아니고 일종의 세뇌였다. 강민수의 교육을 받으면 자연스럽게 그 집단에 빠져서 어떤 말도 듣지 않았다. 교회의 이름을 달고 있지만 그는 목사보다는 교주였다. 오직 강민수의 교육 내용만이 삶의 목표가 되고 삶의 본질적 열쇠가 되는 것이다. 그들의 하나님은 강민수였다. 강민수에게 세뇌된 젊은이들은 지금도 거리에서 혹은 학교에서 자신이 교육받은 내용을 전파하고 다른 젊은이들을 끌어들였다. 강민수는 자신을 위해 싸워 줄 병사가 있으니 아무것도 두려울 것이 없었다.

마지막은 '안창성', 그가 바로 기원의 사장이었다.

암흑가를 접수하고 조정했으나 나에게 삶을 잃은 그였다. 이제부터 한 명씩 올가미를 씌워 처부수는 일만 남았다.

98

윤설이 전해 준 내용을 보고 실로 난 경악과 놀라움을 금치 못했다.

지금 이들이 대한민국을 지배하고 있다는 사실도 놀라웠지만 우리 모두가 알지 못하는 그들이 만든 프레임이 자연스럽게 일상이 되었다는 것이 더 큰 충격이었다. 이제부터는 내 신변 안전이 가장 중요하였다. 난 기동력을 살리고 내 위치를 항상 변경하기 위해 캠핑카를 구매했다. 차량 내에는 내 위치를 전혀 알지 못하도록 내비게이션 등 전자장비는 다 해체시켰다. 하지만 기습을 대비해 CCTV는 설치하여 항상 경계를 늦추지 않았다.

첫 번째 타깃은 강민수 목사였다. 강민수가 개최하는 여름성경학교가 4박 5일간의 일정으로 열리고 있었다. 그의 교회 교육장은 충남 서천 바닷가 마을에 있었는데 전국 각처에서 모인 청년들이 3만 명 이상에 육박했다.

나는 신문기자로 가장하여 자연스럽게 그곳을 출입할 수 있었다. 처음 받은 느낌은 그냥 여름성경학교였다. 하지만 청소년, 청년 등이 이렇게 많이 모인 것은 대단히 놀라웠다. 첫날은 평범하게 흘러갔다. 멀리 단상에서 강민수도 조용히 앉아만 있을 뿐 어떠한 행동도 하지 않았다. 나는 열심히 그의 얼굴을 사진에 담았다. 평범하고 인상 좋은 아저씨상이었다. 하지만 여기에서 무언가를 꼭 밝혀내야 한다. 그러기 위해서 주위를 살펴보았다.

대형 숙박 시설을 갖춘 교육장 주변으로는 휑하니 아무것도 없었는데 좀 더 안쪽으로 들어가자 별장처럼 지어진 대형 목조저택이 눈에 들어왔다. 내 생각이 맞다면 강민수의 사무실 등 휴식을 위해서 지어진 건물로 판단되었다. 하지만 불이 꺼져서 아무도 없었고 주위가 삭막했다. 오늘은 이것으로 만족하고 계속 머물면서 강민수의 비밀을 밝혀내자고 생각했다. 아무것도 모르고 아프리카에서 훈련을 받던 시절 쇼몽이 그랬다.

폭력은 마지막 수단일 뿐 다른 좋은 방법이 있다면 그걸로 해결해야 한다고 했다. 틀린 말이 아니다. 폭력은 쓰는 사람에게도 피해를 가져다준다. 이대로 끝나게 된다면 어쩔 수 없이 타격을 가해서 강민수를 제거하기로 마음먹었다.

마지막 날이 되었다. 모든 교육생들이 바닷가에 모였다. 캠프파이어를 시작했다. 드디어 강민수가 그들 앞에 섰다. 환호성이기보다 괴성에 가까운 소리가 들렸다. 강민수의 등장에 모두 머리를 땅에 박고 그를 환영했다. 너무나 기쁜 나머지 실신하는 학생들도 보였다. 완전히 강민수를 향해서 자신의 모든 것을 바치겠다는 행동으로 보였다. 조금씩 뭔가 있음을 느꼈다.

강민수가 드디어 마이크를 잡았다.

"여러분, 저를 사랑하십니까?"

"예, 그렇습니다!"

모여 있는 젊은 청년들이 하늘을 향해 큰 함성을 질렀다.

"저를 따르고 저를 믿어야 가장 빨리 하나님 곁으로 우리 다 같이 갈 수 있습니다. 여러분이 건강하게 자라고 긍정적인 생각을 하고 우리 민족을 위해 혼신의 노력을 다할 때 지금 여기에 있는 우리 모두는 천국으로 가서 하나님의 불멸의 전사가 되는 것입니다."

강민수는 목소리 또한 매력적이었다. 그의 목소리는 모여 있는 청년들에게 구석구석 꽂혔다.

"여러분, 제게 힘을 주십시오. 저의 말에 따라 모든 걸 내려놓고 같이 가시겠습니까? 아니면 홀로 외톨이가 되시겠습니까?"

"같이 가겠습니다!"

청년들의 눈은 반쯤 맛이 가 있었다. 강민수는 쇼맨십을 아는 자였다.

청년들은 강민수를 향해 부르짖거나 그의 이름을 연호했다. 이렇게 대한민국 청년을 마음대로 조종할 수 있다면 당연히 무서울 것이 없어 보였다. 아무튼 이곳에 정상적인 것은 아무것도 없었다. 강민수가 퇴장하고 광란의 밤이 시작되었다. 청년들은 춤을 추며 찬송가를 불렀고 눈물을 흘리며 기도를 드렸다.

그리고 대형 스크린에 강민수가 걸어온 길이라며 다큐멘터리가 방영이 되자 분위기가 절정으로 올랐다. 모두가 엎어져서 강민수를 목 놓아 불렀다.

강민수가 퇴장하고 은밀하게 그의 뒤를 따랐다. 교육장 안쪽에 있는 그의 별장에 불이 켜졌고 이제까지 없었던 경호원이 배치되었다. 그렇다면 무언가 안에서 일이 벌어지고 있다고 확신했다. 그리고 더욱 수상한 점은 창문이 모두 가림막이 쳐져 있다는 거였다. 나는 재빠르게 건물을 돌아갔다. 다행히 경호원은 없었다. 나는 전동 드릴로 벽에 구멍을 뚫었다. 실내를 확인해야 했다. 조심스러운 작업이었다. 소음을 최대한 자제하면서 구멍을 뚫었다.

난 내시경 카메라를 천천히 누르면서 집어넣었다. 1층 거실 내 모든 것이 잡혔다. 강민수가 보였고 무릎을 꿇고 있는 앳된 소년 2명과 소녀가 1명 있었고 그 앞에 서 있는 4명의 소년 소녀도 있었다. 나는 사운드를 높였다. 이미 술에 취해 즐기고 있는 강민수가 정확히 화면에 잡혔다.

"너희들은 아버지 말을 어겼다. 어떻게 해 줘야 할까?"

"잘못했습니다. 한 번만 기회를 주십시오."

무릎을 꿇고 있던 소년, 소녀가 손을 모으고 잘못했다는 시늉을 하고 있다.

"난 여러 번 기회를 주었는데 왜 들어 처먹지 않을까?"

"정말 이렇게 될 줄 몰랐습니다. 아버지 제발 불쌍히 여기셔서 어린양들을 구원해 주세요. 제발."

"간부들이라고 더 예뻐했고 더 많은 특혜를 주었어. 하지만 돌아온 것은 배신이었다. 너희들은 어떻게 생각하니?"

"즉결 심판으로 엄히 다스려야 합니다."

서서 지켜보고 있던 한 소년이 강민수의 말을 받았다.

"다른 사람들은 어떻게 생각하니?"

"바로 쳐서 죽여야 합니다."

놀랐다. 어린 학생들의 입에서 결코 나올 수 있는 말이 아니었다.

"그것 봐라. 규율은 정의를 위한 것이다. 이를 지켜야 하나님의 바른 길로 갈 수가 있다. 내가 반대를 해도 하나님이 응답하신 사항이라 어쩔 수 없다."

소년과 소녀들이 올가미에 갇혀 버린 어린 새처럼 느껴졌다.

"집행해라."

강민수의 말에 따라 한 소년이 아무런 죄책감이 없이 바닥에 있는 망치를 들었다. 그리고 다가서더니 소년은 망설임 없이 망치로 머리를 내려쳤다.

사방으로 피가 튀는 순간 나는 눈을 감았다. 이미 예고된 것처럼 바닥에는 비닐이 깔려 있었다. 다음번 소녀도 아무런 망설임 없이 자신의 친구를 내려쳤다. 강민수는 그 참담한 광경을 바라보며 즐기고 있었다. 역시 저들은 일반적인 사람들이 결코 아니었다. 연속 살인이 끝나고 밖에 있던 경호원들이 비닐에 싼 시체들을 실어 날랐다. 아무렇지 않게 참혹하게 행동하는 무서운 세뇌에 놀라기도 했지만 참혹한 광경에 분노가 치밀어 올랐다. 강민수 앞에 있던 소년과 소녀들이 그가 주는 술잔을 기쁘게 받아 마셨다. 그리고 어느 순간 강민수를 비롯한 어린 소년과 소녀들이 모두 옷을 벗었다. 그들은 강민수에게 다가가 더 이상 입에 담고 싶지 않은 성행위를 시작했다. 강민수는 연신 쾌락에 젖은 신음 소리를 내며 즐거워하고 있었다. 지금이라도 쳐들어가 죽이고 싶다는 분노가 가슴 깊은 곳에서 뚫고 일어났다.

"동작 그만. 뭐 하는 자식이야."

권총 특유의 파열음 소리가 들렸다. 종교 집단 경호원들이 개인 화기로 무장되어 있다는 것에 놀랐다.

"조용히 일어나서 카메라를 넘긴다. 실시."

특유의 억양으로 보아 전직 군인 출신임을 느낄 수 있었다. 오른손에 있는 동영상 카메라를 빼앗기 위해 사내가 내 곁으로 다가왔다. 등 뒤에서 조심스럽게 접근하고 있음을 알았다. 사내의 손이 나에게 접근하는 순간 난 등을 돌려 카메라로 사내의 머리를 내리쳤다. 사내는 고통에 겨워하며 바로 바닥으로 쓰러졌다. 얼마나 세게 쳤는지 카메라는 박살이 났다. 난 메모리 카드만 빼내어 신속하게 현장을 벗어나야 했다. 30미터쯤 벗어났을 때 주위가 환해지면서 사이렌 소리가 내 귀를 때렸다. 정문 앞에 다다른 순간 어린 소년들이 각목을 들고 내게 다가왔다. 그들은 어떠한 두려움도 없이 내게 다가와 각목을 휘둘렀다. 내가 살기 위해서 소년들을 쓰러지게 했지만 그들은 계속 일어났고 나에게 밀고 들어왔다. 몸을 피해 해안가 절벽으로 죽을힘을 다해 뛰었다. 전보다 더 많은 소년들이 나를 잡으러 달려들었다. 나는 더 이상 힘을 쓸 수조차 없이 지쳐서 아무것도 할 수 없었다. 결단을 내렸다. 메모리칩을 입에 넣어 삼킨 후 해안가 절벽에 몸을 던졌다. 물속에서 떠올랐을 땐 수십 명의 소년들도 나를 잡기 위해 물 위에 있었다. 하지만 특수부대 훈련 중 맨몸으로 6킬로를 헤엄쳐야 하는 전투 수영을 가장 빠른 시간에 완수한 나였다. 나는 작은 불빛이 보이는 섬으로 거침없이 나아갔고 아무도 나를 따라올 수 없었다. 그렇게 안전하게 주위를 빠져나올 수 있었다.

99

　새벽녘에 내 캠핑카로 이동해서 안전하게 대전으로 왔다. 그들은 나를 잡기 위해 지금 혈안이 되어 있을 것이다. 난 대전 외곽에서 위조된 차량번호를 교체했다. 그리고 이런 날을 대비해 차량 외부 비닐을 벗겼다. 하얀 차량에서 녹색 차량으로 모습이 완전히 바뀌었다. 일단 차량에 혼선을 주어 나를 찾는 것이 그만큼 지체될 것이다. 그러나 그들의 반격은 시작될 것이다.
　가장 안전하게 피신할 수 있는 곳을 생각했다. 어디에도 그런 곳은 없었다. 그래도 그들의 손이 미치지 못하는 곳을 생각해 내야 했다. 잠시 안전을 보장할 곳이 한 군데 있었다. 그곳은 바로 대학교 캠퍼스다. 난 다리 밑 강변 주차장에 차를 세우고 구보로 이동했다. 대중교통 수단을 사용하면 내가 노출이 된다. 그것을 방지하고자 나는 달리고 달렸다. 군인의 기본은 구보라고 한 쇼몽 스승의 가르침이었다. 일반인이면 2시간 걸릴 거리를 40분 안에 이동 완료했다. 오래간만에 뛰어서 그런지 내 근육이 살아 움직이는 것처럼 생동감이 차올랐다. 대학교 캠퍼스는 방학인데도 학생들이 많이 보였다. 특히 중앙도서관에는 빈자리가 전혀 없었다. 그곳을 출입하려면 학생증이 필요했다. 대학교 주차장 앞에서 기회를 노렸다. 작은 미니 승용차가 빠져나오고 있었는데 그 앞에서 살짝 넘어지는 시늉을 했다. 운전자인 남학생이 놀라서 차량 밖으로 나왔다. 여러 번 나에게 사죄를 하고 병원에 가자고 했지만 나는 내가 더 미안하다고 하면서 그를 안심하며 돌려보내 주었다. 그가 여러 번 인사를 하고 내 시야에서 사라졌을 때 내 손엔 그의 전자 학생증이 있었다. 이젠 캠퍼스 내 어디든 들어갈 수 있다. 가장 먼저 중앙도서관 내에 있는 시청각 자료실로 들어갔다. 아무도 나를 의식하지 않았다. 모든 디지털상의 감시가 시작되었을 것이다. 내가 가진 이 동영상을 어느 조직으로든 보내면 바로 없었던 일로 될 것이다. 그리고 나에 대한 추적이 시작되겠지. 그렇지만 난 너희들 위에서 보고 있다. 전자 학생증을 컴퓨터 바코드에 인식하자 대학교 내 자유게시판이 열렸고 자료를 뿌렸다. '청년의 아버지 강민수 목사의 실체를 까발려 드립니다.'라는 제목은 흥미를 유발시키기에 충분했다. 촬영해 둔 동영상을 올렸다. 조회 수가 폭발적으로 올라가고 있었다. 난 밖으로 나와서 캠퍼스 호수 옆 벤치에 앉았다. 지나가던 학생들이 있었다.

"야, 너 그거 봤어? 청년들의 천사 강민수 목사. 그 새끼 완전히 또라이에다 사이비야. 어떻게 그런 짓거릴 할 수가 있어?"

"야, 그게 뭔데?"

"너 모르는구나. 지금 당장 우리 학교 자유게시판 들어가 봐. 완전 리얼이야."

나는 미소를 지으며 자전거 보관 장소에서 사이클을 하나 골라 정문으로 빠져나왔다. 10여 분 후 대형 버스가 멈추고 사복으로 갈아입은 떡대들이 줄지어 나왔다. 바로 나를 잡기 위한 그들의 반격이었다. 하지만 이미 늦었다. 학교의 자유게시판은 사라졌을지도 모르지만 다른 곳으로 기하급수적으로 동영상이 퍼졌다. 난 미소를 지으며 캠퍼스를 이미 벗어나고 있었다.

100

　대한민국이 하루아침에 변해 있었다. 가장 진실되고 가장 인간적인 성직자는 하루아침에 살인자가 되었으며 가장 추악한 인간이 되어 있었다.
　처음에는 조작된 동영상이라고 했지만 아무도 그들의 주장을 믿는 사람이 없었다. 믿음이 없어지면 그것이 바로 진실이 되는 것이다. 검찰들도 빠르게 움직였다. 강민수 체포조가 가동되었고 청년들과 교인들이 그의 연행을 막고 있었지만 국민의 분노는 조금도 꺾이지 않고 시간이 지나며 더욱더 활활 타올랐다. 경찰은 대규모 병력을 동원하여 청년들과 교인들을 무력으로 해체시켰다. 그리고 강민수의 집무실에 도착했을 땐 청산가리로 음독자살을 한 후였다. 그의 유서는 단순했다. '나는 아무 잘못이 없다. 다 하나님의 지시로 이루어진 행위로 난 무죄다.'라고 쓰여 있다. 강민수의 종교 재단의 주요 간부들이 연행되었고 그들의 자백을 바탕으로 암매장한 곳을 확인한바 100여 구의 시체가 발견되었다. 대한민국은 충격에 빠졌다. 이렇게 한 놈을 골로 보냈다. 이제부터 그들은 긴장할 것이다. 쉽게 처리할 수 없는 강적을 만났다고 두려워할 것이다. 그들은 확대 간부회의를 하면서 나를 어떻게 잡아야 하는지 연구에 연구를 거듭할 것이다. 하지만 난 잡히지 않는다. 이제부터 더욱더 처절하게 너희들을 박살 낼 것이다.

　사이클을 타고 해남 땅끝마을로 내려왔다. 곳곳에 검문검색이 강화되었지만 사이클을 타고 검문 장소가 나타나면 마을로 들어가서 다른 길을 이용해 그곳을 피했다. 그들은 지금 유령으로 변한 나 때문에 하루하루가 긴장의 연속일 것이다. 해남에 도착 후 떨어지는 노을을 보며 종기와 윤설을 생각하고 그들에게 더 강해질 거라고 다짐을 했다.

해남은 항상 국토종단팀이 모여 도보로 휴전선 인근까지 이동하며 나라 사랑을 실천하는 출발점이었다. 국토종단 시작점에는 많은 팀이 이미 모여 있었다. 난 자연스럽게 그들의 공통된 유니폼을 받아서 입었다. 누가 보아도 국토종단팀원이었다. 음료수 등을 지급받고 그들의 무리 중간에 포함되어 이제부터 완벽하게 녹아들어야 했다. 땅끝마을 해남에서 시작하여 파주 통일 전망대까지 가는 국토종단은 15일을 목표로 잡아 하루에 30km 이상 걸어야 하는 여정이었다. 그동안 숨 막히게 살았던 것을 조금이라도 잊을 수 있어서 너무 좋았다. 걷다 보니 내 과거를 참회할 수 있었고 그때 그러지 않았더라면 어땠을지를 생각했고 앞으로 어떻게 해야겠다는 생각을 할 수 있었다. 그리고 걷다 보면 자연과 내가 한 몸이 되었다는 그 시점에 이르게 되어 몸은 힘들어도 마음이 너무 편해졌다. 국토종단을 시작하면서 여러 번 검문소를 지나쳤으나 누군가 우리 무리를 멈추게 하거나 제지하는 사례는 한 번도 없었다. 나를 찾으려 혈안이 되어 있는 그 집단도 현재 내가 어디에도 나타나지 않고 연기처럼 사라졌으니 조바심과 걱정이 앞설 것이다. 걷다가 배가 고프면 밥을 먹고 또 걸었고 목표가 채워지면 텐트를 펴고 잠을 잤다.

솔직히 난 하루에 한 마디도 하질 않았다. 내 생각이 복잡했기 때문에 나에게 건넸던 말들도 한 마디로 끝내고 먼저 대화를 걸거나 관심도 보이지도 않았다. 국토종단의 대장은 '송하나'라는 여장부였다. 대원들은 그녀를 두목이라고 불렀다. 몸집은 작았으나 목소리에 힘이 있었고 항상 힘에 부치고 고단하게 되면 지친 대원들을 향해 의지를 불어넣어 주었다.

"아이고, 고되라. 힘들다. 하지만 바람과 꽃들과 공기가 있어 행복하다. 우리는 쓰러지지 않는다. 아이고, 저녁때 소주 먹을 생각에 힘이 난다."

송하나가 이렇게 선창을 하면 대원들이 온 힘을 집중하고 떼창을 했다. 그러면 언제 그랬냐는 듯 대원들은 힘이 생기고 발걸음도 가벼워졌다.
　야간이 되면 시골 분교나 학교 운동장에 여독을 풀었다. 각자 텐트를 치고 삼삼오오 모여 저녁을 준비했는데 난 이때까지 라면이 그렇게 맛난 음식이라는 것을 알지 못했다. 그다음에는 어김없이 술판이 벌어졌다. 하지만 난 어디에도 속하지 않고 조용히 하늘만 바라보며 하루를 기쁘게 마무리했다.
　그날도 난 텐트 안에서 내일을 준비하고 있었다. 어둠으로 완전히 바뀌고 별을 보고 있었는데 송하나가 갑자기 내게 와서 텐트를 두드렸다.
　"어이, 여보세요. 무슨 벙어리인감. 잠깐 야그 좀 합시다."
　송하나의 손에는 반쯤 비어 있는 큰 소주 플라스틱병이 있었다.
　"무슨 일이신가요? 두목님."
　난 텐트의 지퍼를 열고 밖으로 나왔다.
　"아니 벌써 사흘이 지났는데 음성 한번 못 들은 사람이 댁이에요. 컥."
　조금 취기가 오른 모습이 귀여웠다.
　"무슨 일 하십니까?"
　송하나가 나에 대해 묻기 시작했다.
　"글쎄요."
　난 별다른 생각이 나질 않아 그냥 넘겼다.
　"그럼 취미가 뭐예요?"
　"글…… 쎄요."
　"아주 '글쎄요'가 입에 배셨네. 그럼 나이는요?"
　"26살입니다."
　"어쭈, 나랑 갑이네. 우리 친구 합시다."

"글쎄요."

"이름이 뭡니까?"

"글쎄… 요."

"당신 이름은 지금부터 '글쎄요'야. 어이, 친구! 한 잔 받지."

송하나가 시원스럽게 술잔을 부었다. 나는 웃으면서 단숨에 잔을 비웠다.

"술 먹는 건 시원스럽네. 어이, 친구. 내가 한 잔 따랐으니 다시 돌아오는 게 예의 아닌가?"

"시정하지요."

그냥 웃음이 났다. 그리고 정말로 계속 만나던 사이처럼 편안했다.

"오늘은 피곤하니 여기까지 합시다. 그리고 친구 내일부터 우리 서로 말 까는 거야."

"글쎄… 요."

"글쎄 씨, 오늘 수고했으니 편히 자세요. 전 퇴장하렵니다."

하나의 뒷모습을 눈에 담았다. 비틀거리고 있었지만 결코 넘어지진 않았다. 아주 당차 보였다.

101

5일째 되는 날, 내가 살았던 금강에 도착했다. 언제나 변함없이 물이 맑았고 나를 편안하게 맞아 주었다. 그리고 이날은 두목 송하나의 재량으로 일찍 종단을 마치고 금강 하구에 텐트를 친 후 삼겹살 파티를 했다. 그동안 단백질을 보충하지 못한 까닭에 모두들 미친 듯이 먹었고 자연스럽게 소주도 함께했다. 모두가 그날은 거나하게 취했다. 여기저기에서 두 목인 하나에게 술잔을 권했지만 그녀는 결코 하나도 빼지 않고 다 마셨다. 그래도 멀쩡했다. 술에 취한 후 모닥불 앞에 앉아 있던 나에게로 왔다.

"어때, 친구. 오늘은 괜찮아 보이네?"

"글… 쎄요."

"야! 남자 자식이 왜 이리 속이 좁아. 친구 하기로 했으면 친구야. 잊었어?"

"미안하네. 약속을 갑자기 잊어서."

"좋아, 바로 그거야. 친구 오늘 어땠어?"

"한마디로 굿이야."

"친구가 좋다니 나도 정말 좋은걸. 한잔하자."

"그래."

우린 종이컵을 부딪치고 서로를 바라보며 웃었다. 그리고 한 잔은 담배 재떨이로 쓰고 한 잔 마시면 다시 그 잔을 받아 마셨다. 오래간만에 나도 기분이 너무 좋고 취기가 올라왔다.

"어이, 친구! 솔직히 이름이 뭐냐? 이젠 말해도 되잖아."

"파랑. 영어로 블루."

"정말로 빨주노초파남보 할 때 그 파랑?"

"그래 그거."

"정말로 촌스럽다. 누가 지어 주셨냐?"

"엄마가."

"엄마는 편안히 잘 계시고?"

"돌아가셨다. 나 때문에."

이상하게 하나 앞에선 거짓말을 하기가 싫었다.

"내가 잘못 물어보았네. 정말로 미안해."

"아니야. 사실은 사실인데."

"그럼 지금부터 내 얘길 해 줄게."

하나의 눈빛이 갑자기 우울하게 변했다.

"난 사실 성씨가 없이 태어났어. 태어난 지 3일 만에 버려진 거지. 고아로 자랐다."

하나와 알 수 없는 동질감이 느껴졌다.

"맨 처음 성씨는 정씨였어. 보육원 원장님의 성을 따라서 '정하나'였는데 생각할 수 있는 나이가 되고 나서도 패배의 연속이었다. 다른 친구들은 새 부모님을 만나서 입양이 되었는데 난 그러질 못했다, 친구야. 그러다 7살 때 기적 같은 일이 일어났어. 나도 새 부모님이 생긴 거지. 매일 기도했던 식구가 나도 생긴 거고. 내가 그렇게 그리던 엄마는 너무 사랑스러운 사람이었어. 새 아빠 성이 송씨인 관계로 지금의 송하나가 되었고."

난 내 앞에 놓은 잔을 들이켜고 하나한테 새 잔을 따라 주었다.

"엄마는 자기보다 더 나를 사랑했어. 내가 하고 싶은 것은 뭐든지 다 해 주셨고 진짜로 친구처럼 나를 대해 주셨던 분이야. 그런데 12살이 되던 해부터 무언가 잘못되었다는 것을 느꼈지. 엄마가 출근하면 아빠는 꼭 나를 목욕시켰어. 너무 무섭고 수치스러웠지만 엄마에게 말하면 나에게 그녀를 빼앗아 간다고 해서 아무 말도 못 했다, 친구야."

내 불길한 예감과 분노감이 같이 치밀어 올랐다.

"중학교에 들어가고 여자로 성장하면서 아빠는 내게 성욕을 풀려고 했지. 무서움에 도망치고 나서 엄마에게 모든 걸 털어놨어. 엄마는 내게 눈물을 흘리면서 잘못했다고 소리 내어 울었어. 그게 엄마의 마지막 모습이었다. 엄마는 아빠를 잔인하게 살인을 했고 아파트 옥상에서 투신자살을 했다."

내 귀가 먹먹해지고 있었다.

"그날 미친 듯이 울었다. 엄마의 몸이 화장되어서 내 앞에 있는데 내가 왜 엄마에게 그런 말을 했는지 너무 후회가 되더라."

"친구야, 그건 네 잘못이 아니다."

난 하나의 모든 불행이 내 것처럼 느껴졌다.

"아무튼 엄마는 유서에 나를 용서한 것처럼 아빠도 용서해 주고 행복하게 살라고 당부하셨어. 엄마는 내 앞으로 많은 보험금과 저축 그리고 집까지 남겨 주셨는데 갑자기 처음 본 고모라는 사람이 나타나서 법적 후견인이 되었어. 처음부터 꼬인 인생 겁나게 꼬이더라."

하나도 단숨에 술을 비웠다.

"고2가 되고 모든 것을 빼앗긴 채 난 삭막한 아스팔트로 쫓겨났다. 물론 19살까지 보육원에서 다시 지냈는데 성인이 되면 그곳을 나와서 독립을 해야 했어. 그때 나라에서 준 이천만 원이 전부였는데 세상 물정 모르는 내가 그걸로 뭘 할 수 있겠냐, 친구야."

"너도 참 바보같이 살았네."

하나가 고개를 끄덕였다.

"일 년 만에 가지고 있던 돈을 모두 날리고 그때 처음으로 소주를 먹었는데 죽을 용기가 생기더라. 나도 엄마처럼 아파트 옥상으로 올라가서 바닥을 보고 있었는데 난 아직도 그때가 생생해."

난 궁금함에 하나의 눈을 쳐다보았다. 그녀의 얼굴이 붉게 달아올랐다.

"분명히 엄마가 내 허리를 잡았다. 그리고 말씀하셨어. 엄마를 용서했으면 앞으로 더 이상 불행 없이 행복할 거라고. 정말로 그건 현실이었어. 모든 것이 뚜렷하고 아직도 내 손에 잡힐 것 같아."

내 눈에 이슬이 고였다.

"그때부터 씩씩하게 살았어. 모든 일에 최선을 다했고 만나는 사람들에게 좋은 말을 먼저 해 줬지. 인생은 그렇게 무서운 게 아니었어. 그때부터 내 친구들이 생겼고 세상 앞에 당당해지더라. 난 일도 열심히 했다. 어디에서나 인정받으며 지금까진 행복했다. 그게 내 일생이야. 지루하지? 아무튼 고맙다. 내 스토리를 들어 준 사람은 파랑이 네가 처음이다."

막혀 있던 가슴이 열리는 느낌을 받았다.

"고맙네. 만난 지 열흘도 안 되는 친구에게 모든 걸 다 말해 줘서."

솔직히 하나는 처음부터 나를 따뜻하게 맞아 주었다.

"친구야, 내 지금 직업이 뭔지 한번 맞혀 봐."

"모르겠다. 그냥 회사 일반직이겠지."

"다들 그렇게 말하더라. 나 대형트럭을 몬다. 체구에 안 맞지만 내 직업이 그거야."

"얼씨구, 정말 의외네."

"내 별명이 '고속도로의 마도로스'다. 수많은 철재와 자재들을 대형트럭에 담고서 운행을 한다. 지금은 휴가철이고 운전하는 게 적자라 휴가 보낼 겸 국토종단 두목이 되었다. 하지만 너와 친구로 만날 수 있어서 행복하네. 크크큭."

난 하나의 진짜 친구가 되었다.

"에이, 내일 일어나면 후회하겠다. 파랑아 나 자러 갈란다."

하나가 일어섰는데 난 무슨 용기에선지 그녀의 손을 잡았다. 하나도 조금도 피하지 않았다. 난 내 텐트 안으로 그녀를 이끌었다. 난 팔베개를 해 주고 그녀를 자연스럽게 끌어안았다. 우린 곧 잠들었다. 이상했다. 그때까지 악몽에 시달렸던 나였는데 몇 개월 만에 처음으로 단잠을 잤다. 잠이 이렇게 행복하고 내일의 희망을 준다는 것에 놀랐다. 하나에게 감사했다. 아침에 눈을 먼저 떴다. 하나를 바라보고 있자니 알 수 없는 눈물이 멈추질 않았다. 그녀도 축축했는지 눈을 떠서 나를 바라보고 있었다. 우린 서로 감싸안으며 소리 없이 같이 울었다.

102

그날 이후 우리는 눈빛으로 말하는 친구가 되었다. 그녀가 국토종단 중 추임새를 넣으면 가장 크게 대답하는 사람이 나였다. 하지만 내 과거도 하나가 무척 궁금해했다. 내 눈빛이 예전의 자신과 같다며 내 비밀을 듣고 싶어 했다. 내일이 서울 진입 마지막 날이다. 난 복수를 위해 이젠 떠나야 했다.

그날 밤, 내가 먼저 소주를 들고 그녀를 찾아갔다.

"친구 이제 보니 술꾼이셨네."

"너에게 옮았다."

정말로 이상하게 하나와 같이 있으면 모든 것이 편했다.

"그래, 내가 너에게 술을 가르쳐 준 스승이 맞는데 지금은 스승을 능가하는 꾼이 되셨네요."

즐겁게 술잔이 오가고 나도 이제는 내 과거를 들려주고 싶었다.

"하나야, 지금부터 넌 믿지 못할 수도 있는데 모든 게 사실인 내 과거를 말해 볼까."

내가 누구에게 내 과거를 말하는 것도 처음이고 내 비밀을 아는 유일한 사람이 하나가 될 것이다.

"넌 어디 가서 사기 치고 거짓말할 요인은 못 된다. 네가 그러면 그런 거겠지. 난 사람의 눈을 믿어. 어서 하고 싶은 말 속 시원하게 말해 보셔."

나는 하나의 재치에 웃었고 그녀의 앞에선 무장 해제가 되었다. 천천히 담담하게 내 과거를 하나둘 털어놓기 시작했다. 모든 사실을 숨김없이 다 풀어놓았다. 이야기를 마치자 하나의 입이 다물어지지 않았다.

"그럼 파랑아, 그곳을 지금 혼자 가겠다고."

"가야지. 그리고 보내 줘야지. 이제까지 아무도 막지 못했다면 나라도 막아야지."

"그러지 마라, 친구야. 아니다, 나도 같이 가자. 조금의 힘이라도 네 도움이 되는 데 쓰고 싶다. 정말 진심이다."

하나는 처음부터 진심이었고 깨끗했다.

"절대 안 돼. 나랑 있으면 다 죽는다. 한 명도 남은 사람이 없다. 물론 네가 날 따라온다면 결론은 무조건 똑같아. 너의 하늘나라에 계신 엄마도 막질 못해……. 진짜로."

하나가 나를 뚫어지게 쳐다보았다.

"에이, 씨발…. 야, 친구! 담배 하나 줘라. 너에겐 담배 냄새 안 나게 하려 했는데 더 이상 참지 못하겠다."

"미친 또라이 친구, 그냥 이참에 끊어라. 그게 건강에 좋아."

"빨랑 주고 네 걱정이나 해라. 이 미친 친구 녀석아."

"그래, 우린 같이 미쳤고 돌았다. 이 빙신아."

서로가 너무 불쌍해서 미친 듯이 울다가 웃었다. 나도 만약에 일이 잘 풀린다면 가장 먼저 만나고 싶은 사람이 하나라고 생각했다. 이제 더 이상 멈출 수 없는 내 인생을 건 싸움이 바로 현실로 다가왔다. 그 공격지에 내일이면 도착하게 된다. 이렇게 조금만 시간이 늦게 흘러갔으면 하는 바람도 처음이었고 이성으로 누구를 좋아하게 된 것도 처음이었다. 하나가 나의 가슴속에 완전히 자리 잡고 있었다. 조금만 얼굴을 보지 못하면 내 뇌리에서 그녀를 못 알아볼 것 같은 불안감을 갖게 만든 사람이 된 것도 처음이었다.

103

 드디어 국도변 교통 표지에 '여기부터는 서울입니다.'라는 글자가 쓰인 게 시야에 선명하게 들어왔다. 서울부터는 사정이 생겨서 여기까지만 같이한다는 말을 했었기에 잠시 걸음을 멈추고 이제껏 함께한 국토종단팀원들에게 고맙다는 말을 건넸다. 마지막으로 하나를 바라보았다. 하나는 의식적으로 나를 피하고 있었다. 내가 곁으로 다가갔다.
 "친구야, 그동안 정말로 고맙고 행복했다. 넌 어디서든 빛이 나고 뭐든지 잘할 거야."
 "야, 시간 없다. 빨리 가라. 그리고 꼭 다시 만날 거니까 그때 얘기하자."
 하나의 속마음을 알기에 웃어넘겼다. 그리고 하나의 손을 한번 잡아 보고 모두에게 손을 흔들며 안녕을 기원했다. 멤버들도 나에게 손을 흔들어 주고는 앞으로 전진을 계속했다. 이제는 멤버들이 점으로 보일 만큼 작게 보였다. 다시 혼자가 되었다. 공영주차장에는 계약한 트럭과 이번 일에 필요한 장비를 담은 대형 배낭이 있었다. 막상 시동을 걸려고 하니 외로움 때문인지 공허함이 밀려왔다. 잠시 숨을 골랐다. 그리고 다시 숨을 힘껏 들이켰다. 이젠 정말로 가자고 다짐을 하고 시동을 걸려고 하는 순간 유리창을 두들기고 있는 하나가 있었다. 반갑기도 하고 이러면 안 되는데, 라는 생각이 교차되었다.

"뭐냐?"

내가 퉁명스럽게 그녀를 쳐다보았다.

"뭐가 뭐냐?"

하나 또한 퉁명스럽게 나를 쏘아보았다.

"파랑아, 오늘 너를 보내면 영영 못 볼 것 같아서 왔다. 내가 너를 진짜로 좋아해."

하나의 말에 가슴이 떨렸다. 난생처음 느껴 보는 감정이었다.

"나도 너를…… 좋아해."

결국 나도 내 속마음을 속절없이 꺼내 놓고 말았다. 하나는 내 옆자리 문을 열고 나란히 나랑 앉았다.

"나 오늘부터 무조건 너랑 같이 있을 거야. 네 말이면 무조건 따르고 너를 도와서 너랑 같이 행복해질 거야."

"네가 너무 위험해져. 절대 안 돼."

마음속은 그게 아닌데 그래도 하나가 잘못되는 건 싫었다. 일어나선 안 되는 일이었다.

"내 인생은 내가 선택하는 거야. 내 친구가 힘들고 옳은 일을 하면 무조건 돕는 거고. 나에게 함께할 수 있는 기회를 줘라. 그리고 가장 중요한 건 내가 너 없으면 못 살겠다는 거고."

하나의 말에 더 이상 반박을 할 수가 없었다. 나도 그녀가 없으면 이제 힘들 거란 것을 알았다.

"그래, 같이 가자. 대신 절대로 내가 시키는 것 외에는 하면 안 되는 거다."

"알았어. 무조건 친구가 시키는 일만 할게."

하나가 자연스럽게 내 오른손을 잡았다. 나도 힘을 주어 그녀의 손을 받았다. 정말로 행복하고 사랑스러웠다.

104

 천하그룹 본사 맞은편 최고급 호텔에 여장을 풀었다. 11층 스위트룸에서 유승종을 잡을 프로젝트가 시작되었다. 하나는 모든 것이 처음이라 신기해했고 들떠 있었다. 나랑 함께할 수 있는 것에 감사했다. 나도 그랬다. 그날은 처음인지라 거사는 하루 미루고 하나와 데이트를 즐겼다. 지하 1층 호텔 레스토랑에서 저녁을 같이 먹었다.
 "웃기다. 파랑아. 어제까지 라면 먹었는데 하루아침에 이런 걸 먹다니 나도 참 출세했다."
 "나도 마찬가지다."
 "그런데 너 돈 참 많구나."
 "아니 조금."
 "너 이런 데 많이 와 봤냐? 난 처음이라 당최 분위기 파악에 적응이 안 되네."
 하나는 자신의 속마음을 숨기지 않는다는 것이 장점이었다.
 "나도 처음이라 지금 너랑 같은 생각이야."
 "그런데 정말 웃기지 않냐?"
 "뭐가?"
 "야, 다른 사람들은 전부 정장에 품위 있게 옷을 입었는데 슬리퍼에 운동복 입은 사람은 우리밖에 없다."
 그녀의 말에 주위를 돌아보니 정말 그랬다. 우리는 식사를 하면서 킥킥

거리며 웃어 댔다. 나도 하나와 같이 있는 것에 진심으로 감사했다.

105

초정밀 카메라로 유승종의 사무실을 관찰하였다. 아침 10시에 정확히 출근하고 오후 5시에 퇴근하는 자였다. 점심은 12시경에 먹었는데 이동할 때는 항상 경호원 3명이 그를 지켰다. 강민수가 죽자 위기를 느껴 1명을 더 보강한 것 같았다. 무조건 사무실 안에서 끝내야 했으므로 그의 사생활은 미행하지 않았다.

천하그룹 지하 2층에 환경미화원 남자 탈의실이 있었다. 건물에서 가장 열악한 곳에 위치하고 있었는데 건물 하나에 최상위 사람과 최하위 사람들이 같이 있다는 것이 모순처럼 느껴졌다. 사람은 결코 평등하지 않다. 난 사무용품 배달 트럭으로 위장하여 아침 7시에 지하 주차장으로 들어왔다. 8시가 되자 환경미화원으로 보이는 사내가 탈의실 앞에 섰다. 초정밀 카메라로 버튼식 잠금장치 비밀번호를 알기 위해 줌을 당겼다. 사내는 7718 번호를 누르고 안으로 들어갔다. 일단 첫 단계는 성공이었다.

자연스럽게 트럭을 몰고 주차장을 빠져나왔다. 내일이 바로 거사일이다. 내일이 되면 유승종은 이 세상 사람이 아닐 것이다. 가장 확실한 것은 최대한 빨리 치고 빨리 빼면 된다는 것이다. 그들은 자신이 근무하는 곳이 가장 안전하다고 믿고 있었고 사적으로 움직일 때 가장 위험하다고 생각하고 있다. 그 점을 노리면 되는 것이다. 환경미화원이 퇴근하는 시간에 맞춰 그를 미행했다. 그는 지하철을 타고 출퇴근을 했는데 그의 동선을 다 파악했다. 내일 하나가 내 지시를 잘 이해해 주면 바로 성공할 수 있다는 확신을 했다. 그날 밤 하나와 나는 다른 연인들처럼 손을 잡고 거리를 걸었다. 서울의 밤은 화려했고 어디를 가든 우린 행복했다. 하나는 자신의 행동을 다 나에게 맞춰 주는 친구였다. 연인들로 가득 차 있는 카페에서 함께 차를 마셨다.

"엄마가 미술 선생님이셨으면 너 그림 잘 그리겠다."

"그…… 래."

이제까지 잊고 있었던 재능을 하나가 일깨워 주었다. 어릴 때부터 그림에 재능이 있다는 소릴 들었는데 그동안 난 그 꿈을 잊고 있었다.

"언제 한번 내 얼굴 그려 주면 안 돼?"

"말 나온 김에 지금 한번 그려 보자."

카운터에서 A4용지와 펜을 빌리고 내 앞에 있는 하나를 그렸다. 나도 놀라웠다. 내가 이렇게 그림을 잘 그리는 줄은 몰랐다. 펜은 나와 한 몸이 되어 하나의 얼굴을 세심하게 묘사했다. 부끄럽지만 그림을 하나에게 주었다.

"야, 내 친구 대단하다. 그냥 피카소네, 피카소."

"고맙다, 하나야. 나 그동안 정말 초등학교 이후 그림을 그린 적이 없거든. 너 때문에 취미 생활 하나가 생겼다. 이제부터 할 것 없으면 휴식 시간에는 그림을 그리고 싶어졌어. 그런데 정말 잘 그린 거야?"

"정말로 거짓말 하나 안 보태고 이제까지 내가 본 화가 중에 네가 최고야."

"너, 나 기분 좋아지라고 하는 말 같은데."

"이런 빙신은 칭찬을 해 줘도 싫대요."

"야, 그런데 매일 빙신, 빙신 할 거야?"

"야, 빙신을 빙신이라고 하는데 뭐가 잘못되었냐?"

"알았다. 나 빙신이다."

"알면 됐어. 그런데 파랑아, 이거 정말 나랑 똑같다. 내가 이렇게 예뻤냐? 평생 간직할게. 고마워."

"정말 예쁘다, 내 친구. 그리고 내 옆에 함께해 줘서 내가 더 고맙다."

그날 밤 하나와 나는 하나가 되었다. 그녀를 위해서라도 꼭 앞으로 오래 살고 싶어졌다. 이제는 잠잘 때도 우리는 꼭 붙어서 떨어지면 더 어색했다.

누구에 대한 열성적인 사랑은 내 인생에서 처음이었다. 그만큼 소중하고 감사할 뿐이었다.

106

아침이 밝았다. 난 다시 트럭을 타고 지하 2층 주차장에서 하나의 콜을 기다렸다. 지금 하나는 지하철을 타고 환경미화원 옆에 앉아 있을 것이다.

하나가 준비한 수면 마취제를 환경미화원에게 투여하면 자연스럽게 그는 잠이 들고 지하철 종점까지 가게 될 것이다. 약효가 제대로 돌면 적어도 12시 전까지는 회사에 오지 못한다. 그러면 나는 그의 업무를 대행하게 될 것이다.

초조하게 하나의 응답을 기다렸다. 10분이 흐르자 내 수신기에 성공을 알리는 진동이 느껴졌다. 난 차에서 내려 환경미화원 탈의실 비밀번호를 눌렀다. 문이 열리고 그곳으로 들어가 사내의 작업복을 착용하고 모자를 쓰고 마스크로 얼굴을 가렸다. 청소용품과 쓰레기를 담을 대형 수거함을 들고 천하그룹 9층 미디어 정보 수집팀 사무실 옆에 있는 남자 화장실로 갔다. 그곳에서 온 힘을 다해 화장실을 청소하였다. 사람들은 출근을 하면 자연스럽게 화장실을 사용한다. 그래서 사람들은 화장실이 깨끗하고 좋은 냄새가 나면 기분이 좋아지게 되고 자연스럽게 그들은 내게 친밀감을 느낀다. 그다음에는 자연스럽게 나를 받아들이고 사무실 어디에 가더라도 경계를 풀게 된다. 아무리 보안이 생명인 팀이라도 쓰레기는 버려야 했으므로 환경미화원은 아무런 제재 없이 사무실을 통과할 수 있는 벼슬 아닌 벼슬을 가질 수 있는 것이다. 10시 20분이 되자 남자 화장실을 나왔다. 쓰레기 분리수거 통을 끌며 미디어 정보 수집팀 사무실로 들어갔다. 사무실 앞에 2명의 경호원이 있었지만 어떠한 제재도 받지 않았다. 40여 명의 직원들은 컴퓨터 모니터만 응시하고 있을 뿐 조금도 나를 의식하지 않았다. 사무실을 가로질러 팀장실 앞에 섰다. 가쁜 숨을 한번 크게 몰아쉬었다. 준비를 한 후 노크를 두 번 하고 내가 입장하자 유승종은 잠시 나를 확인하고는 다시 자신의 컴퓨터 모니터에 시선을 돌렸다. 살이 조금 쪘지만 강민수와 많이 닮은 중년의 사내였다. 팀장실은 밖에서 전혀 내부를 확인할 수 없는 구조로 내게는 최상의 공격 포인트였다.

난 사무실 문을 잠갔다. 유승종은 전혀 눈치채지 못하고 있었다. 난 쓰레기 수거 통에 숨겨 놓았던 도끼를 꺼내 탁자 앞에 놓고 자리에 앉았다.

"내가 동생 강민수를 그렇게 만든 사람입니다."

순간 유승종이 잡은 마우스가 심하게 떨렸다.

"이리로 와서 앉으세요."

유승종이 떨리는 동공으로 나를 바라보았다.

"만약 책상 밑 비상 버튼 누르면 바로 손모가지 날아갑니다."

유승종이 천천히 자리에서 일어나 2미터 앞에서 나를 보며 자리에 앉앉다.

"원하는 게…… 뭔…… 가?"

겁에 질려 발음도 엄청 떨리고 있었다.

"뭘 것 같아요?"

"그냥 조용히 돌아가지. 그럼 더 이상 우리도 묻지 않겠네. 그 점 내가 꼭 약속하지."

"그냥 돌아가려고 했으면 여기 왔겠습니까? 상황을 파악 못 하시네."

"어린…… 녀석…… 이."

유승종은 이미 겁에 질려서 말을 하지 못하고 있었다. 평생 이런 경험은 처음이었을 것이다.

"지금까지 대한민국을 마음대로 돌리고 돌렸지요. 필요한 정보만 얻어서 여론을 조작한 후 신문사에 넘기면 동생인 김춘주가 신문에 터뜨려 확신으로 만들고, 큰형인 최기덕이 법을 만들어 형제들의 세계를 구축하면 그렇게 막냇동생인 목사 강민수가 청소년과 청년들을 멋대로 유린하셨고……."

"원하는 게 뭔가? 무조건 들어주지. 그러니 제… 발."

"당신들의 그 철통 방어 속 세계에 잠시 흠집을 내었다고 내 어머니와 동생을 죽게 만들고, 내 형제 같은 친구 두 명을 죽였어. 그러니 이제 당신도 처벌을 받아야 되는 게 세상 이치야. 알겠어?"

"그들의 희생에 대해서 천 배, 아니 만 배로 보상을 해 주지. 그러니 노여움 푸시게."

"살면서 이런 날이 올 줄은 평생 한 번도 생각한 적 없겠지……."

난 갑자기 달려들어 도끼 뒷면을 머리에 내려쳤다. 유승종은 머리를 붙잡고 고통스럽게 몸을 떨고 있었다. 이런 순간 조금의 방심이 모든 걸 망칠 수도 있다. 빈틈을 주면 안 된다. 나는 도끼로 유리 창문 한 면을 박살을 내었다. 그리고 유승종을 들어 올려 자비 없이 던져 버렸다. 쿵 소리가 들렸다. 고층에서 낙하한 유승종의 머리에서 검붉은 피가 흘러나왔다. 나는 망설임 없이 바로 문을 열고 사무실을 빠져나왔다. 경호원들은 아직까지는 내부 상황을 전혀 알지 못했다. 난 바로 옥상으로 올라갔다. 하나가 나에게 손을 흔들었다. 내가 신호를 보내자 로프 총이 발사되어 내게로 왔다. 나는 피난 고리에 로프를 관통시키고 다시 로프 총을 쏘아 하나에게 보냈다. 하나도 내가 알려 준 대로 피난 고리에 로프를 연결했다. 900kg까지 지탱할 수 있는 튼튼한 로프 두 줄이 연결되었다.

난 지체 없이 도르래에 몸을 묶고 건물 사이를 건넜다. 시원스럽게 이동을 완료한 후 나를 지탱했던 로프를 회수하여 모든 증거물들을 완벽하게 제거했다. 호텔을 빠져나온 우리는 준비해 놓은 승용차를 타고 시원스럽게 서해안으로 즉시 이동했다. 그리고 그 전날 우리의 흔적을 모두 제거했다. 이동하면서도 신속 정확 하게 우리가 만든 계획을 완벽하게 수행하였다. 대한민국은 지금 초가을로 들어가고 있었다.

107

서해안 도착 즉시 자동차를 버리고 사륜구동 오토바이를 탔다. 오토바이 위에는 한 달 이상 생활할 수 있는 생필품이 있었다. 하나와 나는 시원한 바람을 가르며 2대의 오토바이를 타고 힘차게 달렸다. 서로 나란히 달리는 기분은 행복했고 찬란했다. 그리고 작은 부두에 도착 즉시 준비해 둔 보트를 탔다. 잔잔한 파도가 밀려올 때마다 잡고 있던 손을 놓지 않앉다. 우리가 계획한 곳에 도착했다. 지도상에는 있지만 사람이 살고 있지 않은 무인도였다.

다시 한번 완벽하게 유령이 될 시간이었다. 하나와 난 무인도 뒤편 안 보이는 곳에 보트를 숨기고 완벽한 우리 둘만의 공간을 꾸렸다. 무인도의 숲속에서 완벽한 위장을 했기 때문에 우리의 존재를 밖에서는 전혀 알 수 없었다. 우린 짜릿했다. 흥분이 가라앉질 않았다.

"자기야, 우리 정말 결혼해서 여행 온 것 같지 않아?"

하나도 그렇고 나도 들떠 있었다.

"나도 기쁘네. 자기랑 있어서 정말 행복하고."

이제는 서로의 기분을 숨기질 않았고 느끼는 그대로 말하기로 했다.

"하나 씨, 요리 솜씨 좋으니까 맛있는 것 좀 해 봐 봐."

"왜 내가 해야 돼. 이런 곳에 오면 남자가 하는 거야."

하나는 좋으면서도 일단은 튕겨 보았다.

"그러지 말고 우리 고스톱 쳐서 진 사람이 식사 준비하는 게 어때."

"생뚱맞게 무슨 고스톱? 그리고 너 화투 있어?"

그녀의 갑작스러운 제안에 이번에는 내가 튕겼다.

"이런 데 오면 당연히 고스톱은 기본이지요."

가방에서 고스톱을 꺼낸 하나가 흔들어 보였다.

"내가 어릴 때부터 화투는 보기 싫었지만 고스톱은 생활이었다. 너 딴 말하기 없기다."

"당연히 가야지."

하나가 바로 이불을 깔았다.

"그럼 먼저 50점 놓는 사람이 이기는 걸로 어떠셔?"

난 반대할 이유가 없었다.

"어이, 시간 없어! 얼른 돌리지."

나도 어느새 고스톱을 갈망하고 있었다. 패가 놓이고 난 짱구를 굴리면서 어떡하면 승리할까 연구를 시작하였다.

"시작합니다. 선 뽑기. 낮이니까 높은 패 잡는 사람이 선이야."

하나는 모르는 게 없었다. 그리고 나의 예상은 여지없이 적중했다. 3판만 돌았을 뿐인데 난 참패했다.

"너 꾼이지."

"아니지. 타짜 기질이 있는 거지. 늙어서 돈 없으면 부업으로 할까도 신중하게 고려하고 있거든."

내가 하나를 좋아하는 이유였다. 어느 순간에도 항상 주위를 유쾌하게 만드는 힘이 있었다. 그날 저녁은 삼겹살에 흰쌀밥 그리고 맥주와 소주가 곁들여졌다. 그때 생각했다. 작은 행복을 나에게 준 하나에게 고마웠고 그녀도 내가 있어 행복해하니 다행이었다.

"파랑아, 우리 육지에 가면 혼인신고 할까?"

"으응……? 그래……. 생각해 보고."

하나는 그냥 했던 말인데 내가 끝을 얼버무렸다. 내 지금 현재 상황이 외줄을 타듯이 많이 위태롭기 때문에 장난이라도 그런 말은 할 수가 없다. 텐트 안에 편안한 잠자리가 펼쳐졌다. 밖에서 우린 모닥불을 피우고 서로를 향해 축배를 들었다.

"이제부터 나는 파랑 씨를 우리 신랑이라고 할 거야. 자기는 진짜 매력덩어리야. 자기도 마누라야, 라고 한번 해 봐."

"하면 되지. 이 마누라야."

처음 불러 보지만 참 좋은 말인 것 같았다. 마누라라는 소리가 너무 좋았다.

"그런데… 파랑 씨… 앞으로… 어떻게?"

하나가 내 눈치를 보며 말끝을 흐렸다. 어려운 말에 앞서서는 항상 신중을 기하는 그녀였다.

"일단 잠잠해질 때까지 아무것도 생각하지 말고 푹 쉬자. 아직 시간은 많으니까 천천히 생각하자. 첫날부터 너무 많은 걸 생각하면 머리 아파요."

"미안해. 내가 너무 앞서가네. 성질이 급해서 그래요. 나의 미스테이크야."

하나의 농담이 나를 항상 즐겁게 하고 걱정을 잊게 만든다. 하나는 나와 정말로 평생을 같이 살아온 사람 같았다.

"피곤한데 자자."

"그래, 신랑. 나도 바라던 바야."

우리의 입술은 그렇게 또 포개졌다. 그녀가 있으므로 내가 살아 있는 것 같았다. 하나가 내가 사는 이유인 것처럼 느껴졌다. 행복한 순간의 연속이었다. 우리는 잠을 자면서도 조금도 떨어지지 않았다. 앞으로 항상 꼭 붙어서 평생을 이렇게 살아가자고 다짐했다. 나의 너. 너의 나. 앞으로 하나는 무조건 행복해져야 한다. 하지만 나를 만난 것이 불행인데…….

아니다. 지금은 우리 모두에게 행복이요, 꿈이요, 그리고 사랑이다. 그녀도 나의 웃는 모습에 넋을 잃고 나는 그녀의 사랑에 빠져 있는 지금이 영원했으면 좋겠다.

108

그날이 왔다. 내가 여기에 온 목적이기도 하다. 윤설이 나에게 지하철 물품 보관소에서 배낭을 주었을 때 그 안에 작은 편지가 있었다. 아트 킬러 집단이 나를 제거하기 위해서 움직이고 있다고. 아트 킬러(Art Killer). 말 그대로다. 살인을 예술로 하는 자들이란 뜻이다. 전 세계 지하에서 살인 청부 사업으로 명성을 떨치고 있는 집단이었다. 최고의 프로페셔널 인간병기들이 모인 집단이다. 그들이 나를 타깃으로 잡았다고 했다. 하지만 그때까지 이들은 내가 있는 곳을 알지 못했다. 이들도 나를 찾으려면 시간이 많이 걸린다는 것을 알고 있었다. 그래서 내가 역제안을 했다. 나를 만날 수 있는 곳을 내가 선정해서 통보하는 방식이었다. 대신 최고답게 자신들만 공유하고 다른 어떤 사람에게도 정보를 공유하지 말고 우리끼리 깨끗하게 붙어서 결판을 보자는 제안이었다. 세계를 대표하고 자신들의 능력이 최고라고 생각하는 집단이었기에 약속 또한 철칙으로 알았다. 그들은 내 제안을 그렇게 수락했다. 그들은 한꺼번에 힘을 모아 나에게 공격하면 내가 당연히 상대가 되지 않는다는 것을 잘 알고 있었다. 그들은 최고였으므로 그렇게 승리를 쟁취하기를 원하지 않았다. 하지만 아프리카에서의 나의 활약상을 잘 알고 있는 터라 9명이 순번을 정하여 1대 1로 나에게 대적한 후 최후에 살아남는 자가 승리하는 걸로 했다. 물론 철저한 보안으로 그들과 나만 아는 우리들만의 리그였다. 바닷가 날씨는 항상 쌀쌀하다. 하나에게 아침저녁으로 날씨가 스산해지니 가을옷 좀 사자고 했고 그녀도 그것에 동의했다. 같이 가자고 했지만 둘이 움직이는 것은 위험해질 수 있으니 아직 노출이 안 된 하나가 해 줬으면 했다. 그녀는 내 말에 따랐다. 보트로 그녀를 내려 주고 진짜로 하고 싶은 것 다 하고 돌아오라고 했다. 내 운명이 여기까지라고 한다면 마지막이라고 할 수도 있는 지금 난 웃으며 내가 가진 전부를 하나에게 주고 싶었다.

  물론 어떠한 것도 하나를 생각하면 보잘것없었다. 항구에 내려 주고 나에게 손을 흔드는 그녀를 끝까지 담았다. 내가 이기지 못한다면 이 순간이 마지막이라서 그랬다. 햇빛에 반사된 그녀는 정말로 내 심장이 터질 것처럼 나의 운명이며 전부였고 나의 생명의 원천이었다. 목숨을 다 바쳐 진심으로 사랑한다, 하나야……

보트를 돌려 우리의 본거지 섬에서 30분 이상 거리가 있는 견도로 향했다. 물론 무인도다. 개처럼 생겼다고 해서 견도라고 했다. 9명을 상대해야 했다. 프로들이기 때문에 자신들이 불리해도 절대 도와주거나 약속을 깨지 않을 것이다. 이들은 세계 곳곳에 도사리고 있는 고수들과 싸워 깨끗하게 쟁취해서 명성을 확인받는 것을 매우 중요하게 생각했다. 그래야 자신들의 몸값을 올릴 수 있었다. 살인은 하되 절제와 그들만의 룰을 철저히 지키는 최고의 인간병기들이 되고 싶어 했다.

첫 번째 게임은 9발이 든 콜트 권총으로 상대를 먼저 죽이는 것이다. 킬러들은 9라는 숫자를 좋아했다. 333으로 이어지는 9가 안정감이 있어 좋았고 죽어도 333으로 정확하게 이루어지는 정삼각형 위에서 사후 세계에서 조금이라도 구원을 받을 수 있다는 일종의 미신 때문이었다. 난 견도에 먼저 도착하여 연막탄을 피워 내가 준비되었음을 알렸다. 9명의 킬러 대표들이 100여 미터 지점에서 천막을 치고 나를 바라보았다. 20여 미터 사이에 콜트 두 자루가 놓였고 선글라스를 쓴 털이 많은 백인이 내 앞으로 다가와 총을 들었다. 나 또한 총을 들어 제대로 작동되는지 확인했다. 철컥거리는 파열음 소리에 정비가 잘되었음을 알 수 있었다. 콜트 권총의 안전장치를 풀었다. 천막에서 공포탄이 발사되었다. 시작을 알리는 신호였다. 나를 보고 비웃음을 보이는 킬러. 평정심을 가져야 한다. 20미터 사이에서 적과 나는 빙빙 돌며 기회를 엿보았지만 먼저 발사하지는 않았다. 우선 기회만 노리고 있다. 솔직히 빈틈이 보이질 않았다. 왜 이런 순간에도 하나가 생각날까? 뭍으로 잘 도착했나. 보고 싶다.

탕-!

백인의 선공이 시작되었다. 내 왼쪽 귀가 반응을 보였다. 바로 손을 내밀면 닿을 거리에서 바람이 생겼다. 나도 반격했다. 간발의 차이로 사내를 스치고 갔다. 탕, 탕! 두 발이 내 총구에서 불을 뿜었다. 정확히 쏘았지만 그는 멀쩡했다. 탕! 백인의 한 발이 내 무릎 쪽으로 발사가 되었다. 내 군복 바지를 스쳤다. 5cm만 옆에 있었어도 내 다리는 관통되었을 정확도였다. 남은 총알 개수 나 6발, 백인 7발. 한 발을 참아 내야 한다. 탄알을 아껴야 한다고 생각했지만 백인은 너무 집중한 나머지 오른쪽 발을 헛디뎠다. 그 순간 내 총구가 먼저 총알을 토해 냈다. 정확히 사내의 허벅지를 뚫었다. 악! 비명 소리와 함께 사내의 머리가 보였다. 탕, 탕! 2발 중 1발이 사내의 머리를 뚫었고 사내의 선글라스가 벗겨졌다. 백인은 마지막으로 사력을 다하려 했지만 허공에 총알을 난사했다. 완벽한 나의 승리였다. 하지만 내 등 뒤로는 식은땀이 스며들었다. 나는 긴장을 철저히 숨기며 콜트를 앞으로 던졌다.

남은 인원 8명. 2번째 죽음의 게임은 석궁을 들고 적을 쏴서 죽이는 것이다. 9발씩 다시 석궁 화살이 모래사장에 놓였다. 피아노 줄은 팽팽하게 당겨졌고 영점을 조절했다. 점검을 끝내고 나는 상대와 마주 보았다. 이번에는 흑인 사내였다. 이빨만 빼고는 무조건 검정색의 피부를 가진 흑인. 흑인은 질겅질겅 껌을 씹고 있었다. 어느 정도 나의 실력을 인정하는 듯이 보였다. 하지만 석궁의 달인일 것이다. 마주 선 우리는 서로의 눈치를 살피고 서로를 겨냥하였다. 먼저 발사한 쪽은 흑인이었다. 정확하게 날아온 석궁 촉이 내 워커 앞부분에 맞았다. 철로 되어 있어서 다행히 뚫지 못했지만 느낌은 고스란히 전해졌다. 더 긴장해야 할 상대였다. 나도 반격을 위해 정조준해서 활시위를 당겼다. 날아간 촉이 아깝게 흑인의 얼굴을 스쳐 갔다. 흑인의 얼굴에 작은 상처가 생겨 피가 보였다. 사내는 다급했는지 연속으로 두 발을 발사했지만 평정심을 잃었다. 흑인이 먼저 발사를 하고 나도 곧이어 반격을 시도했다. 날아온 촉은 내 왼쪽 어깨에 박혔고 내 촉은 나를 조준하던 흑인의 오른쪽 손목에 그대로 박혔다. 나 또한 고통스러웠지만 일단 죽을힘을 다해 참았다. 흑인이 으악 소리를 하며 석궁을 하늘로 들어 올림으로써 그의 가슴이 그대로 노출되었다. 퍽 하고 날아간 내 촉이 가슴에 정확하게 명중되었다. 비명도 제대로 내지 못하고 사내가 쓰러졌다. 난 고통을 참으며 내 어깨에 박혀 있던 촉을 뽑았다. 피가 그대로 터져 나왔다. 내가 승리할수록 아트 킬러 무리는 전투의지가 상승하면서 나를 보며 입술을 깨물었다. 그래도 난 2명을 죽였다. 그들도 내가 분명히 불리한 싸움이라는 걸 인정했다. 내가 스스로 상처를 치료할 수 있도록 20분간의 휴식 시간을 주었다.

그래도 동종 업계의 상도덕은 있다고 판단되었다. 그들은 나와 같은 동동한 입장에서 싸우기를 희망하였다. 프로는 프로였다. 세 번째는 견도의 야산에 킬러 한 명이 숨어 있고 나는 그를 찾으며 지형지물을 이용해 서로를 죽이는 것이다. 물론 작은 칼만 가지고 있고 소지한 무기는 없이 맨손으로 죽이는 게임이었다. 이번에는 여자였다.

백발이 유독 잘 어울리는 매력적인 얼굴의 소유자였다. 먼저 그녀가 산으로 들어갔고 10분 후 내가 출발하였다. 천막에서 보던 킬러들은 망원경으로 우리 두 사람의 동태를 살피고 있다. 먼저 숨은 사람이 절대적으로 유리하다. 하지만 때로는 나도 그런 핸디캡을 안고 싸우겠다고 동의를 했다.

긴장을 하며 전진을 했다. 대나무 숲이 보였다. 바람에 날려 대나무 잎사귀의 춤사위가 멋있게 보였다. 하나와 같이 오고 싶다고 느꼈다. 대나무 숲을 전진했다. 넘어진 대나무를 자르고 대나무를 날카롭게 손질했다. 발견하면 이것으로 뚫을 것이다. 앞을 수색했지만 별다른 반격이 없었다. 10분이 흘렀다. 대체 어디에서 나를 공격할 것인가? 나와 있는 대나무 사이를 가로질러 가다 실타래가 느껴지며 내 워커에 그 줄이 끊어졌다. 반동을 잡고 있던 힘이 없어지자 대나무가 옆으로 풀리며 내 무릎을 그대로 강타했다. 고통에 겨워 넘어졌고 돌덩이를 든 여자가 내 얼굴을 노리고 그대로 내려쳤다.

 난 무의식중에 두 팔을 모아 그대로 돌덩이의 충격을 막았다. 인간이 느낄 수 있는 최고의 고통이 내게 밀려왔다. 하지만 다행스러운 것은 팔은 아직 괜찮았다. 고통에 찬 내 얼굴이 심하게 일그러졌다. 그녀의 펀치는 누워 있는 나에게 그대로 날아와 내 얼굴에 박혔다. 내 신경이 곤두서며 정신을 잃는 듯했다. 그녀는 승기를 잡았다고 판단했다. 다시 나를 향해 돌덩이를 들고 내려치려고 할 때 내가 잘라 놓았던 죽창이 그녀의 옆구리를 그대로 관통했다. 그녀는 움직임이 없었다. 나의 몸은 만신창이가 되어 갔다. 그러나 정신은 더 또렷해졌다. 그들은 이제 승기를 잡았다고 생각했다. 나에게 파격적으로 30분의 휴식 시간을 주었다. 내 양팔이 자유롭지 못하다는 것을 느꼈다. 워커 끈으로 양팔을 세게 칭칭 감았다. 조금 살 만했다.

 네 번째는 해변에서 날이 선 검을 들고 서로를 베는 것이다.

 이번에는 러시아 쪽 사내였다. 몸집은 나보다 작았지만 눈빛이 빛나고 있었다. 이번이 고비라고 생각했다. 사내는 나에게 검을 먼저 고를 수 있는 기회를 주었다. 온몸이 근육질인 사내였다. 솔직히 두렵다. 어쩌면 이번이 마지막일 수도 있겠다고 생각했다. 하지만 더 이상 물러날 곳도 없었다.

하나가 예쁜 옷을 입고 나타나 줬으면 좋겠다. 참 예쁠 것이다. 섬광이 튀었다.

내가 기력이 너무 빠졌다는 것을 상대는 잘 알고 있었다. 사내는 3배 만에 내 목에 칼날을 겨누었다. 눈을 감았다. 끝이라고 생각했다. 사내는 여유를 부리며 칼을 거두었다. 자존심이 상했다. 하지만 현실이었다. 다시 섬광이 일고 5배 만에 내 가슴에 칼을 겨누었다. 난 패배를 인정하고 다시 눈을 감았다. 다시 웃으며 칼을 거두었다. 차라리 찔렀으면 했다. 다시 겨루기가 시작되었다. 사내는 너무 여유를 부렸다. 이번에는 한 손으로 칼을 잡고 나에게 공격을 시도했다. 난 양손으로 힘을 다해 그 칼을 쳐냈다. 사내의 손목에서 칼이 빠졌다. 운이 좋게 내가 그의 목에 칼을 겨누었다. 사내의 웃음이 사라졌다. 이번엔 내가 칼을 거두었다. 사내 또한 이것이 모욕이라고 생각했을 것이다. 이제부터는 웃음기가 사라졌다. 온 신경을 세우고 상대의 급소를 노렸다. 내 실력이 안 되었다. 또다시 내 목에 칼날이 들어왔다. 이번에 깨끗이 내가 칼을 놓았다. 죽이라는 신호였다. 사내는 한 번의 치욕이 자존심이 상했는지 내가 떨어뜨려 놓았던 칼을 집어 건네주었다. 나 역시 이번이 마지막이라는 것을 잘 알았다. 실력으로 안 되면 미끼를 주어야 했다. 난 왼쪽 어깨를 드러냈다. 사내의 칼날이 간발의 차로 내 어깨를 스치고 지나갔을 때에 그의 가슴이 열렸다. 난 긴 팔을 이용해 사력을 다해 찔렀다. 사내의 가슴을 뚫고 등 뒤로 내 날카로운 칼날이 나왔다. 아무런 반항 없이 사내가 얼굴을 모래에 묻고 넘어졌다. 기적적으로 내가 이겼다. 나도 바로 바닥에 쓰러졌다. 만약 계속 이어졌다면 내가 무조건 패배가 되는 싸움이었다. 그들은 식탁을 펴고 식사를 했다. 내게 정정당당하게 싸울 수 있는 시간을 주고 있었다. 그들은 프로였기에 자신의 정당한 실력으로 이기려고 했던 것으로 사료된다. 난 그늘에 누워서 숨을 몰아쉬며 내 에너지를 조금이라도 보충하려 했다. 이상하게 몸은 무거웠지만 무조건 살고 싶다는 생각이 들었다. 이번에는 내게 조금은 기력을 찾을 수 있는 승부였다.

다섯 번째는 모래 위에 수류탄이 9개씩 놓였다. 수류탄을 이용해 상대를 죽이는 것이다. 물론 지는 쪽은 아무것도 남지 않고 온몸이 사방으로 터지는 거였다. 어떡해서든 살았으니 이번 상대는 웃음기를 완전히 배제했다. 이번에는 방심을 하지 않고 처음부터 나를 죽이기 위해 온 신경을 다 쓰고 있다는 것을 내가 느낄 수 있었다. 다른 킬러들보다 더 현실에 민감한 사내였다. 내 앞에 수류탄이 터졌고 나는 다이빙을 해서 간신히 파편을 피했다. 내 바지 여러 군데가 화약으로 인해 구멍이 났다. 나도 반격을 시도해 그에게 수류탄을 던졌다. 곡예사처럼 가뿐하게 주위를 벗어나는 그였다. 동시에 상대편을 향해 수류탄을 던졌다. 우연하게도 공중에서 수류탄이 충돌을 했다. 양쪽으로 파편이 터지자 사내와 나는 모두 곡예를 부리며 위기를 넘겼다. 수많은 연기가 피어올랐다. 다시 사내가 나에게 수류탄을 던졌고 난 모든 정신을 바로 세워 그의 공격 수류탄을 내가 던진 수류탄과 공중에서 충돌하게 했다. 펑 하는 소리와 함께 귀가 떨어져 나갈 듯이 사방에 폭발음이 들렸다. 운이 좋았다. 사내가 파편을 피하기 위해 몸을 오른쪽으로 던졌을 때 나도 같은 방향으로 몸을 던진 후 바로 다음번 수류탄을 그의 앞으로 던졌다. 펑 하는 소리와 함께 그의 상체 모두 없어지고 양다리만 남았다. 이번에도 운이 좋게 내가 이겼다. 이제부터는 그들도 긴장했는지 잠시 휴식만 있을 뿐 바로 다음번 죽음의 게임이 시작되었다.

여섯 번째는 상의를 탈의하고 바다 한가운데 수중에서 서로를 절명시키는 게임이었다. 난 코만도 위베르 해군 특수부대다. 바다는 나의 주무

대였다. 그들은 그것을 몰랐다. 수중에서 나의 심장을 멈추게 하기 위해서 공격을 했지만 난 자유자재로 그 공격을 피했다. 쇼몽이 나를 훈련시킨 덕에 물속에서 13분 50초 동안 있을 수 있다는 사실을 그들은 몰랐다. 내가 잠수로 사라지자 사내는 나를 잡기 위해 물속으로 내려왔다.

난 그를 잡고 있기만 하면 되었다. 아무리 바다에서 오래 있을 수 있다고 해도 2분을 넘기지 못한다. 옛날 쇼몽이 그랬다. 내가 물속에서 오래 버틸 수 있는 선천적인 신체를 타고났다고. 나는 그를 밖으로 못 나가게 견고하게 신체 뒤에서 손으로 결박했다. 수없이 반항하던 손과 발이 멈췄다. 사내는 아무런 움직임 없이 물위로 떠올랐다. 그때 불현듯 스치고 지나갔다.

오늘 저녁은 하나에게 시원한 김치찌개 좀 해 먹자고 하고 싶었다.

일곱 번째. 이번에는 작은 단도를 들고 서로를 죽이는 게임이었다. 그런데 이번 사내도 나의 숨은 실력을 몰랐다. 쇼몽이 내게 군사훈련을 전수했을 때 단도는 찔러서 죽이는 것이 아닌 던져서 정확하게 급소를 뚫으면 된다는 교육을 전수하였다. 사내가 내게 칼을 휘둘렀지만 난 동요하지 않았다. 그리고 자세가 열렸을 때 나의 손에서 날아간 단도가 사내의 왼쪽 눈알을 뚫고 지나갔다. 사내는 힘없이 넘어졌다. 이상했다. 후반부로 갈수록 내가 훨씬 유리했고 내가 쇼몽에게 수도 없이 전수받았던 기술만 나왔다.

쇼몽이 하늘나라에서 나를 지켜 주는 것 같았다. 여덟 번째는 서로 눈을 가리고 상대의 움직임에 따라 서로를 죽이는 것이다. 검은 천이 내 눈에 둘러졌다. 오로지 청각만을 이용해 상대를 죽여야 한다. 최고로 힘든 싸움이었다. 서로를 볼 수 없으니 사내의 주먹이 내 얼굴을 강타하면 나도 바로 반격을 해서 사내의 얼굴에 내 주먹을 꽂아 넣었다. 서로의 치명적인 공격을 고스란히 몸으로 받아야 했다. 하지만 내가 잠시 넘어졌을 때 내 주먹 쥔 손 피부에 모래를 박히게 했다. 고통을 참으며 공격을 준비했다. 이것이 가속도가 붙으면 흉기가 된다. 내 공격에 사내의 피부 조직이 찢어지면서 피가 솟구쳐 올랐다. 출혈이 계속되자 사내는 더 이상 견디지 못하고 쓰러졌다.

이젠 마지막 살인 게임만 남았다. 이번엔 상의를 탈의하고 오로지 맨몸을 이용해 상대를 죽이는 것이다. 마지막 남은 이 자가 바로 아트 킬러의 리더이자 가장 센 사내였다. 신장은 나보다 머리 한 개 더 있었으며 아무런 머리카락이 없는 삭발한 사내였다. 근육이 터질 듯해 입고 있던 상의가 작아 보였다. 그리고 수염이 유난히 빛이 났다. 사내는 이제까지 승리한 나에게 정중한 예의를 보였다. 나 또한 그에게 경의를 표했다. 사내는 처음부터 어떠한 동정심도 없었다.

그의 공격은 비수가 되어 내 온몸에 쑤셔 박혔다. 내 얼굴을 강타하자 입에서 피가 터져 나왔고 날아 들어오는 펀치는 내 뼈마디를 마비시켰다. 이대로 가다간 10대 정도면 나는 죽을 수도 있다고 생각했다. 비참했지만 이기는 방법을 택해야 했다. 사내가 다가올 때 워커를 모래 깊숙이 묻고 그의 얼굴에 모래를 날렸다. 눈에 모래가 들어오자 공격을 멈추고 사내가 얼굴에 손을 갖다 대었다. 난 날아올라 내 머리를 그의 얼굴에 꽂아 버렸다. 사내가 정신을 잃고 넘어졌다. 사력을 다해 내 양팔 팔꿈치를 사내의 머리에 그대로 박았다. 사내는 그 자리에서 뇌가 터져 죽어 갔다. 다 이겼다. 그리고 난 살았다. 그런데 갑자기 난쟁이 사내가 내게로 왔다. 난 솔직히 그가 있는 줄 몰랐다. 사내는 내게 싫으면 관둬도 좋다고 눈치를 보이며 6연발 총에 총알을 한 발 넣고 총열을 돌렸다. 러시아 룰렛 하자는 신호였다. 피할 수도 있었지만 나도 마지막 내 운명을 시험해 보고 싶었다. 사내가 굳은 자세로 자신의 머리에 총구를 대고 방아쇠를 당겼다. 탁 소리가 났다. 총알이 없었다. 나도 내 머리에 총구를 대고 큰 심호흡을 한 뒤 방아쇠를 당겼다. 철컥. 나도 재수가 좋아 몇 분간 인생을 연장했다. 이번엔 난쟁이 사내가 방아쇠를 당겼다. 철컥! 그도 한숨을 쉬었다. 내 차례. 하나의 얼굴이 영화처럼 나타났다.

그때 솔직히 느꼈다. 이게 마지막이라고. 꿈을 꾸는 듯이 모든 게 천천히 흘러갔다. 철컥. 나도 아직 살아 있었다. 멈추자고 하고 싶었다. 하지만 난쟁이 사내는 온 신경을 다해 자신의 얼굴에 총구를 붙였다. 이번에 살게 되면 난 무조건 죽는다. 방아쇠를 당기는 순간 난 눈을 감았다. 탕-! 사내의 얼굴에 총알이 관통되며 사내가 힘없이 쓰러졌다. 재수가 좋았다.

난 그들 모두 좋은 곳으로 가게 해 달라고 기도를 하고 그들을 모래 속에 묻어 주었다. 다 묻고 나니 모든 기력이 빠졌다. 끈적함을 느껴 간신히 옷을 벗자 오른손 가슴에 살이 덜렁거렸다. 피부가 갈라지며 피가 솟구쳐 올랐다. 난 그들이 먹었던 위스키를 2/3 이상을 단숨에 들이켰다. 아픔이 사라지고 마비가 되었다. 가지고 있던 바늘과 실로 내 살을 꿰맸다. 이렇게 지체하다간 하나를 더 이상 보지 못할 수도 있다고 생각되었다. 멍하니 모래사장에 앉아 파도를 바라보았다. 피에 물든 손으로 모래를 쥐었다. 무덤처럼 봉긋이 솟은 모래사장을 보니 나 자신이 문득 낯설게 느껴졌다. 지금까지 너무 많은 사람을 죽였다. 어쩌다가 이렇게 되었을까? 하지만 이미 너무 멀리 왔기에 되돌아볼 겨를이 없다. 나는 너무 멀리 왔고, 앞으로 가야 할 길도 한참 남았다.

어떻게 우리가 있던 섬으로 왔는지 모르겠다. 시동을 끌 힘이 없어서 모래사장 위까지 보트가 올라왔다. 어느새 천둥을 동반한 비가 내리고 있었고 나는 아무런 의식을 찾지 못하고 끝없는 꿈속으로 빠져들었다. 내가 살아 있는지 죽었는지 아무런 기억도 없었다.

109

정신을 차린 것은 이틀 후였다. 하나는 폭우 속에서도 무조건 내가 있는 섬으로 오려고 어부들한테 웃돈을 더 준다고 했지만 모두들 죽기 싫다며 거절했다고 한다. 그때 하나도 불길한 생각이 들었다고 했다. 어부들이 하루에 버는 돈 5배를 더 준다고 하자 털보 선장이 그 돈이면 목숨도 내놓을 수 있다며 천둥이 치는 바다를 건넜다. 도착 즉시 보트 위에서 완전히 맛이 간 나를 발견하고 선장의 도움을 받아 나를 텐트로 옮겼다고 했다. 하나는 내가 죽으면 자신도 따라서 죽겠다고 마음먹었다고 했다. 하나라면 나를 위해 목숨을 버릴 만큼 의지가 나보다 한 수 위였고 그녀는 내 삶의 전부가 되었다. 내가 눈을 떴을 때 지쳐서 그녀도 쓰러졌다. 그리고 몇 시간 후 같이 일어났다.

"자기 무슨 일 있었지?"

나는 비밀에 부쳐야 된다고 생각했다.

"왜 내가 아직도 자기 인생을 관여하면 안 되는 거야? 왜 내게 말을 못해. 난 자기의 뭔데?"

나는 그녀를 당겨서 내 품에 묻었다.

"달링아. 때로는 무조건 묻고 갈 때도 있는 거야. 왜인지 알아? 내가 말하는 순간 더 슬퍼지고 더 마음 아플 네가 있어서야. 하지만 한 가지는 생생해. 어려움이 닥칠수록 하나 마누라 얼굴만 생각났었다고."

"고마워. 나를 만나 줘서."

"내가 더 고마워. 내가 사는 이유를 만들어 줘서."

내가 아이처럼 울고 있었다.

가을의 눈부신 바다는 우리와 같이 익어 가고 있었다. 이제껏 한 번의 말다툼도 없이 석양을 바라보며 우리는 해변을 걸었고 아침이면 기분이 너무 상쾌해서 해변을 또 걸었다. 점심이면 밥을 먹고 즐거워서 손을 잡고 또 걸었다. 우리는 서로 신체의 일부분이 되어서 모든 걸 의지했다. 하지만 내가 더 그녀를 사랑하고 있었다. 내가 해야 할 복수도 그땐 잠시 잊고 있어서 모든 것이 평온했다. 아니, 하나를 떠나야 하는데 그게 너무 싫어서 그냥 시간만 죽이는 생활이었다.

언젠가는 복수를 해야겠지만 그런 생각이 많이 변색되어서 지금 하나와 있는 시간이 내 인생의 전부가 되었다. 그날도 우린 서로를 의지하면서 가을의 상쾌한 바닷바람을 만끽하고 있었다.

"나는 있잖아. 생각해 보니까 그런 경험이 한 번도 없었다."

"그게 뭔데, 달링아."

하나도 이젠 나를 달링이라고 웃으며 불렀다.

"텔레비전에서 보면 소풍 가는 날 엄마가 김밥을 싸 주는데 어린이들이 옆에 앉아서 김밥 꽁다리 먹잖아. 그게 그렇게 보기 좋은 거야. 사실 한 번도 그런 경험이 없었어. 그리고 언제가 기회가 된다면 꼭 그걸 할 거라고 생각했지."

"핏. 달링아. 그럼 내게 말하면 되지. 뭐가 어렵다고. 나 그리고 김밥 싸기 선수야. 바로 갔다 오면 되겠네. 오늘 당장 해 주지 뭐."

"정말?"

"우리 달링이 원하면 나는 무조건 달려갑니다."

하나는 무조건 나에게 자신을 맞추었다.

"역시 우리 하나 없으면 난 무조건 안 돼."

정말 그게 하고 싶었다. 우린 보트를 돌려 육지로 향했다.

"천천히 장 보고 먹고 싶은 거 사서 여기로 와. 난 그동안 우리 달링 줄 횟감 좀 낚시로 잡아 볼게."

나는 자신 있게 말했다.

"그냥 내가 가서 횟감 사 올게."

"아이, 한번 믿어 보셔. 이래 봬도 뭘 시작하면 바로 능숙하게 하는 게 나라니까."

난 자신 있었다.

"알았어. 한번 믿어 보지."

하나가 상냥하게 말을 하면서 내 눈치를 살폈다.

"하나도 드라마 보면 사람들이 하는 걸 따라 하고 싶었는데."

"달링아, 그건 또 뭔데?"

"그거 있잖아. 헤어질 때 뽀뽀 같은 거 하잖아. 안 당기면 말고."

"고마워. 안 당겨."

내가 몸을 돌려서 가는 시늉을 했다.

"저 인간 진짜 갈수록 교활해지네."

"장난이야. 장난. 나도 몸 개그 한번 해 봤어."

내가 다정스럽게 하나를 안고 이마에 입술을 포갰다. 너무 사랑스러운 나의 애인이었다.

"잘 갔다 오셔. 갔다 오면 달링보다 더 큰 고기 잡아 놓고 회 썰고 있을게."

"내 생각은 변함이 없는데. 그냥 시켜 먹지. 그게 싸게 나올 것 같은데. 크크."

"아이, 저 인간 저거. 달링이야, 적군이야."

이젠 말투도 비슷해지고 있었다. 하나가 킥킥 웃으면서 오토바이에 시동을 걸었다. 운전의 달인답게 시원스럽게 하나가 뒤로 손을 흔들고 사라져 갔다. 고기 더럽게 안 잡힌다. 진짜 달링 말대로 횟집에서 주문을 하는 게 나을 것 같았다. 그런데 진짜로 회보다는 김밥이 당겼다. 빨리 나도 김밥 꽁다리 먹고 싶다. 하나는 센스가 있고 손이 빨라서 정말로 기가 막힌 김밥이 탄생될 것이다. 고기 잡는 건 뒷전이고 오로지 하나만 오기를 손꼽아 기다려지는 하루였다. 나에게 이런 사랑스럽고 신나고 기대되는 하루도 오는구나 싶어 1초 1초가 기다려지는 나의 가장 찬란한 하루였다.

110

금방 올 줄 알았던 하나가 오지 않았다. 시간이 되어도 오질 않자 수백 가지 경우의 수가 내 머리를 떠나지 않았다. 불안했다. 늦어도 2시간 안쪽으로 올 줄 알았는데 하나가 나타난 시간은 4시간을 훌쩍 넘어 거의 초저녁으로 넘어가던 때였다. 일단 왔다는 것 자체에 안심이 되었지만 얼굴은 너무 어두웠다. 내가 걱정스럽게 바라보았으나 그녀는 내 눈빛을 피했다.

"자기야, 미안해. 늦어서. 어서 가자."

"무슨 일 있구나? 대체 뭔데……?"

"아냐. 집에 가서 말할게."

그녀의 표정이 어두워진 걸 보니 분명 무슨 일이 생긴 거였다. 더 이상 물을 수도 없었다. 그녀가 내게 그렇게 어두운 얼굴빛을 보인 것이 처음이었다. 난 말없이 보트 키만 쥐었다. 내가 그렇게 먹고 싶었던 김밥 재료도 없었다. 무슨 일이 분명 일어난 거였다. 난 하나가 말할 때까지 어떠한 말도 묻질 않았다. 내게 곧 사실대로 털어놓을 것이다. 그녀는 도착 즉시 텐트 안으로 들어가 침낭을 깔고 누워만 있었다. 나는 걱정되어서 즉석 밥에 저녁을 준비했지만 하나는 그냥 누워만 있었다. 그리고 갑자기 눈물만 흘리고 있었다. 나도 밥을 뜨지 못하고 그냥 간이 밥상 위에 과자를 놓고 말없이 잔에 소주를 따라 주었다. 하나는 술을 단숨에 비웠다. 그리고 나를 바라보았다.

"달링아, 어쩌면 좋지?"

"그냥 속 시원히 말해 줬으면 좋겠다."

"말하고 싶은데 자기 나 때문에 더 힘들어질까 봐. 내가 판단이 서질 않아서."

내가 하나를 강하게 쳐다보았다.

"나는 너고 너는 나다. 우리는 하나야. 그러니 속 시원히 말해 줘라. 그런데 지금은 아니라고 생각이 들면 내일까지 말해 주면 돼. 그래, 오늘은 그냥 편히 쉬고."

하나가 눈을 감고 크게 호흡을 했다. 그리고 결심이 섰는지 나를 바라보았다.

"내가 있었던 큰 사랑 보육원 있잖아. 원인 미상의 화재로……."

"화…… 재로?"

내 느낌이 맞다면 큰 사고이자 불행한 죽음이 발생했을 것이다.

"나 어쩌면 좋지……. 원인…… 미상의 화재로 원장 아빠를 포함하여 내 동생들 32명이 화재로 죽었다고 하네…. 흐흐흑…."

나 때문이다. 그냥 내가 위험해도 먼저 복수를 바로 시작했어야 했는데 내가 너무 현실에 안주하던 동안 내가 해야 할 일들을 잊고 있었다. 침통했다. 나 때문에 하나까지 위험해졌고 자신을 지탱해 준 고마운 사람들을 잃게 되었다. 충격이 가시질 않을 것이다. 나란 이상한 인간을 만나서.

"달링아. 나를 원망해라. 내가 잡히지 않으니 너를 추적했고 너의 모든 것을 빼앗아 간 거다. 내가⋯. 내가⋯⋯. 나 때문에⋯⋯."

언젠가 서울에 가게 되면 선물을 가득 사서 원장 아빠와 동생들을 보러 가자고 했는데 내가 너무 내 생각만 했다. 나 때문에 불행해질 하나 생각을 잊고 있었다. 하나를 재우고 새벽녘까지 바다를 바라보며 분노를 주체하지 못했다. 곧 올라가서 결판을 내고 말 것이다. 이젠 내가 해야 될 1순위가 바로 내 눈앞에 보였다. 새벽녘 바다를 보고 미친 듯이 쌍욕을 하며 내 가슴속 응어리를 쏟아부었다. 하지만 아무것도 삭히지 못한 채 다 쓸어버리고 싶다는 생각만 내 머릿속을 가득 채우고 있었다. 나도 뜬 눈으로 밤을 새웠지만 하나도 마찬가지였다. 난 진한 커피를 끓여서 그녀 앞에 놓았다. 그녀는 말없이 잔을 받았다.

"달링아, 생각해 보았는데 달링 때문이 아냐. 그냥 우연한 사고에 비극이 일어난 거야. 내가 밤새 생각해 보았는데 그건 사고야. 달링 때문이라고 결론짓지 마. 그냥 우리만 행복하면 되지. 그냥 잊자, 우리."

눈빛이 다른 나를 그녀는 벌써 느끼고 있었다.

"그래, 넌 잊어. 우리 달링 잘못은 조금도 없으니까. 대신 내게 맡겨. 내 스스로 용납이 되어야 해. 그건 내 인생의 철칙이니까."

나는 하나의 눈빛을 피했다. 미안하고 너무 미안해서 쳐다볼 용기가 나질 않았다.

"우리 자기가 뭘 잘못했다고. 미안해. 내가 생각이 짧았어. 이렇게 우리 자기 힘들게 하면 안 되는데⋯⋯."

하나는 그런 여자였다. 자신보다 나를 더 배려하고 내가 더 우선이었다.

"그래서 내가 내 목숨보다 하나를 사랑하는 거야. 이제껏 나를 이토록 사랑해 준 사람이 하나가 처음이니까……. 네가 힘들게 되면 내가 더욱더 슬퍼져……. 하나야, 미안해. 슬프게 해서 내가 정말 너무너무 미안…… 해."

내가 소리를 내며 서럽게 울었다. 잠시 잊고 살았다. 나랑 관련이 되는 사람은 모두 불행해졌다는 것을……. 그런 인생의 꼬임을 잠시 잊었지만 여지없이 내게 나타나 다시 나를 때렸다. 내 인생은 저주를 받은 것이다. 그게 맞는 말이지. 그렇지, 난 살인이 어울려. 난 피를 묻혀야 될 인생이다. 잠시 내 본분을 잊었다. 쓴웃음 뒤에 내가 해야 할 일이 더욱 선명하게 그려졌다. 역시 사람은 자신의 현실을 잊으면 안 된다. 그러면 바로 더 큰 슬픔이 나에게 다가와 다시 세차게 때렸다. 이제는 진짜로 모든 걸 끊어 버려야 한다. 시간이 별로 없다…….

111

난 며칠 하나의 눈치만 살피고 살았다. 일단 하나가 나를 믿게 만들어야 했다. 그녀는 불안했는지 내게 자꾸 다짐을 받으려 했다.

"달링아, 진짜 이제 잊고 우리 조용히 살자. 그리고 기회가 되면 아빠와 동생들 명복을 빌고 그들을 위해서라도 봉사하고 살자. 응?"

"그럼, 난 우리 하나 말만 들을 거니까. 네가 그렇게 하라면 그렇게 할 거야. 걱정하지 마. 나도 겁이 나고 힘들어. 하나 옆에서만 있을 거야."

"고마워, 정말로. 지금…… 내 곁에 달링마저 없으면 나 쓰러져서 못 일어날 거야. 무슨 말인지 알지?"

난 억지로 웃으며 고개를 끄덕였다. 내게 주어진 복수를 하지 않으면 평생 나를 따라다녀서 내 스스로 끝을 봐야 된다고 말하고 싶었지만 애원하듯 하는 하나의 얼굴을 보면 말을 할 수가 없었다.

"그런데 어쩌면 좋지. 진짜로 달링을 위해서 김밥 만들어서 먹고 싶었는데 나 때문에 모든 걸 망쳤네. 미안해서 어쩌지."

"하나만 몸 잘 추스르면 돼. 그거면 다 필요 없어. 내가 더 미안해."

"정말 파랑 신랑을 만나서 온통 세상이 파랗고 예뻐. 감사해. 내 목숨보다 더."

하나의 모습에 더 내가 저려 왔다. 지금은 하나의 마음을 무조건 편하게 해 주는 것이 전부였다.

"야, 우리 윈드서핑 한번 해 볼까? 보트에 끈만 묶고 보드만 타면 된다고 하는데?"

하나의 우울함을 어떡해서든 잊게 해 주고 싶었다. 난 안다. 지금은 하나가 맞이한 슬픔을 어떡해서든 이겨 내겠지만 어느 순간 주체할 수 없는 슬픔이 밀려와서 극복하지 못하는 날이 올 것이다. 그걸 내가 알기 때문이다.

"그냥 다 이겨 낼 테니 달링부터 챙기셔. 난 우리 달링이 더 걱정돼."

하나는 천사 같은 여자였다. 자신의 사랑을 믿고 그것에 헌신할 수 있는 그녀였다. 우린 다시 처음의 두근거림부터 시작하자고 했다. 그래서 내가 온 힘을 다해 파티를 준비했다. 무조건 달링은 귀한 마님처럼 쭉 뻗어 있으라고 했다. 선장님에게 말하여 최고급 해산물로 횟감을 만들어 달라고 했고 분위기에 어울리게 와인으로 준비했다. 그건 시작에 불과했고 난 노래도 준비했다. 못하는 노래였지만 최선을 다해 그녀에게 불러 주었다. 내가 할 수 있는 최선의 노력을 다했다. 하나는 감격해서 울었지만 솔직히 그래도 조금은 우울해했다. 서로 무조건 사랑하며 미래에 대한 희망으로 살자고 다짐하며 우린 건배를 했다. 다섯 잔째에 하나가 정신을 잃었다. 미안했다. 요즘은 하나 때문에 단꿈을 꾸며 깊은 숙면을 취하고 있지만 한때 과거에 사로잡혀 내 앞에서 죽어 갔던 사람들의 망령으로 잠을 이루지 못한 때가 있었다.

그때 처방받았던 수면제를 하나의 잔에 넣었다. 이젠 난 복수를 시작할 것이다. 본때를 보여 줄 것이다. 내 사랑에게 고통을 주었다면 그건 자신의 목숨을 건 도발이라고 내가 치부해 버릴 것이다. 천만 배, 아니 그 이상으로 고통을 줄 것이다. 하나를 조심스럽게 텐트 안에 눕혔다. 그리고 하나의 휴대폰에 동영상 기능을 누르고 내가 그 앞에 섰다. 감정이 올라오는 것을 어렵게 평정심을 잡아 갔다.

"안녕, 귀엽고 사랑스러운 내 달링아."

난 손을 흔들고 억지 미소를 지었다.

"그냥 너무 고맙고 행복했고 감사했다. 우리 하나 달링이 때문에…. 내 인생에서 이렇게 아름답고 찬란한 삶을 살게 해 줘서 정말로 너무 고마워. 하나 달링이가 나를 많이 사랑해 주고 있지만 사실은 내가 더 너를 많이 사랑하고 의지했어. 그게 너무 고마워. 내가 살아가야 하는 이유를 알게 해 줘서. 물론 모든 걸 다 잊어버리고 하나랑 나만 위해서 영원히 아름답게 같이 가고 싶은 것도 사실이지만……."

나는 다음 말을 하지 못하고 흐느꼈다.

"나 때문에 너무 많은 사람들이 고통스럽게 희생되었고 그들의 행복이 나 때문에 다 없어지게 된 거야. 하나야, 내가 만든 올가미를 내가 처음으로 돌려놔야 해. 물론 겁이 나고 하나와 같이 있을 수가 없어서 너무 힘들겠지만……."

계속 울컥했다.

"그들에게 보여 줘야지. 대한민국이 자신들의 것이 아니라는 것을……. 하나야, 일어나면 나 찾을 생각 절대 하지 말고 몸 잘 추스르고 여기에 있어야 해. 하나가 나를 찾으려 한다면 네가 너무 위험해질 수 있어. 아직까지 저들이 우리를 찾을 수 없었던 이곳에 꼭 있어야 해. 너의 안전이 내게 1순위라는 것을 잘 알고 있지. 꼭 그렇게 해 주리라 믿어. 하나의 신변 안전이 확보되어야만 내가 움직일 수 있거든. 생활에 필요한 물품은 다 보충해 놨으니 어려움은 없을 거야. 물론 혼자 외롭고 무서울 수 있더라도 난 우리 달링이 꼭 극복할 수 있다고 믿어. 미안하지만 그게 하나가 나를 도와주는 거야. 그리고 꼭 약속할게. 꼭 다시 이곳으로 살아서 웃으며 돌아오겠다고……. 아참, 그때 그랬잖아. 보육원 아버지 불교 신자였다고. 꼭 나랑 같이 절에 가서 아빠와 동생들 명복 빌어 주자. 슬프고 미안하지만 그게 우리가 해야 할 마지막 일이라고 생각해. 다시 한번 정말로 걱정하지 마. 꼭 돌아올 거야. 꼭 우리 하나 달링을 만나기 위해서라도 무조건 살아올 거야. 하나야, 지금 너 자는 모습 보니까 천사가 따로 없네. 뽀뽀 한번 하고…… 떠날게……. 너무 고마워……. 그리고 사랑해……."

 더 이상 어떤 말도 생각이 나질 않았다. 조금이라도 지체를 하면 이곳을 떠날 수 없을 것만 같아서 필요한 짐을 보트에 놓고 시동을 걸었다.

 보트는 전진하고 있었지만 나는 계속해서 섬을 바라보고 있었다. 하나가 자고 있는 텐트가 이제 눈에서 완전히 멀어졌다.

112

 이동은 종기가 남겨 준 오토바이를 이용했다. 종기만큼은 아니었지만 많은 연습 덕분에 이제 자유자재로 오토바이를 운행하는 데 전혀 지장이 없었다. 복수를 위한 무기도 확보되어 있었다. 아트 킬러 멤버들이 남겨 준 실탄과 무기가 넉넉하게 확보되어서 이젠 얼마나 빠르게 포인트를 잡느냐만 남았다. 하지만 그게 너무 어려웠다. 어떻게 그들을 제거해야 할지 아직도 갈피가 잡히지 않았고, 어떠한 계획도 현재로서는 없었다. 오토바이로 이동 중 정지 신호를 보내는 경찰관의 모습이 보였다. 천천히 속력을 줄이면서 검문에 응하는 것처럼 제스처를 취하다가 갑자기 속력을 높여 그들을 지나쳐 쏜살같이 사라져 버렸다. 아무리 나를 따라오려고 해도 난 결코 잡히지 않을 자신이 있었다. 사거리 신호등 옆 공중전화 부스가 보였다. 전화를 보자 하나 생각이 절실했다. 밥은 먹었는지 몸은 건강해졌는지 아님 나 때문에 힘들어서 슬퍼하고 있진 않은지. 그래, 내가 생각하는 하나는 모두 다 잘 이겨 내고 나를 기다리고 있을 거라고 스스로 마음속으로 결론을 지었다. 갑자기 확인을 하고픈 사항이 생각이 났다. 신문사에 전화를 걸어 김춘주 논설위원과 통화를 시도했다.

"실례지만 누구라고 전해 드릴까요?"

여직원의 사무적인 대답이 들렸다.

"예, 찾고 있는 사람이 전화드렸다고 하면 잘 알 겁니다."

그가 어느 정도인지 가늠해 보기로 했다.

"죄송한데 그렇게 전해 드리기가 좀……."

"예, 그러면요. 강민수 목사 그렇게 한 사람이라고 전해 주십시오."

"예? 예, 잠시만 기다려 보세요."

몇 초간의 대기 시간 중에 많은 생각이 뇌리에서 퍼졌다. 김춘주와 나는 신경전에 대한 수천 가지 전투를 벌이고 있었다.

"여보세요. 말씀하시죠."

김춘주는 차분하고 냉철하게 내 말을 기다렸다.

"안녕하십니까? 제가 빨리 찾아뵈어야 하는데 자꾸 시간이 지체되어서 대단히 죄송합니다."

"아이고, 드디어 통화를 하게 됐네요. 식사는 맛있게 하셨습니까."

"하는 일도 없이 바빠서 그런지 아직 전입니다."

"젊은 사람이 참 대단하네요. 그렇게 찾으려고 했는데 이제야 말을 하게 되다니……. 한 가지만 물어보지요. 그간 어디에서 있었습니까? 대한민국에서 우리를 피하기가 쉬운 게 아닌데 그 점에 있어서는 인정합니다."

배포도 있었고 상대하기가 쉽지 않은 사람이라고 느껴졌다.

"이젠 다른 사람에게는 피해 없도록 하고 페어플레이 하시는 게 어떠신가요?"

"페어플레이라? 그러기에는 우리가 너무 많이 피해를 봐서요. 어떡해서든 우리가 받은 마이너스만큼은 돌려주는 것이 이쪽 생리라서요. 그건 힘듭니다. 대신 젊은 친구가 빨리 내 눈앞에 보이면 그땐 생각을 해 보겠습니다."

"곧 찾아뵐 겁니다. 그런데 형님을 먼저 찾아뵈어야 하나, 동생분을 먼저 찾아뵈어야 하나 갈등을 하고 있습니다."

"저한테 먼저 찾아와 주셨으면 합니다. 제가 그쪽을 하루빨리 정리하고 싶은데 기회를 주시겠습니까?"

이제까지 어떤 사람보다도 강해 보였고 빈틈이 없는 자라는 생각이 들었다.

"그건 제 자유니까 한번 생각해 보죠. 지금이라도 잘못을 인정하고 국민들에게 심판을 받는다면 저도 포기할 의향이 있는데요?"

"심판을 내려 줄 사람한테 심판을 받으라고 한다면 그걸 모순이라고 하는 겁니다. 어이, 젊은 친구. 이제 이빨 장난 그만하지. 나 한가한 사람이 아니라고. 그리고 나타나지 않아도 좋아. 내가 널 찾아서 갈기갈기 찢어 버릴 거거든. 하늘 높은 줄 모르고 나대지 마라."

자신에게 도전하는 걸 무척 싫어하는 사람이었다.

"명심하겠습니다. 걱정하지 마십시오. 선생이 애원해도 두분 다 내 손에 죽을 거니까. 동정심 없게 해 주셔서 고맙네요."

"이만 전화 끊지. 빨리 전화 끊고 이 전화를 박살 내고 싶어서 그래."

김춘주가 먼저 전화를 끊었다. 지금쯤 악에 받쳐서 어떠한 일을 하고 있을 거라고 짐작이 갔다. 목소리를 들으니 빨리 만나고 싶어졌다. 그래서 그들에게 이 손으로 엄히 죄를 묻고 싶었다.

113

최기덕과 김춘주는 지금 이 시각부터 최고의 경호를 받을 것이다. 아무리 뚫으려 해도 쉽지 않은 싸움이 될 것이다. 일단 공식 행사가 많은 최기덕을 첫 번째 타깃으로 잡았다. 그의 차량이 움직일 때마다 조심스럽게 오토바이로 미행을 했다. 항상 사람들이 많은 장소에 있었으므로 어떻게 할 수가 없었다. 그의 대저택에는 항상 수십 명의 경호원들이 철통 경호를 펼치고 있어 어떠한 것도 하기가 쉽지 않았다. 밤이 오면 난 여관, 호텔 등을 이용할 시에는 발각이 될 수 있다는 판단하에 가장 안전한 곳을 택했다. 사람들이 신경을 쓰지 않는 그곳. 바로 노숙자들이 하룻밤을 보내는 지하도 등에서 박스를 깔고 도시 빈민처럼 생활했다. 물론 사람들은 나를 전혀 신경 쓰지 않았다. 오늘도 수고했어. 잘 자셔. 나의 영원한 달링아……

 드디어 디데이가 잡혔다. 미리내 장학재단에서 금일 모범생들에게 장학금을 지급하고 주주총회의 밤을 개최한다는 소식이었다. 미리내 장학재단 이사장이 바로 최기덕이었다. 하늘이 주신 기회라고 생각했다. 오늘 밤 최기덕을 끝내 줄 것이다. 행사 몇 시간 전부터 미리내 장학재단 건물에서 떨어진 곳에 자리를 잡고 면밀히 그곳을 관찰했다. 많은 사람들이 정장 차림을 하고 그곳으로 들어갔다. 최기덕을 태운 세단은 아직 도착 전이었다. 건물에는 벌써부터 무장한 경호원들이 수십 명이 배치된 상태였다. 버거운 상황인 건 확실했으나 그렇다고 결코 절호의 찬스를 넘길 수는 없었다. 저녁 6시 30분 최기덕을 태운 전용 차량이 건물 1층 출입문 앞에 멈춰 섰다. 머리가 반쯤 벗겨진 최기덕은 경호원들의 경호를 받으며 건물로 들어서고 있다. 저녁 7시부터 식전 행사가 끝나면 8시부터 회원들의 밤이 시작되고 편안한 마음으로 지인들과 회식을 할 것이다. 그때 들어가서 최기덕을 제거하는 것이다.

 밤 9시로 침투 시간을 정했다. 도시는 네온사인으로 탈바꿈되고 장학금을 받은 학생들이 나오는 것을 확인했다. 이제 한 시간 후에 진입하면 되는 것이다. 쇼몽의 가르침이 생각이 났다. 침투를 할 때 은밀하게 투입되는 것도 좋지만 어떤 때는 묵직한 한 방으로 초장부터 박살을 내고 시작하는 것도 필요하다고 했다. 오늘은 후자를 택할 것이다. 초초하게 상황을 살피고 머릿속에 수많은 경우의 수를 대비해서 이미지 트레이닝을 마쳤다. 이제부터 강렬한 행동이다. 처음보다는 많이 경호가 허술해져서 경호원들은 간간이 다리를 풀어 보며 무료함을 달래고 있었다. 400미터 앞에서 난 대형트럭 운전석에서 시동을 걸었다. 기어를 중립에 놓고 액셀러레이터를 밟자 괴물 같은 엔진의 울음소리가 들렸다. 부르릉……. 천천히 대형 화물트럭이 움직인다. 천천히 진입하던 나의 트럭이 300미터 전에서 드디어 액셀러레이터를 최대한 밟았고 가속을 받아 쏜살같이 건물로 돌진했다. 깜짝 놀란 경호원들이 정지를 외쳤지만 이미 늦었다. 쾅- 내가 운전한 트럭은 1층 대형 유리를 박살을 내고 연회장 앞까지 밀고 들어갔다. 여기저기에서 유리 파편이 사방으로 날아갔고 보이는 사람들은 괴성을 지르며 도망가기 시작했다. 방탄조끼와 개인 화기로 무장한 나는 사주경계와 함께 나에게 반격하는 경호원들을 한 사람씩 쓰러뜨렸다. 그리고 재빨리 연회장 문을 열고 안으로 진격했다. 하지만 아무도 없었다. 좀 전까지 모였던 사람들은 어디에도 없었다. 나를 잡기 위한 함정이었다. 무대 중앙으로 오자 문이 잠기며 수십 명의 중무장한 경호원들이 나에게 일제히 사격을 가했다. 난 탁자 밑에 간신히 몸을 숨기고 사격이 멈출 때까지 몸을 사려야 했다. 개인 화기로 무장한 경호원들이 50명 이상으로 보였다. 오늘이 내 인생 마지막이 될 수도 있겠다고 생각했다. 결단을 내려야 한다. 살고자 한다면 한쪽만 뚫고 무조건 밀고 나가야 한다. 난 수류탄을 꺼냈다. 몸을 숨기며 북쪽 출입구 쪽으로 수류탄을 집어 던졌다. 거대한 폭발 소리와 함께 사방으로 쓰러지는 경호원들이 잠시 겁에 질려 흠칫 놀라고 있었다. 내 소총을 자동으로 맞추고 난사를 해 대자 틈이 벌어졌다. 무조건 그곳으로 돌진했다. 탕 소리와 함께 묵직함이 느껴졌다. 바로 내 왼쪽 팔에 총알이 뚫고 지나갔다. 팔이 불에 덴 것처럼 너무 뜨거웠다. 고통에 겨웠지만 그러나 일단은 이곳을 무조건 빠져나가야 한다. 계속해서 나를 표적으로 한 총탄 세례는 멈추질 않았다. 간신히 빠져나와서 퇴로를 확보하려고 준비해 둔 오토바이에 몸을 실었다. 왼쪽 팔에 힘이 전혀 들어가질 않았다. 정신이 몽롱한 상태에서 간신히 주변을 빠져나왔다. 나를 잡으려고 많은 차량들이 달려들었고 사이렌 소리가 계속에서 내 귀를 때렸다. 정신을 놓지 않으려고 하나 생각을 했다. 그녀를 꼭 만나야 된다고 생각하니 정신력이 조금은 살아나고 있었다. 이제는 더 이상 나를 따라오는 사이렌 소리가 들리지 않았다. 어느 외곽 야산으로 향했다. 사람들의 인기척이 전혀 없는 곳이었다. 온몸에 식은땀이 배었고 상처 부위를 살펴보자 피부가 전부 튀어나와 덜렁거렸다. 난 또다시 알코올로 진정한 다음 내 스스로 피부를 꿰매기 시작했다. 뼈를 피부가 건들 때마다 난 고통에 겨워 소리를 질렀다. 그렇게 2시간에 걸쳐 치료를 끝내고 아무런 저항 없이 난 또다시 쓰러져 깊은 꿈속으로 빨려 들어갔다.

114

졸도 후 눈을 떠 보니 아침이었다. 야산 산기슭 큰 아름드리나무 밑에서 쓰러졌던 것이다. 칼을 댄 듯 통증이 온몸에 퍼져 있었다. 일어나려고 해도 계속 힘을 주지 못해 쓰러졌다. 몸에 퍼진 발열 통증으로 정신을 차릴 수가 없었다.

이제는 내가 그들을 피해 도망쳐야 하는 상황에 놓여 있었다. 반격이 필요했지만 나에게 남아 있는 것은 아무것도 없었다. 일단 기력을 회복한 후에 다시 무엇인가를 해야 했다. 필요한 약을 사 들고 지하도로 와서 박스로 나만의 공간을 완성했다. 그 안에서 약을 먹어 가면서 철저히 사람들의 눈을 피해 몸을 회복했다. 3일이 지나자 팔에 약간 통증만 있을 뿐 정상 컨디션으로 돌아왔다. 박스를 열자 앞에 누가 갖다준 빵이 있었다. 허기진 마음에 숨도 안 쉬고 먹었다. 너무 급하게 먹었는지 목에 사레가 들려 먹었던 빵을 다시 게워 냈다. 이제부터는 절대 실패를 하지 않을 것이다. 죽을 고비에서 벗어나서 다시 내게 기회가 주어졌다. 살아 있는 것이 곧 기회라고 말하고 싶다. 다시 김춘주에게 전화를 걸었다. 어떻게 느끼고 있는지 꼭 알고 싶었다.

"어떻게, 내가 준비한 선물을 잘 받으셨나? 은퇴한 줄 알았는데."

"그러게요, 목숨이 아주 고무줄보다 더 질깁니다."

"많이 단조로워졌던데. 그걸로 그렇게 꼬리를 내리면 내가 너무 과대평가를 한 것 같아서 서운한데."

"아직 반격할 기회는 많이 남아 있어서요. 조만간 받은 대로 돌려줄 계획입니다."

"그래, 꼭 기다리지. 그런데 그전에 몸 잘 챙기라고. 한 방에 훅 갈 수 있는 게 인생인데. 크크큭."

"충고 고맙게 잘 받겠습니다. 더 얘기하면 욕 나올 것 같아서……."

철컥하고 내가 먼저 수화기를 내렸다. 예상한 그대로였다. 잠시 후 많은 덩어리들이 지하도 주변으로 모여들었다. 난 빨리 박스 속으로 들어갔다.

덩어리들은 공중전화 주변으로 수색을 실시하였다. 그리고 지하도에서도 사람들을 감시하기 시작했다. 어느새 내가 숨어 있던 박스도 열어보았지만 금세 코를 막고 지나쳐 갔다. 난 10일 이상을 몸에 물을 묻히지 않았다. 아주 고약한 썩은 내가 나서 아무도 나를 거들떠보지 않았다. 내가 그 주인공이라는 건 절대 아무도 짐작하지 못하도록 난 환경에 잘 적응하고 있었고 이곳은 완벽한 요새였다. 너희들과 같은 도시 중심부에서 난 기회를 다시 찾을 것이다.

115

　잠시 잊고 있던 것들이 있었다. 나의 종교이자 나의 희망이자 나의 모든 것인 하나를 울게 만든 당사자를 처단하는 것이었다. 그런 짓을 벌인다는 것은 딱 봐도 지시하는 놈과 그들의 지시에 맹목적으로 따르는 놈이 반드시 있다는 거다. 일단 그놈이라고 단정 지어 놓고 조지는 것이다. 그리고 아주 일어날 수 없도록 철저하게 부숴 버릴 것이다. 난 타이거 조직을 관찰하기 시작했다. 정보에 따르면 최웅이라는 사내가 새로운 조직 보스로 추대되었다고 했다. 일단 40살이 조금 넘은 젊은 사내였다. 눈이 치켜 올라간 것으로 보아 성질이 날카롭고 마른 몸집으로 보아 예민하여 누구를 믿지 못하는 성격일 것이다. 믿지는 못해도 자신이 충성해야 할 대상이라면 목숨까지 바칠 정도로 무조건 따르고 악행도 서슴지 않고 할 위인으로 보였다. 최웅을 면밀히 관찰했다. 움직일 때마다 앞뒤로 경호 차량과 항상 같이 움직였다.
　분명히 지시를 받았을 것이다. 안전에 특히 신경을 쓰라는. 어디를 가더라도 경호팀이 일단 먼저 주위를 살피고 안전이 확인되면 내리는 최웅이었다.
　조그마한 틈도 보이지 않는 최웅이었기에 현장에서 처단을 한다는 것 자체가 불가능했다. 심지어 그는 잠자리도 수시로 바꾸어서 전혀 예측할 수가 없었다. 이럴 때일수록 꼭 대가는 배 이상으로 치르고 본때를 보여 줄 것이다.
　전혀 생각지도 못하고 가장 안전하다고 자부할 때 그 틈을 노리는 것이다. 타이거파의 아지트는 16층 건물에 지상 10층을 쓰고 있는 복합 건축물이었다. 합법적으로 건물 앞에 진열되는 동상 등을 제작하는 회사로 위장하고 불법 수입물 등을 밀수하여 막대한 이윤을 남기는 그런 사업을 하고 있었다. 최웅이 건물에 들어서면 이중 삼중으로 경호를 서고 있어서 정문을 통하여 진입한다는 건 불가능이었다. 하지만 오늘 최웅은 지워질 것이다. 건물을 살펴본바 다행히 문이 없는 건물 뒤편 경호는 순찰로 갈음하고 있었다. 한번 순찰이 이루어지면 20여 분간은 무방비 상태가 되는 곳이었다. 난 장비를 갖추고 건물 뒤편 후미진 곳에 멈추어 섰다. 심호흡을 한 후 맨손으로 건물을 오르기 시작했다. 20분 안에 17층까지 옥상까지 올라가야 했다. 오로지 팔 힘으로 건물을 타기 시작했다. 9층에서 지상을 보자 조금 아찔했다. 하지만 우리 하나를 피 토하게 만든 놈이다. 힘에 부치는 것도 사치라고 생각했다.

  정확히 20분 안쪽에 건물 옥상으로 올라왔다. 아무도 내가 지금 여기 있다는 것을 알지 못했다. 가죽 장갑을 껴서 손에 대한 부담을 줄이고 내가 계획한 다음번 행동을 시작했다. 고정 틀에 비너를 끼우고 인명구조 로프를 건물 쪽으로 던졌다. 길게 늘어진 로프가 2층에서 정확히 멈추었다.

  안전 장구를 한 나는 레펠을 하면서 10층까지 내려갔다. 그들은 나를 전혀 의식하지 못했다. 타이거파 중간 관리자 10여 명이 최웅을 상석에 놓고 회의를 하고 있는 것처럼 보였다. 난 총을 뽑아 유리창을 향해 3발을 발사했다. 퍽 하는 소리와 함께 유리창이 산산조각이 나고 로프의 반동으로 회의실로 들어섰다. 갑작스러운 사태에 놀라 방어 자세를 취했던 사내들이 나에게로 달려들었다. 난 여지없이 사내들의 몸에 내 주먹을 꽂았다. 짧은 시간 내에 최웅을 제외한 10명의 사내들이 아무런 반항도 못 하고 대자로 쓰러져서 고통에 겨워했으며 난 바로 최웅을 낚아챘다.

  "어이, 형씨. 왜 그랬어?"

"뭘…… 무엇… 을?"

최웅은 말하면서도 매우 고통스러워했다.

"다시 한번 묻지. 이번에도 바른 대답 나오지 않으면 너 한 방에 보낼 거야. 보육원 네가 한 짓이지?"

"그…… 건."

최웅의 머리가 반쯤 돌아갔다. 숨쉬기가 어려운지 가쁜 숨을 몰아쉬었다.

"김춘주가 시켰지. 이번이 진짜 마지막이다."

최웅은 대답은 하지 않고 고개만 끄덕였다.

"씨벌 자식. 아직 피지도 못한 어린이 30여 명이 하늘나라로 갔어. 그런데도 넌 양심의 가책은 전혀 느끼지 못하고 이 깡패 새끼들 대가리 자리만 연연하고 있어. 이건 아니지 않나."

"죽을죄를 지었습니다. 한 번만 살려 주십시오."

역시 내가 생각한 대로 최웅은 강자에게는 한없이 약한 양아치였다.

"시키는 일은 무조건 다 하겠습니다. 그러니 제발."

"너 그럼 김춘주 목을 딸 수 있겠어?"

최웅은 고개를 숙인 채 아무런 반응도 하지 않았다.

"이 새끼가 내 말을 씹어?"

"그게 아니라 그건… 좀."

최웅은 내게 애원을 했다.

"한 번만 기회를 주신다면 평생 뉘우치며 살겠습니다."

"그럼 너 지금 당장 경찰서 가서 자수하고 사건 전말을 밝힐 수 있겠지?"

"죄송합니다. 주변을 정리할 수 있도록 이틀만 시간을 주십시오. 그 후에 말씀하신 대로 무조건 따르도록 하겠습니다."

"이틀이라…. 웃기지 마. 분명히 넌 이번만 넘기자고 할 거야. 그런 다음 바로 나를 죽이려고 달려들겠지. 어때, 너무 정확해서 말을 못 하겠지."

"죄송합니다. 저를 믿어 주십시오. 시간만 조금 주시면 전부 다 밝혀내고 법에 따라 처벌을 받겠습니다. 약속합니다."

"머리에서는 그렇게 하자고 하는데 내 몸이 믿지 못하겠다고 하는군. 그리고 나도 김춘주에게 선물을 줘야지."

"제발… 한 번만 더 생각을…….."

"지옥에 가거든 너 때문에 죽은 어린이들 만나 진심으로 잘못했다고 빌고 또 빌어라."

난 허리춤에서 등산용 칼을 꺼내 최웅의 목을 도려냈다. 사방으로 피가 튀었고 최웅은 그 자리에서 절명했다. 난 레펠을 통해 1층으로 내려왔다.

1층에 배치된 덩어리들이 내게 몰려왔지만 모두 다 길게 뻗었다. 난 세워 둔 오토바이를 타고 바로 현장에서 벗어났다.

116

뉴스에서 연일 나에 대한 기사로 도배를 하다시피 했지만 어느 누구도 나를 직접적으로 본 사람은 없었다. 그리고 나의 실체를 아는 사람은 하나밖에 없었다. 대한민국이 작다고 하지만 내 생각에는 절대 작은 나라가 아니다. 도심 여러 곳에서 오토바이를 탄 나를 멈춰 세우려고 했지만 그들을 비웃기라도 한 듯이 항상 여유롭게 주위를 벗어났다. 대한민국 경찰은 도주하는 사람들에게 절대 총을 쏘지 않는다. 총을 범죄에 대응하는 것이 아닌 무슨 장식품처럼 총기 사용이 엄격하게 규제된 나라다.

그러니 내가 활보하는 것이 아닌가? 그것도 모순이었다. 아무튼 난 낮에는 도시 중심부인 고수부지에 있었지만 한 번도 경찰 등이 순찰하는 모습을 본 적이 없다.

밤에는 지하도 박스 안에서 잠을 청했다. 숙박 시설에서 절대로 투숙한 적 없었고 인터넷도 검색 또한 한 적이 없었다. 물론 그 흔한 핸드폰도 없으니 아무런 흔적이 없었기 때문에 난 항상 자유로웠다. 내 복수를 빨리 끝내야겠다고 생각했다. 그리고 하나를 보러 갈 것이다. 지금 내가 결심한 것이 단순했지만 전부인 모든 거였다. 분명한 건 김춘주와 최기덕은 나 때문에 신변의 위협을 느껴서인지 모든 신경이 예민할 대로 예민해졌을 것이다. 그리고 인생에서 처음으로 공포감도 느끼고 있을 것이다. 인생이 그렇다. 매번 그렇게 당하는 사람은 어느 순간 무덤덤하게 되는데 처음 당하는 사람은 어떻게 이겨 낼 방법을 찾지 못하고 불안감이 고조되고 그것은 극도의 공포감으로 나타난다. 난 이제는 완벽하게 그물을 조여 가면 된다. 하루빨리 끝맺고 하나가 있는 내 자리로 돌아갈 것이라고 계속 다짐을 했다. 김춘주와 최기덕은 대외활동은 모두 피한 채 안전 가옥에서 최고 수준의 경호를 받으며 있을 것이다. 이들을 어쩔 수 없이 세상 밖으로 나오게 하는 그 이유를 만들면 된다.

귀족들은 먹는 것도 달랐다. 특히 최기덕의 저택을 관찰한바 식자재는 전부 외국산 유기농 식품으로 먹었으며 특히 먹는 생수는 캐나다 청정 지역에서 공수된 물만 마셨다. 일반 시민들은 감히 엄두도 내지 못하는 고가의 식료품들로 자신들의 배를 채웠다. 국회의원들은 말로만 국산품을 애용하자 했고 실제 자신들은 품격을 운운하면서 일반 사람들은 엄두도 내지 못하는 특별한 것만 찾았다. 그게 바로 독이 될 것이다.

아침 물류센터에는 오늘 배송을 위한 분류 작업이 한창이었다. 너무 많은 업무로 인해서 아침 물류센터는 항시 아르바이트를 뽑았다. 너무 많은 사람들이 바뀌다 보니 처음 보는 얼굴도 그냥 스쳐 지나갈 뿐 아무도 말을 걸지 않았다. 난 그곳으로 아무런 제재 없이 들어갔다. 그리고 가장 힘든 물류 분류 작업에 투입되었다. 한창 촌각을 다퉈 물류의 배송지를 확인했다. 그리고 드디어 최기덕의 집으로 배송되는 생수를 발견했다. 주위를 돌아보았지만 나를 향한 눈은 어디에도 없었다. 난 준비된 주삿바늘을 플라스틱 생수병에 꽂았고 능숙한 솜씨로 안의 내용물을 주입했다. 이제 기다리면 되는 것이다. 최기덕의 집을 근처 야산 중턱에서 망원경을 통해 모든 걸 관찰했다. 14시경 택배 차량이 최기덕 집 앞에 멈춰 섰고 생수병을 집 안으로 옮기고 있었다. 이때도 경호원들이 사람만 살필 뿐 물건 내용물은 전혀 신경 쓰질 않았다. 앞으로 며칠이 소요될지 모르지만 한 번은 걸릴 것이다.

내가 넣어 둔 내용물은 급성 복통을 유발시키는 물질로 3시간 동안은 아주 초죽음 상태가 되는 것이다. 아무리 주치의가 있다고 한들 고통에 겨워 그를 기다리지 못하고 응급실로 무조건 가게 될 것이다. 바로 그거였다. 나올 수 없다면 나오게 하면 되는 것이다. 오늘은 아무 일도 일어나질 않았다.

피곤이 몰려와 나도 쉬고 싶었다. 그때였다. 경호원들이 저택 내로 몰려 들어갔고 최기덕이 부축을 받으며 그의 차량에 앉고 있었다. 시간은 22시. 내가 선물한 약발이 온몸으로 지금 요동치고 있는 것이다. 난 가까운 대학병원에 먼저 가서 기다리고 있으면 되었다. 얼굴이 노랗게 질려서 고통에 겨워 온몸으로 느끼고 있는 최기덕이 보였다. 그리고 바로 응급실로 들어가는 것을 확인했다. 이제는 회복실에서 병원 관계자처럼 변장하고 최기덕을 기다리면 되는 것이다. 1시간 후 거의 탈진된 모습으로 회복실로 이동한 최기덕을 확인했다. 환자의 안정을 위하여 1인 침대에 커튼으로 막이 쳐져 있어서 안에서 일어나는 일을 밖에서 볼 수 없었다. 최기덕의 경호원들도 회복실 밖에만 있을 뿐 안으로 들어올 수는 없었다. 나는 자연스럽게 최기덕의 침대로 가서 커튼을 치고 안으로 들어섰다. 아직도 고통에 겨워서 내가 다가감을 전혀 느끼지 못하고 있었다. 나는 최기덕을 손으로 툭툭 쳤다.

"뭐… 야."

최기덕이 갖은 인상을 쓰며 어렵게 말을 이었다.

"서운한데요. 반가운 손님이 왔는데……."

"누…… 구?"

최기덕의 고통을 잘 아는지라 그가 불쌍하게 여겨지기까지 했다.

"접니다. 동생들을 골로 보낸 사람이."

"넌…… 너는……."

그의 얼굴에 공포감이 가득했다.

"그렇게 보려고 했는데 오늘에서야 보게 되는군."

"원하는 게 뭔… 가? 무조건 다 들어줄 테니 이제 제발 그만하세. 내가 정말로 잘못했네."

"동생도 그렇게 생각할까요?"

"내가 무조건 멈추도록… 하겠네…. 그러니 제발……."

"그렇게 대한민국을 가지고 놀던 사람이 너무 비굴하군요."

"아니야, 대한민국은 국민이 주인이네. 우리 형제가 너무 잘못 생각했어. 그러니 이제 그만 물러나 줘…. 제발."

"그러기에는 너무 늦었수다."

난 힘을 주어 최기덕의 목뼈를 분질러 버렸다. 아무런 말도 못 하고 한 방에 절명하였다. 이제 딱 한 놈, 김춘주만 남았다. 나도 이제 정말 지쳤다. 혼자만의 고독한 전투가 이제 마지막을 향해 달리고 있었다. 더 이상 이 도시에 남아 있기가 싫었다. 무조건 하나를 달려가서 만날 것이다. 지금쯤 잠이 들었을까? 나를 신나게 욕하고 있진 않을까? 그녀는 이미 내 생각은 접어 두고 다른 사랑에 빠져 있진 않을까? 아님 지금도 내가 오기만 손꼽아 기다리고 있을까? 난 조금도 지체 없이 오토바이로 서해안을 향해 달려가고 있었다.

117

새벽 5시. 서해안 작은 부둣가에 도착했다. 하지만 배들이 모두 고기잡이하러 떠났고 운행되는 배는 한 척도 없었다. 시간을 지체할수록 하나가 영영 사라질 것 같아서 조바심마저 들었다. 사정사정해서 이해를 득하고 간신히 배를 얻어 탈 수 있었다. 앞으로 30여 분만 가면 내 사랑 하나를 볼 수 있다. 계절은 이제 완전한 가을이었다. 아침저녁으로 제법 날씨가 쌀쌀했다.

배를 접선하기 전에 난 벌써 바닷물로 달려들어 우리가 함께했던 곳으로 헤엄치고 있었다. 숨 쉬기 어려울 정도로 숨이 찼지만 조금도 지체할 수 없었다.

믿지 못하는 상황이었다. 아무런 인기척도 없었고 우리가 만들어 둔 텐트 등 모든 것은 그 자리에 있었지만 가장 소중한 하나가 없었다. 너무 늦게 온 것일까? 아니면 어떤 일이 벌어진 것일까? 아무리 생각을 해 봐도 난 알 길이 없었다. 그러니 더욱더 하나가 그립고 그녀의 모습이 생각이 나질 않았다. 내 머릿속에 남아 있는 하나의 모습이 진짜일까? 내가 꿈을 꾸고 있는 것일까? 아무것도 생각나질 않았다. 아니 절대로 잘못된 건 아닐 것이다. 하나는 내 말이면 무조건 따랐다. 내 말만 잘 이행했어도 어떠한 사고가 나지 않았을 것이다. 그런데 그녀가 없다. 내 전부인 그녀가 흔적도 없이 사라졌다. 햇빛은 나를 강렬하게 비추고 있었다. 온통 하나 생각으로 내 모든 것은 고정되어서 미치기 일보 직전이었다. 그녀가 없다면 난 아무것도 할 수 없었다. 이제까지 내게 베풀었던 사랑을 생각했다. 그러자 눈물이 났다. 너무 간절한 슬픔에 서글퍼서 눈을 뜰 수가 없었다. 내 목숨을 담보로 해서 한 번만 그녀를 만나게 해 줄 수 있다면 무조건 승낙할 생각이었다.

하나의 온기를 조금이라도 느끼고 싶어서 텐트 안을 살펴보았다. 유심히 바라보다가 하나와 함께 동영상과 사진만 찍어 보관해 왔던 핸드폰이 보였다. 기쁜 마음에 그 안에 녹화된 동영상과 사진을 펼쳐 보았다.

자기야, 달링아, 나처럼 웃어 봐. 이렇게.

하나가 나를 보며 미소를 짓고 있다.

왜 그렇게 무뚝뚝해. 이렇게 웃어 보라니까.

이번엔 하나가 나를 다그치면서 웃고 있다.

에이, 나 이런 거 찍기 싫은데.
다 큰 어른이 투정은. 그러니까 친구가 없지요. 헤헤.

역시 세상을 다 덮고도 남을 환한 웃음이었다. 눈물이 흘렀다. 하나가 너무 보고 싶다. 대체 어디로 간 것인지. 계속해서 동영상을 확인했다.

자기야, 대체 어디야? 나 자기 없으면 안 돼. 너무 보고 싶다. 밥은 먹었어? 걱정하지 마. 씩씩하게 우리 신랑 기다릴 거야. 건강하게만 돌아와 줘. 자기가 말했듯이 난 너고 넌 나야. 사랑해, 자기야.

하나가 울고 있었다. 나도 지금 울고 있다. 내 마음이 곧 하나라는 생각을 했다. 제발 어디에 있는지 온통 내 머릿속엔 하나 생각만 가득했다.

오늘도 아침을 혼자 보내고 있네요. 괜찮아, 난 씩씩하게 이겨 낼 거고 자기가 나한테 꼭 돌아온다고 했으니 난 이곳에서 신랑을 기다릴 거야. 그런데 왜 자꾸 눈물이 나지….

동영상을 열어 볼 때마다 가슴이 저려 왔다.

점심을 먹어요. 신랑은 점심 먹었어요? 누구세요…. 으악……. 왜 그러세요……. 이러지 마세요…. 이거 놓으세요……. 왜 그러….

갑자기 하나의 비명이 들리면서 화면엔 아무것도 보이지 않고 그녀는 어떤 힘에 이끌려 납치되고 있었다. 이 동영상이 바로 3일 전 오후 12시 30분에 찍혔던 마지막 동영상이었다. 어떤 놈들인지는 몰라도 바로 추적해서 멱을 딸 것이다. 내 분노가 하늘 위 가장 높은 곳까지 뻗어 가고 있었다. 시간이 없다. 시간을 끌면 끌수록 하나가 위험해진다고 생각하니 마음만 급해지고 눈앞에 보이는 게 하나도 없었다.

118

'지금은 남의 땅—빼앗긴 들에도 봄은 오는가?' 내가 유일하게 아는 시 내용이었다. 이 말 그대로가 지금의 내 처지였다. 하나가 없으면 내 마음에 봄은 절대 없었다. 이 작은 부둣가의 시간을 역추적해서 CCTV를 돌려 보았다.

3일 전 13시 10분경, 이 부둣가로 들어오는 고기잡이배를 확인했다. 4명의 사내들에게 둘러싸여 이곳으로 들어오는 하나의 모습이 보였다. 분명한 건 김춘주의 사람 쪽은 아니었다. 가장 동네에서 오래 생활한 선장님에게 이 모습을 보여 주고 조언을 구했다.

"읍내에서 껄렁거리고 가오 잡는 삼식이구먼. 옆에 있는 놈들은 그 자식 똘마니들이고."

"어디 가면 만날 수 있습니까?"

"하도 여기저기 시건방 떠는 놈들이라 읍내에 있을 줄 모르겠구먼. 그래도 일단 한번 가 봐. 그놈 소식 아는 놈들이 있을 거구먼."

읍내에 도착 즉시 삼식이 일당을 수배했으나 어디에도 흔적이 없었다. 물어물어 평소 삼식이 일당들과 잘 어울렸던 다방 종업원을 알아냈다. 하지만 그녀도 지금 며칠째 소식이 없다고 했다. 모든 것이 절벽이었다.

내가 며칠만 빨리 내려왔어도 하나는 아무 일도 없었을 거라고 생각하니 마음이 더 저려 왔다. 밤이 되었다. 읍내는 조용했다. 하나의 아무런 흔적도 찾지 못했다. 미친 듯이 상가를 뒤지기 시작했다. 지금 할 수 있는 거라곤 이것뿐이었다. 결론은 하나였다. 내가 필요로 하는 아무것도 얻을 수가 없었다. 스피커를 통해 유행 음악이 흘러나오고 있는 노래주점이 보였다. 본능적으로 지하에 있는 그곳을 들어갔다. 홀에는 딱 봐도 동네에서 목에 힘주고 다니는 건달들이 있었다. 지저분하게 팔에는 문신으로 낙서가 되어 있었다. 여주인이 나를 반기려 했지만 손으로 조용히 하라는 신호를 보내고 출입구를 봉쇄했다. 난 탁자에 있는 맥주병을 집어 들었다. 김빠진 맥주를 병을 뒤집어 제거한 후 가장 먼저 보이는 건달을 사정없이 내려쳤다.

여주인의 비명 소리가 잠깐 스쳐 갔지만 나머지 건달 모두를 바닥으로 완전히 눕혀 버렸다.

"짧게 물을 거야. 내 물음에 시원한 답을 못 하면 평생 호스 끼고 다니게 만들 거고. 알았냐?"

무릎을 꿇고 있던 사내들이 겁을 먹고 모두 고개를 끄덕였다.

"삼식이 지금 어디 있냐?"

"정말로 모릅니다. 우린."

"그렇게 의리 있는 척하지 마라. 모르면 어떡해서든 지금 봐라. 오늘 내가 필요한 대답 못 들으면 너희들 진짜 죽어."

난 본보기로 팔꿈치를 가장 신체가 좋은 사내의 얼굴에 그대로 내리꽂았다. 입에서 피와 함께 생니가 우수수 튀어나왔다.

"다시 한번 묻는다. 지금 삼식이 어디 있지?"

이번도 내가 원하는 대답을 못 들으면 모조리 그냥 죽이려고 했다.

"아참, 생각납니다. 삼식이 새끼 이 바닥에서 약쟁이로 통하거든요. 돈만 생기면 약을 하도 빨아 재껴서 반거지 새끼였어요. 그런데 며칠 전 목돈을 만질 수 있다고 하면서 좋아했습니다. 서울 전국구 건달에게서 오더가 왔는데 한 여자만 확실하게 정리만 하면 몇 년간은 일 안 해도 먹고 살 수 있다고 했습니다. 제가 아는 건 그게 전부입니다. 믿어 주십시오."

자신들도 피범벅이 될 수 있다고 겁을 먹은 금목걸이를 찬 사내가 아는 것을 모조리 털어놓았다.

"그럼 어디로 간 것 같냐?"

"그 새끼 몇 년 전만 해도 군산에서 여자 장사를 했습니다. 여관방 잡아 놓고 이상 없는 전번을 확인한 후에 숏 타임으로 손님을 받아서 돈을 받아 챙겼습니다. 물론 여자들이 도망가지 못하게 약을 투여했다고 했습니다. 아무리 여자가 반항을 해도 약 세 번만 주면 그다음은 완전히 중독되어서 시키지 않아도 약을 하려고 더 적극적이라고 했습니다. 진짜 이게 전부입니다."

"삼식이 새끼 전번으로 연결해 봐."

"일단 여자 장사를 시작하면 잘못 꼬이면 달려드니까 전화번호부터 대포로 바꿉니다. 그래서 지금은 전혀 알 수가 없습니다."

"믿어 두지. 하지만 군산으로 날아가서 구라로 확인되면 다시 돌아와서 가죽을 다 벗길 거야."

"거짓말 아닙니다. 정말입니다. 그리고 이게 우리가 아는 전부입니다."

나는 일어나 오만 원권 한 뭉치 던져 주었다. 그다음 어떻게 군산으로 왔는지 기억이 나지 않는다. 오토바이 속도계가 더 이상 올라가지 않을 속도로 군산에 도착했다. 무조건 하나를 오늘 밤 안으로 찾아야 했다.

119

군산 시내로 와서 먹자골목 땅바닥을 살펴보았다. 역시 성관계를 시켜 주겠다는 명함이 널려 있었다. 그중 하나를 집어 전화를 걸었다. 연결되자마자 사내는 현금 결제뿐이 안 된다는 말을 했다. 알겠다고 하니 H모텔 303호로 들어가라고 했다. 모텔 카운터를 거쳐서 303호에 들어가 여자를 기다렸다. 5분쯤 지나자 한 여자가 노크를 하고 들어왔다.

"씻고 나오세요."

여자는 준비된 말 외에는 다른 말은 하지 않았다.

"일단 자리에 앉아. 잠깐 얘기 좀 했으면 하는데."

"무슨 말을요?"

여자는 갑작스러운 나의 제안에 조금 당황했다.

"솔직히 뭐 좀 부탁하고 싶어서."

탁자 위에 100만 원권 수표를 올려놓았다. 그제야 여자가 웃으며 내 앞에 앉았다.

"무엇이든 물어보셔. 오라버니."

"혹시 삼식이라고 알아?"

"못 들어 봤는데요."

"그럼 지금 네 매니저에게 전화해서 진상 새끼라고 하고 도와달라고 해. 그리고 넌 자연스럽게 빠져나가고."

"그러다가 시켜서 한 짓이라고 알면 오빠, 제가 심하게 다칠 수가 있어요."

"그건 걱정하지 않아도 돼. 너한테 어떠한 불이익도 가지 않게 할 테니. 해 줄 수 있지?"

여자는 고개를 끄덕이며 전화번호를 누르기 시작했다.

"오빠 조금 있으면 올 거예요. 전 가 볼게요."

"고마워. 부탁 들어줘서."

"이거 받았으면 해야죠. 아무튼 감사해요."

여자는 기분 좋게 방을 나갔다. 그녀가 가고 10여 분이 지나자 남자 세 명이 문을 열고 들어왔다.

"어린놈의 새끼가 쨱을 하러 왔으면 정석대로 쨱을 해야지. 변태 새끼들처럼 쨱쨱거리면 되겠냐? 안 되겠냐?"

빨간 머리로 염색을 한 사내가 나에게 다가오면서 거친 말을 내뱉었다.

"조용히 앉아라. 내 물음에 대답만 잘해 주면 돼."

"이 자식이 분위기 파악 못 하네."

쪽수를 믿어서인지 사내들은 비웃으며 내게 다가왔다. 내 한 방에 빨간 머리가 길게 뻗어서 정신을 차리지 못하자 나머지 사내들은 나를 경계하며 거리를 두었다.

"다시 한번 말한다. 또 얘기하게 만들면 너희들 다 오늘 죽어."

"예, 알겠습니다."

나머지 사내들은 고분고분하게 침대에 조심스럽게 앉았다.

"삼식이 지금 어디 있냐?"

"삼식이요?"

꽃무늬 의상을 입은 사내가 재차 내게 확인을 하였다.

"그래, 삼식이."

"예, 지금 다른 곳에서 저희들과 같은 영업을 하고 있을 겁니다."

"지금 당장 전화 걸어서 호구 새끼 한 명 잡았다고 하고. 데리고 있는 아가씨들 전부 출장 중에 있어서 어쩔 수 없이 삼식이한테 호구 넘긴다고 해. 그리고 내게 연결만 시켜 주면 돼."

"알겠습니다."

그들은 빨리 이곳을 벗어나려 했다. 꽃무늬는 바로 핸드폰을 들었다.

"앞에 나가 계시면 삼식이가 모시러 올 겁니다."

"그리고 아까 내게 매칭해 준 아가씨 해코지하면 너희들 다 죽는 거야."

"알겠습니다. 절대 그런 일은 없을 겁니다."

"알았다. 가 봐."

사내들은 빠르게 내 시야에서 멀어져 갔다. 모텔 앞에서 삼식이를 기다렸다. 잠시 뒤 내 앞에 승합차가 정지했고 CCTV에서 보던 삼식이가 맞았다.

"아저씨, 진짜 운 좋은 거야. 이번 애기는 기가 차. 아주 퀸카라니까. 당신 오늘 같은 날 다시는 오지 않을 거야. 크크큭."

삼식이는 차량에 탑승하자마자 자랑을 늘어놓았다. 몇 분을 달려 삼식이는 다른 모텔 앞에 차량을 멈췄다.

"삼십만 내지. 삼오인데 오만 원 디씨 해 준 거라고."

내가 차에서 내리자 삼식이는 돈을 받기 위해 따라 내렸다.

"어이, 계산은 하고 올라가야지."

"여기 있다. 개자식아."

삼식이의 몸이 하늘로 솟구쳐 오르더니 바닥으로 추락했다. 바로 삼식이를 수거하여 모텔 안으로 들어왔다.

"일어나서 여기 앉아."

"왜…… 그러시는…… 겁니까?"

삼식은 아직도 정신을 차리지 못했다.

"빨리 앉으라고."

내가 인상을 쓰며 크게 소리를 내뱉자 삼식이는 자동적으로 몸을 세워 내 앞에 공손하게 앉았다.

"3일 전 섬에서 납치한 여자 어디 있어?"

"그…… 그게."

난 더 이상 인내하지 못하고 탁자 위에 있던 유리컵을 삼식이의 머리에 꽂았다. 삼식이는 고통스러워하며 손을 떨었다.

"그 여자 지금 어디 있어?"

"예, 예! 말씀드리겠습니다. 우리가 감시하는 오피스텔에 있습니다."

"너한테 그런 오더 내린 새끼가 누구냐?"

"그건 정말…… 어려운……."

"뜨거운 맛을 못 봤군."

"말씀드리겠습니다. 예. 제발 고정하시…."

삼식은 겁에 질려 말을 떨고 있었다.

"그거 시킨 자식이 타이거파냐?"

"예? 그걸 어떻게?"

"그러니까 속 시원히 말해 봐."

"예……. 며칠 전에 느닷없이 저를 찾아왔습니다. 사진을 보여 주면서 무조건 처절하게 흠집을 내라고 했습니다. 그러면 2억을 준다고 하면서……."

"너, 그녀에게 혹시 마약을 강제로 주입했어?"

"죄송합니다. 제가 하고 싶어서 한 게 아니라 오더 내린 새끼가 그렇게 하라고 해서."

난 더 이상 듣지 않고 깨져 있던 유리잔의 날카로운 부분을 삼식이 목에 찔러 넣었다. 삼식은 양손으로 목을 부여잡은 채 숨을 쉬지 못하고 바닥으로 고꾸라졌다.

120

오피스텔 현관문이 열리자마자 3명의 사내들을 바로 작살을 냈다. 그리고 작은 방을 열자 나의 전부인 하나가 나를 바라보고 있었다. 하지만 약에 취해 나를 전혀 알아보지 못했다. 내가 그녀를 이렇게 만든 것이다. 하나를 부여잡고 목 놓아 울었다. 내가 정말 잘못했다고. 일단 하나의 마약 치료가 우선이었다. 난 하나를 마약을 치료할 수 있는 특수 시설에 입원시켰다. 만일에 대비하여 조사한 시설을 이렇게 이용하게 될 줄은 몰랐다. 하나를 입원시키게 되리라고는 더더욱 생각도 못 했다. 서럽고 분노가 치밀었다.

그래도 하나를 다시 만난 것만으로도 행복했다. 나의 종교이자 나의 전부며 나의 생명보다 더 귀한 하나를 이렇게 만든 놈들은 다 아작을 낼 것이다.

이젠 진짜 마지막 복수를 할 것이다. 다 쓸어버리고 하나와 평생 같이 있을 것이다. 이제부터는 김춘주를 잡아야 한다. 그래야 마지막 복수의 퍼즐이 완성된다. 하지만 조금의 허점도 없었다. 항상 그의 주변에는 최고 수준의 경호가 있었고 어떠한 위험 요소를 만들지도 않았다. 뚫을 수 없는 벽을 만난 느낌이었다. 하지만 어떡해서든 그것을 뚫어 내야 한다. 최기덕의 보좌관은 '정수성'이라는 젊은 사내였는데 매사에 공과 사가 뚜렷하고 자신의 맡은바 업무에 대해서 철두철미하다고 해서 냉철하다는 평가가 있는 인물이었다.

정수성의 일상을 파 보았다. 그래야 김춘주에게 다가갈 수 있다는 판단을 했다. 정수성은 주말이면 항상 강남에 있는 클럽 '아가페'라는 곳을 출입을 했다. 그곳은 젊은 사업가 또는 정치 새내기, 재벌 3세 그리고 졸부 등이 출입을 하면서 자신들의 정보를 서로 공유하는 곳으로 일반 사람들은 절대 출입할 수 없는 회원제로 운영되는 곳이었다. 그리고 은밀하게 행해지던 것이 하나 있었는데 지하에 불법 도박장이 있었다. 그곳에서 그들은 무제한 베팅으로 자신들의 성취욕과 승부욕을 건 자존심 게임을 즐겼다. 거기에 모인 그들은 돈도 중요했지만 도박게임에 이김으로써 다른 사람을 정복해 가는 쾌락에 빠져 있었다. 물론 마약도 공공연하게 퍼졌고 은밀한 성행위도 아무렇지 않게 이루어지고 있는 곳이었다. 정수성은 평소 매사에 흠잡을 데 없는 사람이었지만 클럽 아가페에 가면 도박에 미쳐서 자신을 조절하지 못했다. 하지만 패배할 때가 더 많았다. 그러다 보니 불법적으로 다른 사람의 돈을 유용해야 했다.

그것이 바로 죽은 국회의원 최기덕의 비자금이었다. 그날도 아가페에서는 상상을 초월한 베팅으로 서로를 과시하려는 도박 게임이 성행하고 있었다.

나는 사업가라고 위장하여 클럽 매니저에게 수천만 원을 주고 그곳에 자연스럽게 출입했다. 온갖 사람들이 다 모인 곳이었다. 대개는 나이깨나 먹고 세상을 경험해 본 어른들이 많았다. 그런 사람들 사이에서 어려 보이면 무시당할 수 있기에 본래보다 나이가 들어 보이도록 옷과 머리를 만진 보람이 있었다. 때마침 정수성이 내 앞에서 졸부들과 게임을 즐기고 있었다.

이미 이성을 잃어서 누구의 말도 듣지 않고 자신의 패에 모든 신경을 쏟고 있을 뿐이다. 벌써 몇 번의 패배에 인상은 심하게 구겨지고 있었다. 그러나 정수성은 조금도 물러나지 않고 게임에 더 깊숙이 빠져서 무자비한 베팅을 하고 있었다. 쌓이던 칩이 산을 이루었다. 마지막 승부는 한 판에 50억짜리 판이었다. 정수성과 젊은 졸부와의 마지막 한 판. 이긴 사람은 구름을 타고 떠다니지만 진 사람은 자존심과 함께 극심한 재정 압박을 받을 만한 돈이다. 정수성은 살짝 미소를 보였다. 이번만큼은 자신이 이긴다는 확신에 찬 모습이었다. 세븐포커의 히든카드가 들어왔다. 정수성은 나머지 판돈까지 모두 털어놓았다. 바로 80억짜리 판으로 상승하는 순간이었다. 정수성은 자신의 패를 펼쳐 보았다. 에이스 풀하우스. 에이스 카드 3장에 3자 카드 2장으로 거의 무적을 자랑하는 패이다. 정수성은 환호성을 지르며 칩을 회수하려 했다. 하지만 졸부는 고개를 옆으로 흔들고 자신의 패를 펼쳐 보여 줬다. 2포커. 2자 카드가 4장이 들어 온 것이다. 정수성은 그 순간 정신을 잃었다. 머리를 망치로 맞은 것처럼 반쯤 기가 나간 상태가 되어 버렸다.

　나는 상심에 차서 한숨을 수도 없이 내뱉고 있는 정수성을 위로하고자 위스키를 한 잔 따라 주었다. 정수성은 반쯤 담긴 잔을 단숨에 비워 버렸다.

　"오늘 승부는 빅게임이었는데 한 끗발로……. 애석하게 생각합니다. 한 잔 더 받으시고 툴툴 털어 버리지시요. 잃은 거 계속 생각하시면 병 됩니다."

　정수성을 쳐다보았지만 이미 내 얘기는 머리에 들어오지 않았다.

　"아이, 정말 내가 다 이긴 패였는데 이렇게 밟히다니…. 어떻게……."

　정수성은 자신의 머리를 붙잡고 자책하고 있었다.

　"무슨 문제 있습니까? 저랑 비슷한 나이 또래라 친구 같아서 그러는데 도울 수 있다면 도움을 주고 싶군요."

　"정말로 저를 도와주시고 싶습니까?"

　정수성은 그제야 인상을 펴고 나를 보며 집중하기 시작했다.

"뭐가 문젭니까? 속 시원히 말해 보시죠."

"처음 본 분한테 염치없지만 도박 자금 한 번만 융통해 주십시오. 오늘밤 반드시 따서 내가 손댄 자금 복구해 놔야 하는데 그러지 못하면 전……."

정수성은 정확히 내 미끼를 물었다. 하긴 도박에 미친 자식이 지금 어떤 말을 못 하겠는가? 잃은 건 생각 못 하고 돈만 있으면 곧 딸 수 있다고 믿는 것이 도박 중독의 증상이었다.

"얼마면 되겠습니까?"

내가 그의 의중을 물어보았다.

"그냥 생각하신 금액을 융통해 주신다면 고맙게 받겠습니다."

정수성은 매우 조심스럽게 나의 입을 바라보았다.

"10억이면 되겠습니까? 그거면 충분히 재기할 수 있는 금액 같은데요."

"정말…… 이십니까? 고맙습니다. 이 은혜는 내가 평생을 두고…."

"한번 내가 사람을 믿어 보지요. 이제까지 사람 보는 눈이 잘 맞는 편인데 당신 눈을 보니 내 돈이 몇십 배로 불어날 거라고 생각이 드네요. 좋습니다. 밀어드리지요."

"감사합니다. 정말 감사합니다. 꼭 믿음에 부흥하겠습니다."

정수성은 감격해서 내게 연신 고개를 굽혔다. 나의 계산된 접근은 정확하게 맞아떨어졌다.

121

정수성은 어떻게 해서든 자신이 잃은 돈을 따려고 했다. 하지만 그는 전혀 도박에는 어울리지 않는 사람이었다. 자신의 패가 높다고 생각하면 무조건 다른 사람의 패는 전혀 의식하지 않고 베팅을 했다.

두 시간이 조금 지나자마자 오링이 되어서 또다시 정신이 반쯤 나갔다.

더 이상 어쩌지 못하고 정수성은 아가페를 나왔다. 해장국집에 들어서자 정수성은 자신의 선택에 후회가 밀려오는지 연신 알 수 없는 말을 되풀이하고 있었다.

"이거 죄송해서 어떻게 합니까? 꼭 복수할 줄 알았는데…."

정수성은 나를 바라보며 어찌할 바를 모르고 있었지만 한 번 더 기회를 달라는 표정을 읽을 수 있었다.

"오늘은 안되는 날이라고 생각하고 털어 버리세요."

"그러지 말고 여유가 되신다면 한 번만 어떻게……."

도박에 미친놈이었다. 완전히 맛이 간 것이다.

"한 번 더 기회를 준다고 한들 오늘 복구는 불가능합니다."

"제발 부탁드립니다. 오늘 이렇게 가면 제가 제 스스로 제어가 되지 않을 것 같아서 그렇습니다."

"그럼 내가 다시 한번 도와준다면 내가 원하는 대답 들을 수 있겠습니까?"

"그게 뭔지? 제가 딱히 형씨한테 도울 수 있는 일이…."

자신이 원하는 것은 무조건 받으려고 했지만 자신이 알고 있는 패를 까라고 하니 자식은 주저주저했다.

"그럼 저는 더 이상 도와드릴 수가 없군요. 차용하신 금액은 다음 주 초에 수금하러 가겠습니다."

"아닙니다. 아녜요. 무조건 도와드리겠습니다. 그러니 제발 노여움 푸시고 말해 보십시오."

내가 다시 자리에 앉았다. 정수성은 도박을 시켜 준다면 이제 목숨까지도 바칠 준비가 되어 있는 이성이 없는 인간이었다.

정수성은 아는 모든 것을 나에게 들려주었다. 더 이상은 한국 땅에서 살 수 없다는 것도 정수성은 알고 있었다. 그로부터 며칠 뒤 정수성은 최기덕의 차명 비자금을 모두 털어 해외로 날라 버렸다.

122

'천지회'. 말뜻 그대로였다. 자신들이 하늘과 땅의 주인이라는 것이다. 그들은 은밀하게 모이고 누가 어디에서 활동하고 있다는 것도 몰랐다. 무조건 개인 대 개인으로 지침을 하달 후 그대로 이행하면 되는 것이다. 천지회의 수장이 바로 김춘주였다. 천지회의 준회원이 되면 일단 실적으로 그들을 관리한 후 김춘주가 원하는 점수에 도달하면 비로소 정회원으로 승격시켜 주었다. 그렇게 정회원이 되면 1년에 한 번 모임을 가졌다. 기존 정회원과 신규 정회원의 화합 자리를 통해서 천지회의 결속을 다졌다. 정수성도 준회원으로서 정회원 모임은 한 번도 참석하지 못했다고 했다. 하지만 궁금한 것은 참을 수 없는 정수성은 최기덕의 차량에 위치 추적기를 부착하여 천지회가 모이는 장소를 알아낼 수 있었다. 그리고 금년은 나로 인하여 천지회 주축 멤버들이 죽었기 때문에 그들의 뒤를 대신할 임원을 선출해야 했다. 그래서 천지회 모임 시기를 앞당겼다고 했다. 10월 둘째 주 토요일. 15시 경기도 외각 T리조트. T리조트의 특이한 점은 영업을 전혀 하지 않는다. 1년에 천지회 모임 한 번 사용을 위하여 준비하는 곳이다. 앞으로 3일 남았다. 이번을 끝으로 천지회는 끝장이 나야 하고 김춘주도 죽어야 한다. 그래야 대한민국을 자신의 입맛대로 만드는 자들을 모두 지워 버리는 것이다.

  3일 동안 나는 그들을 처단하기 위한 화기와 폭탄 등을 구매했다. 인천에서 활동하는 러시아 마피아들에게 돈만 주면 원하는 화기들은 다 구입할 수 있었다. 이젠 나도 지쳤다. 정말로 휴식이 필요했다. 이번 일을 모두 마치면 하나와 함께 만년설이 있는 알래스카로 가고 싶다. 그곳에서 몇 년간은 내가 없는 것처럼 살고 싶다. 그런 내 바람이 이루어지기를 기원한다.

  그날이 왔다. 천지회의 정기 모임일. 난 그 전날부터 그곳에서 떨어져서 출입하는 차량을 모두 관찰했다. 60여 대의 최고급 세단들이 출입했고 경비는 거의 대통령을 경호하는 수준이었다. 15시, 모든 출입자들로 채워지고 마지막으로 김춘주를 태운 차량이 세워지자 광신도들처럼 그의 이름을 연호하기 시작했다. 김춘주가 중앙에 서고 한 사람씩 그의 앞에 나와서 고개를 깊게 숙이고는 충성 맹세를 하기 시작했다. 난 마지막을 점검했다. 바로 한 방에 보내야 한다. 빠르고 날카롭게 칼날처럼 쑤셔야 한다.

  나는 개조한 트럭을 무인 자동 운전으로 설정을 했고 짐칸에 섰다. 무서운 속도로 T리조트 정문을 향해 달려들었다. 경호원들은 정지 신호를 외쳤지만 난 조금도 멈추지 않았다. 내 손에는 기관총이 있었다. 경호원들을 향해 수백 발의 총알을 난사하기 시작했다. 경호원들은 비명조차 내지 못하고 낙엽처럼 쓰러져 갔다. 갑작스러운 총소리에 T리조트 앞 실외 연회장에 모여 있던 천지회의 멤버들이 혼비백산하며 도망가기 시작했다.

  내가 도착했을 땐 김춘주는 건물 내로 피신한 후였다. AK-47자동소총으로 무장한 나는 거리를 좁혀 가며 건물 내로 진입하였다. 경호원들이 나에게 총을 겨누었지만 내가 한발 빨리 그들을 처단하였다. 계속해서 탄창을 갈아 끼우며 난 한층 한층 올라갔다. 3층 귀빈 식당에 도착했을 때 수십 명의 경호원들이 나를 향해 수없이 많은 총알을 퍼부었다. 몸을 숨긴 내가 그들을 향해 수류탄을 투척하자 고통에 찬 소리를 내며 사내들은 맥없이 쓰러졌다.

귀빈 식당에 경호원들이 많이 있는 것으로 보아서 분명 김춘주는 그곳으로 피신한 것이 확실했다. 식당 주방으로 가자 실외로 통하는 비밀통로가 있었다. 얼마나 급했는지 비밀통로 문을 닫지 않아 쉽게 알아낼 수 있었다.

나의 손에 쥔 권총에서 발사된 총알은 정확하게 한 발에 한 놈씩 이마에 그대로 박혔다. 김춘주는 더 이상 도망가지 못하고 통로 맨 마지막 지점에서 내 앞에 바로 섰다. 아직도 기세 좋게 나를 바라보았다.

"대단하군. 내 평생 일군 이 조직을 한순간에 박살을 내다니. 이렇게 해서 네놈이 원하는 걸 얻었는가?"

"내가 원하는 걸 얻은 게 아니고 대한민국 국민들이 얻은 거지."

"왜 그렇게 집요하게 사나? 지금이라도 내 손을 잡으면 평생을 천국에서 살게 되는 거야. 우리 타협하는 게 어떤가?"

김춘주는 아직도 기회가 있는 것처럼 여유로웠다.

"타협이라는 말을 난 몰라. 그리고 내 인생은 너를 처단하려는 거였어. 너를 죽여야 내가 휴식을 취할 수가 있어."

"그냥 이 통로로 같이 나가는 게 어떤가? 지금 밖에는 경찰들로 다 막힌 상태라 너 혼자는 나갈 수가 없어. 어때, 우리 같이 살자. 내가 모든 걸 다 포용해 줄 의향이 있네."

"까고 있네. 잘 가. 그리고 우리 죽어서도 보지 말자."

탕-

그때였다. 김춘주가 품에서 꺼낸 권총의 총알이 내 허벅지를 관통했다. 비명과 함께 허벅지에서 피가 뿜어져 나왔다. 나는 벽을 짚고 겨우 서서 숨을 골랐다. 불타는 듯한 통증이 허벅지를 쑤시고 들었다. 김춘주는 이죽대었다.

"설마 내가 아무 대책도 없이 맨몸으로 맞이할 거라고 생각했나."

똑바로 서려고 절뚝거렸다. 손에서 힘이 빠져나가 권총이 바닥에 곤두박질쳤다. 김춘주가 웃는 얼굴로 다가왔다. 그의 표정은 사악했다. 총구로 내 이마를 툭툭 밀며 말했다.

"이만한 자리에 있으면 말이야, 가끔 별 개돼지 같은 것들이 어르신 무서운 줄 모르고 덤벼들거든. 젊은 청년도 머리를 잘 쓰지만 나도 나이를 허투루 먹은 게 아닐세."

김춘주의 손가락이 방아쇠를 당길 듯 올라갔다. 이대로 김춘주를 멈추지 못하면 내 이마는 보기 좋게 구멍이 날 것이다. 눈알을 굴렸다. 총까지 떨어뜨린 이 상황에서 나는 나의 육감과 신체 능력을 믿어야 했다. 김춘주의 총구가 내 이마를 짓누르다가 비웃듯이 떨어졌을 때였다. 나는 기회를 놓치지 않고 그 짧은 순간 김춘추의 팔을 붙잡아 업어 치기 했다. 김춘주가 으악, 하며 공중을 날아 바닥에 패대기쳐졌다. 넘어지면서 방아쇠를 당겨 총알이 발사되었다. 아슬아슬하게 어깨를 스쳐 갔다. 하지만 나는 이미 출혈이 심했기에 시간이 없었다. 총을 쥔 그의 손목을 힘껏 밟아 꼼짝도 못 하게 했다. 그가 비명을 지르며 총을 놓쳤다. 발로 힘껏 권총을 차 멀리 날려 보냈다. 다리를 움직였더니 피가 더 울컥 흘러나왔다. 일차적 위기는 모면했지만 슬슬 한계였다. 몸에 힘이 빠져 비틀거리는 사이,

김춘주가 내 다리를 붙잡아 당겼다. 뒤로 쿵 쓰러지면서 뒤통수를 부딪쳤다. 머리가 얼얼했다. 김춘주가 내 위로 올라타 주먹질을 해 댔다. 나는 김춘주를 힘껏 밀어 뒤집어서 그를 깔고 앉아 얼굴을 가격했다. 고통스러운 신음을 토하던 김춘주가 팔을 뻗어 아까 관통되었던 내 허벅지를 꽉 눌렀다. 아악! 비명이 터져 나왔다. 김춘주가 나를 떨치고 일어섰다. 그의 손에도 내 몸에도 피가 흥건했다. 누구의 피인지 알 수 없을 지경이었다. 김춘주는 주변에 쓰러진 경호원의 총을 뽑아 들어 나에게 겨누었다.

"발버둥 쳐 봤자 소용없어. 강자는 강하게, 약자는 약하게 사는 게 세상의 진리인 걸 이 기회에 알아 두세. 잘 가게."

"까고 있네."

그때 나는 그에게 몸을 수그린 채 달려들었다. 팔이 허공으로 향하도록 그의 몸뚱이를 껴안고 그대로 유리창으로 몸을 던졌다. 와장창, 유리 깨지는 굉음과 함께 김춘주와 나는 허공을 날았다. 바로 삼 층 아래 테라스 테이블 모서리에 김춘주가 뒤통수를 박고 그대로 바닥에 머리를 또 처박았다. 머리에서 피가 흘러나왔다. 나 역시 충격이 컸지만 의식을 잃지만 않으면 걸을 수 있을 정도였다. 김춘주가 끝까지 놓지 않은 총을 빼앗았다. 눈만 둥그렇게 뜬 채 아무것도 못 하고 늘어진 그의 머리에 겨누었다.

"뒤통수깨나 아플 거다. 난 받은 건 그대로 돌려줘야 직성이 풀리거든."

"으윽……."

"그리고 힘은 말이야……. 소중한 걸 지키기 위해 있는 거야."

김춘주의 숨넘어갈 듯한 눈동자가 나를 직시했다.

"잘 가라. 김춘주."

내가 발사한 총알은 김춘주의 머리를 그대로 관통했다. 모든 게 끝났다.

김춘주의 말대로 T리조트 앞에는 경찰들로 포위되어 있었다. 물론 도망갈 수도 있지만 내가 너무 지쳐 있었다. 정말로 이젠 한곳에서 정착하고 싶었다. 이젠 내가 처음으로 있던 곳으로 돌아가야 했다. 이젠 꿈속에서 알래스카를 가기를 원한다. 물론 이 가슴속에 하나가 영원히 있다고 믿고 있다.

그녀를 생각하자 너무 애절함이 묻어 나왔으나 이제는 더 이상 부담을 주면 안 되는 것이다. 하나가 언제나 푸른 소나무처럼 행복했으면 좋겠다. 이제 나의 모든 계획은 내 의지대로 끝냈다. 이제 마지막으로 나를 정리하면 되는 것이다.

"무기를 버리고 천천히 나오길 바란다. 너는 완전히 포위되었다. 경찰지시대로 따르면 최대한 선처하겠다. 다시 한번 말한다……."

나는 결코 총을 버리지 않았다. 그대로 갈기면 웃으면서 맞을 준비가 되어 있다.

"어서 무기를 버리고 순순히 경찰 지시에 따르길 바란다."

그래도 난 무기를 손에 쥐고 천천히 앞으로 나갔다. 허벅지에서 여전히 피가 흘렀다. 언제 정신을 잃고 쓰러져도 이상하지 않았다. 경찰들은 초긴장하며 나에게 총구를 겨누었다. 나를 눈여겨보던 경찰이 구급대원에게 손짓하는 모습이 보였다. 그때였다.

"파랑아, 달링아, 괜찮아?!"

하나의 목소리가 들렸고 수십 미터 떨어져 있지만 분명히 하나였다. 나는 애써 여유로운 척 겨우 웃으며 농담조로 말했다.

"그래. 괜찮아……. 놀랐지? 이거 내 피 아니야."

"뭐래, 몰골이 이런데 무슨 말이야! 어서, 어서 총부터 버려. 하나가 왔어."

그래, 그토록 보고 싶었던 하나가 왔다.

"파랑 씨, 나 임신했대. 우리 아기가 내 뱃속에 있다고. 그러니 어서 이리로…."

하나가 경찰들의 저지선을 뚫으며 나에게 달려왔다. 나는 두 팔 벌려 그녀를 안았다.

"이 바보, 여긴 뭣 하러 왔어?"

"그래, 난 달링이하고 닮았으니 당연히 바보가 맞네."

하나가 웃으며 내 볼에 뽀뽀를 했다.

"같이 나가자. 다른 사람이 어떻게 생각하든지 난 무조건 우리 달링이 편이야. 난 끝까지 파랑이 신랑을 기다릴 거야."

내 아기를 보고 싶었다. 하나가 있으니 또다시 결심이 흔들리며 살고 싶었다. 하나가 거의 울 듯이 웃으며 말했다.

"그러니까 병원부터 가자……. 응?"

그때였다. 멀리서 빛이 보였다. 분명한 건 저격수의 유리 반사 빛이었다. 난 재빨리 하나를 내 뒤로 숨겼다. 퍽 하는 소리와 함께 내 목에 총알이 관통했다. 목을 찢어발기는 듯한 고통이 나를 불태웠다. 난 자리에서 그냥 넘어졌고 내 입에서는 피가 솟구쳐 올랐다. 하나가 나를 보며 울고 있었는데 아무것도 들리지 않았다.

"하나야……. 소원대로 되었다. 나도… 소중한 누군가를 위해서 목숨 바치고 싶었는데 그게 하나라니 너무 기쁘다…. 컥, 컥…….."

"파랑아. 눈을 떠, 빨리. 넌 살 수가 있어. 난 너 없으면 못 살아. 그러니 제발……."

하나 얼굴에는 이미 눈물이 넘쳐흘렀다.

"누가 그러던데. 죽을 때가 되면 자신이 살아온 인생이 영화처럼 스쳐 간다고 하던데……. 지금 그게 다 보이네…….”

"달링아. 제발…….”

"너무 행복해. 지금은 하나랑 국토종단 할 때가 보이거든. 같이…… 처음 술을 먹으면서…… 가장 떨리던 그때…… 야.”

 더 이상 난 아무 말도 할 수가 없었다. 그냥 지금은 잠이 온다고만 생각했다. 그리고 더 이상 아무 생각도 나질 않았고 자고 일어나면 너무 개운할 것이라고 생각했다. 그리고 일어나서 하나와 같이 알래스카로 가서 눈 내리는 설원을 걸어갈 거라고 생각했다. 빨리 잠을 청해야 된다고 생각했다.

 그래야 빨리 눈을 뜰 수 있으니…….

작가의 말

매번 글을 쓰면서 너무 어렵고 힘들었지만 항상 마지막은 언제나 같았다. 내가 쓴 글로 누군가가 재미있게 읽고 즐거워한다면 참 괜찮은 작업이라고 생각한다. 글을 쓰게 되면 또 이런 생각을 하게 된다. '흥미롭고 재미있게, 내용 전개를 정말 잘해 보자.'라는 생각을 가장 먼저 하게 되고, 그렇게 쓰기 위해서 나름 최선의 노력을 다해 보지만 미천한 능력으로 그렇게 못 하는 것이 독자님들에게 항상 죄송할 따름이다.

벌써 4번째 소설을 마무리했다. 하지만 매번 독자님들의 선택을 받지 못했다. 그렇지만 소수 분일지라도 이 글을 읽고 분명히 어떤 분들은 즐거워할 것이고 재미있게 읽으실 거라는 확신으로 그분들께 매우 감사하다는 말을 남기고 싶다. 나는 이 글에서 파랑이라는 인물로 하여금 독자님들께 재미와 우리들이 하지 못하는 걸 할 수 있는 능력자로 탄생을 시켜 즐거움을 드리려고 했다. 하지만 마무리가 되어 갈수록 그렇지 못했고 마지막 점을 찍을 때는 매우 아쉬웠다. 그래도 난 앞으로도 계속 글쓰기에 도전할 것이고 이번 『파랑』이라는 소설이 독자님들에게 조금이라도 가까이 다가갈 수 있는 이야기가 되길 빈다. 책이 완성되면 그것을 읽어 주실 독자분들이 계신다. 글을 읽은 후 잘못된 점, 아쉬운 점 등을 말씀해 주신다면 난 매우 기쁘고, 고맙게 받아들일 것 같다. 그만큼 내 부족한 이야기에 관심이 있다는 증거이니까.

능력은 한참 미천한 나지만, 4권의 소설을 썼으니 나는 진심으로 행복하다고 생각한다. 그리고 다음번에는 어떤 이야기를 만들어 볼지 생각하는 지금도 매우 즐겁고 감사하다.

물론 글을 쓸 때 잘 안 풀리는 때가 오면 좌절도 하고 다시는 쳐다보기 싫다가도 다시 자판을 두드리고 있는 나를 발견한다. 사람은 다 자기가 하고 싶은 걸 해야 하나 보다. 그래야 행복하지 않을까?

이 글을 읽는 모든 사람들이 행복하고 항상 푸른 소나무처럼 평생을 청춘같이 사셨으면 한다. 그리고 오늘도 아름다운 열정으로 가장 멋진 하루가 되시기를 진심으로 기원한다.

끝으로 두 사람이 있었다. 이들에게는 똑같이 사과 30개를 하루에 한 개씩 1개월 동안 먹으라는 숙제가 주어졌다. A라는 사람은 가장 맛있는 사과부터 먹기 시작했고 B라는 사람은 가장 맛없고 못생긴 사과부터 먹기 시작했다. 1개월 후 어떤 결과가 나왔을까? A라는 사람은 마지막 사과를 먹을 때까지 가장 맛있고 좋은 사과를 먹었지만 B라는 사람은 마지막까지 가장 맛없고 볼품없는 사과를 먹었다. 인생은 생각하기 나름인 것 같다. 현실에 감사하고, 현실에 만족하면 그곳이 어디든 천국일 것이고, 아무리 풍족하고 여유가 넘친다고 해도 현실에 만족하지 못하고 감사할 줄 모르면 그곳이 곧 지옥이라고 생각한다. 이 책을 읽는 모든 사람들은 현실에 만족하고 현실에 감사하며 자신이 있는 지금 이 순간이 가장 좋은 천국이라고 생각했으면 좋겠다. 그러면 진정으로 행복해지지 않을까? 하고 감히 내 생각을 독자님들에게 드려 본다. 아무쪼록 두서없는 말들을 읽어 주신 모든 분들에게 감사를 드리며 내 넋두리를 마무리하고자 한다.

- 2024년 한여름에 저자 윤성진 올림